dtv

1972. Kolbstadt, eine mittelgroße Stadt im Süden Deutschlands. Auch an Christian Kirsch ist die Studentenrevolte nicht spurlos vorübergezogen, auch er hat gegen den Muff unter den Talaren demonstriert, gegen Altnazis in der Justiz agitiert und gegen den Schah von Persien Parolen verfaßt. Doch nun, kaum vier Jahre später, schwört er bei seiner Vereidigung zum Richter auf Probe einen Eid auf jene Verfassung, die er gestern in Frage gestellt hat. Und nicht nur beruflich, auch privat beginnt für Christian Kirsch in Kolbstadt ein neues Leben: Er erwirbt ein Eigenheim, wo ihn allabendlich seine Frau Margot mit dem herausgeputzten Sohn Rudi erwartet. Doch während Christian Kirsch dabei ist, ein bürgerliches Leben aufzubauen, holt ihn, in Gestalt seines ehemaligen Kommilitonen Sebak, die eigene brüchige Vergangenheit ein.

Benno Hurt, geboren 1941, lebt in Regensburg. In den 60er Jahren veröffentlichte er Lyrik, Prosa und Essays, schlug dann jedoch die Richterlaufbahn ein und wandte sich gleichzeitig der Fotografie zu. 1986 begann er Theaterstücke zu schreiben. In drei Romanen erzählt Hurt die Geschichte der Familie Kirsch von den 50er bis in die 90er Jahre. ›Eine deutsche Meisterschaft‹ (dtv 13456) ist bereits als Taschenbuch lieferbar, ›Ein deutscher Mittelläufer‹ wird folgen. Benno Hurts neuester Roman ›Eine Reise ans Meer‹ erschien im Juni 2007 (dtv 24592).

Benno Hurt

Der Wald der Deutschen

Roman

Deutscher Taschenbuch Verlag

Von Benno Hurt
sind im Deutschen Taschenbuch Verlag erschienen:
Eine deutsche Meisterschaft (13456)
Eine Reise ans Meer (24592)

Ungekürzte Ausgabe
Februar 2008

www.dtv.de
Umschlagkonzept: Balk & Brumshagen
Umschlaggestaltung: Stephanie Weischer
unter Verwendung eines Fotos von plainpicture/Paolo
Satz: Greiner & Reichel, Köln
Gesetzt aus der Sabon 10/12·
Druck und Bindung: C. H. Beck, Nördlingen
Gedruckt auf säurefreiem, chlorfrei gebleichtem Papier
Printed in Germany · ISBN 978-3-423-13640-2

Entscheidungen verlangte man ihm ab,
ihm, der gelernt hatte zu zweifeln.

(Christian Kirsch, Richter auf Probe)

I.

12. Mai 1972, abends

Er ging noch an den beiden Johannisbeersträuchern vorbei. Wo die tiefhängenden Äste des Kirschbaums den Rasen berührten, mußte er sich bücken, spärliches Gras; um den Baum herum müßte Margot nachsäen. Darum brauchte er sich nicht zu kümmern. Es war ihr Garten, so wie es sein Haus war. Wie konnten sich solche parzellierten Eigentumsvorstellungen innerhalb eines Zeitraums von nur acht Monaten bilden? Am 23. August 1971 hatten sie das Haus gekauft; vierzehn Tage vorher ein Anruf; seine Schwiegermutter, die ihn aufmerksam machte auf das »wirklich märchenhafte Angebot in der Eichendorff-Straße«. Wohngebäude mit Garage, Garten; vorgetragen im Grundbuch für Kolbstadt nun auf ihn, den Eigentümer Christian Kirsch. Und obwohl er sich Namen, Telefonnummern, Autokennzeichen nicht einprägen konnte, erinnerte er sich der Gemarkung, der genauen Grundstücksgröße: Flurnummer 235/7, 0,0820 ha.

Er lehnte mit dem Rücken an der weißgetünchten Mauer zur benachbarten Gärtnerei. Er spürte, wie die feinen, spitzen Steine des Verputzes sich durch das Hemd in seine Haut drückten. Blicklos richtete er seine Augen in das Weiß der Apfelblütentrauben, blütenschwere Fächer, weiße Blüten über Grün. Und in der Stille, die auch um diese Tageszeit im Stadtwesten von Kolbstadt herrschte, röhrte in ihm Autobahnlärm, den er während der drei Stunden Fahrt von München hierher nicht wahrgenommen hatte. Ein Lärm, der in ihm anschwoll, als hätte er ihn aufgenommen auf ein Band; der Lärm aller Nachhausefahrten von eineinhalb Jahren. Und erst, als er mit einem Blinzeln seinen Blick wiederherstellte, wurde ihm bewußt, daß Margot ihm Badewasser einlaufen ließ.

Das war zum Ritual geworden: daß er freitags gegen sieben Uhr, soeben hier in der Eichendorffstraße angekommen aus München, an dieser Mauer, am Ende des Gartens lehnte, weil von hier aus das Grundstück am tiefsten wirkte; daß er im ersten Stockwerk das Badewasser einlaufen hörte; daß er sich einige Minuten lang nicht bewegte, dalehnte, Revue passieren ließ, was sich im Laufe der Woche angesammelt hatte. Und er war erst angekommen, wenn er dieses Ritual bis zu seinem Ende durchgespielt hatte. Von dieser Stelle im Garten aus, in dieser Bewegungslosigkeit erlebte er die täglichen Qualen einer Arbeitswoche in München noch einmal. Vollständige Dialoge, die er begierig abhörte. Gespräche im Vorzimmer seines Chefs Schindler, der ihn von Fräulein Assmann rufen ließ, ihn meistens am Schreibtisch seiner Vorzimmerdame stehend schon erwartete; der die Assmann und ihn benutzte für seine erotisch perverse Inszenierung, mit der er, Schindler, sich aufbaute, indem er seinen leitenden Angestellten Kirsch durch Vorhaltungen, durch Anweisungen zu demütigen versuchte. Er wollte nicht vergessen: Dort hatte er gesessen, in München, in einem großen Büro. Am Ende eines langen Korridors. Die Türen, die auf den Korridor hinauswiesen, öffneten sich nicht. Er saß in Isolation. Er hörte auf die Geräusche dieser Vorstandsetage. Fremde Anforderungen richteten sich wie fremde Stimmen an ihn, und in dem Maß, in dem er sie erfüllte, wurde er sich fremd. Er mußte sich festhalten. An seiner Sprache. An seinem Wort. Er hatte, an seinem Schreibtisch sitzend, ein erstes Wort geschrieben: »Schreibtisch«. Mit diesem Wort hatte er seinen als Rechtsreferendar in Kolbstadt begonnenen Leidensbericht wiederaufgenommen. Später, als er die losen Blätter mit seinen persönlichen Aufzeichnungen in einer Mappe unterbrachte, führte er diese Akte unter der Bezeichnung »Der Widersacher«.

Sein Schreibtisch, hatte er geschrieben, stand in einem Büro, und wenn er seinen Blick anhob und über das behördengraubeige Telefon zum Fenster richtete, so erkannte er, daß die Männer und Frauen im Altersheim gegenüber in ihren schattigen Zimmern sich kaum bewegten. Nie traf er sie auf der Straße an, auf seinem Weg zum Büro. Gelegentlich erhob sich in einem der halbdunklen Räume ein Schattenumriß mühsam aus einem Sessel, wanderte langsam und doch ruhelos durch das Zimmer, um am anderen Ende des Raumes erschöpft niederzusinken, einzusinken in einen anderen Sessel – senile Gefangene, eingesperrt in die Kraftlosigkeit ihrer gebrechlichen Körper. Kein Schlüssel mußte abgezogen werden, um diese Freiheitsentziehung aufrechtzuerhalten. Und mit diesen alten Leuten würde er, hatte er im »Widersacher« gefolgert, er, der junge leidende leitende Angestellte Christian Kirsch, in einer nahen Zukunft schon ein Schicksal teilen: das Schicksal der Bewegungslosigkeit, ein »Leben auf geschlossener Abteilung«. »Warum auf einem Bürostuhl sitzen und da sein in einer Welt, die keine Bewegung, keine Veränderung zuläßt?« hatte er gleich auf der ersten Seite seiner Aufzeichnungen, die er »Widersacher« nannte, gefragt. So wie sich der Bewegungsspielraum der Insassen dieses Altersheimes reduziert hätte auf die Ausmaße eines sechzehn oder achtzehn Quadratmeter großen Zimmers, so würde sich sein Vorstellungsvermögen beschränken auf die Schreibtischstrecke, die zwischen einer Akte, seinem Füllhalter und dem Stempel »Die Geschäftsführung i. A.« verlief. Er stand, die Beine geöffnet, mit dem Rücken gegen die Mauer der Gärtnerei gelehnt, am Ende des Gartens, Margots Garten, seine Arme hingen herab, in seinen Händen brauste wohlig das Blut.

Er war in München nicht zurechtgekommen. Er hatte sich seinen Arbeitsplatz nicht ausgesucht. Er war ihm übriggeblieben. Er hatte sich bemüht, eine Arbeit zu finden, in die er seine theoretischen Vorstellungen von einer Philosophie der Praxis, wie sie das damals nannten, einbringen konnte; sein Bewußtsein von dem, was nicht sein durfte. Er wollte verändern. Er hatte versucht, sich selbst zu verändern. Vielleicht kam seine Unfähigkeit, sich anzupassen an seine Rolle als leitender Angestellter dieses Chemiekonzerns, auch nur daher, daß er zu keiner Veränderung imstande war. Vielleicht flüchtete er sich deshalb in diese Verweigerung, in der er der alte bleiben konnte. Freitag für Freitag, sozusagen in Vorbereitung auf das Ritual in der Eichendorffstraße, baute er sich, kaum hatte er München verlassen, in rauschhaften Vorstellungen hinterm Steuer seines Peugeot auf; drei Autobahnstunden lang, zu Street Fighting Man und Sympathy For The Devil, überdreht aus dem Kassettenrecorder, Band vor, Band zurück; diese meuternden Stones-Texte, die immer ein bißchen mit Blut angerührt waren, gegen etwas anliefen. Einmal, kurz vor dem letzten Weihnachten, war er von der Autobahn runtergefahren, hatte mit seinem Peugeot unter einem Baum angehalten, war ausgestiegen, hatte als Nichtraucher eine Zigarette in tiefen, warmen Zügen geraucht. Alles wurde deutlich, konkret, bekam einen Anfang, ein Ende. Vor was hatte er Angst? Konnte er sich nicht auf sich verlassen? Bedurfte er dieser Musik wie einer Droge? Er wollte auf sich vertrauen. Schließlich hatte er die Kündigung schon abgesetzt, sauber in die Maschine geschrieben. Nur das Datum fehlte noch, Kündigungsfrist drei Monate, er bewahrte die Kündigung in München in der Akte »Widersacher« auf, mitsamt seinen

Aufzeichnungen, mitsamt den Briefen, die ihm Sebak geschickt hatte.

Er hatte sich im Herbst 1969, nach seinem zweiten Staatsexamen, bei der Gewerkschaft beworben, bereit, sich einzusetzen, sich auszugeben, bereit zu Abstrichen. Später lächelte er über die persönlichen Bekenntnisse, die seine Bewerbungsschreiben enthalten hatten. Wie peinlich nahmen sich Begriffe wie Arbeitnehmer, Genosse, soziale Perspektive aus. Auf welchen Schreibtischen hatten sie Verwunderung hervorgerufen, Verwirrung gestiftet? Schließlich war er in der Industrie gelandet. Er war wieder nach München gezogen, wieder nach München, wo er auch studiert hatte. Die ersten Monate in dem Konzern hatte er sich noch nach einer Dreizimmerwohnung umgesehen. Margot sollte mit Rudi nachkommen. Das war ausgemacht. Nach einigen Wochen las er nicht mehr die Wohnungsmarktinserate. Er nahm nur noch das Nötigste von seinen Kolbstädter Wochenendbesuchen mit nach München. Ein paar farblose Hemden, einen Büchsenöffner, aber zwei, drei Bücher, für Montag bis Donnerstagabend, Bücher, in die er sich zurückzog, in denen er sich mit Geistes- und Bewußtseinsverwandten traf, die irgendwo in einem kalifornischen Landhaus über die Notwendigkeit der Veränderung der fortgeschrittenen Industriegesellschaft nachdachten. Er hatte sich in München nicht einrichten wollen; wollte nicht seßhaft werden. Dieses Provisorium ermüdete, streßte, hielt ihn aber auch wach. Essen in Billigrestaurants, an Imbißbuden oder auf seinem Zimmer, aus der Dose gelöffelt. Er bekam Verdauungsstörungen, Kreislaufprobleme, weil er abends kaum das Zimmer verließ. Nur las, sich in diese Texte hineinbohrte, sich ausstattete mit einem mächtigen Begriffsapparat, den er auf diese gesellschaftliche Wirklichkeit ansetzte; sie analysierte, zerlegte in ihre versteckten, nicht eingestandenen Interessen. Er begann damit zuallererst bei seiner Rolle als leitender Angestellter eines Chemiekonzerns.

Er lehnte da, an dieser Mauer, am Ende des Gartens, Margots Garten, der zu seinem Haus gehörte. Vor dem Haus stand sein Wagen. Seine Reisetasche mit der Wäsche der zu Ende gehenden Woche, seiner letzten Arbeitswoche in München, und ein Karton, in den die Reste seines Fahrt für Fahrt – Freitagsfahrten von München nach Kolbstadt – aufgelösten Haushalts geschichtet waren, die Tasche und der Karton befanden sich noch immer im Kofferraum seines Peugeot, die Mappe mit dem »Widersacher«, die auch Sebaks Briefe enthielt, lag, beschwert von dem Gewicht einer Thermoskanne, von Tassen, Tellern und einem Eßbesteck, am Boden seiner Münchner Küchenkiste. Er hatte es jetzt nicht eilig, den Karton ins Haus zu tragen, ihn auszuleeren; in irgendeiner Stellage im Keller seines Hauses in der Eichendorffstraße verschwänden die gläsernen, die metallenen Erinnerungen, die Überreste seines Münchner Einmannhaushalts-Provisoriums. Er hatte es auch nicht eilig, Sebaks Bild, Sebaks Kreisbild, das er auf den Rücksitz des Peugeot gelegt hatte, ins Haus zu holen. Die Überführung dieses Bildes aus der Geierstraße in München in die Eichendorffstraße in Kolbstadt hatte bis zuletzt in Frage gestanden: Er saß schon am Steuer, der Karton und die Tasche waren schon verstaut im Kofferraum des Peugeot, der Zündschlüssel steckte schon im Schloß, als er plötzlich zögerte, diesem Bild, diesem Problembild davonzufahren, es zurückzulassen in der ausgeräumten, leeren Wohnung, in der es nicht mehr am Nagel hing, sondern, an die Wand gelehnt, unter der Stelle stand, wo es achtzehn Monate lang gehangen hatte, ein rechteckiger Abdruck in Frau Meiers Tapete, die innerhalb der Fläche des Bildformats ein bißchen mehr rosa, ein bißchen frischer rosa, ein bißchen freundlicher rosa geblieben war, eine Erinnerung an Sebaks Kreisbild, die nachdunkeln würde, verdunkeln würde, um schließlich zu verlöschen in dem Altrosa, das den düsteren, altjüngferlichen Charakter von Frau Meiers Zimmer in der Geierstraße prägte. Er war aus dem Wagen gestiegen, um ein unwiderruflich letztes Mal in den fünften Stock hinaufzusteigen, ein mühsamer, atemnehmender Aufstieg, er läutete an der Wohnungstür, für die er eineinhalb Jahre einen Schlüssel gehabt hatte, Sie kommen nochmals zurück, Herr Kirsch? wunderte sich die Meier, der der Abschied von ihrem jungen, akademischen Untermieter schwergefallen war; nein, ich habe nur eine Kleinigkeit in der Wohnung vergessen, antwortete er ihr; warum nannte er der Meier gegenüber das Bild nicht beim Namen? Für ihn hieß Sebaks Bild schlicht Der Kreis; Sebak selbst gab seinen Arbeiten keine Titel, o.-T.-Bilder; der Kreis kehrte in allen Bildern jener Serie wieder, die sich an Sebaks Pop-Art-Phase anschloß, diese Kreisbilder markierten eine schwierige Phase in Sebaks persönlicher Entwicklung, an den Kreisbildern hatte Sebak gemalt, als er den Entschluß faßte, sich Dr. Wirz' psychotherapeutischer Behandlung anzuvertrauen. Er hatte eine Kleinigkeit in der Wohnung vergessen – sie stand am Fußboden, feines, verletzliches Papier, auf die schmalen Latten eines Holzrahmens getackert, Papier, in aufeinanderfolgenden Lagen mit äußerst verdünnter Acrylfarbe bedeckt, um den Charakter der Transparenz zu wahren, eine bewegte Oberfläche, leicht zitternd, ungreifbar wie ein Flügelschlag, durchscheinende Flächen, wie Schleier, die zeigten und kaschierten, die die Leere im Zentrum bezeichneten und zugleich verbargen. In dieser transparenten Fläche tauchte ein Linienzug auf, der Versuch, einen Kreis zu malen, ein Kreis, der sich nie schloß, der offen blieb: Linien liefen aufeinander zu, um sich dann doch zu verfehlen; wobei sich an eine durchlaufende Linie wieder eine andere Linie legte, um den ersten Linienzug wieder auszustreichen; Nahtstellen entstanden so in Sebaks Bildern, Nahtstellen, die versuchten, dieses Sich-Verfehlen, dieses Aufklaffen zu schließen – klaffende Wunden. In einer ausgeräumten Wohnung, in der verlassenen Notunterkunft des ehemaligen leitenden Angestellten Christian Kirsch stand Sebaks Wunde am Boden, an einen nicht sichtbaren Holzrahmen festgeklammert. Er blieb in der Tür stehen und sah durch das leere Zimmer auf diese Wunde, ein langersehntes Wiedersehen nach Jahren, dabei hatte er schon am Steuer seines Peugeot gesessen, den Zündschlüssel schon im Griff von Daumen, Zeige- und Mittelfinger; langsam, ohne das Kreisbild, das Sebaks Wunde war, aus den Augen zu lassen, näherte er sich, Schritt für Schritt, seinem papierenen, verwundbaren Visavis; er faßte das Bild, wofür die Spanne seiner ausgebreiteten Arme kaum genügte, transportierte es an der Frau Meier vorbei, die ihren Kopf verwundert schüttelte, leichtes Papier auf einem leichten Rahmen, ein behutsamer Abstieg über die fünf Stockwerke des Geierstraßenmietshauses, behutsam legte er das Bild auf die weiche Rücksitzbank seines Peugeot, behutsam fuhr er an, bog um die Kurve, ließ die Geierstraße und die gute Frau Meier in München zurück. Sebak aber nahm er mit, Sebak fuhr mit in seinem Wagen, mit Sebak auf dem Rücksitz fuhr er aus dem Schindler-München hinaus, mit Sebak nahm er sich wieder die Straßen – die Autobahn, die nach Kolbstadt führte. Sebaks Überführung aus seinem Auto vor seinem Anwesen in der Eichendorffstraße ins Innere seines Hauses aber stand noch aus. Nichts stünde dieser Überführung im Weg, dachte er, in Gedanken versunken, lehnend an der Gartenmauer. Oder stand ihr Margot im Weg? Sie hatte Sebaks Arbeit bei ihren zwei Besuchen in der Geierstraße gesehen und als »deprimierend« und

»schrecklich verwirrend« empfunden. Es war ein Bild, Acryl auf Papier, lächelte er, nicht mehr.

Er sah in das Weiß der Apfelblüten, das in der hereinbrechenden Dämmerung leuchtete. Noch immer lief Wasser im Bad. Behutsam ließ sie es in die Wanne laufen, mit Rücksicht auf Rudi, der schlief oder schlafen sollte. Immer tat oder unterließ sie etwas wegen des Jungen. Er mochte sich mit ihrer Rücksichtnahme nicht abfinden. Er hatte sich in diesen zweieinhalb Jahren nicht an sein Kind gewöhnt. Sie hatte drei Monate nach seinem zweiten Examen entbunden, mit Rudis Geburt war etwas zu Ende gegangen, was zusammenhing mit seiner Studentenzeit in München; etwas, das er noch hinübergerettet hatte aus dieser Studentenzeit in das Referendariat. Ausgerechnet vor seinem zweiten Examen mußte sie schwanger werden. Nach Rudis Geburt arbeitete sie weiter als Sprechstundenhilfe des Internisten, dem sie unentbehrlich geworden war. Er, als Assessor Christian Kirsch, schrieb Bewerbungen, verbrachte Stunden allein mit Rudi in der Wohnung. Der Junge schlief, als wollte er nicht zu Bewußtsein kommen. Licht fiel in Streifen durch die heruntergelassenen, gekippten Jalousien; lag, von grauen Metallamellen zerschnitten, auf dem grauen Teppich des Zimmers. Nachmittage vergingen, an denen er allein war mit dem Kind. Durch die offene Tür sah er den hohen, unförmig wirkenden Kinderwagen, von dem eine bedrückende Magie ausging. Und einmal ertappte er sich bei dem Gedanken, den Wagen anzustoßen, ihm freien Lauf zu geben, eine abschüssige Strecke hinunter. Zu dieser Zeit kam täglich eine Absage: In großformatigen Kuverts steckten die Kopien von seinem Abiturzeugnis und den Examensnachweisen. Ein halbes Jahr war er arbeitslos. Dann, im Mai 1970, kam unerwartet die Zusage des Chemiekonzerns aus München.

Ein letztes Mal Kolbstädter Freitagabendritual: Bei geschlossenen Augen sah er Wasser in die weiße Wanne laufen; weiße Bodenfliesen, weißgefliest die Wände; und auf seinen Wunsch freitags weiße Badetücher. Der Fliesenleger hatte ihnen einen blauen Saum in zweidrittel Höhe der Wände empfohlen, weiße Bäder gäbe es nur in Krankenhäusern. Aber er war sich sicher; duldete auch bei der Verfugung keine Farbe, keinen Kompromiß. Seine Studentenbude in München, aber auch Margots Wohnung, die sie seit 1967, seit Beginn seiner Referendarzeit hier in Kolbstadt als frischvermähltes Paar gemeinsam bewohnten und die Margot und er auch behielten, als ihn die unvermutete Zusage des Chemiekonzerns nach München zwang, waren farbig, voller falscher Reize, oberflächlicher Signale, in ständiger Veränderung. Zeitungsausschnitte, Fotos von Demonstrationen, Aufrufe, Verlagsprospekte: Briefe von Sebak, an die Pinnwand gesteckt. Nur in seinem Zimmer der Teppich, auf dem, von grauen Metallamellen zerschnitten, das Licht in Streifen lag, war grau.

Damals, 1968, als Sebaks Briefe unerklärlicherweise lange Zeit ausblieben und er die Konsequenz, die dahintersteckte, nur ahnte, ging ihm allmählich auf, daß er bei all dieser Farbigkeit, inmitten all dieser Aufrufe zur Veränderung, sich selbst nicht verändert hatte. Er war damals Referendar, Beamter auf Widerruf. Er schrieb Sebak, lud sich selbst nach München ein. Sebak antwortete nicht. Er fuhr nach München, traf aber Sebak nicht an. Er saß eine halbe Nacht vor Sebaks Haus im Auto. Irgendwann mußte Sebak auftauchen. Sebak tauchte nicht auf. Um Mitternacht fuhr er nach Kolbstadt zurück.

Er war ausgeschlossen, disqualifiziert. Ohne sein Zutun, wie er fand. Dabei war es doch nur Sebak, der sich von ihm abgewandt hatte, der nichts von sich hören ließ, ihn nicht mehr mit propagandistischem Material versorgte. Hatte er selbst denn keine Rolle gespielt, die er wieder hätte einnehmen können? In München, in der marxistischen Hochschulgruppe? Er war Referendar in Kolbstadt, im Stich gelassen von Sebak, dem Freund und Genossen in München.

Im weißen Bad war es still geworden. Er stellte sich vor, wie jetzt die weiße Emaille der Wanne durch die noch leicht wabernde Wasseroberfläche strahlte.

Als Margot und er darangingen, dieses Haus einzurichten, war er überrascht, wie sehr sie übereinstimmten in ihrem Geschmack. Klarheit, Zurückhaltung strebten sie an. Wie wenig hatte er Margot gekannt. Rudi hatte sie einander nicht nähergebracht; sie eher abgehalten, sich auseinanderzusetzen.

Ohne Anstrengung waren sie zu diesem Haus gekommen. Ein Telefonanruf seiner Schwiegermutter an einem Sonntagabend Anfang August 1971. Seine Reisetasche mit frischen Hemden, Socken, Wäsche für die Woche in München schon an der Wohnungstür. Margots abnehmender Widerstand am Telefon. Er hatte nie an ein Haus gedacht. Und obwohl er kein Wort von dem, was ihre Mutter sagte, verstand, wußte er Bescheid. Damals dachte er noch kaum ernsthaft an Kündigung. Zusammenhänge stellten sich in jenem Moment sofort her: Ein Haus in Kolbstadt, eine leitende Stellung in München – seine Tage bei Schindler waren gezählt.

Sie waren noch am selben Abend in die Eichendorffstraße gefahren, die Reisetasche für München im Kofferraum. Das Gartentor war tatsächlich aus den Angeln gehoben und an die Aschentonne gelehnt. Bis zur Garage maß er mit Schritten fünfundzwanzig Meter aus. Sie konnten nicht ins Haus, standen auf der Terrasse und blickten hinab in einen tiefer liegenden, verwilderten Garten.

Die Wiese von keinem Fuß niedergetreten. Zaghaft trat

er als erster hinein. Langte hoch in die Äste, pflückte eine Birne, aß sie bis auf den Stiel. Der Garten war von außen nicht einsehbar. Nur so durfte sich solcher Wildwuchs entwickeln, in diesem Villenviertel. Fertige Bilder standen vor seinen Augen: Er in der Wiese, in einer Akte blätternd. Er hörte das leise Klirren von Kaffeetassen an Sommernachmittagen; von seinen Bäumen aß er Obst.

Nachts auf der Autobahn hatte er es plötzlich eilig gehabt. Er wollte zu seinem »Widersacher«. Dort hoffte er, bestätigt zu finden, daß ein Haus und ein Garten nicht im Widerspruch standen zu innerer Freiheit und der Vergesellschaftung von Produktionsmitteln und Grundbesitz.

In München, in seinem Zimmer, saß er am Bettrand, nachdem er eine Dose Ölsardinen aufgerollt hatte. In der einen Hand hielt er die Gabel, auf der Tischkante lag die Dose, auf seinen Oberschenkeln der »Widersacher«. Bei dieser nächtlichen Suche in seinen »Widersacher«-Erinnerungen hatte er gespürt, daß die Ereignisse des Spätnachmittags in Kolbstadt – der Anruf seiner Schwiegermutter, die Fahrt in die Eichendorffstraße, das Hinabsteigen in den verwilderten Garten, sein selbstverständlicher Griff nach einer reifen Birne, die er gegessen hatte wie Obst vom eigenen Baum – dem »Widersacher« seine Spannung nahmen, seinen Schrecken, er, der Hungrige, beschäftigt damit, mit einer Gabel die Sardinen in der Dose zu zerstückeln, mußte sich anstrengen, wollte er die schwierigen Bilder des »Widersachers«, seine verschlüsselten Botschaften verstehen: Von einer Welt, die er sich selbst erschaffen müßte, war die Rede, noch im August 1970 – nun, ein Jahr später, spielte er ernsthaft mit dem Gedanken, in der realen Welt des feinen Stadtwestens von Kolbstadt ein Haus zu erwerben. Auf sich selbst sei er verwiesen, stand es im »Widersacher«, er hätte den Marxismus entdeckt. »Als ich den Marxismus entdeckte, war ich Jäger, später das Opfer, nicht Opfer des Marxismus, sondern Opfer des unerträglichen Widerspruchs zwischen dem richtigen Bewußtsein und der immer schmerzlicher bewußt werdenden Bewußtlosigkeit.« Dieses Erfahrungs-, dieses Leidenskonzentrat des Berufsanfängers Christian Kirsch gab in jener Augustnacht 1971 in München wenig her für die Linderung der Leiden, die der Gedanke an einen Hauskauf, an einen Eigentumserwerb in der Eichendorffstraße in Kolbstadt dem leitenden Angestellten Kirsch zufügte. An eine Exploration hatte ihn, den Sardinenesser, der die fettigen Stückchen auf einer Gabel vom Tisch über das Manuskript zu seinem Mund transportierte, der »Widersacher« erinnert: »Ich habe, einen Stock tiefer, in der Hauptverwaltung, meine Personalakte eingesehen, in einer Art Drehständer hängt meine Akte unter anderen Akten; ich habe sie mir aushändigen lassen; die Feststellung des Betriebsarztes bezüglich des vor seiner Einstellung betriebsärztlich untersuchten und begutachteten Assessors Christian Kirsch habe ich gelesen – Feuchte Innenhandflächen, deutlich verstärkter Hautdermographismus, Psyche unauffällig.«

Heute, an diesem Freitagabend, 12. Mai 1972, lehnte der Richter auf Probe, Christian Kirsch, an einer Gartenmauer in der Eichendorffstraße in Kolbstadt und litt nicht an dem spürbar »verstärkten Hautdermographismus«, der von den spitzen Steinchen des Verputzes herrührte, des Verputzes einer Mauer, die sein Eigentum umschloß. Es war spät geworden damals, in jener Augustnacht in München, als er endlich die Mappe zuklappte, die die losen Blätter seiner Erinnerung enthielt. Mit Brotbrocken tupfte er das Öl vom Boden der Blechdose. Sein Hunger schien nicht zu stillen in dieser Nacht, in der er dann schlecht schlief. Es war eine warme Nacht. Das Zimmer wies auf die Straße hinaus.

Zwei Tage später lagen die Pläne für das Flurstück 235/7,

Kolbstadt, Eichendorffstraße, schon auf seinem Schreibtisch in München. Die Baugenehmigung war im März 1952 erteilt worden. Es war ein Haus der fünfziger Jahre, entworfen von einem stadtbekannten Architekten – überall der Versuch, aus Nischen, Ecken Räume zu bilden. Kleine Zimmer, keine Kammern, die Lichtführung durchdacht. Geschmackvoll kleinbürgerlich, sagte er sich. Freilich, was war das für ein Kleinbürgertum, das sich in den frühen fünfziger Jahren im feinen Stadtwesten ein Wohnhaus mit Garage hinstellen, einen Garten anlegen lassen konnte; versteckt vor den Blicken der Straße. Überrascht hatte ihn der Garten. Nicht erwartet hatte er ihn. Seine Unberührtheit hatte ihn berührt. Er war gleich beim ersten Mal in die Tiefe des Gartens gegangen, bis an die Mauer, gegen die er sich gelehnt hatte – die Mauer, an der er jetzt lehnte, während, hinter weißen Apfelblütentrauben, oben im weißen Bad weiße Handtücher auf ihn warteten. Auf tausend Quadratmeter hatte er den Grund geschätzt. Ja, er war zurückgekommen. Von einer Minute auf die andere. Ein Telefonanruf. An einem Augustabend.

Sie hatten noch keinen Schlüssel zum Haus gehabt. Er zweifelte nicht daran, daß ihm die Raumaufteilung zusagen würde. Ohne viel Umbauen kämen sie aus. Keine Wand sollte eingebrochen werden. Alles so bleiben, wie es gebaut war, 1952, nein, 1953. Hatte er nicht die Hammerschläge der Zimmermänner vernommen, das Gejammer der Mörtelmischmaschinen, im Juni 1953, auf der nicht überdachten Plattform der Straßenbahn, als er die parallel zur Eichendorffstraße verlaufende Humboldtstraße zum Schiller-Gymnasium hinausgefahren war, um anzutreten, im Stadtwesten, zur Aufnahmeprüfung. An wenige Bilder konnte er sich erinnern, drei, vier Aufnahmen eines verlorengegangenen Films. Waren es exemplarische Bilder? Daß er seine Aufgabe in der letzten Bank schrieb; er mußte am Ende die Blätter einsammeln. Daß er, sah man zum Pult, links außen saß. Ausgerechnet er schichtete die Arbeiten der Prüflinge übereinander, die vor ihm saßen. Einer schrieb mit zittriger Hand einen letzten Satz, als er schon neben ihm stand, die Hand ausstreckte und nervös zum Pult sah. Endlich war er bei der ersten Bank angekommen, las die Blätter auf, als er einen der Prüflinge flüstern hörte: »Warum schwitzt du denn so?« Die Frage galt ihm. Sein Gesicht war naß gewesen. Er hatte es nicht bemerkt. Ein Gefühl der Unsicherheit breitete sich in ihm aus. Ihm wurde bewußt, daß er sich den Konkurrenten unterlegen fühlte, jedem von ihnen. Er hatte sie nach Schwächen abgesucht, als sie alle zusammen vor der Klassenzimmertür standen und warteten, eingelassen zu werden. Sie waren unbekümmert; an dem Ausgang dieser Prüfung, wie ihm schien, nicht interessiert. Sie steckten die Köpfe zusammen über einem großen, blaulackierten Bleistift, auf den Verkehrszeichen aufgedruckt waren. Sie waren vom Baden hierhergekommen. Nach dem Mittagessen führen sie auf neuen Rädern ins Freibad zurück. Sie waren Schwimmer, Freischwimmer, einige Fahrtenschwimmer. Sie würden von ihren Müttern vor dem Klassenzimmer erwartet, entschädigt durch einen Griff in die Einkaufstasche. Auf ihn konnte Mutter zu Hause nicht warten. Sie befand sich in einem Sanatorium im Schwarzwald. Nachbehandlung, Vater sagte »auf Kur«. Dagmar, seine ältere Schwester, hatte sich freigenommen. Sie arbeitete als Gehilfin bei einem Anwalt. Während er über den Prüfungsaufgaben brütete, stand sie für ihn in Mutters Küche. Für ihn kochte sie sein Lieblingsgericht Fleischpflanzl. Noch heute erinnerte er sich an die Zigarette, die sein Bruder Dietmar in der Küche rauchte; er hatte Vaters Platz eingenommen, der Mutter im Schwarzwald besuchte. Das gleiche Bild: So wie Vater Mutter, beobachtete

Dietmar Dagmar am Herd. Was bedeutete es, daß er ein anderes Bild verloren hatte? Wie seine Familie es aufnahm, eine Woche später, daß er bestanden hatte.

Er war vom anderen Ufer in das humanistische Gymnasium in der Humboldtstraße gekommen, aus Stadtvorhof, wo Hofmanns Essigfabrik eine Fabrik unter vielen war. Die Humboldtstraße lag einen Steinwurf von der Eichendorffstraße entfernt.

Noch heute fand er, daß das Haus nach seinen Maßen geschneidert war. Sie ließen alle Räume weiß streichen, und er hängte Sebaks frühe Bilder auf, die der ihm geschenkt hatte, drei großformatige, scheinbar geheimnisvolle Arbeiten, die so viele nicht verstanden.

Er hatte im August 1971 Erfahrungen mit sich gemacht. Die Energie, mit der er diesen Hauskauf anging, stärkte sein Selbstvertrauen. Im nachhinein schien alles ein einziger Plan: der Anruf seiner Schwiegermutter an einem Sonntag im August, ihr Gespräch mit Margot; der plötzliche Tod einer alten Dame, einer ehemaligen Konzertpianistin, wohnhaft in der Eichendorffstraße; die Unberührtheit des Gartens, die etwas in ihm angestoßen und bewegt hatte; das Tempo, mit dem die Erben – die alte Dame hinterließ zwei Söhne, die aus Hamburg angereist kamen – an den Kauferlös kommen wollten; die Unausweichlichkeit der Kündigung seiner Stelle in München; seine Vorsprache im Justizministerium, wo man ihm den Richter auf Probe in Kolbstadt avisiert hatte, »natürlich ohne einer formellen Verbescheidung vorzugreifen«; seine wohl endgültige Heimkehr nach Kolbstadt, zu Margot und Rudi, in den Schoß seiner »kleinen Familie«. Er hatte den Plan nicht entworfen. Er war nur der Protagonist. Alles ein einziger, lückenloser Plan. Konnte es sein, daß Sebak in diesem Plan fehlte?

Sie hatten einen Flug nach Athen gebucht. Es blieb ihnen

nicht viel Zeit für den Hauskauf in jenem August. Er nahm Kontakt zu den Erben auf. Er erkundigte sich bei dem Stadtbauamt nach den Richtpreisen der Eichendorffstraße. Es hatte in den zurückliegenden Jahren keine Grundstücksbewegungen in der Eichendorffstraße gegeben. Ausgerechnet er brachte Bewegung in das unbewegte Geschäft von Immobilien. Anhand von Brandversicherungsurkunden errechnete er selbst Vergleichswerte für das Haus – überschlug die Kosten unbedingt notwendiger Reparaturen. Die Darlehensrückzahlung an Margots Mutter stellte er auf Rentenbasis. Die Zahlungsverpflichtungen hielten sich in Grenzen.

Auf seiner nächtlichen Fahrt nach München an jenem Sonntag im August stellte er das Band mit den Stones nicht an. Er hielt Zwiesprache mit Sebak. Warum rechtfertigte er sich? Was wußte Sebak von seinen Kämpfen in München. Von der Assmann und ihrer veränderten Stimme am Telefon, wenn sie ihn in Schindlers Zimmer rief. Das Mitleid in dieser Stimme, das er nie überhörte, machte alles noch schlimmer. Sie sprach ein bißchen leiser, ein bißchen langsamer, ein bißchen gedehnter als sonst. Wenn er das Vorzimmer dann betrat, Schindler mit halbem Hintern auf dem Tisch der Assmann. Ihr Blick in die Schreibmaschine gesenkt, die Hände über der Tastatur; sie wagte es nicht anzuschlagen. Schindler nahm die Hände nicht aus den Hosentaschen; wenn er mit ihm redete, redete er an ihm vorbei, sah aus dem Fenster; zunächst wirkte Schindler aufgeräumt, als wäre er gutgelaunt vom Schreibtisch aufgestanden, hätte sein Chefzimmer verlassen, um sich die Füße zu vertreten; um sich in der privaten Atmosphäre, die die Assmann in ihrem Zimmer, das sein Vorzimmer war, im Laufe der Jahre geschaffen hatte, für ein paar Minuten abzulenken. Tatsächlich schenkte er den Urlaubspostkarten, die die Assmann an das schmale Wandstück in ihrem Rücken zwischen Zimmerecke und Fenster geheftet hatte, diesem privaten Refugium, Aufmerksamkeit; ging nah mit dem Kopf heran, nahm die Brille ab, um aus der Nähe die Ferienorte, die Absender zu lesen. Und während er las, begann er die ersten Fragen zu stellen. Beiläufig fragte Schindler ihn nach dem Fortgang irgendwelcher Arbeiten. Und er fiel immer wieder auf dieses Spiel herein; bemühte sich um eine Antwort, erinnerte sich angestrengt an Daten, Posteingangsstempel, an gemeinsame Absprachen. Hatte er geantwortet, entstand eine Pause, die zunehmend bedrückender für ihn wurde; in der ihnen allen, der Assmann, ihm, Schindler selbst aufgehen mußte, wie schlecht orientiert Schindler war. Und immer dann, wenn er dieses Schweigen nicht mehr aushielt und mit einer Einschränkung Schindler zu Hilfe kommen wollte, fiel ihm Schindler ins erste Wort; schwoll dessen Stimme an; war der Augenblick der Konfrontation erreicht, die Schindler gesucht hatte. Denn darum war er von seinem Schreibtisch aufgestanden, darum hatte er die Doppeltür geöffnet, hatte vor der Assmann gestanden, »Kirsch soll kommen!«. Sekunden später klingelte dann in seinem Zimmer das Telefon.

Er hatte schlecht geschlafen in dieser Augustnacht in München. Es lag nicht an den Ölsardinen, die er gegessen hatte, auf der Bettkante sitzend, während er im »Widersacher« las. Und obwohl er Schindler am nächsten Morgen sehen sollte, hatte es auch nicht an Schindler gelegen. Schindler war weit weg gewesen.

Sie saßen beide an den entgegengesetzten Enden eines langen Korridors. Er wollte Schindler hassen. Er mußte ihn hassen. Er hätte ihn hassen müssen. Es gab so viele Gründe, ihn hassen zu müssen, die nichts mit ihm zu tun hatten. Er mußte ihn hassen, damit er niemals anfing, sich an Schindlers zu gewöhnen. Wo immer er sie auch antraf. Er mußte Schindler in Erinnerung behalten, um die Schindlers zu erkennen, wo immer er ihnen begegnen würde. Die Aufzeichnungen über Schindler verhinderten, daß Schindler untertauchte – im »Widersacher« hatte er sie schlicht »Erinnerungen an Schindler« genannt. Sein Versuch, objektiv über ihn zu berichten, machte die »Erinnerungen an Schindler« zu einem wertvollen Dokument. In den »Erinnerungen an Schindler« ging es nicht um seinen persönlichen Widerstand. So gipfelte dieser Report in einer anderen Erkenntnis als der, er, Christian Kirsch, wäre mit Schindler nicht zurechtgekommen. Um eine andere Sache als nur die seine ging es in diesem Abschnitt des »Widersachers«. Darin lag sein politischer Wert.

Die »Erinnerungen an Schindler« hatte er auf eine Kassette gesprochen. Diese Kassette war eine echte Alternative zu der Musik der Rolling Stones. Er schob sie in den Recorder, sobald er aus München hinausgefahren war. Sein Peugeot wurde zu einem Übertragungswagen; er war der Reporter, der mit bemüht »objektiver« Stimme die Ängste des Abteilungsleiters G. übertrug, den Schindler in dessen Büro aufsuchte, um ihm zum Geburtstag zu gratulieren. Auch diesen Freitag hatte er, der München-Heimkehrer, auf die Geburtstagsmensch-Kassette nicht verzichtet. Sachlich sprach er vom Band, eine Christian Kirsch Produktion, eine Einmann-Einlage, die es aufnehmen konnte mit Sympathy For The Devil und Street Fighting Man.

Jetzt, an der Gartenmauer, verschloß er die Augen vor weißen Apfelblütentrauben; die Vorstellung von weißer Emaille, die vom Grund einer Badewanne durch eine leicht wabernde Wasseroberfläche strahlte, stieg schwerelos in ihm auf, um wie eine Kohlensäureperle beim Austritt an die Oberfläche zu zerbersten. Die Bilder verlöschten. Er hörte in sich. Den Geburtstagsmenschen G. hatte er im Kopf, ein Beweismittel, verfügbar, überall, wo er war, zu jeder Zeit. Mit geschlossenen Augen lauschte er der Übertragung:

Erinnerungen an Schindler. Unerwartete Schübe. Keine Gegenwehr. Namen, Ortszeiten würden zu sehr belasten. Deshalb: Schub 78, Klischee 88. Die Protagonisten: Schinder, Aal, Opportun (zur Legitimität ihrer Charaktermasken – vielleicht – später). Tatort: M.

Tatanlaß: der Geburtstagsmensch G.

Die Registratur funktioniert.

Schinders Vorzimmer beruft die Kaste der Geburtstagsgratulanten ein. Geburtstage sind wahrzunehmen: Abteilungsanordnung 73 aus dem Jahre 1963 (AO 73/63). AO 73/63 konkretisiert die Wahrnehmungsformen, z. B. Zulässigkeit, gegebenenfalls Wert eines Geschenks.

Das Gratulationskartell setzt sich in Bewegung.

Seine Formation: Schindler, eskortiert von Aal, Opportun, flankiert von Assessor K., das Hauptbüro.

Dem Geburtstagsmenschen G. ist heiß.

Der Geburtstagsmensch G. sieht auf dem Zifferblatt der Wanduhr den Zeiger springen.

Der Geburtstagsmensch G. poliert die Gläser.

Der Geburtstagsmensch G. zählt bei geschlossenen Augen die Stühle.

Der Geburtstagsmensch G. kühlt seine Schweißhand an den etikettierten Frankenweinflaschen.

Der Geburtstagsmensch G. zerbricht sich den Kopf über die offenstehende Glastür zur Schreibzentrale.

Die Gratulationskaste löst ihre Zweierreihenformation auf, sie formiert den Repräsentationsführungsstab:

Schinder

Aal

Opportun.

Das Hauptbüro weist die Vortrittsofferte des Assessors K. mit vorzüglicher Hochachtung ab.

Der Eintritt vollzieht sich.

Wir wünschen Ihnen, der Sie zum Kreis der noch engen Mitarbeiter gehören, alles Gute.

Das reservierte Schweinslederpolster empfängt Schinders Arsch.

Sätze. Vielleicht diese:

Schinder: Nun G., was fahren Sie denn für einen Wagen?

G.: Herr Direktor, ich fahre ...

Schinder: Du siehst mehr Schenkel als Akten.

Aal: Köstlich! Ganz einfach köstlich!

Schinder: Also, ich brauche mit dem 280 SE von München nach W. zwei Stunden. Anschließend habe ich mit dem Ministerialdirigenten Z. vier Bocksbeutel getrunken.

Aal: Saagenhaft!

Schinder: Daß mir die nicht bummeln, G. Wir werden sowieso wieder Anschläge zählen. Verdammt, jeder einzelnen sieht man zwischen die Beine.

Aal: Waahnsinn!

Schinder: Kein Wunder: diese Sozis mit ihrer Pornographie. Wissen Sie, G., daß mein Bruder in Regensburg dem Bischof seinen Dreihunderter unter der Hand abgekauft hat?

Aal: Ffantastisch!

Schinder: Was diese Tipsen abends treiben? Lassen sich einen dazwischentreiben, was, K.?! Meine Tochter will jetzt den Targa. Ich habe ihr klargemacht: Limit Zwölftausend. G.! Was machen die mit dem Tauchsieder? G.! Daß die mir ja die neue AO einhalten!

Opportun: Herr Direktor! Die Friemel hält sich nicht an die neue AO!

Schinder: Halten Sie das fest!

Schinders Vorzimmer, die Assmann, tritt ein, unterbreitet Schinder elf Schriftsätze zum Unterschreiben.

Vorzimmer: Dankee. Dankee. Dankee. Dankee. Dankee. Dankee. Dankee. Dankee. Dankee. Dankee. Dankee. Vielendank, Herr Direktor!

Schinder: Limit Zwölftausend. Assmann, bleiben Sie da! Jetzt will ich die Schenkel meines Vorzimmers sehen. Rein ins Schaufenster! Los, Assmann, gleich hinter die erste Maschine!

Brüllen. Freudiges Arschwetzen.

Die Assmann geht geradrückig durch die offenstehende Glastür.

Assmann Schindervorzimmeraugen begehen Klassenverrat in der Schreibzentrale.

Das Mädchen Friemel räumt seinen Platz.

Schinder: Gestern sitzt meine Tochter vorm Fernseher. Da blasen diese holländischen Anarchisten Gummis auf, mitten auf der Straße.

Aal: Waahnsinn!

Schinder: Was glauben Sie, warum die da drinnen diese Minis tragen!

Aal: Genau!

Die Assmann manipuliert an ihrem Rock.

Grünes Licht für Schinderaugen: Schwarzer Slip.

Schinder: Rauf! Rauf!

Die Assmann wetzt mit dem Hintern.

Schinder: Die Assmann ist ein Luder.

Aal: Aber genau!

Schinder: Wein schmeckt Ihnen nicht, K.?

Die Assmann sitzt hinter der Glaswand.

Die Assmann versucht, ihr Lächeln zu halten.

Schinder: Was machen Sie mit dem freien Geburtstagsnachmittag?

G.: VW-Putzen, Herr Direktor.

Draußen, auf dem Gang, stimmen alle Augen Schinders Augen zu.

Mahlzeit, Herr Direktor!

Schinder: Moment, G.! Von Ihnen bekomme ich die Leistungsstatistik. Ausgewertet! Sie sind verantwortlich, daß jede ihren Namensstempel hat. Und benützt! Die Friemel schicken Sie mir um drei!

Was wußte Sebak von alldem? Was würde Sebak sagen, wenn er die Geburtstagsmensch-Kassette hören würde? Was würde Sebak sagen, wenn er ihn hier in seinem Garten stehen sähe? Was wußte Sebak von dem Gespräch, das er mit Niebler an einem Julispätnachmittag nach Dienstschluß geführt hatte? Er war erst wenige Wochen in München bei dem Chemiekonzern. Er war länger geblieben. Die Vorzimmerinszenierung hatte ihn gelähmt: Er war unfähig, sich der unerledigten Akten anzunehmen, die sich auf seinem Schreibtisch türmten. Niebler und er waren in derselben Position; Niebler allerdings seit acht Jahren in der Firma. Vielleicht hatte er Niebler leid getan. Scheinbar zufällig trafen sie sich auf dem Gang. In der Atmosphäre von Feierabend, Putzfrauen, ungeleerten Papierkörben vor offenstehenden Bürotüren lehnten sie an einem der Fenster. Niebler sprach zu ihm, kameradschaftlich, väterlich; zeigte sich informiert, ja eingeweiht. Woher wußte Niebler? Woher nahm er das Recht? Er vertraute Niebler, schon nach den ersten Sätzen: »Schlagen Sie seine Einladungen nicht aus! Trinken Sie mit ihm! Er will Sie einmal betrunken sehen. Wenigstens ein einziges Mal!« Den Druck, den Schindler auf ihn ausübte, sollte er nach unten weitergeben und Schindler darüber berichten, riet Niebler, eine nahtlose Hierarchie ermöglichen, an deren Spitze Schindler thronte; eine Kette von Subordinationsverhältnissen. Nur berichten müßte er dem Chef, kontrollieren würde Schindler nicht. Dann könnte er seine Nachgeordneten unbehelligt so behandeln, wie er das für richtig hielte. Er bräuchte nur ein paarmal Wein in sich hineinzuschütten und sich aus der stolzen Reserve seiner Überzeugung von einem sachbezogenen, partnerschaftlichen Umgang mit allen Angestellten des Konzerns herauslokken zu lassen. Das klang plausibel, leuchtete ein, zumal wenn er über Schindlers Vorzimmerauftritte nachdachte. Hatte er die Avancen, die Schindler ihm machte, bis heute übersehen? War ihm nicht aufgefallen, daß Schindler, wenn sie sich unter vier Augen sprachen, in eine breite bayerische Sprechart verfiel? Und obwohl er wußte, daß Schindler Münchner war, empfand er diese Mundart aus Schindlers Mund immer als ein Abgleiten, ein Anbiedern. Ja, jetzt, da ihn Niebler aufklärte, erkannte er dahinter die Offerte. Dieses Gespräch mit Niebler hatte ihn gestärkt. Er sah klarer, unpersönlicher. Von nun an dachte er »Schinder«, wenn er an Schindler dachte. Weintrinken ging er mit ihm nicht.

Margot erschien auf der Terrasse. »Dein Bad wird kalt«, sagte sie. Sie hatte Blue Jeans an. Sie gefiel ihm in Blue Jeans. Sie rauchte. Wenn sie rauchte, war sie mit einer Arbeit fertig. Niemals rauchte sie, während sie seine Reisetasche packte oder Rudi versorgte. Sie rauchte auch keine Zigarette »mal zwischendurch«. Er ging durch den Garten zurück zur Terrasse. Er sah zu ihr auf. Etwas war anders zwischen Margot und ihm als an anderen Freitagen. Vielleicht hing es damit zusammen, daß er nicht mehr nach München fahren würde.

Die Erregung, die ihn auf seinen Nachhausefahrten ergriff, die plötzlich da war, wenn er auf der Autobahn an sie dachte, hatte sich dieses Mal nicht eingestellt. Oft war er bewußt langsamer gefahren, um diese Erregung noch zu steigern, indem er seine Ankunft hinauszögerte.

Vertieft in Vorstellungen, die nichts offen ließen, in denen sie aktiver war, als sie es tatsächlich sein konnte. Aus einer bestimmten Telefonzelle, im ersten Ort nach der Autobahn, rief er sie an. In eine Spannung sollte sein Anruf sie versetzen. Eine Ankündigung, verschlüsselt in belanglose Sätze. Was es Neues gäbe; ob mit Rudi alles in Ordnung wäre; in einer dreiviertel Stunde käme er an; die Sprechzeit sei gleich zu Ende.

Er musterte sie. Sie hatte eine gute Figur, auch in Jeans. Es war ihm immer gelungen, während der Woche in München, sich ihre Figur in Jeans vorzustellen. Er bemühte sich, sie sich ohne Jeans zu denken. Das mißlang. Das erregte ihn.

Jetzt, da er aus der Tiefe des Gartens auf sie zuging und sie in Jeans auf der Terrasse stand, blieb etwas aus. Sie hielt in der rechten Hand die Zigarette, und während sie ihm sagte, er möge bitte leise sein, weil Rudi schliefe, spielte sie mit der anderen Hand an den Enden ihres schulterlangen Haars. Er ging nicht gleich ins Haus. Er stellte sich neben sie auf die Terrasse. Sie sahen beide hinab in den Garten. Er wußte, daß sie nun anfangen würde, über den Garten zu reden. Spätnachts, wenn sie sich schlafen gelegt hätten, kurz vor seinem Gute Nacht, würde sie eine Unterredung mit Rudis Kindergärtnerin erwähnen. Daß Rudi mit zweieinhalb Jahren eigentlich noch zu klein sei für den Kindergarten; andererseits schon zu groß für die Kinderkrippe; ein Grenzfall eben, auf den man Rücksicht nehmen müßte. Er würde sich bewußt werden, zumindest sich einreden, daß sie die ganze Stunde, während sie beisammen gewesen waren, bei geschlossener Tür, an Rudi, Kinderhort, Kinderkrippe und die Kindergärtnerin gedacht hätte. Mit solchen Vokabeln beendete sie unbewußt einen Abschnitt, der seinen Wochenbeginn in München, seine Ankunft am Freitagspätnachmittag in Kolbstadt und noch einen Teil der Nacht auf Samstag umfaßte. Mit einem Wort zerschnitt sie eine Spannung, die davon herrührte, daß er auch Freitag nachts in Kolbstadt, neben ihr im Bett, noch nicht heimgekehrt war; sie sich in der Fremde liebten, wo er sie als Fremde begehrte, sie als Fremde besaß.

Seit sie in dem Haus wohnten, erschien sie selbstbewußter. Sie war nie unsicher gewesen, sie war nur hinter ihn zurückgetreten. Er war es, der etwas so wollte und nicht anders; er war es, der entschied. Was mit Rudi zusammenhing, was für ihn getan werden mußte, tat sie. Er war die Woche über in München; sie hatte auch die Hilfe ihrer Mutter hier in Kolbstadt. Ihm war es recht gewesen.

Nachdem sie das Haus gekauft hatten, hatten sie gemeinsame Entscheidungen zu treffen, sich für Wandfarben, Fliesen, Teppiche, Vorhänge zu entscheiden. Sie stimmten in ihrem Geschmack überein. Und da er seinen Geschmack verändert hatte, ihn heute die Farbigkeit, das Provisorium ihrer damaligen Wohnung nervte – die zusammensteckbaren Sitze aus Preßspan, die er knallgelb lackiert hatte, die verknitterten Ausstellungsplakate, glaslos, mit Reißnägeln an die Tapeten geheftet –, lag es da nicht nahe, daß sie ihren Geschmack beibehalten hatte? Was gingen sie die Aufrufe zu all den Go-ins, Teach-ins, die Protestaktionen an? Was sollte sie mit den »Texten«, mit den »Materialien«, den »Arbeitspapieren« anfangen, die er in seiner Studentenzeit an Wochenenden aus München anschleppte, an die Wände pflasterte; die ihm später, als er nicht mehr in München studierte, noch im ersten Jahr seiner Referendarzeit, Sebak nach Kolbstadt geschickt hatte?

Er wollte die Wände seines Hauses von solchen Papieren freihalten. Er war nicht frei von den Zielen, den Ansprüchen, die sich hinter diesen Aufrufen und Analysen verbargen. Sein Bewußtsein ließ sich nur nicht auf einen so plakativen Nenner bringen. Sein Bewußtsein heute ließ sich auf gar keinen Nenner bringen. Er wollte es sich nicht einfach machen. Er hatte es sich in München, in diesen achtzehn Schindler-Monaten, nicht einfach gemacht. Er hatte keinen Grund, mit seiner Studentenzeit, mit seiner »Sebakzeit« abzurechnen. Er wollte sich einen klaren Blick bewahren. Er wollte klarkommen, klarsehen.

Er hatte mit diesem Chemiekonzern in München abgeschlossen, seine Stelle hier als Richter auf Probe noch nicht angetreten. Der richtige Zeitpunkt, Bilanz zu ziehen. Vorbereiten wollte er sich, um nicht von Anfang an ins Schleudern zu kommen. Die Anlaufzeit, die er in München gebraucht hatte, sich zu orientieren in Schindlers »Reich der Notwendigkeit«, war zu einer passiven Zeit geworden, weil er nur mit sich selbst zu tun gehabt hatte, keinen Widerstand leisten konnte, noch; Schindlers Reich zu betreten, war für ihn gewesen, als hätte man die Tür eines Schmelzofens aufgerissen, so hatte er es einmal gelesen, in einer Zeit, in der er noch Hemingway las. Diese Zeit der Passivität mußte er sich in Kolbstadt ersparen. Er würde sich zurechtfinden, nach dem dialektischen Prinzip, das ihm zu eigen geworden war. Alles stand mit allem in Beziehung. Alles hing mit allem zusammen. Er durfte nichts auslassen. Alles gehörte dazu. Wie sie zu diesem Haus gekommen waren. Was er empfunden hatte, als er sich dafür entschied. Mit welchen Fliesen, Teppichen, Vorhängen sie es sich eingerichtet hatten. Welche Rolle Margot dabei gespielt hatte. Welche Rolle hatte Sebak ge spielt?

Die Apfelblüten setzten sich gegen den Abendhimmel ab. Blaugefiltert erschien von der Terrasse aus alles, was sich zu ihren Füßen ausbreitete: die fünf Stufen aus Muschelkalkstein, die hinunterführten, das Gras. Er spürte die Feuchtigkeit, die sich an seine Hosenstulpen geschlagen hatte, als er durchs Gras zur Terrasse gegangen war. Jetzt, da sie nebeneinander standen, stellte er wieder fest, daß er nicht größer war als sie. Es gab Situationen, in denen er sich nicht sie oder sich dachte, sondern ein Bild von ihnen beiden hatte. Er war mit diesem Bild zufrieden. Sie war eine attraktive Frau. Die Vorstellung von ihnen beiden ließ etwas offen. Wenn er im Urlaub es ihr überließ, ein Doppelzimmer zu bestellen, wenn sie im Lokal die Rechnung beglich, verunsicherte dies den Hotelier, den Wirt, die Gäste mit ihnen am Tisch. Woher sollten sie wissen, daß er nicht gern Geldbörsen, Brieftaschen an sich trug? In seinen Sakko- und Hosentaschen klimperten immer ein paar Markstücke; irgendwo steckte immer ein Schein. Gelegentlich warf sie ihm vor, er hätte kein Verhältnis zu Geld. Der Vorwurf schmeichelte ihm. Er wußte, was sie miteinander verdienten, und er hatte überschlagen, was sie miteinander verbrauchten. Es blieb nicht viel. Doch die Rechnung ging auf.

In München, nach dem Kantinenessen, hatte er mit Niebler manchmal eine Runde auf dem Werksgelände gedreht, wo im Sommer Arbeiter und Arbeiterinnen im Freien ihre Wurstbrote aßen, Kaffee aus Pappbechern tranken. Es beruhigte ihn, bestätigte seine Überzeugung von einem »latent schlummernden Klassenbewußtsein der Arbeiterschaft«, daß sie verächtlich auf seinen Anzug sahen. Dort draußen auf dem Werksgelände ließen sie sich nichts vormachen. Zu offensichtlich war, daß er sich die Hände nicht schmutzig machte. Niebler mochte diese Rundgänge als Spießrutenlauf empfunden haben. Niebler drängte ihn ab, in den Park, wo sie im Kreis ihre Runden drehten. Er versuchte wegzuhören, wenn Niebler ihm seine Rechnung aufmachte; Normapreise mit Edekapreisen verglich; im Geist Windeln befingerte, ausbreitete, ausmaß. An allen Ecken und Enden sparte Niebler ein.

Ihm ging es nicht um die Stelle nach dem Komma. Er haßte Ausdrücke wie Verdienst, Beförderung, Fortkommen. Niemand sollte beurteilen, was ihm zustand, was er verdiente. Wer wollte woran seine Verdienste messen? Um wen, wollten sie, daß er sich verdient machte? Wohin wollten sie ihn denn befördern? Woher wüßten sie, wohin er fortkommen wollte? Wovon wollten sie ihn wegbringen? Er wollte nicht fortkommen. Er hatte neun Klassen Gymnasium hinter sich gebracht, ein Abitur, ein erstes Staatsexamen, ein zweites; eine Referendarzeit dazwischen. Er war in diesen Chemiekonzern hineingeraten und wieder freigekommen. Und er stand, auf wunderbare Weise, hier in der Eichendorffstraße, neben seiner Frau, an diesem Freitag, dem 12. Mai 1972, und dachte mit gutem Gefühl daran, wie er vor neunzehn Jahren mit der Straßenbahn die Humboldtstraße zum Schiller-Gymnasium hinausgefahren war, in den feinen Westen von Kolbstadt. Die Straßenbahn fuhr noch immer. Sein Vater war gestorben. Er war soeben erst angekommen. Er wollte nicht fortkommen. Ins reine kommen wollte er. »Das Badewasser wird wirklich langsam kalt«, mahnte ihn Margot.

»Ich hole noch schnell die Reisetasche ins Haus«, antwortete er. Aus dem Kofferraum des Peugeot nahm er die Tasche, in die er vor seiner Abfahrt in München das Transistorradio gesteckt hatte, das Radio, mit dem er in der Geierstraße täglich die Nachrichten gehört hatte. Im Licht, fahlgrüngefiltert von den unter der Straßenlaterne sich fächernden Blättern einer Buche, breitete sich der Kreis über die Rückbank des Peugeot aus. Ein kreidiger Kreis, der sich nicht schloß, der auseinanderklaffte – Sebaks offene Wunde im künstlichen Licht eines OP. Er stellte die Reisetasche am Trottoir ab und sperrte den Wagen auf. Die Überführung des Bildes war plötzlich unaufschiebbar. Er faßte den Kreis mit ausgebreiteten Armen. In der Diele traf er auf Margot. »Ich hole deine Tasche.«

»Es hat etwas Bedrohliches«, sagte sie, als sie zurückkam und auf das Bild blickte. »Willst du es wirklich aufhängen?«

»Ich werde einen Platz dafür finden«, antwortete er.

Er rückte den Kreis so nahe an die Wand, daß das leichte Bild, angelehnt, fast aufrecht stehen blieb. Er kramte in der Reisetasche unter der Wäsche nach dem Radioapparat. In der Küche trank er ein Glas Milch. Im Hinaufgehen schaltete er das Radio ein. Es war Zeit für die Hitparade. Er stellte das Gerät im Bad auf den Heizkörper, zog sich aus, stieg in die Wanne.

Er hörte die Schlager der Woche gern. Als Sebak und er in München studierten und freitags nach Hause fuhren, hörten sie die »Schlager der Woche« im Autoradio. Die stereotypen Ankündigungen »mit Pfeil nach oben notierten wir ...«, »um drei Plätze in Ihrer Gunst verbessert haben sich ...«, amüsierten sie. Damals fuhren sie jedes Wochenende nach Kolbstadt. Er am Steuer des VW-Käfer; auf dem Rücksitz Reisetaschen, Plastiktüten, vollgestopft mit schmutziger Wäsche. Margot wusch Sebaks Wäsche in ihrer Waschmaschine mit. Obwohl er nur an Wochenenden mit Margot zusammenwohnte und Sebak außer seinem Bruder, mit dem er damals selten verkehrte, keine Verwandten in Kolbstadt hatte, war es ein Nach-Hause-Fahren. Margot kochte, bügelte die Wäsche. Sie hörte ihren Gesprächen zu. Mit niemandem konnte er besser reden als mit Sebak. Meistens sprach er, und Sebak hörte ihm zu. Die Fragen, die Sebak stellte, zeigten ihm, wie sehr er mitging, wie sehr er verstand. Er fühlte sich von Sebak verstanden. Er spürte selbst, daß Kraft von seinen Reden ausging. Er erlebte, wie seine Überzeugungen langsam in Sebak aufgingen. Er formte Sebak. Er leitete eine Entwicklung ein, deren Verlauf er glaubte bestimmen zu können. Daß er die Kontrolle über diese Entwicklung ihrer Beziehung verlieren könnte, war ihm nicht bewußt. Er erkannte, daß Sebak von ihm abhängig wurde. Daß er sich selbst eine Abhängigkeit schuf, erkannte er nicht. Er hatte Sebak am Bau kennengelernt, im August 1963. Sebak und er hatten Zementsäcke von Lastwagen abzuladen, sich auf die Schultern zu hieven. Sie hatten Ziegelsteine in Schubkarren über einen schmalen, schlenkernden Brettersteg in die oberen Stockwerke hinaufzuschieben. Die Arbeiter wollten ihren Spaß. Und sie kamen auf Sebak. Das Gewicht der Ziegelsteine zerrte an Sebaks ausgestreckten Armen; gebückt, mit zitternden Armen schob er die Karre, bemüht, die Balance zu halten. Sie erwarteten ihn im obersten Stock, ließen ihn Steine ausladen, und noch bevor er sich den Staub aus der Hose klopfen konnte, schickten sie ihn nach Bier. Er brachte einen Träger Bier in grünen Flaschen, den er wieder die vier Stockwerke hinuntertragen mußte, weil Maurern angeblich Bier nur aus braunen Flaschen schmeckte. Als er schließlich Zeuge wurde, wie sie Sebak im Duschraum anrempelten, damit das glitschige Stück Seife aus seiner Hand sprang, und er sich tatsächlich bückte, nach der Seife griff und sie das Stück Seife mit dem Fuß aus seiner zufassenden Hand schlugen, ging er dazwischen. Es war eine kurze Auseinandersetzung, bei der er einen Hieb abbekam; einen hell flammenden Schmerz unterm Auge verspürte, aber offensichtlich auch selber getroffen hatte, überrascht war von der Wirkung seines ungezielten Schlags. Sein Gegner wich langsam zurück; die Hände abwehrend vorm Gesicht, starrte er ängstlich auf ihn. Unter diesem Blick hatte er Haltung angenommen. Von diesem Tag an ließen sie Sebak unbehelligt. Obwohl er gegenüber Sebak später den Vorfall herunterspielte, wußte er doch, daß er davon profitierte. Er ließ es sich gefallen. Sie waren beide gleich alt. Und doch, wenn sie gemeinsam auftraten, sich einen Studentenausweis verlängern ließen, Formulare besorgten, wirkte Sebak wie sein jüngerer Bruder. Erst viel später, als er längst Referendar in Kolbstadt war und Sebaks Briefe ausblieben, ging ihm auf, daß er seiner Art, ein Behördenbüro zu betreten, ein Telefonat zu führen, sich eine Eintrittskarte zu beschaffen, mißtraut hatte. Eines Tages suchten sie eine Bank auf, um ein Konto für Sebak zu eröffnen. Sebak saß auf einer Couch inmitten der Halle und ließ ihn gewähren. Er wurde aufgerufen, seine Unterschrift zu leisten. Bevormundete er Sebak, oder benutzte Sebak ihn? Damals, als Sebak ihm nicht mehr antwortete, als die Aufrufe zu den Go-ins, Teach-ins, zu den Sammelmärschen verfielen, gelblich wurden an seinen Wänden, als es ruhig wurde um ihn, hatte er zuerst an ein Mißverständnis gedacht. Eine vorübergehende Verstimmung. In München, die Nacht, die er im Auto vor dem Mietshaus, in dem Sebak wohnte, verbrachte, das vage Gefühl wie eine plötzlich einsetzende Übelkeit, der Anfang einer Ohnmacht, nichts würde sich ändern, falls Sebak doch noch erschiene. Ein Mißverständnis, eine persönliche Verstimmung, redete er sich auf der Heimfahrt ein. Bald würden sie wieder zusammensitzen, darüber lachen. Als Wochen, Monate vergingen und Sebak sich immer noch nicht rührte, begann er verschiedene Theorien zu entwickeln, um sich diese Abkehr Sebaks zu erklären, die dessen Schweigen enthielt. Seinen Theorien lag eine einseitige Schuldverteilung zugrunde. Er übernahm Schuld, trug die Verantwortung für das Zerwürfnis. Wenn er schuldig war, konnte er sich zu dieser Schuld bekennen. Es lag an ihm, sich zu ändern. Plötzlich gab es zwei Welten. Die Welt, in der er lebte, in der er sein Leben verbracht hatte. Die Welt, in der

Sebak sich aufhielt, in der Sebak weiterlebte. Ohne ihn. Wo hielt Sebak sich auf? Welche Welt war das, in der er lebte? Welche Welt war das, die Sebak nicht mit ihm teilen wollte? Er arbeitete an seinen Theorien. Diese Theorien beschäftigten ihn. Aber sie brachten ihn Sebak nicht näher. Sie brachten Sebak nicht zurück.

Er war wieder in Kolbstadt; Rechtsreferendar, Beamter auf Widerruf. Beamter auf Widerruf, hörte er gern. In einem ausgeräumten Sitzungssaal des Justizpalastes saßen sie in Bänken wie in einem Klassenzimmer. Sie wurden verschult. Die Zeit der produktiven Widersprüche war vorbei, die Herrschaft der kreativen Phase gebrochen. Jetzt begannen Jahrzehnte der Reproduktion. Kontestation war ein Fremdwort; das Infragestellen aller gesellschaftlichen Phänomene eine Übersetzung, bei der man in Kolbstadt die Schultern zuckte. In diesem Klassenzimmer für Juristen wurde gelöst. Klausuraufgaben. Warnschüsse, die aufschreckten und das zweite juristische Staatsexamen ankündigten, kaum war das erste bestanden. Das Recht war ein Kasten, ein Setzkasten, über den sie sich beugten, um Recht zu setzen, in dem man Figuren als Täter, als Geschädigte, als Gläubiger, als Schuldner hin- und herschob, sie im Rahmen des geltenden Rechts bewegte. Seltsam, ihm taten diese Recht-Setzungs-Übungen, ihm tat dieses Spiel nicht weh. Worunter er litt, waren seine auf Widerruf verbeamteten Kollegen. Wenn sie ihn mit »Herr Kollege« ansprachen, wurde er wütend. Schließlich hatten sie in der Anwesenheitsliste zur Kenntnis genommen, daß er Kirsch hieß. Doch woher sollten sie wissen, daß er, ein Genosse noch gestern, nicht von heute auf morgen ein Kollege sein wollte.

Als Sebaks Briefe zwischen seinem ersten und seinem zweiten Staatsexamen ausblieben, war er allein. Eine mächtige Stille breitete sich aus. In ihr klang etwas nach:

ein Kopfton, den er akustisch nicht lokalisieren konnte, wie das Geräusch eines im Regen fahrenden Autos. War es ein Näherkommen? Ein Sichentfernen? Er lauschte. Er lauschte angestrengt. Er lauschte in allen Ecken. Diese mächtig einsetzende, mächtige Stille verwies ihn auf sich. Auf seine Beziehung zu Sebak, der sein Gedicht nicht beantwortet hatte. Vier, fünf effektvolle Zeilen, sie waren ihm aus der Hand geflossen. Er mußte Sebak verletzen, damit der sich wehrte, damit sie aneinandergerieten. Er nannte das Gedicht »Brief an meinen Freund«. Er spielte an auf Sebaks Examen zum akademischen Maler.

»Ich sage dir«, schrieb er in dem Gedicht, das versteckt seine eigenen persönlichen Erfahrungen als Rechtsreferendar in Kolbstadt enthielt, »die Zeit der produktiven Widersprüche ist vorbei, die Herrschaft der kreativen Phase gebrochen«, jetzt begännen, drohte er Sebak, »Jahrzehnte der Reproduktion«. Der Text war eine nicht ungeschickte Mischung aus lyrischer Abstraktion und direkten persönlichen Vorwürfen (»Deine Konzentration auf das, was wesentlich für dich war, habe ich immer bewundert«). Er wollte mit diesem Gedicht in die Stille, in diese lähmende Stille hineinschreien, für die er Sebaks Schweigen verantwortlich machte. Sebaks »Verachtung für Messer und Gabel« hätte er vergeblich versucht zu kopieren. Er schreckte nicht zurück vor Schlägen unter die Gürtellinie. In Hausschuhen und in einer Lederjacke bildete er Sebak ab, hilflos, abgeschnitten von der Realität: »Da stehst du jetzt in Hausschuhen, in der Lederjacke aus dem Kaufhaus des Westens, das Glas Nescafé in der einen Hand«, hielt er ihm vor, »und deutest mit der anderen auf die Fotokopie an der Wand ›Es muß alles anders werden‹ – im Lauf der Zeit.« Eine Lederjacke trug Sebak in dem »Brief an meinen Freund«. Tatsächlich hatte Sebak damals schon die weiße Blousonjacke an, eine Jacke aus

Stoff, die er, Genosse Kirsch, dem vor Kälte zitternden Demonstranten Sebak geliehen hatte und die der Freund Sebak in der Folgezeit nicht mehr herausgab, eine »rechtswidrige Aneignung«, die ihm geschmeichelt hatte – die Jacke, seine Jacke, als ein sichtbares Zeichen ihrer Verbundenheit. Diese weiße Jacke hatte er wohlweislich herausgehalten aus seinem »Brief an meinen Freund«, der nicht geschrieben war in der Absicht, dem Freund gutgemeinte Ratschläge zu erteilen. Die weiße Jacke, strahlendes Symbol ihrer, wie er immer noch hoffte, neu zu belebenden Freundschaft, durfte er nicht beflecken. Sebak antwortete nicht. Das Gedicht war ein untauglicher Versuch, oder es war ein Versuch am untauglichen Objekt, sagte er sich in der Sprache, die er in dieser Zeit im »Klassenzimmer« erlernte. Ein übler Trick. Das kam der Sache am nächsten. Auch wenn Sebak nicht antwortete – Sebaks Briefe aus früherer Zeit, über die er verfügte, waren authentisches Material. Er hatte sie bisher nur einzeln gelesen. Singuläre Antworten auf singuläre Fragen und umgekehrt. Aneinandermontiert ergäben sie vielleicht eine neue, eine andere Strecke, die nicht identisch wäre mit der Summe der einzelnen Briefe. Vielleicht steckte in jedem Brief eine Chiffre, die auf der kurzen Distanz einer einzigen Mitteilung nur aufglimmte und unsichtbar blieb, hinter der Oberfläche der Zeilen, hinter den von momentaner Betroffenheit diktierten Sätzen. Auf einer größeren Strecke ihrer Korrespondenz kämen diese Chiffren zum Leuchten, sagte er sich, verrieten etwas über Sebak und ihn, was jeder einzelne Brief nur kodiert enthielt. Das Kodewort für einen neuen Anfang. Der Anfang vom Ende der Stille.

Aber sosehr er sich auch bemühte, der Rechtsreferendar Christian Kirsch wurde nicht erlöst. Die Stille währte fort. Was blieb, waren Sätze: »Wie hältst Du das in Kolbstadt aus, in dieser Enge und Trägheit? Wo sind die Menschen, denen Du das sagen kannst, was Du zu sagen hast, die Dir das sagen, was Du verstehst? ...« Was meinte Sebak, wenn er von Enge und Trägheit in Kolbstadt sprach? War das eine Anspielung auf seine berufliche Situation als Referendar, mischte er sich in seine Ehe ein? Glaubte Sebak, daß er, der Ehemann Christian Kirsch, seiner Frau nichts zu sagen hätte, daß Margot ihn nicht verstand? »Ich denke immer an Dich«, schrieb Sebak an anderer Stelle, in einem anderen Brief, »und manchmal bin ich ein bißchen unglücklich, daß ich nicht bei Dir bin. Ich würde gern nach Kolbstadt fahren zu Dir. Warum fahre ich nicht?« Mit Sätzen wie diesen spielte Sebak ein grausames Spiel mit ihm. Dabei stellten sich Sebak in München offensichtlich dieselben Fragen, die er, von Sebak allein gelassen, sich hier in Kolbstadt stellte. Warum unternahm Sebak – der Analytiker, der sein malerisches Werk kritisch, Bild für Bild, hinterfragte – nicht wenigstens den Versuch, eine Antwort auf diese Fragen zu finden, die nicht nur ihm in der »Enge und Trägheit« von Kolbstadt zu schaffen machten, sondern, die, wie er einräumte, auch ihm, Sebak, in München zusetzten? Wieder in einem anderen Brief sagte Sebak: »Dein Brief zeigt mir, wie sehr wir uns doch noch verstehen. Ich verstehe jede Zeile, als ob ich sie selbst geschrieben hätte. Dein Brief hat mich erreicht, und ich hoffe, meiner erreicht Dich auch.« Dieser Brief war der vorletzte Brief vor Sebaks großem Schweigen. Mit keinem Wort kündigte sich in diesen beinahe zärtlich gehaltenen Worten Sebaks Abkehr an. Im Gegenteil: »Wir werden wieder miteinander reden«, versprach Sebak ein paar Zeilen weiter, »und das Leben wird wieder leichter werden. Servus, Christian. – Ich werde Dich vermissen«, schloß er den Brief. Hoffnungen wurden geweckt und enttäuscht. Sebaks Briefe versetzten ihn, auch wenn er sie hintereinander las, in ein Wechselbad unterschiedlicher Gefühle;

ratlos, hoffnungslos blieb er nach ihrer Lektüre zurück, Christian Kirsch, Ehemann von Margot Kirsch, Rechtsreferendar unter »Kollegen« in Kolbstadt. Ein anderer, früherer Brief Sebaks hatte ihn damals aufhorchen lassen – Sebaks Examen zum akademischen Maler rückte näher, noch befand er sich nicht in Behandlung bei Dr. Wirz: »Manchmal meine ich«, schrieb Sebak, »ich habe alles falsch eingefädelt und bin jetzt verstrickt in Dinge, die mich dauernd behindern ... Bin ich zu Depressionen veranlagt?« fragte er sich. »Als ich in Kolbstadt bei Dir war, schrieb ich einen ›Abschiedsbrief‹. Na ja«, spielte er diesen alarmierenden Vorfall herunter, »ich fange mich aber immer wieder. Zärtlichkeit la tendresse«, schrieb er in eine eigene Zeile, »schließ mich ein in Dein Nachtgebet.« Was ihn damals, als er seinen Beamtendienst auf Widerruf in Kolbstadt gerade angetreten hatte, aufhorchen ließ, versetzte ihn, den »fortgeschrittenen« Rechtsreferendar, der versuchte, Sebaks Briefe zu einer größeren Wahrheit aneinanderzufügen, nun in eine kribbelnde Spannung. Der Brief hatte ihn in Kolbstadt verspätet erreicht, er kam von einem Lehrgang aus Nürnberg zurück. Er hatte sich sofort in seinen Wagen gesetzt und war nach München gefahren. Die Stones sangen Sympathy For The Devil. Er hatte Sebak überzeugen wollen, daß er nicht »verstrickt in die Dinge« sei. Als er Sebaks Zimmer betrat, traf er ihn schon nicht mehr an. Er sah auf den Teppich und wußte Bescheid. Die weiße Blousonjacke hatte ein paar Blutspritzer abbekommen. Er nahm eine Plastiktüte und stopfte Sebaks »persönliche Sachen« hinein. Vor wem hatte er Sebak damals schützen wollen? Hatte er tatsächlich nur Sebak schützen wollen? Auch Sebaks letzter Brief, geschrieben im August 1968, gab, allein oder im Zusammenhang mit den anderen Briefen gelesen, wieder nur Rätsel auf, statt das Rätsel von Sebaks großem Schweigen zu lösen. »In den letzten Tagen ist mein Gefühl der Befreiung auch zeitweise gewichen.« Und: »Heute ist es wieder besser; es geht aufwärts«, stand bereits eine Zeile darunter. Mit »P. S.: Marx in die Fabrik! Verrate unsere gemeinsame Zeit nicht an diese Justiz!« ging dieser letzte Brief, den Sebak nach Kolbstadt geschickt hatte, zu Ende.

Er stand in der Wanne, seifte sich ein. Hits verbesserten sich um drei Plätze in der Gunst der Hörer, wurden mit Pfeil nach oben notiert. Warum hatte er die Stille, die ihn nach seinem ersten Staatsexamen zu Beginn seines Referendariats in Kolbstadt umgeben hatte, nicht ertragen? Warum sich nicht auf Margot konzentriert? Warum diese Stille nicht genutzt? Für Margot, für sich. Endlich wohnte er ganz bei Margot, nach wie vor arbeitete sie bei dem Internisten Dr. Busch. Er verbrachte Stunden in Buchhandlungen, las Neuerscheinungen an. Der Traum vom ganzen Menschen, las er, war eine Möglichkeit. »Ewig nur an ein einzelnes kleines Bruchstück des Ganzen gefesselt, bildet sich der Mensch selbst nur als Bruchstück aus.« In einer Kette von Männern stand er, die zurückreichte bis Friedrich Schiller, in gemeinsamer Revolte gegen eine Welt, die den Menschen zur Sache degradierte. Das Zeitalter des Argwohns war vorbei, die Tricks der Liberalen waren durchschaut. Er kaufte, was ihm wichtig erschien. In Kolbstadt kannte er keinen, mit dem sich diskutieren ließ, was er neu in sich aufgenommen hatte. Mit jedem Buch, mit jeder »Neuen Kritik« isolierte er sich von den anderen Referendaren, die sich mit »Herr Kollege« ansprachen. Er geriet in einen Monolog. Verfing sich darin. Er analysierte, systematisierte, versuchte zu verstehen, dem Grunde nach. Die Ausnahme bestätigte nur die Regel. Und die Regel war das System. Einzelheiten durften seinen Durch-Blick nicht trüben. Seine Gedanken summten sich müde wie eine Fliege im Wasserglas. Margot lebte neben ihm, indem sie sich in den Zimmern bewegte, sie war beschäftigt.

Manchmal, wenn er sich spät in der Nacht neben sie legte, war sie noch wach. Er erzählte ihr, was er sich tagsüber erarbeitet hatte. Er stellte ihr die Fragen, die seine Bücher beantwortet hatten. Der direkte Realismus, mit dem sie antwortete, ließ ihn abrücken von ihr. Dann, Monate später, blieben auch Sebaks Antworten aus. Wo war Sebak? Er vermißte ihn.

Er hatte mehrere in sich geschlossene Bilder von Sebak. »Sebak am Bau«, wie das Gewicht der Steine an seinen Armen riß. »Sebak in Margots Altbauwohnung in Kolbstadt«, vor einer Tasse Kaffee, der langsam kalt wurde im Laufe des Nachmittags, während er sprach, ausholte, Sebak mit einbezog in einen gemeinsamen Angriff, der Sebak in der Überzeugung bestärkte, daß sie zusammengehörten, auf derselben Seite standen, die die richtige war. In die Sprechblase dieses Bildes gehörte eine Formulierung, die er später gegenüber Margot gebrauchte: »Sebak übertrifft mich an Radikalität!« Ein anderes Bild war »Sebak in der Akademie der Künste«. In dieses Bild paßte die große Keramiktasse, die ein Kännchen Kaffee faßte, an der Sebak selten nippte, wobei er auf die Leinwand sah; in der freien Hand hielt er den Pinsel; er trat ein paar Schritte zurück, neigte den Kopf, bis der Blickwinkel paßte. Mit einem zusammengekniffenen Auge suchte er seine Arbeit nach Schlampereien ab, wie er das nannte, nach einigen Quadratzentimetern, wo er »geschludert« hätte, anstatt das »Problem aufzuarbeiten«. Es gab das Bild »Sebak in der hellen Jeansjacke«, eine Jacke, die er ausgezogen hatte und in die Sebak geschlüpft war, die er anbehalten hatte. Die er von nun an täglich trug, obwohl sie zu groß für ihn war. Die Jacke schaffte er später mitsamt den Briefen und Briefentwürfen aus Sebaks Zimmer in München fort, als Sebak noch auf der Intensivstation lag. Die Vermieterin hatte ihm fristlos gekündigt, wegen »dieser Gottlosigkeit«. Sebak trug die Jacke wieder, als er aus der Psychiatrie entlassen wurde. Er trug sie bei seiner versehentlichen Festnahme durch die Polizei in München. Er hatte sie an bei seinem ersten Gespräch mit Dr. Wirz, als sich entschied, ob Dr. Wirz seine Behandlung übernähme. Er war mitgekommen. Miteinander hatten sie über weißen Türen nach einer Zimmernummer gesucht. Dr. Wirz »psychotherapierte« gerade. Er kam aus dem Zimmer und besprach sich mit Sebak draußen auf dem Gang. An Dr. Wirz hatte er viel zu wenig gedacht, als er seine Theorien über Sebaks Schweigen erstellte. Er hatte auch nicht oft an das Bild »Sebak in der Bank« gedacht. Sebak inmitten der Halle, klein, fremd auf der freistehenden Couch. Er trug schon die helle, zu große Jeansjacke. Keine Zeitung lag aus, die er vor seinem Gesicht hätte ausbreiten können. Die Beine nicht übereinandergeschlagen, die Hände auf die Oberschenkel gelegt. Genau in der Mitte eines Kreises, den die Schalter um ihn zogen, saß er. Während er für Sebak die Formalitäten erledigte, dem Bankbeamten Sebaks persönliche Daten nannte. Über ein Mikrofon wurde Sebak dann aufgerufen. Er erhob sich. Um diese Zeit herrschte wenig Betrieb. Durch die Sicherheitsgläser richteten sich Blicke auf ihn. Nahm er sie wahr? Erschreckte ihn dieser Aufruf über das Mikrofon? Stellte er sich vor, wie er inmitten der großen Halle in der zu großen Jacke wirkte? Hatte Sebak eine Vorstellung von sich? Er war spät auf dieses Bild »Sebak in der Bank« gekommen. Er hatte es dann in seine Theorien mit eingebaut und ihm die Rolle eines Schlüsselbildes zugemessen. Jetzt aber wurde es von anderen Bildern überlagert. Ihm kamen Zweifel. Wer sagte ihm, daß Sebak sich überhaupt mit ihm noch beschäftigt hatte, daß ihre gemeinsame Zeit in ihm nachgewirkt hatte? Er war nach seinem Studium nach Kolbstadt zurückgekehrt, Sebak in München geblieben. Hatte nicht damit diese Freundschaft ihr Ende gefunden? Es war ein Gedanke, den er gerne verwarf.

Mit dem schweren weißen Frotteetuch trocknete er sich ab. Das weiße Badezimmerfenster rahmte einen violetten Himmel. Warum dachte er an Sebak? Warum nicht an Margot? Warum nicht an heute nacht? Er hatte seine Arbeit als leitender Angestellter in diesem Chemiekonzern beendet. Montag trat er als Richter auf Probe an. Er durfte nicht abschweifen; nicht den Fehler seiner Kolbstädter Referendarjahre wiederholen, als er sich in die Erinnerungen an seine Münchner Zeit mit Sebak geflüchtet hatte; mehr Stunden in Buchhandlungen verbrachte als an seinem Schreibtisch. Er durfte nicht zurückgehen. Er war hier in Kolbstadt. Sebak in München. Davon ging er aus.

Er hängte das Handtuch über die Trockenstange.

Achtzehn Monate war er bei dem Konzern in München gewesen. Obwohl er nicht daran zweifelte, daß Sebak nach wie vor dort wohnte, dort agierte, hatte er in München nur selten an ihn gedacht. Die Auseinandersetzungen mit Schindler verbrauchten seine Kraft. Der Anblick des Telefons, auf seinem Schreibtisch vor ihm, versetzte ihn in Spannung. Assmanns lackierter Fingernagel steckte in der letzten Ziffer seiner Nebenstelle, kurbelte die 9 der 79 mit dem Uhrzeigersinn, und das ruhige Gehäuse vor ihm schrillte. Schindler saß mit halbem Hintern auf dem Tisch der Assmann, beugte sich zu ihr hinab, um seine Antwort am anderen Ende des Korridors mitzuhören. Jede Minute konnte das passieren. Tage konnte das ausbleiben. Dazwischen spannte sich ein Bogen. Der Pfeil war auf ihn gerichtet. Er ersehnte die veränderte Stimme der Assmann am Telefon, wenn ihr Anruf länger als eine Woche ausblieb. Seine Unruhe wuchs, die Angst, es hätte sich etwas aufgestaut. Erst freitags, unterwegs nach Kolbstadt, auf der Autobahn, beruhigte er sich damit, daß er eines Tages sowieso kündigen würde. Selbst nachts in München, wenn er sich in seine Bücher zurückgezogen hatte, las, gegen Schindler, Schinder anlas, dachte er nicht an Sebak. Er kam nicht auf den Gedanken, sein Zimmer zu verlassen, nach Schwabing zu fahren, wo sich in der Leopoldstraße noch immer die Cafés ihrer Studentenzeit befanden, in denen sie die zwei Stunden zwischen sechs und acht Uhr verbracht hatten, bevor sie auf Sebaks Zimmer gingen oder auf seine Bude und aus der Plastiktüte kramten, was sie im Supermarkt eingekauft hatten, Thunfisch mit Gemüse, Mainzer Käse, französischen Landwein.

Über die Ankündigung des Spitzenreiters der Woche, begleitet von drei Fanfarenstößen, hörte er Margot von unten rufen. In der dünnen Wasserschicht, die auf den weißen Kacheln vor der Wanne lag, spiegelte sich der weiße Rahmen des Badezimmerfensters, der ausgefüllt war mit einem jetzt fast schwarzvioletten Himmel. Margot hatte den Tisch gedeckt. Es gab warmes Essen. Sein Freitagsessen. »Die Wohltat einer warmen Mahlzeit«, scherzte er. Sie wußte, daß er freitags nicht zu Mittag aß.

»Warum hast du nicht von unterwegs angerufen?«

Er dachte nach. Er hatte es tatsächlich vergessen. Zum ersten Mal. Nein, er hatte sich nicht angekündigt dieses Mal, sie nicht mit drei, vier unbestimmten Fragen in eine bestimmte Erwartung versetzt. Er war vorübergefahren an der Telefonzelle, im ersten Ort nach der Autobahnabfahrt. Er hatte sie beunruhigt. Venire contra factum proprium, kam es ihm in den Sinn. Er hatte verstoßen gegen monatelanges »vorangegangenes Tun«. Er schüttelte den Kopf. Er lächelte über sich, den Richter auf Probe.

»Auf geradem Weg zu dir!« sagte er.

»Ist das ein Schlager der Woche?« fragte sie.

»Es ist die Wahrheit«, antwortete er.

Sie sahen sich in die Augen.

»Leis klagt der Wind in Bäumen, die verheert. Läßt auf Allee und Pfad das Gras erschauern. Ein flutlos goldnes Meer sind Zeit und Trauern. Still ...«, er hob seinen Zeigefinger zum Mund, »... still! Er ist heimgekehrt. – Soldatenlohn«, sagte er dunkel, er faßte nach ihrem Arm.

»Die Wohltat einer warmen Mahlzeit«, sagte sie und deutete auf die Teller.

»Ich habe dir die Zeitungen aufgehoben. Sie liegen beim Regal«, sagte sie nach dem Essen.

Er sah den Pack ›Mittelbayerischer Nachrichten‹. Er hatte es sich angewöhnt, in diesen Zeitungen zu blättern; auszugsweise in ihnen zu lesen. Die »wer-wann-wo«-Spalte auf der letzten Seite amüsierte ihn. Eine provinzielle VIP-Schaukel, auf die sich Stadträte, Jungunternehmer, Handwerker mit Expansionsgelüsten, sozial oder künstlerisch »engagierte« Anwalts- und Arztgattinnen drängten. Leute mit Pfeil nach oben, lachte er, die den Redakteur mit Telefonanrufen traktierten, um ihm von verpaßten Urlaubszügen, von windigen Flügen, von todschicken Parties zu erzählen. Vollständige Menüs, eingenommen in einem Pariser Nobelrestaurant, mit dessen Namen die Kolbstädter Striptease-Vorstellungen verbanden, wurden zum Mitstenografieren durchgegeben. Vierstellig wurde den Lesern auf der letzten Seite Exotisches vorgespeist. Was ihn jetzt belustigte, hatte ihn früher aufgebracht. Streit über Margots Interesse an diesen Themen war damals auf der Tagesordnung. Nun stapelten sich in seinem Haus die ›Mittelbayerischen Nachrichten‹. Ein junger Bildhauer, aus dem Fernen Osten zurückgekehrt, kochte Ärzten und kassenärztlichen Funktionären in Kolbstadt chinesisch auf. Das Schwergewicht lag auf dem chinesischen Eßbesteck, das der »begabte Künstler« zu diesem Menü geschnitzt hatte. Für das Verwaltungsgebäude der kassenärztlichen Vereinigung, wurde beiläufig vermerkt, bekam er den Auftrag Kunst am Bau.

Sie saß ihm gegenüber, und als er von der Zeitung aufsah, lächelte sie ihn an. Er faltete das Blatt zusammen und legte es auf den Stuhl.

»Ich habe mir in München angewöhnt, beim Abendessen zu lesen«, entschuldigte er sich.

»Rudi wollte nicht ins Bett. Vielleicht siehst du noch nach ihm«, sagte sie.

Sie gingen nach oben, wo Rudis Bett in einem eigenen Zimmer stand. Er war nicht froh darüber, daß Rudi schlief. Er hätte den Jungen aus dem Bett nehmen, in seinen Armen halten und schließlich Margot reichen können. Er stand vor dem Bett. Und obwohl Margot ihren Blick auf Rudi gerichtet hatte, war es ihm, als sähe sie ihm ins Gesicht. Als könnte sie von seinem Gesicht ablesen, woran er dachte, wenn er vor seinem schlafenden Jungen stand: Daß er vielleicht seinetwegen das Angebot dieses Chemiekonzerns angenommen hatte, nachdem er sich selbst mit seiner Bewerbung die Falle gestellt hatte, in die er kurze Zeit später tatsächlich tappte, als das schmale Kuvert kam, das nicht Abiturzeugnis und Examensnachweise, sondern die Zusage enthielt. Daß er wegen des Jungen in eine Krise geraten war, in der er um seine Identität zu kämpfen hatte; in der er Sebak verlor. Rudi war eine Ursache. Eine von vielen. Der Junge war, sagte er sich, die conditio sine qua non – die Ursache, die nicht hinweggedacht werden konnte, ohne daß der »Erfolg« entfiele.

Später, als er daran dachte, noch den Karton mit den Münchner Küchenutensilien aus dem Wagen zu holen, bekam er Lust, in der Stadt ein paar Runden zu drehen. Er ließ sich von Margot chauffieren. Sie erzählte ihm von dem Lehrling, einer Siebzehnjährigen, die ihr Doktor Busch vor einem halben Jahr eingestellt hatte. Das Mädchen wohnte mit seinem Vater, einem Behördenangestellten, auf dem Land, in der Nähe eines amerikanischen Truppenübungsplatzes. Nachts, wenn die Soldaten in Panzern und Jeeps ausrückten, nahmen Vater und Tochter mit einem alten Ford Taunus die Verfolgung auf, setzten sich auf die Spur, verließen Bundesstraßen, folgten der Kolonne auf Feldwegen, begaben sich in unbekanntes freies Gelände; kehrten erst bei Tagesanbruch zurück.

»Und jetzt ist sie tatsächlich von einem GI schwanger«, lachte Margot. »Sie wollen heiraten. Nach Beendigung seiner Dienstzeit geht sie mit in die Staaten.«

»Und was sagt der Vater dazu?«

»Der möchte am liebsten mit.«

Oft erzählte sie, unvermittelt, wie ihm schien, von Doktor Busch, seinen Patienten, ihren Kolleginnen. Er vergaß von einem aufs andere Mal die Namen, die sie erwähnte. Ob die jüngere Sprechstundenhilfe Schwartner oder Schwertner hieß, ob sie oder aber die Tilsch eine MTA war, prägte er sich nicht ein.

Sie hatte 1962, als sie sich kennenlernten, im Jahr seines Vorabiturs, viel gelesen. Sie hatte ihm von dem Leben, das die Protagonisten in diesen Büchern führten, erzählt. Sie waren spazierengegangen, und er hatte ihr gern zugehört. Er hatte es scherzhaft »erdverbunden« genannt, wie sie diese Geschichten und Romane interpretierte. Die psychologischen Verstrickungen der Helden erregten ihren Unmut, verärgerten sie, weil sie selbst immer einen Ausweg, eine Lösung wußte. Einmal sahen sie einen englischen Spielfilm. In einem Internat wurde ein Schüler von Mitschülern und Lehrern gedemütigt, geschunden. Der Junge war ein einsamer Läufer. Ein Langstreckenläufer.

Bei einem Wettkampf mit anderen Schulen blieb er unmittelbar vor der Ziellinie stehen, durchriß nicht als erster das Zielband, das er mit der Brust schon berührte. Er wollte nicht stellvertretend für seine Schule siegen. So hatte er den Film verstanden. Für ihn gab es nichts zwischen dem Sieg des Jungen und dem Sieg seiner Schule zu unterscheiden. Sie fand, daß es sein Sieg war, um den er sich gebracht hatte. Gegen die Unterdrücker wäre der Rechtsweg zu beschreiten. Sie hatten lange Spaziergänge unternommen, lange Gespräche geführt. Ihm hatte insgeheim gefallen, daß sie Bücher und Filme anders beurteilte als er, andere Schlüsse aus ihnen zog. Daß sie in einer ursprünglichen, unkomplizierten Art reagierte. Daß sie sich wehrte.

Sie fuhr langsam durch die Außenbezirke von Kolbstadt. »Betrieb für Kartoffelverarbeitung E. Topper«, las er laut von einer Mauer ab.

»Glasschleiferei Anton Weigel. – Wie gut du mich kennst«, sagte er.

»Gibt es noch die Römische Grotte, das Eis-Café?«

»Wir sind auf dem Weg dorthin«, lächelte sie.

Wann hatte sie aufgehört, ihm aus Büchern, aus Filmen zu erzählen? Wann und warum hatte es angefangen, daß er hinter ihren Schilderungen von Einzelschicksalen anderes sah als das private Glück einer Romanfigur, das private Unglück eines Spielfilmhelden? Es konnte in der Mitte seiner Studienzeit in München gewesen sein, daß er ihre Geschichten nicht mehr hören wollte, daß sie ihn nervten. Indem sie Romane, indem sie Spielfilme nacherzählte, ging sie nicht nur einem Autor auf den Leim, sie bestätigte das System. Plötzlich konnte er, konnten sie, »die besten Köpfe seiner Generation«, nicht mehr lesen. Schriftsteller konnten nicht mehr schreiben. Ausgerechnet vor seinem Examen zum Akademischen Maler konnte Sebak nicht mehr malen. In dieser Zeit mußte es gewesen sein, daß er sie zum Schweigen gebracht, daß er sie eingeschüchtert hatte. Er wollte ihr klarmachen, daß das, was am Ende ihrer Geschichten als persönliche Verstrickung erschien, fundiert sei in gesellschaftlichen Zwängen.

»Betrieb für Kartoffelverarbeitung E. Topper. Glasschleiferei Anton Weigel ...«, er wollte wieder lesen. Anders als früher. Lesen, wie er noch nie gelesen hatte. Anders, dachte er. Weil er ein anderer war. Er wollte dieselben Bücher lesen. Die Bücher von früher wollte er noch einmal als ein anderer lesen. Er würde wieder einen Roman in die Hand nehmen. Ein aufregender Gedanke. Er würde die Wirkung an sich erfahren. Er wäre locker, unverkrampft. Ein neugeborener Leser, er, der sich Jahre vorher einmal selbst als Autor versucht hatte, animiert von seinen Lieblingsdichtern Hemingway und Apollinaire. Er würde so tun, als hätte er noch kein Gedicht, noch keine einzige Zeile geschrieben. Das Buch wäre a priori weder »relevant, sozialkritisch« noch »systemerhaltend«. Ein spannendes Unternehmen.

Sie fuhr ihn über die Brücke nach Stadtvorhof. Stadtvorhof, ein Außenbezirk von Kolbstadt, hier war er geboren. Hier hatte er seine Kindheit, seine Jugend verbracht. Auf dem freien, unbebauten Terrain, wo Wiesen an Baracken, an Kiosken, an Imbißbuden vorbeiwuchsen. Vielleicht hatte darum die Unberührtheit des verwilderten Gartens in der Eichendorffstraße im noblen Stadtwesten etwas in ihm bewegt. Er mochte die Veränderung, die Zerstörung, den Umbruch, in dem sich der Ort seiner Kindheit befand. Nichts durfte bleiben, wie es war. Alles, was da war, war nur für einen Augenblick da. »Therefore let's stay together and bring about change.« Change war ein Wort, das er liebte. Und obwohl dieses Wort im »Widersacher« nie erwähnt wurde, zog es sich wie ein roter Faden durch den Text. Change verhinderte, daß er sein Leben lang an einem Schreibtisch in München saß. Change ließ es nicht zu, daß ihn die Stimme der Assmann am Telefon zu Schindler, dem Schinder rief. Change war das Auto, in dem er jetzt mit Margot saß. Change war die Kulisse der Häuser, Theaterattrappen an einer Schnur, schnurgerade, die an ihnen vorbeigezogen wurden. Change hatte ihn zurückgebracht in den Stadtwesten, nach zwanzig Jahren; die Straßenbahn, die den Prüfling Christ Kirsch zum Schiller-Gymnasium gefahren hatte, die noch immer fuhr, war Change gewesen. Nichts durfte bleiben, wie es war. War das nicht ihre, Sebaks und seine, Philosophie? Er saß im Auto, das Margot fuhr. Die bunten übereinandergelagerten Fässer der Essigfabrik Hofmann, an die er sich noch genau erinnerte, waren verschwunden.

Mit der Straßenbahn war es, in seiner Erinnerung, ein weiter Weg von Stadtvorhof bis zum Schiller-Gymnasium gewesen. Von 1953 bis 1963 hatte er ihn täglich zurückgelegt. Im August 1963 hatte ihm sein Vater die Ferienarbeit am Bau verschafft. Gegenüber der Eisdiele, der Römischen Grotte, hatten sie ein Zweifamilienhaus, in dem zum Schluß nur noch eine italienische Gastarbeiterfamilie wohnte, niedergerissen und ein fünfstöckiges Haus hochgezogen. Auf dieser Baustelle war er Sebak begegnet, der in den Ferien hier in Kolbstadt bei seinem Bruder wohnte. Es waren seine letzten Ferien gewesen. Noch im selben Jahr, 1963, war er zusammen mit Sebak nach München gegangen, wo Sebak damals bereits lebte.

Sie fuhr sehr langsam, und gegenüber der Eisdiele hielt sie an. »Was ist aus Sebak geworden?« fragte sie ihn unvermittelt. Er fragte, wie sie auf Sebak käme.

»Meine Mutter hat ihn gesehen.«

»Hier, in Kolbstadt?«

»In Stadtvorhof. Vor einigen Wochen.«

»Da hat sich deine Mutter wahrscheinlich verschaut.«

Was hätte Sebak hier in Kolbstadt verloren, beruhigte er sich. Er verschwieg, daß er ihn ebenfalls gesehen hatte, im Februar, in München, vielleicht. Er war sich nicht sicher; vom Auto aus. Er stand an einer Ampel. Im »Nest«, einem Treff für kaputte Typen, sah er einen Mann, der aussah wie Sebak. Der Mann redete auf eine junge Frau ein, sie saß mit ihm am Tisch. Sie war dunkel, sehr zart.

Damals war die Kündigung schon geschrieben. Er handelte damals wieder. Entschloß sich. Bestimmte.

»Das Eis schmeckte seifig«, erinnerte sie sich.

»Aber man bekam eine Kugel mehr für sein Geld«, sagte er.

Sie waren ausgestiegen, standen auf dem Straßenbahngleis, das ins Kopfsteinpflaster eingelassen war. Das Wort EISDIELE zog sich in Großbuchstaben über zwei quadratische Fenster. Durch die groben Maschen der gelblichen Stores blinkte helles Metall, auf dem sich blaurote Plastikbecher türmten. Neben der Eingangstür war ein Zigarettenautomat neu installiert; die Mauer um den Automaten verputzt, aber nicht gestrichen. Um einen länglichen, weißen Flachbau zog die Wilhelmsstraße eine Kurve, um fortzulaufen unter anderem Namen, als Simmernstraße. Warum verleugnete die Wilhelmsstraße, kaum um die Ecke gebogen, ihren Namen? Als Schüler war ihm dies nie eingegangen. Ein Etikettenschwindel, dessen er sich von der Straßenbahn aus immer aufs neue mit schnellem Blick vergewissert hatte: Wilhelmsstraße, Simmernstraße. Das rote Sandsteinhaus, das mit seiner fensterlosen Schmalseite die weiße, flache Römische Grotte überragte, gehörte zur Wilhelmsstraße. Sie gingen nahe heran: Die Großbuchstaben der EISDIELE waren aus Holz gesägt und auf eine Holzleiste gestellt; Buchstaben und Leiste rot gestrichen. Sie standen darunter, sahen hoch. Er wies

Margot darauf hin, daß an der Rundung des D die rote Farbe aufstand.

In der Simmernstraße waren es dann noch zweihundert Meter gewesen bis zu dem Mietshaus, in dem die Familie Richard Kirsch im dritten Stock wohnte. Das »Kinderzimmer«, das er mit seinem Bruder Dietmar teilte, wies zur Straße. Das schleifende Geräusch Metall auf Metall, wenn die Straßenbahn an der Haltestelle Kreuzung Bödrichstraße abbremste; das gewaltig dumpfe Anschlagen der Türen, bevor die Bahn wieder anfuhr und sich mit einem winselnden Ton entfernte. Margot hatte nicht in dieser Gegend gewohnt. Nur einmal war er mit ihr in dieser Eisdiele gewesen. Er dachte nicht gern daran. Und sie hatte den Vorfall seit damals mit keinem Wort erwähnt. Wie sich sein Vater aufgeführt hatte, als er die Delle in der Fahrertür sah. Er ging erst zweimal um den VW herum, hielt dabei einen gleichbleibenden Abstand zum Wagen ein, in dem sie saß, sitzen geblieben war. Er hatte ihr versprochen, sie mit dem Urlaubsgepäck nach Hause zu fahren. Er wollte seinem Vater nur Bescheid sagen, ihn beruhigen. Vater bestand darauf, sich den Schaden sofort anzusehen. In seiner kurzen Lederhose ging Vater um den horizontblauen Volkswagen herum. Sein stechender Blick tastete die Karosserie ab, kehrte endlich zur Delle zurück. Sah er wirklich nicht, daß sie im Wagen saß? Sein aufgebrachter Vater, in dieser rechtschaffenen Lederhose. Es war ein Bild, das ihn schmerzte. Es sagte wenig über seinen Vater aus. Und das wenige, das diesem Bild über Vater zu entnehmen war, stimmte in anderen Zusammenhängen nicht. Daß er, der Sohn, darunter litt, sagte etwas über ihn, über seine Beziehung zu Margot. Sie hatte mit einer schwungvollen Bewegung ein Streichholz entzündet und die Flamme mit ruhiger Hand zur Zigarette geführt, die dann lässig in ihrem Mundwinkel wippte.

»Gib mir den Wagenschlüssel!«

Er hatte ihm den Schlüssel ausgehändigt.

Er trug Margots Koffer. Sie gingen die Simmernstraße in Richtung Wilhelmsstraße. Er versuchte, ein Taxi anzuhalten.

»Ich laufe gerne ein bißchen nach dieser langen Fahrt.«

Das Taxi war frei. Es hielt aber nicht an. Schweigend gingen sie nebeneinander. Er hatte den Koffer in der Hand, der in Florenz auf dem Hocker in Bettnähe gestanden hatte.

»Man muß es verstehen«, sagte sie. »Der Wagen ist neu.« Sie sagte »es«, nicht »ihn«.

Wie sie sich die Zigarette angesteckt hatte und daß sie seinen Vater nicht erwähnte, bedrückte ihn. Sie hatte ihn überrascht: wie sie an seinem Vater vorbeischaute; der Schwung in ihrer Bewegung, mit der sie das Hölzchen entzündete; ihr seitlich geneigter, leicht in den Nacken gelegter Kopf; sie hatte ihren Oberkörper nicht nach vorne bewegt, war ihrer Hand mit Zigarette nicht entgegengekommen, als sie sich Feuer gab; nichts an ihr hatte sich bewegt, als Vater in seiner kurzen Lederhose um den Volkswagen schlich; nur die Zigarette wippte zwischen ihren Lippen.

Er hatte nie versucht, seinen Vater zu entschuldigen. Und er war ihr dankbar, daß sie nie darüber sprach.

Er hatte sie drei Monate vorher, im März 1962, kennengelernt, in den Gloria-Lichtspielen, Doris Day lag im Himmelbett. Im April hatte er die Führerscheinprüfung bestanden. Und in den Pfingstferien war er mit ihr in dem Volkswagen, den sich sein Vater zu Weihnachten gekauft hatte, nach Florenz gefahren. Sie verbrachten Nachmittage in Museen, in Galerien. Ihn interessierte vor allem das Autofahren, was er sich nicht anmerken ließ. Sie war seine erste Freundin. Die erste, mit der er in Urlaub fuhr.

»Jetzt sind wir doch noch bis Rom gekommen.« Er hatte Margot zu einem Eis in die Römische Grotte eingeladen. Er zeigte Humor. Sie saßen sich gegenüber, an einem kleinen, runden Tisch. Mit ihren italienbraunen Zehen, die aus den Ringsandalen schauten, tippte sie gegen den Koffer. Die zwei silbrigen Eiskelche auf der Marmortischplatte berührten sich. Sie fror. Er half ihr, den Koffer zu öffnen, aus dem sie die hellblaue Mohairjacke nahm, die sie in Florenz gekauft hatte. Sie schmiegte sich in die Jacke. Ihre Augen und die Jacke hatten dieselbe Farbe. Er sagte es ihr. Er tat sich schwer mit Komplimenten. Er lehnte sich zurück im Stuhl. Sie mußte sich über die Tischplatte beugen, um seine Hand zu ergreifen.

»Es war eine wunderschöne Reise, Christian«, sagte sie.

Ihr langes schwarzes Haar berührte den grauen Marmor. Er dachte an Florenz. Sie blickte ihn an, während sie seine Hand streichelte, und er sah in ihre blauen Augen, die aus dem hochgeschlagenen Kragen der blauen Mohairjacke auf ihn blickten. Ein blauer Flaum, blaue, wattige Hülle, in einer italienischen Eisdiele in Deutschland, mit Marmortischen, auf denen silbrige, flache Eiskelche standen, am Ende ihres Italienurlaubs.

Es war schwer zu sagen, ob er sich in sie verliebt hatte. Es kam alles zusammen. Daß Vater Weihnachten den Volkswagen gekauft, er den Führerschein bestanden und Margot seine Einladung nicht ausgeschlagen hatte. Sie standen noch immer unter den schwungvoll ausgesägten Holzbuchstaben. Kein Zweifel, vom Bauch des großen D blätterte der rote Anstrich.

»Fahren wir zurück«, sagte sie. »Ich möchte Rudi nicht so lange allein lassen.«

Im Wagen fröstelte sie. Er stellte die Heizung an. Es ist wie früher, dachte er. Sie rückte von ihm ab, wenn sie fror. Sie rückte von ihm ab, wenn sie auf eine Pflicht hinwies, die auch die seine war. Woher rührte diese Distanz, die er plötzlich verspürte? Über diese Distanz hinweg begehrte er sie oder er haßte sie für Augenblicke. Sie war immer sie selbst. Sie war immer bei sich. Wo immer sie sich aufhielt. Allein oder mit ihm. Er hingegen drängte ständig nach einer Veränderung. Er ging in sich, hörte in sich, trat heraus aus sich, um ein Urteil über sich zu fällen. Warum hatte er bei diesem Chemiekonzern angefangen? Wie ernst war es ihm bei seinem Bewerbungsschreiben an die Gewerkschaft gewesen? War es tatsächlich nur ein Kaufvertrag, den er am 23. August 1971 mit Christian Kirsch unterschrieben hatte? War ihm diese Volkswagengeschichte entfallen oder hatte er sie unterschlagen, als er Sebak von seinem Vater erzählte? Warum peinigte er sich? Warum ließ er sich nicht zur Ruhe kommen? Vor wem rechtfertigte er sich? Wem nützten seine Verhöre? Schuf nicht der Wunsch, sich zu verändern, dieses zwanghafte Change, erst die Distanz zu Margot? War es nicht pervers, schindler-pervers, diese Entfremdung zu schaffen, um sich dann an ihr in Haß oder in Begierde zu erregen? Margot ruhte in sich, mit ihren Stärken und Schwächen. Sie war sich das Ziel. Ein unbewegtes Ziel. Auf das er sich einstellen konnte. Warum wollte er das nicht?

Sie war eine elegante Frau. Wie sie diesen klapprigen Peugeot chauffierte. Er ließ sich gern von ihr fahren. Er sah ihr gern beim Fahren zu. Er beobachtete sie genau, wenn sie sich eine Zigarette ansteckte. Hingebungsvoll sog sie den Rauch ein. Eine Zigarette rauchen war bei ihr immer ein Abschluß, ein Verweilen. Ihm schmeckte der säuerlich-bittere Geschmack ihrer Lippen. Als sie damals aus Florenz zurückgekommen waren, erregte er sich bei der Vorstellung dieses Geschmacks, wenn er mittags, nach der Schule, in seinem Zimmer in der Simmernstraße angezogen auf dem Bett lag und die hellblau gestrichene

Wand mit dem aufgewalzten silbrigen Muster anschaute; er durfte nicht blinzeln, damit Farbe und Muster sich auflösten, verschwammen, in seinem feuchten Blick schwammen; hellblaue, kühle, weiche Masse, schmelzendes Eis, konkret ihr blauer Blick aus dem hohen Kragen der blauen Mohairjacke, der Lippenstiftabdruck später am silbrigen Mundstück dieser überlangen Zigarette, in einem kristallenen Aschenbecher, der säuerlich-bittere Geschmack ihrer feuchten Zunge.

Sie fuhren über die Brücke zurück.

»Brauchst du Montag nicht eine Robe?«

»Daran habe ich nicht gedacht«, antwortete er.

»Hoffentlich kannst du dir eine leihen.«

»Man wird verhindern, daß ich in Lederjacke Recht im Namen des Volkes spreche«, lachte er.

»Wie fühlst du dich, Christian?«

»Oh, es tut gut, sich gut zu fühlen«, scherzte er.

Ihre Frage war ehrlich gemeint gewesen.

»Ich werde die Augen offenhalten. Ich werde auf der Hut sein.«

»Vor was hast du dich in acht zu nehmen?«

»Vor mir«, antwortete er. »Ich habe mich für diese Stelle entschieden. Ich weiß, was mir das abverlangt, und ich bin bereit, es zu geben. Kein Einschleichbetrug. Der richtige Mann für den richtigen Job.«

»Du machst dir zu viele Gedanken.«

Hoffentlich schlief Rudi. Er hatte im Garten gestanden, sich lange im Bad aufgehalten. Jetzt wollte er plötzlich allein mit ihr sein.

Sie bog von der Humboldtstraße in den Hölderlinweg. Die Straßen sahen sich zum Verwechseln ähnlich. Auf Terrassen, unter Pergolas, schimmerten weißlackierte Gartenmöbel hinter Schneebeeren, Spiersträuchern, Liguster und Berberitzen. Matt lag das fahlgrüne Licht der

Straßenlaternen auf grünen Hecken. In der Eichendorffstraße waren vereinzelt Autos an den Trottoirs geparkt. Ein goldfarbener Jaguar stand schräg gegenüber ihrer Einfahrt.

»Die späte Heimkehr des Christian Kirsch«, sagte er. »Feine Leute hier«, sagte er und deutete auf den Jaguar. »Wer fährt diesen Wagen?«

»Ein Architekt«, sagte sie. »Ich kenne ihn nur vom Sehen. Er geht auf die Jagd.«

Sie hielt den Peugeot vor der Einfahrt. Er stieg aus, entriegelte das Tor, stieß mit den Händen die beiden Flügel auf; lautlos wichen sie nach innen zurück. Bis zur Garage, die er aufsperrte, zählte er wieder fünfundzwanzig Schritte. Margot ging gleich nach oben, um nach Rudi zu sehen.

Er fuhr den Wagen in die Garage. Der Sprecher der 21-Uhr-Nachrichten sagte, daß die Fahndung nach den Tätern des Bombenanschlags, bei dem gestern in Frankfurt das Eingangsportal und das Offizierskasino des Fünften-US-Korps im IG-Farben-Haus verwüstet wurden und der neununddreißigjährige amerikanische Oberstleutnant Paul A. Bloomquist ums Leben kam, bisher erfolglos verlaufen sei. Die Polizei fahndet in diesem Zusammenhang nunmehr verstärkt nach Mitgliedern der sogenannten Rote-Armee-Fraktion. Er stellte das Radio ab.

In dieser Nacht hatte er das Gefühl, nicht an sie heranzukommen. Er umarmte sie. Sie küßten sich. Er ließ sich Zeit. Er kam ihr nicht näher. Er hörte auf ihren Atem. Und er hörte sich atmen. Sein Körper lastete auf ihr. Er sah in ihr zur Seite geneigtes Gesicht. Und obwohl er genau wahrnahm, wie sich ihre Augen leicht verengten und ihr Atem allmählich schwerer ging, litt er unter der Vorstellung, sie würde sich abwenden.

Später unterhielten sie sich im Dunkeln.

Sie erzählte von einem älteren, kinderlosen Ehepaar,

das ihnen gegenüber wohnte. Schrullige Leute, die jeden Nachmittag mit Fahrrädern ausfuhren, offensichtlich, um sich zu ertüchtigen.

»Der alte Herr wirkt auf mich wie ein pensionierter Offizier. Ein gescheitelter Typ«, lachte sie. »Und stell dir vor, sie nennen ihn Oberst, beim Bäcker. Bevor sie ausfahren, breitet er eine Landkarte überm Sattel aus, nach der er die Route bestimmt.«

Nachdem sie sich gute Nacht gesagt hatten, knipste sie nochmals ihre Nachttischlampe an. Draußen regnete es. Ein starker Westwind drückte die Tropfen gegen den Fensterladen, so daß Wasser zwischen den Holzlamellen nach innen drang und auf das Fensterbrett lief. Der Fensterladen aus Holz erinnerte ihn an das Hotelzimmer in Florenz, in dem sie geschlafen hatten. Sie schloß das Fenster. Sie hatte nichts an. Nichts an ihr war schwabbelig, und doch verband er mit ihrem Anblick nicht die Empfindung von Straffheit, von Festigkeit. Es kann an der Lampe liegen, dachte er. Ihre Eleganz fiel ihm wieder auf; aber es war nicht die Eleganz, mit der sie einen Wagen lenkte. Sie hatte etwas von jener Eleganz, die von Frauen ausging in flachen Aigner-Schuhen und feinkarierten Kostümen von Rodier.

II.

15. Mai 1972, morgens

Als er aufwachte, war es Morgen. Montagmorgen nach einem verregneten Wochenende in seinem Haus. Nachts hatte der Regen nachgelassen. Der Regen hatte abgetastet, abgeklopft, hergestellt, war abgeflossen von dem, was ihn umgab. Regen tropfte von den Ästen seiner Birke, trommelte dumpf auf die Dachpappe seines Garagendachs, sagte ihm, daß sein Peugeot nicht am Trottoirrand der Geierstraße in München, sondern in Kolbstadt in seiner Garage stand. Er lauschte dem hellen Stakkato auf dem Deckel der Aschentonne.

In der Nacht war er einmal aufgewacht. Er wollte nicht gleich wieder einschlafen. Er fühlte wohlig den Einschluß, eingeschlossen zu sein in einem Raum, dem Schlafraum der Eheleute Margot und Christian Kirsch, während draußen seine Vorstellungskraft sich bewegte, Gegenstand für Gegenstand machte sie aus, vollzog sie nach auf der nassen akustischen Spur. Im Dunkeln identifizierte er seinen Besitz.

Er war konzentriert, in dieser Nacht in Kolbstadt, in seiner dritten Nacht nach München, in seinem Haus, von Sonntagabend auf Montagmorgen; konzentriert auf das Kopfsteinpflaster seiner Einfahrt, die Läden aus Holz vor seinen Fenstern, das metallene, mennigrote Vordach über dem Porphyrplateau, auf das man trat, wenn man in sein Haus ging, wenn man sein Haus verließ; konzentriert auf die die Grundstücksgrenze bildende Mauer, wilder Wein zog sich an ihr hoch, noch spärlich, in diesem Frühlingsmonat, darunter wucherte das braune Flechtwerk ungestüm. Er war konzentriert auf sein Eigentum. Seinen räumlich gegenständlichen Herrschaftsbereich faßte eine Mauer ein, jene 0,0820 Hektar große, mit der Flurnummer 235/7 im Grundbuch für Kolbstadt vorgetragene Fläche, für die im Dritten Abschnitt des Bürgerlichen Gesetzbuchs im Ersten Titel in den Paragraphen 903 folgende seine Befugnisse, die Befugnisse des Eigentümers Christian Kirsch, geregelt waren. Wie ein lange vergessener Refrain fielen ihm seine Ansprüche, seine Rechte ein; daß er mit der »Sache« nach Belieben verfahren durfte, daß er andere von jeder Einwirkung ausschließen konnte, soweit nicht Gesetz oder Rechte Dritter entgegenstanden, daß sich sein Recht erstreckte nicht nur auf den Raum über der Oberfläche, sondern auf den Erdkörper darunter, daß er Wurzeln von fremden Bäumen, von fremden Sträuchern, die in sein Grundstück eindrangen, abschneiden, behalten durfte; er erinnerte sich, daß Gleiches für herüberragende Zweige galt, nach erfolglosem Ablauf einer Beseitigungsfrist; Früchte, die von einem Baum oder Strauch herüberfielen, galten als seine Früchte. Margot schlief neben ihm. Während er seine Rechte einsammelte, rekapitulierte; als dünngedruckter Text der Loseblattsammlung des rotgebundenen Schönfelders erschienen sie auf einer Leuchttafel, die jemand angeknipst hatte, in seinem Kopf, eine staubbeschlagene, in ihrer anmaßenden Objektivität verkommene Sprache, ohne Anschaulichkeit, verbogen, verkorkst wie das Paragraphenzeichen, das vor jeder einzelnen Norm, vor jeder Klammer stand, in der von unwägbaren Stoffen, von Abkauf, von Grenzabmarkung, ja Grenzverwirrung die schwer verständliche Rede war.

Fremde Bäume, fremde Sträucher, die in ein und derselben Erde wuchsen, in der Eichendorffstraße, im Stadtwesten, in den er zurückgekehrt war, was einen Zeitraum von neunzehn Jahren umschrieb, die Straßenbahn fuhr noch immer durch die Humboldtstraße, die parallel zur Eichendorffstraße verlief, noch immer rauchten gescheite Oberschüler an denselben Haltestellen Zigaretten; wie konnte ein Baum, ein Strauch fremd sein, der einen Meter weiter in derselben Erde stand, fragte er sich. Fremde Begriffe, die in ungewollter Selbstironie sich Grenzabmarkung, Grenzverwirrung nannten, schufen Fremdheit, machten Sträucher, von denen er als Kind Beeren gepflückt hatte, zu fremden Pflanzen; stellten unter Strafe, was ihm als Kind selbstverständlich gewesen war, wenn er zusammen mit seinem Bruder Dietmar die Aluminiummilchkanne mit Himbeeren füllte, wenn sie vom Weg abkamen und durch den Zaun des benachbarten Gartens griffen.

Er war Jurist. Es ließ sich nicht leugnen. Die roten Fahnen waren eingerollt. Er war ein Eigentümer geworden. Wie Epitaphe leuchteten im Finstern plötzlich Normen auf, die er glaubte vergessen zu haben, nach denen auch in diesem Chemiekonzern keiner gekräht hatte, in dieser Vorstandsetage, wo Schindler, der Schinder, und dessengleichen sich eigenes Recht setzten, sich eigene Statuten schufen, wie Vater sich immer ausgedrückt hatte, wenn er scherzhaft mit Mutter sprach, wenn er bekrittelte, daß es im Haushalt immer nach ihrem Kopf gehen mußte, daß immer im Haushalt alles so sein mußte, wie es sein sollte, ein eingefahrener Ausdruck in Mutters Wortschatz, der nicht umfangreich war, eine Redeweise, die schlicht bedeutete, daß Ordnung herrschen mußte, bis hinein in die Küchenschränke, wo die blankpolierten Kochtöpfe in Mutters unumstößlicher Formation sich auftürmten, die nicht verändert werden durfte, nicht durch Vater, nicht durch ihn, die sie ohne Rücksicht auf Durchmesser und

Höhe des Geschirrs den Topf in die Öffnung des darunter stehenden drückten, um endlich das Geschirrtuch aus der Hand legen zu können. Er, der angehende Jurist, der Rechtswissenschaftler in spe, hatte Mutters Hausfrauen-Akkuratesse belächelt. Die Schäden, die abgesprungenen Stellen in der Emaille von Mutters Kochtöpfen in ihrer Mietwohnung in der Simmernstraße kehrten in seine Erinnerung zurück, die sie tatsächlich nie verlassen hatten; ihm war, als hätte er die mittlere, die hellblaue Tür des Küchenschrankes, eingerahmt von den beiden äußeren Türen, rosa und gelb, an dem runden, roten Holzknopf soeben aufgezogen und sähe nun auf die beiden Kochtopftürme; tatsächlich, kleine Dreiecke waren aus der Emaille herausgesprungen; er kniete auf dem Linoleum des Küchenbodens und sah in das Büfett, oder er lag auf der an die Wand gerückten Chaiselongue und sah über die gelbe Platte des Küchentischs auf die über der Gasherdflamme stehenden Töpfe, in denen Mutter das Pichelsteiner, die Leberknödelsuppe wärmte, für Vater, für Dagmar, Dietmar und ihn.

Jetzt nannte er das, was er in dieser Nacht in Kolbstadt erlebte, in dieser Nacht »nach« Schindler, in dieser Nacht »vor« der Justiz, Bewußtseinserweiterung; und ein Teil dieser Erweiterung seines Bewußtseins war die Einsicht, daß er war, was er nicht sein wollte, was er gern unterschlug: ein von seinem Studium geprägter Jurist. »And even if it's Sunday may I be wrong, for whenever men are right they are not young«, es war ein Zitat, das er gern benutzte, das besagte, daß er selbst am Sonntag unrecht haben wollte, denn wenn Menschen im Recht sind, sind sie nicht jung; es stammte aus seiner belletristischen, aus seiner lyrischen Phase; er hatte es gegenüber den Genossen zitiert, die ihn zynisch darauf hinwiesen, daß er jetzt das Recht brach, im Schutz, in der Anonymität ihrer marxistischen studentischen Gemeinschaft, das Recht, das er morgen, geschützt vom Privileg eines Richterstands im Namen des Volkes sprechen würde.

Der Regen lief ruhig von der Oberfläche seines Eigentums ab. Der ruhige Lauf des Regens beruhigte ihn. Dann hörte es zu regnen auf. Er war wach. Schon eine Weile. Nichts hatte ihn geweckt. Er war wach. In seinem eigenen Bett. Mit offenen Augen. Was er erst wußte, als er die Deckenlampe sah, ihrer bewußt wurde, ein milchtrüber, riesiger Tropfen, der vom Plafond hing, an vier silbrigen Schrauben befestigt, italienisches Design, weichzerfließend, der Samt der Vorhänge, die Margot schon aufgezogen hatte, spiegelte sich darin; nein, er lag nicht am Rand über der Münchner Grube, über dem Schacht, dem tiefen Schacht der Geierstraße, über dem der leitende Angestellte nicht eigentlich schlief, über dem er aus keinem Schlaf erwachte, über dem er sich wälzte, in einem quälenden Halbschlaf, sich von einem Ohr aufs andere legte, aus der Qual dieses Halbschlafs tasteten sich erste Gedanken, langsam; sie tasteten, erschöpft schon am Morgen, sich an immer denselben Gegenstand heran, der seine Pflicht hieß, sein Aufgabenbereich war, sein täglicher; fremde Aufgaben, von Fremden im Dienste fremder Interessen gestellt, in einer Stadt, die ihm fremd geworden war, seit er nicht mehr in ihr studierte, nicht mehr in ihr zusammen mit Sebak und den Genossen auf ihre Straßen ging, sich ihre Straßen nahm, um jedermann zu zeigen, daß sie nicht einverstanden waren, daß sie nicht akzeptierten. Aus einer tiefen Grube drang quälender Lärm, Lärm der Gequälten, er hatte nicht geschlafen, nicht zwei Stunden am Stück, redete er sich ein, wo er sich doch erinnerte, dieses Rollen, Röhren, Reiben, Rangieren, mit dem kurzen Blöken von Hupen dazwischen, ohne Unterlaß, was hieß, daß sie, wer oder was immer sie waren, es nicht unterlassen hatten zu lärmen; unentwegt, was heißen könnte, folgerte er aus dem Wort, daß dieser Lärmkoloß nicht vom Weg abgekommen war, die ganze Nacht, unentwegt sich auf einem Weg die Geierstraße auf und ab bewegt hatte, wo er sich erinnerte, am Rand einer tiefen Grube stundenlang den Lärm vernommen zu haben, was eine Einbildung, zumindest, wie er wohl wußte, eine Übertreibung war, die auch mit der Geierstraße, aber vor allem mit dieser Vorstandsetage zu tun hatte, auf der es, zynisch-perverser Regieeinfall der Stadtverwaltung, totenstill war, ein stiller Korridor, mit Schindler und ihm, Schindlers Widersacher, an beiden Enden, so still, daß eine Stimme anheben konnte, die Stimme der Assmann, angekündigt von dem plötzlichen Schrillen dieses Kunststoffgehäuses, das in einem Behördenfarbengraubeige auf dem Schreibtisch des leitenden Angestellten Christian Kirsch stand. Sein Münchner Zimmer lag auf der Straße, er lag auf der Straße, bloß und deprivatisiert, den Blick auf die private Tapete gerichtet, schlechter privater Geschmack, Privatzimmer zu vermieten, fünfter Stock, soziale Deprivation. Zwei Erscheinungsformen, zwei Krankheitsbilder ein und derselben psychischen Verelendung: der Schindlerkorridor und die Geierstraßengrube, psychiatrisches Elend in der BRD – kaum war er wach, brachte er schon wieder alles auf den Begriff.

Wenn er dann ans Fenster trat, die Flügel nach außen stieß, hinuntersah in dieses Geierstraßental des Tages, über das er nun nach der Rasur, nach der er noch immer, in »Erbfolge« zu seinem großen Bruder Dietmar, sich Pitralon ins Gesicht schüttete, schon wieder witzelte und sie auf Busse, auf Straßenbahnen springen sah, Lärmerzeuger, geschlechtslose, ohne Identität, flach sich auf den Trottoirs und über die Geierstraße bewegend, in flachen Autos, die breit auf den Asphalt der Straße drückten, wie kunstvoll sie hintereinander, nebeneinander fuhren, ohne sich zu berühren, wie hellwach sie gesteuert wurden, von Fahrern, die ausgeschlafen hatten, die mit dem Tempo, dem Lärm des Tages mühelos fertigwurden, dann fühlte er sich unterlegen, unterlegen allen, die jetzt schon so wach waren, daß sie lärmen und Lärm ertragen konnten.

Der große Milchtropfen hing vom Plafond; sah er das, was im Schlafzimmer der Eheleute Kirsch in Kolbstadt zu sehen war, oder sah er schon die Metaphern, die er beim Anblick der Dinge aus seiner Sprache schöpfte? Er lächelte; worüber er sich den Kopf zerbrach, an einem Montagmorgen. Aus der Höhe eines Geiers, des Aasvogels, hatte er hinunter in die Geierstraße, in die Werktagsmorgenschlucht, in die Gruft, gesehen, in der es emsig zuging, sich alle emsig bewegten, als gäbe es ein Wegkommen, ein Rauskommen, ein Von-hier-fort-Kommen. Die Geierstraße war, auch wenn der Verkehr in beide Richtungen floß, eine Einbahnstraße, in der keiner von der Stelle kam, sosehr er sich auch bewegte. Ein kühner Vogel war dieser Untermieter Christian Kirsch, der in einem ruhigen Gleitflug sah, was unter ihm lag, abgeschlossen, endgültig, der von einer höheren Warte aus auf diese Straße seiner Deprivation nun blickte. Im Bett, in der Eichendorffstraße, im Viertel der Dichterstraßen, dachte er an die Geierstraße in München, Apollinaire mit seiner Erkenntnis kam ihm in den Sinn, daß sich die Menschen von nichts ohne Bedauern trennten, und selbst die Orte, Dinge und Menschen, die sie am unglücklichsten machten, gäben sie nicht schmerzlos auf. So sei es gewesen, als Apollinaire 1912 nicht ohne Bitterkeit Auteuil, liebliches Viertel seiner großen Traurigkeiten, verlassen hatte. Apollinaire war vier Jahre später wieder dorthin zurückgekommen, trepaniert, mit einem Kopfverband. Bonjour Apollinaire, ich erinnere mich deiner Stimme, Dichter. War er selbst, der leitende

Angestellte von gestern, der Richter auf Probe von heute, der Lebenszeitrichter von morgen, unversehrt? Er sah keine Blessuren an sich, an diesem Morgen. War er versöhnt? Er war nicht unversöhnt, gestand er sich ein. Aber er war auch nicht ausgesöhnt.

Dietmar, ausgerechnet Dietmar, hatte ihm 1958 das violette Bändchen in die Hand gedrückt; er, der Gedichte, Romane nur anlas, sich auf Prologe, Widmungen, Vorworte, Nachworte, auf Klappentexte beschränkte; Dietmar, zurück von Frankfurt, auf seinem Weg in den Urlaub, Zwischenstation in Kolbstadt, wo Vater, wie in alten Tagen, die drei Jahre, mehr Jahre zurücklagen, die runde Tür des Frigidaire, nein, nun des Bosch-Kühlschranks in der Hand hatte, um zwei, nein, drei Flaschen Bier herauszunehmen, denn auch er, der Jüngste, trank nun Bier, griff zu der Flasche, die Vater ihm reichte; wo Mutter die Lende in der Pfanne, Lende mit brauner Soße, gelbe Rüben, junge Erbsen, wendete, ein dickes Stück Butter schmolz über den Erbsen, wie eh und je, so mochte es Dietmar, noch immer. Das Bändchen hatte eine Widmung, die alles sagte, alles verriet: »Für Dietmar, den Dichter, der über so viele, zu viele Wahrheiten verfügt.« Die Widmung handgeschrieben, dieselbe Frauenhand, die »Frankfurt am Main, Deine Luise« daruntergesetzt hatte. »Es handelt sich um eine gute Kundschaft«, sagte er damals zu ihm. Er war Dietmar dankbar, daß er ihm, dem Kleinen, eine Lüge ersparte. Der Erfolg zählte. So war sein Bruder, damals, und sicher noch heute. So wie die in kühles Cellophan gewickelten Eisbonbons, die Dietmar für seine Firma verkaufte, in seiner Hand, in der Hand des kleinen Bruders geknistert hatten, knisterte es, als er die wenigen Seiten des Gedichtbands durchblätterte, als er in die schwermütigen Augen von Marie Laurencin, von Madeleine Pagès, von Annie Playden blickte, die alle, »mit Überschneidungen«, die Geliebten dieses Guillaume Apollinaire gewesen waren, dessen polnische Mutter hochmütig, streng am Leser vorbeischaute, als hätte sie allen Grund, den Leuten nicht in die Augen zu sehen. Diese Luise war sicher eine kluge Frau gewesen, die etwas von Apollinaire verstand und etwas von Dietmar. Später, als er die Gedichte im Zusammenhang las, stellte er fest, daß er Dietmar unrecht getan hatte. Dietmar hatte Apollinaire nicht nur angelesen, er hatte ihn »durchgelesen«, drei Zeilen auf der Seite einundzwanzig gaben ihm diese Gewißheit, sie waren mit einem roten Stift gekennzeichnet; »Mein Schiff fährt morgen nach Amerika und ich komme niemals wieder«, drohte Apollinaire der Annie, der Madeleine oder der Marie, Dietmar schien sich dieser Drohung angeschlossen zu haben, darauf deutete die Rotstiftmarkierung am rechten Rand der beiden Zeilen hin; die nächste Verszeile »mit dem Geld gewonnen in den lyrischen Prärien« war nicht nur seitlich markiert, sondern von Dietmar energisch dick unterstrichen.

In welchen Prärien bewegte sich Dietmar heute? Er hatte ihn seit einem Jahr nicht mehr gesehen. Er verdiente viel Geld. Soviel stand fest. Er hatte lang gebraucht, um sich von dem Einfluß seines Bruders zu befreien, sich zu lösen von dem Kinderzimmer, das sie miteinander auch dann noch teilten, als sie keine Kinder mehr waren; in dem Dietmar Prologe, wohlformulierte Widmungen aus Buchclubbüchern vorlas, mit einer Stimme, die um die Höhen, die Tiefen der Sätze wußte, mit einem Interesse, das sich auf die kleinen Verse, die schwermütigen Seufzer der Dichter beschränkte, die diese den zweihundert, dreihundert Seiten voranschickten, mit denen sich Dietmar nicht herumschlug; in der Kürze lag die Würze; was er in den ersten fünf Minuten nicht verkaufte, fand auch in einer Stunde nicht den Weg über die Ladentheke. Der Erfolg gab ihnen recht, Dietmar und Apollinaire, lächelte er. Er lag im Ehebett, rührte keinen Finger, während er in einem Album, in einem Familienalbum blätterte, die ganze Zeit schon, was er die ganze Zeit in München nicht getan hatte. Apollinaire und Dietmar mit ihren Maries, Madeleines, Annies, mit ihren Franzis, Luisens und Lotte Zuckriegls – sie waren Brüder, Brüder im Zeichen Kains, zitierte er sich, den Christ Kirsch der Kinderzimmerjahre.

Bonjour, Monsieur Apollinaire, Bonjour in der Eichendorffstraße. Er erinnerte sich an diesem Montagmorgen der Stimme des Dichters, eingesperrt in dem schmalen, violetten Bändchen, nach vierzehn Jahren, das irgendwo in der schöngeistigen Abteilung seines Bücherregals stehen mußte, eingezwängt zwischen toter Materie, umgeben von »privaten« Spinnern, die ihre Liebesgeschichten an den realen Verhältnissen vorbeischrieben, unter denen er, der progressive Student mit gesellschaftlichem Bewußtsein, litt, gemeinsam mit den besten, zumindest den empfindlichsten Köpfen seiner Generation; nur in den Freiräumen von Dichterhirnen existierten diese Romanfiguren, nicht auf der Basis konkreter Gesellschaftsverhältnisse. Diese Kunstgestalten waren verstrickt in ein psychologisches Knäuel, das der Autor genüßlich entrollte, waren unfähig, ihre gesellschaftliche Position systemkritisch zu überdenken; nicht unbehindert konnten sie reflektieren, sondern nur schriftstellerisch-funktionell im Hinblick auf die einmal in Gang gesetzte Entwicklung der übrigen Hirnfiguren; die Realitätsferne dieser Romansippschaft verhinderte, daß die Romanväter, Romangeschwister, Romanonkel und -tanten über ihren Tellerrand hinaus, durch ihren Hardcoverbuchdeckel hindurch auf das blickten, was wirklich Sache war in der BRD. Das Instrumentarium der herrschenden literarischen Produktionsverfahren, sagte er sich in einer ihm damals zu eigen gewordenen

Sprache, in der er ausschließlich sprechen konnte, wenn es um anderes ging als um die Frage, was er abends essen wollte, ob ein Rotwein besser paßte als ein Weißwein – setzte sich nicht in dieser Sprache jene anmaßende Objektivität fort, mit deren Hilfe die Herren Gesetzgeber im Dritten Abschnitt eines Bürgerlichen Gesetzbuchs unter der Überschrift »Inhalt des Eigentums« allen Ernstes glaubten, allen Ernstes sich anmaßten, Streit schlichten, Streit verhindern zu können; allenfalls einschüchtern konnten sie, wenn sie »Überfall« schrien, sobald ein Apfel in Nachbars Garten fiel –, das Instrumentarium der herrschenden literarischen Produktionsverfahren, formulierte er damals großartig, wenn er vor dem Regal stand und auf den hausstaubbeschlagenen Schnitt der Bücher sah, dieses Verfahren erschwerte es, die Entwicklung der Protagonisten ins konsequente Verhältnis zu den sozioökonomischen Grundlagen ihrer Existenz zu setzen. Was am Ende einer Geschichte als persönliche Verstrickung erschien, hatte er Margot auf ihren Spaziergängen erklärt – die nicht mehr so lang waren wie in den ersten Jahren ihrer Bekanntschaft, bei denen Margot nicht mehr von ihren persönlichen Beziehungen zu den Figuren der Erzählungen, die sie gerade las, berichtete, bei denen sein Schritttempo sich dem akribischen Rhythmus seiner Analyse anpaßte, der den ruhig gemächlichen Fluß ihrer früheren Spaziergänge zerhackt hätte –, was am Ende als Verstrikkung erschien, folgerte er beharrlich, sei fundiert in den gesellschaftlichen Zwängen. Das war so falsch nicht, sagte er sich heute. Aber ihm fiel auf, daß er in seiner Sprache, seinen Analysen und Folgerungen damals persönlich nicht vorgekommen war. Es würde sich nicht vermeiden lassen, wenn er heute über Romane, über im Schönfelder abgedruckte Gesetze sprach, zu erwähnen, daß er Richter war, Richter auf Probe, der in einem Haus wohnte, das sein

Eigentum war, in einem Viertel, in dem sich die Straßen nach Dichtern nannten. Unerwähnt durfte nicht bleiben, daß er sich selbst einmal als Dichter versucht hatte, ja daß heute vorstellbar für ihn war, wieder Gedichte zu schreiben.

Um neun Uhr dreißig erwartete ihn der Präsident. Er machte sich keine Gedanken, was ihn erwartete, in der Justiz, an seinem ersten Arbeitstag. Was man von ihm erwartete, durfte seine Haltung nicht bestimmen; nicht an fremde Pflichten wollte er sich anpassen, sondern sich Pflichten, die ihm noch fremd waren, zu eigenen machen, wo es sich verantworten ließe. Es gab eine gesellschaftliche Notwendigkeit für die Gewalt, die Rechtsprechung hieß. Er würde daran arbeiten, daß einer ohne Geld, ohne Beziehungen, ohne Glück sein Recht bekam, wenn er im Recht war, nicht nur nach den vielfältig interpretierbaren Buchstaben des Gesetzes, die eine herrschende Meinung in Schrifttum und Judikatur, h. M., zuließen, aber auch eine andere Meinung, a. A., was für abweichende Ansicht stand. Es gab eine Geheimschrift der Gerechtigkeit, eine Zweitschrift hinter der Fassade der Gesetzeslettern, Chiffren, die dahinterlagen, wenn man nur dahinterblickte, ähnlich den Chiffren in Sebaks Briefen. Seine Leidenschaft für eine hinter den Buchstaben versteckte Gerechtigkeit brächte eine Urschrift zum Glimmen, durchscheinen würde sie, diese Urschrift der Gerechtigkeit, durch den vordergründig aufgetragenen Versuch der Mächtigen, sich ihre Macht zu erhalten. Leidenschaft, die mit seinem Vater zu tun hatte, die sich aus dessen Biographie erklärte, sich aber auch aus den eigenen Erfahrungen des leitenden Angestellten Christian Kirsch speiste, Leidenschaft und Bewußtsein, was nicht mehr hieß, als daß er bewußt gelitten hatte, brächten Gerechtigkeit zum Leuchten hinter dem gesetzten Recht. Diese Gesetze enthielten kodiert eine

Wahrheit, die sich der Richter auf Probe nicht verstellen ließe. Der suchte sich seinen eigenen Weg. Um Einzelfallgerechtigkeit wäre er bemüht. Zu welcher Qualität, zu welcher privaten, ja gesellschaftlichen Kraft summierten sich gerecht entschiedene Fälle in einem Richterleben! Für Einzelfallgerechtigkeit wäre er zuständig. Der Rechtsweg des einzelnen führte über ihn, schwor sich der Neuling.

Er hatte niemals dieser »Neuen Kritik«, auch nicht Sebak gegenüber, zugestimmt, die eine einfache, eine bequeme Kritik war, nach der es einzig darum ginge, potentiell radikale Juristen aus dem Betrieb herauszubrechen und mit den restlichen und ihren Ausbildungsstätten so zu verfahren, wie es für den Nachwuchs der Justiz und anderer von Juristen vindizierten Repressionsinstituten in der spätbürgerlichen Gesellschaft angemessen wäre. Da war sie wieder, diese Sprache des ohnmächtigen, auf sich selbst verwiesenen Bewußtseins, diese Sprache einer Philosophie, die die Welt total interpretierte und daraus ableitete, die Veränderung der Welt müßte konsequenterweise eine totale sein. Diese Sprache der Anmaßung, der sich Machtlose in Anpassung an die Mächtigen bedienten, hatte ihn sprachlos gemacht, ihm nicht weitergeholfen, wenn er Schindler gegenüberstand. Die Sprache hatte es ihm verschlagen in den ersten Wochen, wenn Schindler ihm sagte, daß er einen »brauchbaren Mann« aus ihm machen werde, daß sie im ersten Jahr noch alle für den Betriebsrat kandidierten, daß die Stechuhr seine Angestellten erziehen hülfe. Er war lange Zeit nicht in der Lage gewesen, Schindler zu parieren, spontan, auf dessen konkrete Gemeinheiten bezogen, ohne den Umweg über Erwägungen, die Schindler wiederum nur als ein Rädchen im Getriebe sahen. Warum nahm er nicht einfach den Deckel, der paßte, und knallte ihn auf den Topf?

Er hörte auf Margots Geräusche im Haus. Welche Wege sie zurücklegte, mit eiligen Schritten, mit besorgten Gedanken, die diesen eiligen Schritten vorauseilten; ihre Hausfrauenpflichten, ihre Ehefraupflichten, ihre Mutterpflichten, ihre Pflichten als medizinisch-technische Assistentin, hinter diesen Pflichten eilte sie her, er glaubte es herauszuhören aus den exakt bemessenen, tennisplatzschnellen, leichten Schritten, die sie offenbar immer wieder zurückführten zu einem Punkt, im Wohnzimmer, im Parterre, wo wohl Rudi auf dem Teppich saß, sie entfernte sich, war wieder da, berührte den Jungen, schien jedesmal den Moment zu erwischen, in dem der Junge sich anschickte zu schreien, wo sein unartikuliertes Geplapper, das sich anhörte, als würde er mit Wörtern gurgeln, in einen Zusammenhang überging, der das Ende seiner Selbstbeschäftigung mit Wörtern gewesen wäre, der Anfang seines plärrenden Unmuts, mit dem er ihn, der er einen Stock höher im Ehebett lag, aufgeschreckt hätte aus den Zusammenhängen, die er, der Heimkehrer, gerade herstellte, in einer Art Vorbilanz, einer Veranschlagung der Kosten, einem Kostenvoranschlag auf das, was er zu leisten hätte, was er leisten wollte, durfte, bis hierher und nicht weiter, machte er sich Mut, denn in diese Rechnung wäre miteinzubeziehen, daß die Justiz, in welcher Person sie ihm auch gegenübertreten, nähertreten würde, welche Offerten sie ihm machte, sublim, in ehrenamtlicher Verkleidung oder offen, ungeniert, daß sie einen Sicherheitsabstand zu ihm einhalten müßte, zu den Überzeugungen, die seiner Persönlichkeit immanent, die persönlichkeitsimmanent geworden waren, tönte er; mein Gott, er lag in seinem Ehebett und ballte die Faust, oder er ging an einem frühen Montagmorgen durch den Wald und pfiff, was dasselbe war. Es war Zeit, daß er aufstand und seinen Kaffee trank. Es war Zeit, daß er sich seinen Arbeitsplatz anschaute und seine Kollegen von der ersten Zivilkammer, der er zugeteilt war.

Margots eilige Schritte verließen die Route, die wohl ihre allmorgendliche war, sie kam an sein Bett, sie beugte sich über ihn, sie küßte ihn auf die Stirn, ihr Haar deckte sein Gesicht zu. Still, er ist heimgekehrt, flüsterte er. Ja, sagte sie, aber am Freitag vergangener Woche. Er roch ihr Parfum, immer hatte er gewußt, welches ihr Parfum war. Während ihrer knappen Wochenenden in diesen letzten achtzehn Monaten aber hatte er nicht einmal wahrgenommen, daß sie überhaupt ein Parfum verwendete; er war nicht mehr auf dem laufenden. Was kommt nach Chanel No. 5? fragte er sie unvermittelt. Sex, sagte sie mit tiefer Stimme; er griff sogleich nach ihr, sie entzog sich ihm, sie trug einen kurzen Rock, keinen sehr kurzen Rock, wenn er ihn mit Münchner Verhältnissen verglich, aber doch einen ziemlich kurzen Rock, bei ihr sah ein ziemlich kurzer Rock sehr kurz aus, stellte er fest, bei ihr war nicht selbstverständlich, daß sie sich entblößte, daß sie der Phantasie von Männern den Weg über ihre Knie nach oben wies; sie hatte makellose, braune Beine – eine Beobachtung, die immer mehr für ihn ihre Unschuld verlor. Jahrelang hatte er sich seiner »Primitivstruktur« gerühmt, der Tatsache, daß er mit seinen Männerwünschen nicht anders wäre als der Mann auf der Straße, nicht anders als ein Arbeiter am Bau, als »junger Lyriker des deutschen Sprachraums« – wie ihn die ›Mittelbayerischen Nachrichten‹ 1963 nach einer ersten Gedichtveröffentlichung hoffnungsvoll titulierten – hatte er seine Solidarität mit Mörtellangern öffentlich kundgetan, die mit nackten Oberkörpern Lyzeumsmädchen schreckten, die ihr Kinn auf den Schaufelstiel lehnten und das Wadenspiel dieser Mädchen belauerten, die versucht hatten, ihren Drang mit Witzen zu überschreien, und dann still hinter den Schuppen gegangen waren; war es ihm, dem »jungen Lyriker des deutschen Sprachraums«, darum gegangen, seine Solidarität mit Arbeitern zu beweisen, oder wollte er beweisen, daß er, der gescheite Abiturient, der Dichter am Vorabend des Ruhms, der zukünftige Jurist einer Zukunft, die humaner, demokratischer sein würde dank kritischer Leute wie ihm, wollte er vorführen, daß er, dieser »junge Lyriker des deutschen Sprachraums«, auf einer Stufe stand mit den harten, geradlinigen Männern, die statt dem Bleistift die Schaufel in der Hand hielten? »Die Schaufel in der Hand«, hatte er in seinem Gedicht geschrieben, »damit ist nichts auszurichten in diesem Land.« 1963 war dieses Gedicht entstanden, ein lyrischer Nachgesang auf seine Ferienarbeit am Bau, Sebak hatte er dort kennengelernt, der in Kolbstadt bei seinem Bruder wohnte, Sebak, der über einen leibhaftigen Arbeiterbruder verfügte, während er sich Arbeiterbrüder in Gedichten schuf.

Sie war ihm entwichen, in ihrem ziemlich kurzen Rock, aber sie war fair, sie blieb in der Tür stehen. Siehst du immer so aus? fragte er sie. Hatte sie an allen Montagmorgen so ausgesehen, während er in der Geierstraße erwacht war, über der Schlucht, in einem Privatzimmer, private Tapete, inmitten von schlechtem privaten Geschmack, sein Problem, nicht das der Vermieterin, die Frau Meier hieß, die Frau Meier von der Geierstraße, unter Meiern und Geiern, spöttelte er, konnte er endlich wieder spötteln, nach dem 23. August 1971, nach dem Kolbstädter Hauskauf, unter Geiern mit Meiern, variierte er, Spaßvogel, Aasvogel über der Geierstraßenschlucht, buchstäblich darüber, im fünften Stock, und dann auch im übertragenen Sinn. Als er kalauerte, mit Meier und Geier, tat ihm die Geierstraße schon nicht mehr weh, hatte er sich schon verabschiedet, machte sein Blick nur noch ein paar Erinnerungsfotos von der Tapete; auch sie gehörten eingeheftet in den »Widersacher«, gehörten zum Widerstand, irgendwie, hatten dazu beigetragen, daß er widerstanden hatte, es nicht ausgestanden hatte, die Tapete in Meiers Zimmer, das behördengraubeige Telefon am Ende des Schindlerkorridors. Dabei hatte sich die brave Frau Meier für ihn, Christian Kirsch, als Mieter entschieden. Er war einer von vielen Bewerbern gewesen – genau wie die Einheitsmänner auf einer Illustration, die in das Jahr 1953 zurückführte, einer Illustration, an die er sich wieder erinnerte: In langen, festen Wintermänteln standen drei Bewerber einem Vermieter gegenüber, jeder einen Hut in der Hand, für einen der Bewerber mußte, durfte der Vermieter sich entscheiden; das »neue« Wohnraum-Bewirtschaftungsgesetz vom 1. Juli 1953 gab ihm dieses Recht »an die Hand«, beim Freiwerden von Wohnraum dem Wohnungsamt einen Vorschlag für die Wiederbesetzung zu machen; »dreimal hat der Hausherr die Möglichkeit zu wählen – einen muß er nehmen!« stand unter der Zeichnung. Unschlüssig, hilflos sah der Hausherr auf die drei Fremden in den festen Mänteln, die fast bis zum Boden reichten, die Arme wiesen wie Gewehrläufe nach unten. Einheitsmänner, in Einheitsmänteln, mit Einheitshüten, wer von ihnen war der Anständigste, der Ehrlichste, der Zuverlässigste, mit einem Wort: ein ordentlicher Mieter? Ein bedrückendes Bild, diese Illustration, auf die er gestoßen war in der ›Geschichte des Mietrechts in der Bundesrepublik Deutschland‹, erschienen 1964, ein bedrückendes Bild, auch wenn er jetzt darüber lachte; er, der kritische Jurist, wußte Bescheid, er hatte sich fachkundig gemacht, auch das gehörte zu seiner Bildung, nicht nur in seinem eigenen, »wohlverstandenen« Interesse; natürlich hatte diese Handzeichnung, die heute eine Karikatur war, was sie damals, 1953, nicht sein wollte, nichts damit zu tun, daß er in der Geierstraße bei Frau Meier in Untermiete wohnte; diese Illustration der Zwangsbewirtschaftung im frühen Nachkriegsdeutschland gehörte zu seiner politischen Bildung, von der er glaubte, sie könne der Arbeit von Gewerkschaften nützen. Daß Gewerkschaften sich für ihn, den jungen politisch gebildeten Juristen, interessieren würden, hoffte er 1970, als er ein halbes Jahr lang diese Bewerbungen schrieb.

Sie stand in der Tür und sah ins Schlafzimmer.

»Ich bringe ihn in die Kinderkrippe«, sie sagte nicht »Rudi«, sie nannte ihren Jungen »ihn«.

»Wir trinken dann noch miteinander Kaffee.«

»Du hast noch nicht …?«

Sie hatte noch nicht. Sie tränken Kaffee miteinander, ausnahmsweise, an diesem Ausnahmemontag. Er räkelte sich, stand auf, ging zum Fenster. Sie führte den Jungen an der Hand. Er war blond, wie er. Seine schwarzhaarige Frau führte ihr gemeinsames Kind, das blond war wie er, an der Hand. In Höhe der Aschentonne stemmte der Junge sich gegen die Laufrichtung, die sie bestimmte, indem sie ihn an seiner kleinen Hand vorwärtszog. Sie wandte kurz den Kopf nach Rudi zurück. Seine runde, fleischige Hand griff im Vorbeigehen, im Vorbeigezogenwerden, nach der gelben Tulpe, die sich nach den Niederschlägen der Nacht über das Kopfsteinpflaster der Einfahrt beugte, sich anmutig verbeugte vor Margot und Rudi Kirsch, seiner kleinen Familie, wir sind eine kleine Familie, hatte sie ihm aufmunternd nach München geschrieben, es hatte ihn nicht aufgerichtet, es hatte ihn gedrückt, als zusätzliche Verantwortung lastete diese kleine Familie auf ihm, in diesem Konzern, wir sind eine kleine Familie, Rudi, Christian und Margot, erst jetzt fühlte er mit ihr, erst jetzt streckte dieses Fleischhändchen, das nach dem Tulpenstiel schnappte, sich auch ihm entgegen; blind schnappte es zu, heimtückisch, unvermutet, eine böse Kinderhand, in beiläufiger, natürlicher Aggressivität nahm der Junge von der Welt Besitz, Margot tat gut daran, ihn an der Hand zu nehmen, diesen kräftigen, runden Burschen; sie war eine andere Frau, wenn sie seinen Jungen an der Hand führte, was sie tat, war selbstverständlich, konnte so nur getan werden, diese Frau, die seinen Jungen führte, führte ein selbstverständliches, unkompliziertes Leben, war nicht denkbar an der Seite eines Mannes, den stets Zweifel plagten – wie ihn. Margot hatte den Jungen im Griff, während sie, den Einkaufskorb in der Hand, die Autotür aufschloß, sie kontrollierte den Sohn, ohne den Korb aus der Hand zu legen, sie sperrte den Wagen auf, wobei sie zugleich die Frau des »gescheitelten« Typs grüßte, den sie beim Bäcker »Oberst« nannten; der gelbe Fiat 500 fuhr an, durchfuhr das Fensterkreuz, sein Blickkreuz. Mit welcher Frau würde er kaffeetrinken in wenigen Minuten? Wer war die Person, der er nicht nähergekommen war in den vergangenen Nächten? Was für eine Person war diese Person, wenn sie in den weißen Kittel der medizinisch-technischen Assistentin schlüpfte? Seine Frau war eine Personenperson. Eine Personenperson in einem ziemlich kurzen Rock, so hochgewachsen, daß sie es sich leisten konnte, in flachen Schuhen zu gehen. Eine Personenperson, die auch in flachen Schuhen Beine zeigte.

Plötzlich hatte er wieder Augen für sie, Gedanken, seit ihn nicht mehr der Gedanke plagte, daß er zurückmußte, zurück in die Geierschlucht, in den Schindlerkorridor, Samstagnacht hatte das immer angefangen, hatte sich der Kunststoffmantel dieses Depotdragées aufgelöst, und der Gedanke begann zu wirken, zu verströmen, flauer Schmerz in der Magengrube, der seinen Kreislauf störte, noch lag er nicht am Rand des Abgrunds, aber schon jetzt konnte es vorkommen, daß Margot zurückschreckte, wenn er sie mit seinen kalten Händen berührte, schon beim Sonntagsfrühstück war er nicht mehr allein mit ihr, Schindler und seinesgleichen saßen mit am Frühstückstisch, alle waren sie seinesgleichen, schindlersgleichen, aus der Entfernung Kolbstadt-München machte es keinen Unterschied, ob sie zum Führungskartell gehörten oder ins Sammellager der Befehlsempfänger, Schinder und Geschundene, gleichermaßen machten sie schmutzig, unrein, alles, was von nun an, vom Sonntagsfrühstück bis zur Sonntagsabfahrt zwischen ihm und Margot, seiner Frau, geschähe; erst in München klärten sich wieder die Fronten, wurden die Geschundenen wieder arme Schlucker, von denen er nichts zu befürchten hatte, die ihn mit nichts anderem erreichten als dem Mitleid, das er aufrichtig für sie empfand. Er litt mit ihnen. Ihr Leid, das sein Mitleid war, machte ihn stark, baute ihn auf, keinen Bocksbeutel trank er mit Schindler, mit seiner Mannschaft; auf Hochdeutsch hielt er dagegen, wenn Schindler unter vier Augen in diese breite bayerische Sprechart verfiel, die aufgesetzt wirkte, mit der er ihn einzunehmen versuchte, einzubinden, Kolbstadt, München, süddeutsche Städte- und Männerpartnerschaft, er bräuchte nur die Seite zu wechseln, spätestens seit jenem Gespräch mit Niebler, im Feierabendkorridor, wo Putzfrauen volle Papierkörbe vor die Türen stellten, wußte er das.

Nein, auf die andere Seite war er nicht gegangen. Was immer seine Motive gewesen sein mochten, worüber das letzte Wort noch nicht gesprochen, die letzte Seite im »Widersacher« noch nicht geschrieben war – so viel stand außer Frage, attestierte er sich.

Er hatte Augen für eine Frau in einem ziemlich kurzen Rock, der für Kolbstädter Verhältnisse ein sehr kurzer Rock war, Augen für eine schwarzhaarige Frau mit flachen Schuhen, die einen blonden, einen Christian-Kirsch-blonden Jungen an der Hand führte. Er wartete auf diese Frau, mochte der Landgerichtspräsident auf ihn warten. Sie hatte sich freigenommen, freigemacht am Montagmorgen, eine Stunde, für ihn.

Hatte er auf diese Frau, auf seine Frau, die Rede bringen wollen, wenn er von der »neuen Frau« sprach, er, Student, in München, Denker in der Gruppe, die sie Zelle nannten, von der neuen Rolle der Frau in einem neuen, einem »elastischen Familienverband«, wenn er und seine Genossen in dieser aufgelassenen Fabrik, in ihrer »Bewußtseinsfabrik«, die konkrete Utopie diskutierten, die Veränderung der kleinsten Zelle der Gesellschaft: der Zusammenschluß von vier, sechs oder acht Familien, alle im gleichen Alter, befreundet? Damals war Rudi noch nicht geboren, nicht auf der Welt, aber konnte, mochte er sich heute vorstellen, daß diese Paare unter Anleitung einer Erzieherin, die sie gemeinsam honorierten, mit der vorschulischen Erziehung seines Sohnes begännen, um auf staatliche, kirchliche Kindergärten zu verzichten, die fortwährend doch nur Untertanen produzierten? Unter diesen neuen Bedingungen entfalteten Hausfrauen nach den Vorstellungen dieser Zelle ihre Produktivkräfte, im Haus gäbe es nicht länger sechs oder acht, sondern nur eine Waschmaschine; auf der ersten Stufe der konkreten Utopie könnten sich Ehepaare noch jederzeit hinter die eigene, schützende Wohnungstür zurückziehen; auf der zweiten Stufe dieser Utopie, auf der Stufe eines höheren Bewußtseins, verstand sich, blieben im Laufe des Entwicklungsprozesses »sexuelle Querverbindungen« zwischen den Familien nicht aus, die zum Moment der Bewußtwerdung führen könnten; von »Wohnzellen« sprachen sie in ihrer Zelle, von einer funktionell-horizontalen Aufteilung der neuen Häuser. Bedürfnisse wurden befriedigt. Und immer bildeten jene Gruppen die Spitze, die über ein höheres Bewußtsein verfügten, die breiten Massen folgten nach. Die Beseitigung der Entfremdung erfolgte zunächst in der Spitze, später erst am Fuß der Pyramide.

Wir sind eine kleine Familie, Rudi, Christian und Margot, hatte sie ihm später, nicht viele Jahre später, geschrieben, nach München, wo er wieder war, wieder in einer Zelle, in der aber nicht diskutiert wurde – Schindler ließ nicht mit sich diskutieren –, in der nun der Angestellte Kirsch konkret die reale Unterdrückung erlebte. Was war das für ein Umgang mit der Sprache, den sie damals pflegten? Was waren das für Hände, in die sie die Erziehung ihrer Kinder legen wollten? Kam ihr »gerecht« nicht als »gerächt« von Rache?

Der Versuch des jüngeren Bruders eines namhaften deutschen Schriftstellers, »Der größere Versuch über den Schmutz, der im Magazin Nr. 10 zu lesen war, wird nicht, wie angekündigt, am selben Ort fortgeführt werden; die vollständige Arbeit erscheint in Kürze unter demselben Titel im Klien Verlag, München ...« Erst heute, nach Jahren, in denen ihm das Lachen vergangen war, brach er in ein Lachen aus, als ihm diese ernstgemeinte »redaktionelle Anmerkung« in einem Magazin wieder einfiel, das damals unregelmäßig erschien, das ihnen zum Kursbuch geworden war für ihren Bewußtseinsstrom.

Er gab sich keine Antworten auf diese Fragen, die sich ihm jetzt plötzlich stellten. Aber er wich den Fragen nicht aus. Es galt erst einmal, die Fragen einzusammeln. Luft mußte er holen. Einatmen. Durchatmen. An einem Fenster, das in seinen Garten wies. Da war eine Frau, eine schwarzhaarige Frau mit flachen Schuhen, die einen blonden, einen Christian-Kirsch-blonden Jungen an der Hand führte. In ein paar Minuten käme sie zurück, in einem runden, gelben Fiat, um mit ihm Kaffee zu trinken.

Das Telefon läutete. Er hob ab. Seine Schwiegermutter war am Apparat.

»Margot bringt den Jungen in den Kindergarten«, erklärte er ihr.

»Wie geht es Intercity?« wollte er von ihr wissen.

»Der Katze geht es prächtig. Sie liegt neben mir auf dem Sofa und schnurrt«, antwortete sie. »Übrigens«, wechselte sie das Thema, »ich habe neulich deinen Freund gesehen. Diesen jungen Mann mit den schwarzen Locken.«

»Sebak?« Seine Frage war an sich selbst gerichtet.

»Eine weiße Jacke hatte er an. Eine weiße Jacke und schwarze Locken«, beschrieb sie Sebak. »Er war nicht allein. In Stadtvorhof habe ich ihn gesehen, in Begleitung eines dunklen Mädchens, sehr zart.«

Im Stehen sah er von oben auf das runde, schwarze Gehäuse des Telefons. Die Ziffern 0 bis 1 leuchteten rätselhaft, wie es ihm schien, aus den runden Löchern der Wählscheibe, unzählige Kombinationen verbargen sich in den zehn Ziffern, unzählige Rufe, eine Unzahl von Personen, die er anrufen konnte, ohne daß er sich von der Stelle bewegen mußte.

Auf dem Weg zur Justiz lenkte er seinen Wagen durch eine individuell gewählte Folge von Straßen, Bäche waren das, gegen den Strom der Geierstraße, an den Trottoirufern wuchsen Gärten über die Steinmauern, über die Eigentumsumfassungen, die so niedrig waren, daß sie das Besitztum nicht wirklich schützten, sondern nur befriedeten im Sinne des Gesetzes, im Sinne eines inkriminierten Tuns, erhobene Zeigefinger diese Mauern, nicht mehr, dahinter diskret, aufwendig, Blicke aus elektronischen Augen, die Augen des Aasvogels Geier, der Fisheye-Blick des Elektronenauges, das niemals blinzelte, das Auge des Gesetzes, das kein Auge zudrückte, ein Auge ist's, das alles sieht, auch wenn's in finstrer Nacht geschieht, das befriedete Besitztum der anderen, das befriedete Besitztum des Christian Kirsch, der Begriff »befriedet« erforderte nicht ein Ausgestattetsein mit dem Frieden eines Hauses, war die herrschende Meinung in der Lehre, die Lehre hatte er hinter sich, er war unterwegs zur Praxis, die Recht sprach, die im Justizpalast am Widmarksplatz herrschte, die herrschende Rechtsprechung – die a. A. wollte er nicht vergessen. Seine Sympathie galt den anderen Ansichten. Daß Hausbesetzungen grundsätzlich strafbarer Hausfriedensbruch waren, war h. M., herrschende Meinung im Schrifttum und in der Rechtsprechung; in den unteren Instanzen gab es noch abweichende Entscheidungen, in Kommentaren wurden sie als »abwegige« hervorgehoben, mutige Richter auf Abwegen, vereinzelt, versprengt; abwegige Kollegen verloren nicht den Pensionsanspruch, für Lebenszeitrichter galt das, die Zeit eines Probezeitrichters war eine kurze Zeit, eine kurze Zeit konnte man sich doch still verhalten, wenn man wollte, er wollte nicht. An den Trottoirufern der Dichterstraßen fuhr er entlang, das Grün der Sträucher, der Bäume war kultiviert, Wildwuchs verboten, aber vielleicht lag es nur am Frühling; das geht dann plötzlich von einem Tag auf den anderen, hatte seine Mutter ihm erklärt, als sie ihn an der Hand durch den Gartenweg, den Kleingartenweg, zur Pestalozzischule führte, von einem Tag auf den anderen konnte es losgehen, wuchern, loswuchern, zuschlagen, zerplatzen, zerfetzen. Die Pestalozzischule, ihr Kleingarten, das war am anderen Ende der Stadt, das war das andere Ende von Kolbstadt, Stadtvorhof, es war ein Christian-Kirsch-blonder Junge, auch er, aber es war keine hochgewachsene Frau, die ihn führte, an der Hand, seine Mutter; zum Schulsprengel der Pestalozzischule gehörten sie, Dietmar, Dagmar und er.

Seine Mutter schützte ihn, gewährte ihm Geleit, Mutters

Geleit zum Unterricht, er hatte sich mit ihnen angelegt, als einziger in der Klasse, mit den Pulvertürmlern, auf Solidarität aus der Klasse, auf Klassensolidarität, konnte er nicht rechnen. Einer gegen den Pulverturm: Sie wohnten in Notunterkünften, Baracken, in deren Fenstern im Sommer ausgewaschen blaue Trikots hingen, die sie sich nur zu Vereinsspielen überzogen; mit nacktem Oberkörper sprangen sie aus den Barackenfenstern. Jahre später, als die Baracken den weißen Siedlungshäuschen wichen, blieb eine Baracke als Umkleidekabine stehen, denn vor den Türen, den Fenstern der Siedlungshäuser breitete sich aus, was den Pulvertürmlern, den »Barackies« von gestern ihre Welt, ihre Gegenwelt war, und auch ihm, ihm mehr als jedem anderen in seiner Klasse, zur Welt geworden war: der grüne Rasen eines Platzes, eingeteilt in Räume durch das weiße Markierungspulver, das aus einem dreirädrigen Handkarren rieselte, mit dem man die Begrenzungen abfuhr.

An diesem Ende von Kolbstadt spielte man Fußball, am anderen, im feinen Stadtwesten, 1952 schon Tennis. Ein Ball war ihm vor die Füße gerollt. Er hatte ihn verwandelt. Von diesem Augenblick an waren die Barackies in seiner Schulmannschaft wie verwandelt. Feindschaft verwandelte sich, ging über in einen anderen Zustand, ausgelöst durch den Tritt gegen eine Lederkugel, die in den Maschen eines Netzes zappelte, wundersamer Übergang, Wunder der Wandlung, die hocherhobene Hostie, der hocherhobene Kelch, Leib und Blut, mit Leib und Seele jagte er in der Schulmannschaft im Verein mit den Barackies nach dem Ball, außerhalb der Schule hatten sie ihren eigenen Verein, den VFR, der nur die Barackensiedlung umfaßte, aus den Baracken rekrutierten sie sich; in der Schulelf aber wurde er ihr Führer, Spielführer; auch diese Zeit war verklärt, kunstvoll sündenverschleiert in seine Lyrik eingegangen, verwandelt in etwas, das nie gewesen war, verwandelt in Kunst, denn darum ging es ihnen letztlich klammheimlich, dem Herausgeber wie den Autoren, darauf wies 1963 der Herausgeber jener Anthologie, in der seine ersten Gedichte abgedruckt waren, in einem »statt eines Nachworts« hin; dort forderte er, versteckt hinter einem Brecht-Zitat, die »Wiederentdeckung der Wirklichkeit«; »der Autor«, schrieb der Herausgeber »statt eines Nachworts«, »der Autor, der heute eine kritische Haltung hervorrufen möchte, kann auch, wie Brecht sagt, die unterdrückte Klasse nicht blind als schnellen Richter anerkennen, denn ihr Geschmack und ihr Instinkt sind ja eben unterdrückt.« Geschmacklos, instinktlos war sie also, die unterdrückte Klasse. Der schlechte private Geschmack einer Tapete im fünften Stock in der Geierstraße in München, in einer Barackensiedlung in Stadtvorhof.

In dem Gedicht, das er zur Wiederentdeckung der Wirklichkeit beisteuerte, waren sein Körper und die Körper der Barackies, ihre jungen, athletischen Körper, nicht hinter einem Ball her, er und die Barackies waren fasziniert, irritiert, paralysiert von der »Quelle des Bösen«, sie wurden schuldig mit ihren Knabenhänden, sie luden schwere Schuld auf sich, als hätten sie im Strafraum nach dem Ball gegriffen; »unsere Hände«, hatte er gedichtet, »einen Sommer zwischen Stolazipfel und Fliegengitter ein paar mal aufs neue für immer und ewig niemehr. Dann war alles verflogen«, spann er seine junge Lyrikerlüge weiter, »Borski«, womit er auf die Baracken abzielte, der Barackenborski also, »in einer anderen Klasse, und ich begann sehr viel von Mädchen zu halten.« Eine weitere Lüge, zumindest eine Ungenauigkeit, denn in Wirklichkeit hatte er von Mädchen immer viel, zu viel, gehalten.

Die Wirklichkeit aber entdeckte er später, als er nach Beendigung seines Studiums, Referendar nun in Kolbstadt, ein Kollege unter Kollegen, die sich »Grüß Gott,

Herr Kollege« grüßten, als er damals zurücklaufen wollte ans andere Ende der Stadt, nach Stadtvorhof: eintauchen, untertauchen, sich schmutzig machen bis zur Unkenntlichkeit, bis nicht mehr kenntlich wäre, daß er studiert hatte, ein Staatsdiener schon war, auf Widerruf. Er wollte tatsächlich zurückkehren in diesen Verein, mit dem er als Schüler, als Jugendlicher noch, mit der Ersten Jugend regelmäßig, in schöner Spielzeitregelmäßigkeit, die Stadtmeisterschaften gewonnen hatte, nur gegen den VFR, gegen die Rekruten aus den Siedlungsbaracken, waren sie als Erste Schüler einmal gescheitert, als er Kovaletzki im Strafraum zu Fall gebracht hatte, damals trug er zum ersten Mal die Stiefel, die ihm sein Bruder Dietmar geschenkt hatte, an den Füßen, die Strafe folgte damals seiner Schuld auf dem Fuß, im Strafraum war er als Vierzehnjähriger schuldig geworden, die Verwandlung seiner Schuld durch einen Elfmeter zum 1:0 bedeutete für ihn den Übergang in einen anderen Zustand, beendete den Höhenflug von der Tabellenmitte zur Tabellenspitze, für den er verantwortlich war, seit er als Mittelläufer spielte und den Strafraum beherrschte. In Dietmars neuen, korkleichten Stiefeln stand er auf dem Boden der Realität der für ihn so schwer zu verkraftenden Tatsache, daß sie geschlagen waren. Als junger Akademiker wollte er nochmals in das Trikot von damals schlüpfen, das er zuletzt als Abiturient getragen hatte. Seine Anwesenheit in dem Vereinsheim schuf 1968, anders als in Schülerzeiten, eine Atmosphäre von Bedrückung; als wäre sein Verschulden in einem Verfahren, das in seiner Abwesenheit stattgefunden hatte, geklärt worden; das Urteil schon lange gefaßt, verkündet. Als rechtskräftig Verurteilter saß er unter ihnen; bleiernes Schweigen breitete sich aus, bedrückte; drückte sie nieder über ihr Bier. Keiner erhob sich, um ihm das Ergebnis des Ausschlußverfahrens bekanntzugeben. Zweimal ging er noch hin, zweimal spielte er; verunsichert, isoliert in der Mannschaft. Dann blieb er weg. Kein Hahn krähte nach ihm, das ging nicht mit rechten Dingen, nicht mit rechten Gesetzen zu, lächelte er jetzt, der Gesetzesmann, verbittert.

Er war von weit, von zu weit hergekommen, 1968. Da lag mehr dazwischen als ein verschuldeter Elfmeter; Entfernungen, nicht auszudrücken in Kilometern. Es hatte weh getan, geschmerzt, nirgendwo war er zu Haus. Seltsam, er hatte mit Margot kein Wort über seinen Comeback-Versuch gesprochen, was nicht daran lag, daß sie nichts von Fußball verstand. Auch Sebak, der in München geblieben war, auf der Akademie, wußte nichts davon. »Grüß Gott, Herr Kollege!« grüßten ihn, den Referendar, seine Kollegen, in Kolbstadt. Er rächte sich, indem er sie mit den Überschriften von Paragraphen beim Namen nannte: »Grüß Gott, Herr Rücktritt!«, »Guten Morgen, Frau Erfüllung!«, »Guten Abend, Herr Aufrechnung!« rechnete er flüsternd auf.

Er war einsam in der Nacht. Als einsamer Wolf heulte er mit den Wölfen, streifte er, wenn Margot schlief, durch die Lehren vom Widerspruch, durch die Geschichte des Widerstands, durch den Überbau und Sein und Bewußtsein, auf seinem einsamen, nächtlichen Weg zur Zukunftsgesellschaft.

Er lenkte seinen Wagen durch diese individuell gewählte Folge von Straßen; Eichendorff, Rilke, Hölderlin trugen sich ein in sein Fahrtenbuch auf dem Weg zur Justiz, überbordende Gärten überschritten die Befugnisse der Eigentümer, wuchsen über die ihnen immanenten Schranken hinaus; auf einen ersten Blick aus seinem langsam dahinrollenden Wagen ging es hier großzügiger, ging es hier lockerer zu, schien die Ordnung unaufdringlicher als in der Kleingartenkolonie, durch die der schnurgerade, in seiner Kindheitserinnerung endlose Gartenweg führte, wo im Sommer bestimmte Obstbäume die Haltestellen für Dietmar und ihn gewesen waren, wo sie, die Brüder, jede Öffnung eines Zauns kannten, durch die seine Knabenhand an die Stachelbeer-, an die Johannisbeer-, am liebsten aber an die Himbeersträucher herankam, obwohl das keine Waldhimbeeren waren, wie Vater immer betonte, wenn er in den Beutekorb griff und sich bediente. Der Hehler ist so schlimm wie der Stehler, mahnte Mutter den Vater und die Kinder, Sprüche waren das, nicht mehr. Immerhin, aus dem diebischen Knaben wurde später ein Jurist. Bullig, gedrungen, standen die Häuser, die Villen mit ihren braunen Ziegeldächern, den Dachüberständen. Braune Kappen von Steinpilzen, in die Dachfenster eingeschnitten waren, wölbten sich über massiven Rümpfen, in die Podeste, Freitreppen führten; zwei, drei Fenster pro Geschoß zu jeder Seite gaben jedem Haus ein eigenes Gesicht: Das ist das Sperber-Haus, die Brandvilla, der Essenwein-Bungalow, den haben die sich zusätzlich noch in den Park gestellt ... Zuverlässige, breite Gesichter, nicht die eng beisammenstehenden Augen, die aus den Mietzellen der Mietshäuser blickten, die ein gemeinnütziger Verein, genannt nach einer gemeinnützigen Person, noch in den fünfziger Jahren hinter die einförmigen, weißen Bauklötzer-Siedlungshäuser gestellt hatte, denen die Barackie-Baracken hatten weichen müssen, zum Opfer gefallen waren, wie er es in einer eigennützigen Verklärung empfand, die der »Wiederentdeckung«, der Wiederherstellung seiner Kindheit, seiner Jugend diente, in der ihm alles überschaubar erschienen war, mit einem Blick zu erfassen die Baracken aus Holz, die Häuschen aus Stein, die eckigen Augen aus Glas in den Fassaden flacher Mietskasernen, was in dieser Aufzählung, in dieser Reihenfolge, ein Fortschritt war, ein Aufstieg, für den VFR, auf dessen Rasen er stand; in Dietmars korkleichten Schuhen, die Kovaletzki zu Fall gebracht hatten, stand er nach dem Elfmeter, verloren, besiegt, und sah zum eigenen Tor, in das der Ball gerollt war, eingerollt war; er stand geschlagen, getroffen, wie in seinen pubertären Träumen, in denen sich am Ende immer eine schöne Frau über ihn beugte, über seinen Schmerz, über seine Verletzung, über seine Wunde, Schußwunde; er sah durch die Maschen des Tornetzes über die eine Baracke, die als Umkleidekabine immer noch stand, über den Fortschritt, den Aufstieg der Siedlungshäuser zu Mietshäusern, über Wohnblöcke sah er hinweg in einen Himmel, den keine Wolke trübte, der Himmel hatte die bläulich irisierende Farbe der in bläuliches Cellophan gewickelten Eisbonbons seines Bruders, der in Frankfurt angetreten war, verkaufte, siegte; alle Wege auf diesem Himmel führten nach Frankfurt, auch die Spur eines silbrigen Flugzeugs, winziges Funkeln, ein silbriger Funke, silbrige Brosche für Dietmars Sakkorevers, ein langer Kondensstreifen floß aus diesem silbrig funkelnden Kreuz, schnurgerade wie der Gartenweg – Dietmar, sein großer Bruder, konnte dieses weiße Spruchband sehen, sein Vater konnte es sehen, und seine Schwester Dagmar, »Endstand: 1:0 für den VFR«, stand auf dem Band. Warum konnte nicht sein, was er sich so sehr wünschte, daß sich »0:1 – Tor durch Christian Kirsch« über dem blauen Himmel von Kolbstadt bis Frankfurt zog?

An Steinpilze, kernige Steinpilze, erinnerten ihn jetzt die Häuser. Seine Kindheit war plötzlich wieder gegenwärtig, stellte sich in seinem Gedächtnis, in seiner Phantasie her, seit dieses München abgefallen war von ihm, in eine Grube hineingefallen war, fällt er in den Graben, fressen ihn die Raben, das war anschaulich gedichtet, das hatten sie nicht drauf, die Normenschuster nicht, und nicht die jungen Lyriker, die vorgaben, mit ihren Versen diese Normen zu unterlaufen, nicht die jungen, nicht die alten Linken, die sich nicht für den Unterhaltungswert dieser jungen Lyrik, sondern, wenn schon, für ihren »Gebrauchswert« interessierten. Die Raben sollten dieses München fressen, das er meinte, wenn er an München dachte. Du schöne Isarstadt, sei tausendmal gegrüßt, wer einmal gesehen Dich hat, Dich nimmermehr vergißt, sang eine bayerische Volkssängerin, die Bally Prell hieß; mein Gott, was war das für ein Abfallhaufen, sein Gedächtnis. Bally Prell mit ihrer breiten bayerischen Sprechart, Singart, jetzt brauchte nur noch Schindler einzustimmen, Bally Prell und Schindler im Duett, das eine Todesmelodie anstimmte, eine Melodie vom Tode, den sie nicht vorhersahen, weil sie zum blauen Himmel hochblickten, oh, warum ist der Himmel heut so strahlend blau, sangen sie arglos, blöd, während sie am Rand des Grabens standen und in den Himmel staunten, singend stürzten sie in den Graben, in dem sich ihr Gesang allmählich zum Gekreisch verwandelte, das sich mit dem Gekreisch der Raben, die sich von diesem blauen Himmel herunterstürzten, vermischte. In einen anderen Zustand ging Schindler über.

Die Dichterroute war ein kleiner Umweg, er nahm ihn gern in Kauf. Er war versöhnt an diesem Morgen, abgeglitten in eine Entspannung, die überfällig war, wie er sich attestierte. Er durfte sich nicht aufreiben in einem ewigen Kampf, schon, um nicht aufgerieben zu werden. Wenn er die Hände ständig zu Fäusten ballte, konnte er seine Umwelt nicht betasten, nicht befühlen, nicht nach ihr greifen, sie nicht verändern mit der Kraft, der Geschicklichkeit, der Erfahrung seiner Hände. Er war abgeglitten zu dieser wohligen Entspannung, zu der es gehörte, daß er sich Zeit nahm, trödelte, Zeit beanspruchte, Zeit für Margot, seine Frau, er war dabei, sie kennenzulernen. Die langen, einsamen Spaziergänge, auf denen Margot in einem stetig fließenden Monolog ihre Bücher nacherzählt hatte, auf denen sie, was ihm bei einem genauen Hinhören nicht verborgen geblieben wäre, über sich selbst sprach, über ihre Sehnsüchte ihm berichtete, diese Wanderungen nähmen sie wieder auf. Auf ruhigen Park- und Waldspaziergängen würde er zusammen mit Margot den Monolog ihrer Erfahrungen Schritt für Schritt vermessen, Erfahrungen, die sie ohne ihn gemacht hatte, in diesen achtzehn Monaten, als junge Ehefrau ohne Mann, als alleinerziehende Mutter, Erfahrungen, die nicht auf der Tagesordnung ihrer Wochenendgespräche gestanden hatten, in denen sie sich zu Meistern der Aussparung entwickelt hatten, Verdrängungsdialoge, die den eigentlich privaten Bereich nicht berührten, der dort begann, wo die Fragen nach den Reparaturkosten ihrer Wagen, den Öffnungszeiten der Kinderkrippe, den Zusatzbögen zu Steuererklärungen, den Einzelhandels-, den Supermarktpreisen endeten. J'ai repris le rhythme de la vie parisienne, glaubte er bei Apollinaire einmal gelesen zu haben; was war das für ein Rhythmus, der das Leben hier in Kolbstadt bestimmte, den das Leben hier zuließ? Es gab eine Universität jetzt, Kinos, Theater, zwei Feinschmeckerlokale, und wenn er wirklich zu alt war, Fußball zu spielen, wer konnte ein Interesse daran haben, daß er es nicht einmal mit einem Tennisschläger probierte. Ein Tennisschläger in seiner Hand, war das sein Programm, seine Bestimmung der siebziger Jahre? Die Schaufel in seiner Hand, daraus war nicht mehr geworden als eine Episode, ein paar Gedichte, keine Schwielen an seinen Händen, das war augenscheinlich; und auch keine an seiner Seele? Nein, seine Solidarität mit den kleinen Leuten war viel konkreter als der Stiel einer Schaufel, konkrete Familienbilder, versiegelt in einem Rahmen; sein Vater, der in seiner rechtschaffenen kurzen

Lederhose um den Volkswagen, den ersten Volkswagen der Familie, schlich, dieses horizontblaue Ei – zwischen jupitergrau, texasbraun, capri, ebenholzschwarz, diamantgrün, präriebeige, stratosilber, korallenrot hatten sie sich zu entscheiden; für horizontblau entschied sich der Familienrat; pastellweiß hatte durch seine Mutter den Hauch einer Chance gehabt. Und in diesem horizontblauen Ei saß Margot. Um seine zukünftige Schwiegertochter schlich sein Vater herum, für die er kein Auge hatte. Die Delle im Kotflügel aber war unübersehbar für ihn, sonnenklar war der Schaden, italiensonnenklar, von daher kamen Margot und er, im sonnigen Süden hatte es gekracht, weitere Schadstellen suchte sein Vater, verborgene Schäden, Wunden im horizontblauen Lack. Dieses Bild war eingefaßt von einem Rähmchen, er nahm es nicht heraus, er ging nicht näher heran mit den Augen, hielt es nicht gegen das Licht. Obwohl er nicht bezweifelte, daß es Details enthielt, die ihm bis heute entgangen waren, exemplarische Details, klein, unauffindbar mit bloßem Auge, die für Kleines standen, was mit Vater zusammenhing. Bei Lichte betrachtet, standen diese Nebensächlichkeiten für etwas, was die Uneinsichtigkeit, das Pathos der »billigend in Kauf genommenen« Niederlagen, die quälenden Selbstzweifel, das Sich-nicht-von-der-Stelle-bewegen-Wollen seines Vaters ausmachte. Darüber stand im »Widersacher« nichts geschrieben. Überhaupt fiel ihm auf, daß er im »Widersacher« auf Bilder, auf Abbildungen, Familienfotos verzichtet hatte. Überhöht hatte er, abgesetzt, den Überbau hatte er gebaut, wohl in dem Glauben, in dem Vertrauen, sich in ihm widerzuspiegeln mit seinen miesen, erniedrigenden Verhältnissen. Wiederfinden könnte er sich im »Widersacher«, die Aufnahmen waren geschossen, geborgen in der Gelatineschicht des Films, den er nur zu entwickeln bräuchte.

Dort, wo die Dichterroute aufhörte, begann mit den höhergeschossigen Häusern, die nun Mietshäuser waren, in denen allenfalls eine Eigentümergemeinschaft nach der komplizierten Maßgabe eines Wohnungseigentumsgesetzes an Wohnungen Wohnungseigentum begründete, indem sie das Sondereigentum an einer Wohnung in Verbindung mit dem Miteigentumsanteil an dem gemeinschaftlichen Eigentum an die einzelnen Wohnungseigentümer übertrug, dort begann der breite, übersichtliche Verlauf von Straßen, die sich zum Militär bekannten, die Admiral-Scheer-Straße, die Graf-Spee-Straße, die General-Ludwig-Heck-Promenade, dort begann ein Aufmarschgebiet, das der Justizpalast am anderen Ende begrenzte, der stattliche, räumlich gegenständliche Herrschaftsbereich der Justiz, zu dem er fuhr, zu dem er unterwegs war, auf Probe, an einem ersten Montagmorgen.

III.

15. Mai 1972, vormittags

Er stand vor den Schranken der Justiz. Die Justiz hatte ihr Visier heruntergelassen. Der Rechtsstaat ging in die Defensive. Was war geschehen? fragte er sich. Ungehindert waren sie als Referendare in den Justizhof gelangt, was eine Untertreibung war für die riesige Parkfläche, die den Beschäftigten der Justiz, der Richterschaft, den Anwälten, zur Verfügung stand; eine Parkberechtigung, die niemals kontrolliert wurde; durch das stets offenstehende Tor waren sie eingefahren, das nur nach Dienstschluß von einer Putzfrau, die als letzte ging, oder von dem Hausmeister geschlossen wurde, der im Souterrain in einer vielräumigen, niedrigen Wohnung lebte, im Finstern, mit seiner Familie, mit seinen Tieren, im Bauch der Justiz, im finsteren Bauch der Justiz, beauftragt, die zwei hohen, dunkelbraunen Holztore nach Dienstschluß zu schließen, auf Immissionen zu lauschen, im dunklen Zentrum des Leibes, wo gegen alle Regeln der Botanik seine Pflanzen, seine kleinen Gemüse in Töpfen prächtig gediehen, wo das Hausglück dichte grüne Polster über Blumenfenster spannte, zierlich versponnen über den Rand von Blumentrögen hing; die gestielten Blattwedel des Zyperngrases sahen wie kleine Kokospalmen aus und waren doch nur Büropalmen. Der Philodendron will den Bambusstab oder das Spalier, hatte der Hausmeister den jungen Referendar, der hier im Haus sein Praktikum ableistete, streng belehrt. Bei Triebbeginn heiß überbrausen, nach Triebschluß weg mit der Wärme; wo begann der Trieb eines Justizhausmeisters, wo hörte er auf? Farne, Ampelgewächse, Kakteen waren als dankbare Pflanzen dem Hausmeister dankbar, vermehrten sich, am Pyramidenfuß der Justiz, wo dieser Mann, ohne dies zu begreifen, sich eine Gegenwelt schuf, in der es grün im Dunkeln wucherte, in der im dunklen Grün getigerte, fettleibige Katzen sich in zeitlupegedehnten Schritten bewegten, von einem Zimmer zum anderen, von einem Sofa zum anderen, wo sie faul ausgestreckt stundenlang lagen: Dschungelbilder im Mutterleib der Justiz.

Der Justizhausmeister, lächelte er, symbolischer Hüter des Hauses mit einer Großfamilie aus Menschen und Tieren, archaisch, die Wohnung eine Arche Noah, ein U-Boot, das dieses ehrwürdige Gebäude unterminierte – gab es ihn noch? Das war sein erster Gedanke, als nichts mehr vorwärtsging, als er vor dieser Schranke zum Stehen kam, die ihm die Zufahrt zu seinem Arbeitsplatz verwehrte, kommentarlos, stumm; an eine verbotene Zone war er gestoßen, Schuld löste sich in ihm aus, augenblicklich; beim Versuch, auf das Sicherheitsgelände zu gelangen, machte er sich verdächtig, sogar vor sich selbst. Hatte der rotgesichtige Wachtmeister in grüner Uniform, der in einem Glashaus saß, dessen grüne Metalleinfassung ihn bis zu seiner grünen Bauchhöhe schützte, Verdacht geschöpft? Er hatte seine Lektüre, die Tageszeitung weggelegt, entschieden zur Seite. Durch die Windschutzscheibe des Peugeot konnte er die Schlagzeilen des Tages, dieses Montags, lesen; die dicken, runden Buchstaben, die in den Wörtern »Baader«, »Bande«, »Armee« enthalten waren. Man konnte es mit den Augen dieses Mannes sehen, der Wache schieben mußte, Wache saß, einsaß wie U-Häftlinge, wie rechtskräftig Verurteilte, in der Justizvollzugsanstalt dahinter, man mußte es verstehen, sagte er sich, daß dieser Mann, aufgehetzt von den Berichten in dieser Zeitung, mißtrauisch aufblickte, zu ihm, in seinem Peugeot, den er lange nicht mehr durch eine Waschstraße gefahren hatte, man mußte es verstehen, daß dieser Mann nicht vorurteilsfrei auf ihn blickte. Was ist das für ein Bild von mir, das dieser Wachtmeister sieht? Die Situation fing an, ihn zu interessieren. Wenn er diesem Mann genau in die Augen schaute, die auf ihn sahen, könnte er vielleicht etwas über sich erfahren. Beide saßen sie hinter Glas. Die im Glashaus sitzen, geben ein gutes Ziel ab. Aber er könnte immerhin noch den Rückwärtsgang einlegen. Im Rückwärtsgang zurück in die Straßen der Dichter.

Offensichtlich verließ der Wachtmeister das Glashaus nur selten, da er sich mit beiden Handflächen jetzt aufstemmte, wobei er seine rechte Hand stärker, wie einen Stempel, in die Steckbriefgesichter der aufgeschlagenen Zeitung drückte; daß er schon lange saß, in dieser durchsichtigen Enge, verriet auch die Ungelenkigkeit, die Taubheit seines Körpers, der sich durch den Ausschlupf einer gläsernen Tür ins Freie zwängte.

Der Mann trat an das Seitenfenster seines Peugeot. Er kurbelte die Scheibe herunter.

»Ihre Plakette!« sprach er ihn an.

»Was für eine Plakette?«

»Hier darf nur hereinfahren, wer eine Plakette hat. Die J-Plakette«, klärte ihn der Wachtmeister auf.

Er war wütend. Ein einziger Satz, dieser einzige letzte Satz hatte seine Wut entflammt.

»Ich fange heute hier an. Mein erster Tag.«

Er riß sich zusammen.

»Tut mir leid. Wir haben unsere Anweisungen. Und nun versperren Sie nicht länger die Einfahrt!«

»Ich bin Richter, Richter auf Probe«, sagte er unvermittelt. Der Satz gab den Tatbestand wieder. Er war Richter; die Einschränkung »auf Probe« war eine nicht erforderliche Präzisierung, die unter keiner Urteilsausfertigung erschiene. Kam er nicht mit der Probe diesem Wachmann entgegen? Nein, er hatte mit »auf Probe« nur deshalb eingeschränkt, weil mit dem, was urkundlich belegbar war, er für seinen Geschmack einen Schritt zu weit gegangen war – was sich aus dieser Situation erklärte: daß seine Mobilität gegen die Unbeweglichkeit eines Gerichtswachtmeisters stand; daß dieser Mann eine Uniform trug, die ihn beengte; daß er in einem Glashaus saß, das ihm freie Blicke gewährte, denen er nicht folgen durfte; eine Immobilie war aus ihm geworden, mit eingerosteten Gelenken, eingerostetem Hirn. Er selbst verfügte über die Mobilität seines Peugeot, den er zurück auf die Straße, die nach beiden Richtungen offene Straße setzen konnte, um dorthin zu fahren, wo es ihm paßte, wo es ihm am besten gefiel. Ich bin Richter, Richter auf Probe, adressiert an den Wachmann; das war in Wahrheit nicht einmal die halbe Wahrheit, das war das beste, das schlimmste Schindler-Deutsch, gestand er sich ein.

Er verfügte über seine Zeit. Bis neun Uhr dreißig. Der Präsident und er, Christian Kirsch, für neun Uhr dreißig war die Galavorstellung angesetzt, bei der er auf offener Bühne schwörte, einen Eid; seinen Eid auf eine Verfassung, die er gut kannte, in der er, der Dialektiker von gestern, als Richter von heute in Zukunft zu Hause wäre, sie nähme ihn, diese Verfassung, in eine nicht enge, sondern richtig, demokratisch, basisdemokratisch verstanden, in ihre weite, fürsorgliche, in ihre auch den a. A., den abweichenden Ansichten, verbundene Pflicht.

Er griff in seine Sakkoinnentasche, wo das Kuvert, das Schreiben des Justizministeriums, stecken mußte. Langsam zog er das blaue Kuvert heraus, eine Waffe, zwischen Hemdbrust und Sakko versteckt, sie würde ihn mundtot machen, den grünen Wachhund an der gläsernen Leine.

Längst war sein Zorn verraucht. In aller Ruhe wies er sich aus. Der Wachtmeister entfaltete das Schreiben.

»Kann ich jetzt?« fragte er ihn.

Der Wachtmeister reichte Kuvert und Schreiben zurück.

»Ja«, sagte er. »Aber besorgen Sie sich bitte die J-Plakette und bringen Sie die Plakette am Wagen an, an gut sichtbarer Stelle.« Vor den Augen des Wachtmeisters faltete er den Umschlag, in den er das Schreiben des Ministeriums zurückgesteckt hatte, achtlos zusammen; ein lästiges Kuvert, das er kleinmachte, damit es leichter in die Tasche paßte.

»An den verschärften Anordnungen«, sagte der Wachtmeister, »sind nicht wir schuld.«

Ein blendender Schutz, die J-Plakette, Spezialprävention im Kampf gegen die Anschläge, die es abzuwehren galt, in diesen Tagen, die Alltag wurden; es hatte sich also bis Kolbstadt herumgesprochen, daß nun zum großen Halali geblasen wurde, gimmie, gimmie shelter, don't let it bleed, wimmerte Madame Justiz, oh Gott, mein Gott, das fing gut an mit seinem Anfang; statt die Schutzlosen, die Schutzsuchenden zu beschützen, schien diese Dame beschäftigt damit, sich zu verschanzen, machte er sich lustig über diese Justiz.

Er rollte mit dem Wagen hinein, an dem der Schmutz seiner Rallyes haftete, Rennfahrten zwischen München und Kolbstadt; das Rennen war gelaufen, gefahren, aber war es entschieden? Er rollte ein, eine Schranke fiel in seinem Rücken; ein Fallbeil trennte ab, was hinter ihm lag. Der Rückspiegel zeigte einen Mann in einem Wagen, vor der Schranke; es gab ein Draußen und ein Drinnen; er war drinnen, der andere draußen, was immer das auch bedeutete, er gehörte dazu.

Und doch – er ließe sich nicht einverleiben; Schriftsätze, die ohne Aktenzeichen in Behörden herumirrten, Irrläufer, wurden am Ende eines Amoklaufs eingefangen, in ein Fach gesteckt, mit einem Aktenzeichen versehen und einer Akte einverleibt. Er war kein Irrläufer ohne Aktenzeichen, der in einem Fach verschwand. Er brachte seine Erfahrung ein mit dem, was die Juristen vage und respektvoll zugleich »die Wirtschaft« nannten. Was für seine Kollegen juristisches Niemandsland war, wäre ihm vertraut wie die eigene Westentasche. Er wüßte, wie das funktionierte, daß Menschen über Menschen herrschten; was produziert wurde dabei, in einem rechtsfreien Raum, vor dem Schranken heruntergelassen waren, gerade für die Justiz. Er sähe, was für die »Kollegen« nicht zu sehen war: die Nahtstellen, die missing links, die fließenden Übergänge des Rechts. Recht verwässerte, verschwamm, versickerte in injustiziablen Sektoren. Er sah die Wandlung des Rechts, seinen Übergang in einen anderen Zustand. Mit dieser Sicht träte er an.

Er parkte seinen Peugeot an der Mauer, die das Gelände vom Güterbahnhof trennte. Ein Schneeballstrauch wuchs herüber, tief hingen die Zweige, kleine weiße Schneebälle im Mai auf der roten Kühlerhaube seines Autos. Er hatte noch etwas Zeit. Er wollte noch einmal erfahren, was sich jenseits dieser Mauer abspielte. Er drückte auf die Suchtaste des Radios. Der Zeiger lief in einem schnellen, gleichbleibenden Tempo von links nach rechts über die Skala, stoppte; ein Sender strahlte einen hohen Ton ab, der sich im Kopf verfing, Radio, Radius, Strahl. Er schickte den Zeiger weiter. Eine letzte Botschaft, schnell noch, eine Mitteilung vom Leben draußen, bevor er nach drinnen ging, wo es auch ums Leben ginge, wo Leben aufbereitet würde, subsumiert; wo das »wirkliche« Leben leblosen Normen untergeordnet wurde; Leben von draußen war drinnen relevant nur, soweit es Tatbestandsmerkmale einer Rechtsnorm erfüllte. Er glitt wieder ab in sein privates rechtsphilosophisches Kolloquium; Wörter flossen aus ihm heraus, ohne daß er sie dachte; ein Bachbettlauf, bei dem sich die Wörter reinigten, indem sie über die Steine liefen, die er ihnen auf ihrem Weg zur Eindeutigkeit, auf ihrem Weg zum Begriff, in ihren Weg legte; ein Spielchen, das er gern betrieb, das sich spielte wie von allein. Mit reingewaschenen Wörtern würde er sich an die Arbeit machen; vorher noch schnell dieser Eid gesprochen.

Der Zeiger stoppte erneut seinen Lauf. Der Sprecher sprach einen Bericht von draußen. Er hörte ihn drinnen, im Hof, in seinem Radio; er hörte auf diese Stimme im Off »Die Fahndung nach Mitgliedern der Rote-Armee-Fraktion wurde heute bundesweit ausgedehnt. Polizeibeamte aller Bundesländer sind an den Autobahnausfahrten mit Schnellfeuergewehren bewaffnet postiert und kontrollieren verdächtige Kraftfahrzeuge. Die Fahndung verlief bisher ohne Erfolg. Auf der Konferenz der Ministerpräsidenten der Länder wiederholte Bundesinnenminister Genscher auf Anfrage, daß das Problem der Beschäftigung Angehöriger radikaler politischer Gruppen im öffentlichen Dienst ...«

Er schaltete aus; verengte den Blick. Kleine weiße Schneebälle tanzten jetzt verschwommen vor seinen Augen auf rotem Lack.

Er vermied es, den Mann im Glashaus erneut zu passieren. Er ging zum hinteren Aufgang, in dem die schmale, steinerne Wendeltreppe nach oben bis in den Speicher führte. Von einem kleinen, gefliesten Plateau ging man in jedem Stockwerk ab; durch eine Flügeltür betrat man einen der Seitengänge des Amtsgerichts, des Landgerichts; über den Gerichten residierte die Staatsanwaltschaft als eigene Behörde; über den Gerichten lastete sie mit dem Druck, dem Gewicht ihrer Straferwartung. Dort in jenem Stockwerk, in der Spitze der Pyramide, waren sie weisungsgebunden, die Juristen, die Staatsanwälte. Der ehemalige Rechtsreferendar kannte sich aus.

Durch die Hintertür wurden Diebe, Räuber, Betrüger dem Recht zugeführt. Durch den Lieferanteneingang dem Recht ausgeliefert, das sich in schwarzen Roben auf dem Gang vor dem Sitzungssaal noch ein wenig die Füße vertrat. Eindrücke, die er mitbekommen hatte, in seiner Referendarzeit – aber auch schon als Sohn eines arbeitslosen Vaters, 1956 mochte dies gewesen sein, rechnete er jetzt zurück. Seltsam, auf seinem Weg zum Präsidenten tauchte plötzlich wieder auf, was als ein Filmabschnitt verlorengegangen war, ein Filmstreifen, den er nicht vermißt hatte all die Jahre, herausgeschnitten aus seinem Gedächtnis, wodurch die Chronologie der Ereignisse unterbrochen wurde, was ihm nie aufgefallen war, der Erlebnisse; wie er die Ereignisse erlebt hatte, in sich, deep down inside, sagte er zu sich in dieser Rock'n'Roll-Sprache, in die er verfiel, immer dann, wenn er sich genierte, bei einer Vorstellung, einer Sehnsucht, einer pubertären, einer späten; daß etwas sein sollte, wie es in seinem Leben nicht war; daß es nicht für ihn sein sollte, sondern für Margot, Dagmar, Dietmar, für Sebak; daß es sein sollte zum Beweis für etwas, was dann mit ihm zusammenhing, zu ihm hinführte, unausweichlich; was sich, erfüllt dann, in einem einzigen Bild unterbringen ließ, früher, jetzt: Ein Ball zappelte im Netz, und er, der Schütze des Tores, drehte ab, und in den Stadien, den Fußballstadien seiner Kindheit, brandete Jubel auf, tausend weiße Tauben stiegen auf vom Rasen, schwärmten aus, bedeckten den Himmel, sein Körper drehte ab und wurde doch von den Körpern seiner Mitspieler eingeholt, in einem siegreichen Rudel eilten sie voran; und dieses siegreiche Rudel zog in einem späteren Bild, in einem zehn, zwölf Jahre jüngeren Bild, nun durch die Großstadtstraßen, die es sich nahm; inmitten dieses Rudels trieb er, einsam, irgendwie; unterwegs, ziellos, die Zeit zu erfragen; obwohl er vorgab, das Ziel, die Zeit zu wissen; zu wissen, daß es Zeit wäre, die Fesseln abzustreifen; die objektiven Voraussetzungen für einen gesellschaftlichen Umbau wären gegeben, wußte er genau; zu einer Zeit, als er noch keine Fesseln trug, in einer Interimszeit, auf dem Weg von der Lehre, vom Schrifttum zur Praxis; er trug sie noch nicht, aber er spürte sie schon; er spürte, daß dieses Provisorium, in dem es sich gut leben, gut leiden ließ, sich nicht halten ließe; daß sie, Sebak und er, nicht viel länger mehr Thunfisch in Gemüse aus der Dose essen könnten, auf seiner Bude oder Sebaks Bude; von heute auf morgen, ahnte er, würde das passieren, daß ihnen der rote französische Landwein aus der Zweiliterflasche nicht mehr schmeckte. Immer hatte er vor etwas Angst gehabt, gestand er sich ein, jetzt, auf seinem Weg zum Präsidenten. Mit seiner Mutter, mit seiner Schwester Dagmar mochte dies zusammenhängen, die ihr Leben lang ängstlich ihr Leben planten, ihn mit einplanten; das hatte sich übertragen auf ihn. Während sein Bruder Dietmar, sein Vater Richard kraftvoll sich über die Normen hinweggesetzt hatten, in einer Tugend, die er, sah er die Rollenverteilung in seiner Familie, als eine männliche Tugend empfand; in männlicher Tugend hatten sie das Recht gebrochen; break the rule, formulierte er unwillkürlich in seinem läppischen Rock'n'Roll, hinter dem er seine Gefühle versteckte. Auf den Straßen der Vergangenheit bewegte er sich auf seinem Weg in die Justiz, von diesen Straßen, die zurückführten, kam er nicht herunter, während er die schmale, steinerne Wendeltreppe hinaufstieg; auf diesen Straßen rollte er in seinem langsam rollenden Wagen dahin und schaute hinaus: Nein, das war keine Besichtigungsfahrt durch ein von den Planierraupen der Gesetze flurbereinigtes Land, fabulierte der Dichter-Richter.

Durch den Hintereingang hatte er den Justizpalast betreten. Er hatte diesen grünen Wachhund an seiner gläsernen Leine gemieden. »An den verschärften Anordnungen sind nicht wir schuld«, hatte sich der Wachtmeister am Ende noch bei ihm entschuldigt. Wer war schuld? fragte er sich in diesem Schacht, in dem er sich hochdrehte, Stufe für Stufe. Wie viele Angeklagte hatten sich hier in der Enge dieser Spirale gefragt, ob sie schuldig waren oder nicht, ob sie schuldig gesprochen würden oder frei? Eine spektakuläre Kindsmörderin, das Spektakel um eine spektakuläre Kindsmörderin, hatte er 1956, als er seinen Vater zum Präsidenten begleitete, erlebt. In blauer Schürze von zwei Polizisten über den Hof geführt, an die Hand eines der Polizisten mit einer Handschelle gefesselt. Eine Schar von Fotografen wartete im Justizhof auf die Dreiergruppe, die durch einen schmalen Einlaß in der Mauer den Vorhof des Rechts betrat. Die Kindsmörderin mußte sich in dem engen Durchlaß an den Polizisten schmiegen, an den sie gefesselt war. Die Kindsmörderin und ihr Mord, sie hatten mit Sünde, mit der Sünde des Ehebruchs zu tun. Die Sünde eilte ihrem Verbrechen voraus. Ein süßer, rosafarbener Weichzeichner lag noch heute in seiner Erinnerung über dieser Frau, deren langes, zigeunerhaftes Haar für Augenblicke auf das Gesicht des Polizisten fiel, das Polizistengesicht streichelte. Dieser sündensüße, rosafarbene Schmelz fehlte auf den Schwarzweißfotografien, die am Tag darauf in den ›Mittelbayerischen Nachrichten‹ für die Öffentlichkeit abgedruckt wurden. Blitzlichter brannten ab wie Sternwerfer an einem Christbaum. Die Dreiergruppe beschleunigte ihren Schritt, bemüht, sich nicht als Gruppe aufzulösen. Die Fotografen in Hocke blieben auf gleicher Höhe mit der Frau und ihren Bewachern. Im rechteckigen, leuchtend gerahmten Sucher der Leica M3 sahen sie klein die kleine Gruppe, während ihre Daumen die Transporthebel bewegten; in einem nervösen Ruckzuck wurden sechsunddreißig Millimeter lange Filmstreifen aus der Kapsel gezogen. Da blieb keine Zeit, sich Fragen zu stellen. Wozu auch Fragen? Es gab ja Bilder. Bilder gäben die Wirklichkeit wieder. Er wußte es besser. Schon damals. Als er in die ›Mittelbayerischen Nachrichten‹ sah, auf das schwarzweiße Bild der Kindsmörderin mit dem Polizisten, wie sie, aneinandergefesselt, durch dieses Mauerloch schlüpften.

Der Handlauf aus Eisen lag als kühler Riemen in seiner Hand. Ein dünner Riemen, so daß seine Hand zupacken, seine Finger zur Faust sich schließen mußten. Er stützte sich, er war nur etwas außer Atem, nichts weiter. In einer Biegung der Wendeltreppe stieß er mit einem Polizisten zusammen, der einen Mann, an sein Handgelenk gefesselt, hinunterführte. Er öffnete seine Faust, ließ los, weil sein gestreckter Arm das Innere dieser Spirale durchmaß, den Durchgang versperrte. Gegen eine feste Uniform war er gestoßen, an seiner Hüfte rieb ein Pistolengriff. In der Enge, die zwischen ihm und dem Vorführbeamten verblieb, sah er an der Uniformjacke des Beamten hinab. In einem Holster steckte die Dienstpistole. Die Eisenscharniere der Handschellen klirrten, schepperten. Sie fielen gegeneinander, der Vorführbeamte, der Täter; sie zwängten sich an ihm vorbei, wobei der Täter, als wäre er schon auf dem Weg in die Freiheit, den Polizisten nach sich zog. Sein Blick tauchte an dieser Uniform hinab, erkannte die Waffe, gegen die er mit der Hüfte gestoßen war; aus einem Schnellziehholster ragte der Griff, griffbereit; sein Blick tauchte auf, streifte im schnellen Abdrehen, im An-die-Wand-Drehen des Körpers das Gesicht des Häftlings. Er fuhr zusammen, blieb stehen, das abgeknickte Bein schon auf die nächste Stufe gestellt. Der an den Vorführbeamten gefesselte Mann war Sebak. In Sebaks Gesicht hatte er geblickt, während er sich abgedreht hatte und mit dem Rücken über die glatte Mauer gefahren war. Er machte diese Feststellung, zeitgleich dementierte er sie. Ein blasses, schmales, von schwarzen Locken umrahmtes Gesicht, das an ihm vorbeigefallen war, während sein Gesicht zur anderen Seite gefallen war. Angehaucht hatte er dieses Gesicht, ein warmer Hauch aus seinem Mund, nah über eine hauchdünne Folie gebeugt; ein dünnes Häutchen, auf dem ein Bild, eine Vorstellung, schillerte, ein Hauchbildchen. Die Membrane rollte sich in der Wärme des Atems zusammen, in diesem hauchdünnen Röllchen versteckte sich Sebaks Gesicht. Sebak in Kolbstadt? Hatte seine Schwiegermutter richtig gesehen? Vielleicht. Sebaks Gesicht war eine Vorstellung, die latent in ihm schlummerte. Nichts hatte sich wirklich eingeprägt, in den Bruchteilen einer sehr kleinen Zeiteinheit dieses Aufeinandertreffens auf der Wendeltreppe. Es bedurfte nicht Sebaks physischer Erscheinung, damit sich seine Tag- und Nachtträume auswuchsen zu dem irrtümlichen Glauben, sie seien sich wiederbegegnet, aneinandergestoßen, -geraten, in dieser Spirale, in der er sich hochzog, der Richter auf Probe, in der er sich drehte, Gesichter wischten an ihm vorbei – dann wieder nur glatte weiße Wand. Glatte, weiße, ölfarbengestrichene Wände wie in dem kegelbahnlangen Abort in der Simmernstraße, wo am Ende unter einem viel zu kleinen Fenster die Klosettschüssel thronte. Zu einer Spirale hatte man diesen langen Gang, diesen Abgang, Abtritt, diesen Korridor mit einer Porzellanschüssel unter dem rechteckigen Lichtfleck verbogen und diese Spirale in die Rückseite eines Palastes montiert, in seine nicht offizielle Seite, mit der es sich nicht repräsentieren, aber doch einschüchtern ließ; Straftäter, Angeklagte, die man durch dieses Fegefeuer schickte, Polizeibeamte, die man mit Verbrechern paarte, wer lag hier oben, wer unten?

Sebak hockte in München, auf seiner lausigen Bude, oder er war in der Akademie an einem dieser riesigen Schinken beschäftigt, an denen er sich zuletzt versucht hatte; mehrteilige Schinken, abstrakt und ein paar hundert Gramm Realität bitte von draußen, monochrome, meditative Schinken, um die er irgendwie eingeschüchtert schlich, mit eingezogenem Schwanz, wie eine Katze um einen heißen Brei.

Oder war er in Kolbstadt? fragte er sich.

Um neun Uhr dreißig betrat er das Vorzimmer des Präsidenten. Er wartete nicht lang. Der Präsident ließ bitten. Eine Doppeltür wurde angestoßen, feierlich langsam wich sie zurück, in Bewegung gebracht durch einen Beamten des gehobenen Dienstes, der den trägen Schwung, mit dem sie aus seinem Blickfeld floß, genau dosierte. Der Blick war frei, auf Landgerichtspräsident Mobius, der im Hintergrund seines geräumigen Dienstzimmers an einem Schreibtisch saß, den keine Akten füllten. Präsident Mobius empfängt Richter auf Probe Kirsch, die Veranstaltung konnte beginnen. Der Präsident erhob sich sogleich bei seinem Eintreten. Er begab sich aus der Präsidentenzone, dem Sicherheitsbereich seines Schreibtisches heraus, reichte ihm lächelnd die Hand, auf einen langen Konferenztisch verweisend; zu beiden Seiten des schmalen Tisches waren Stühle aufgereiht. Der Präsident nahm Platz. Er setzte sich gegenüber. Das Präsidium, wußte er, pflegte an dieser langen Tafel zu tagen. Jetzt tagten der Präsident und er. Der Platzwechsel des Präsidenten, die freiwillige Aufgabe des Schutzbereichs, des breit auswuchtenden Schreibtisches aus massiver Eiche, wo eine

Blende die Präsidentenbeine, den Präsidentenunterkörper verdeckte, das Sich-Hinausbegeben in den freien, offenen Raum, wo diese schmale Konferenztafel den Präsidentenkörper entblößte, wo er quasi unter seinesgleichen saß, was wohl jeder Jurist mit Staatsnote war, nach seinem Verständnis, dieser Stellungswechsel schien eine Verbeugung des Präsidenten, nicht vor ihm, Christian Kirsch, aber vor der rechtsprechenden Gewalt, die unabhängig war, nur dem Gesetz unterworfen; in welcher Person, in welcher Richterperson sie ihm auch gegenüberträte; so verstand er, Christian Kirsch, die Mobilität dieses Mannes, die keine spontane zu sein schien, denn dort, wo der Präsident Platz genommen hatte, lag schon die dünne Mappe, die seine Personalakte war. Er war kein unbeschriebenes Blatt; er war ein paar beschriebene Blätter; immerhin, er war angelegt, im Ansatz, im Aktenansatz vorhanden, er existierte als Vorgang Christian Kirsch.

Das ging in ihm vor, sogleich. Ein paar Blatt Papier, die versuchten, seiner Person gerecht zu werden; ein paar Blätter, die er nicht kannte. Es war ein hochgewachsener, hagerer Mann, den er beobachtete, ein Mann, der sich schnell und kantig bewegte, dessen Bewegungsfilm in einer falschen Geschwindigkeit lief; die Bewegung seiner Beine, seiner Arme machte kleine Sprünge; auch die Blicke des Präsidenten wanderten nicht von der vor ihm liegenden Akte, die den objektiven Tatbestand seines kurzen Juristenwerdegangs enthielt, über die Konferenztischplatte hoch zu seinem Gesicht; sie sprangen, sie ruckten. Aber es waren schnelle Blicke, erkannte er; die schnell erkannten, worauf es ankam; und er begriff schon bei dieser ersten Begegnung, daß es diesem Mann immer nur darauf ankäme, etwas als Präsident wahrzunehmen. Darin läge seine Integrität, aber auch seine Unbarmherzigkeit.

Aus dieser Einstellung machte Mobius kein Hehl, sollte

er bald erfahren. Mit dieser Einstellung unterschied er sich von Schindler, der unbarmherzig war als Boss eines Konzerns, als breiig sich artikulierender Münchner, der andererseits drei Flaschen Bocksbeutel an einem Abend schaffte und dann noch Auto fuhr. Kühl interessiert musterte er den Mann gegenüber, der sich schwertat, mit ihm, dieser Akte, diesem Aktenanfang, diesem Anfang, an dem nicht viel zu sagen war, und das wenige war immer das gleiche. Verkrümmt saß der Präsident über dem Vorgang. Er war groß und hager, doch keine aufrechte Erscheinung; das war ihm aufgefallen, schon kurz nach dem lautlosen Zurückweichen der Doppeltür, nach dem Abtreten dieses Beamten des gehobenen Dienstes, der abgefallen war, herausgefallen war aus dieser Szene, die sich in einer engen, konzentrierten Kameraführung nur auf Mobius beschränkte und ihn; der Präsident, der Richter auf Probe; gekrümmt, wie ein Paragraphenzeichen vor der Ziffer, war er über die Lichtung vor seinem Schreibtisch geeilt; gekrümmt saß er ihm, dem Proberichter, gegenüber. Diese Verkrümmung, die Verbeugung vor der rechtsprechenden Gewalt, war außergewöhnlich an diesem Mann, der sich schwertat, fiel ihm wieder auf; der verurteilt war zu einer Unverbindlichkeit, wobei er schon jetzt den Verdacht hegte, daß diese Unverbindlichkeit sich nicht mehr nur auf das Amt beschränkte; Metastasen hatten sich im Amtskörper gebildet, gestreut und den ganzen Mann, den großen, hageren, gekrümmten, erfaßt, diagnostizierte er unbarmherzig.

»Sie kommen aus München«, begann Mobius das Gespräch.

»Ja, aber ich war hier Referendar«, sagte er.

»Das war vor meiner Zeit«, stellte Mobius fest. »Ich sehe«, sagte der Präsident und sah in die Akte, »Sie haben in München studiert, in Kolbstadt Ihren Referendardienst abgeleistet und waren dann Angestellter in einem Münchner Betrieb. Sie haben sich nun für uns entschieden«, er hob den Blick, ein kleiner Triumph leuchtete in einem schnellen Lächeln auf. »Sie sind der ersten Zivilkammer zugewiesen«, fuhr er fort, das Lächeln war abgeknipst in seinem Gesicht. »Ich kann mich kurz fassen«, bemerkte er, dabei war nicht vorstellbar, daß er weiter ausholte, abwich von einem Konzept, das Raum nur für die persönlichen Daten gewährte, punktierte Leerstellen, auszufüllen in einem Formular. »Ihr Vorsitzender ist Dr. Kühn. Dr. Kühn ist auch Bezirksvorsitzender des Richtervereins. Das neue Kammersystem ist Ihnen bekannt? Konzentriertes Verfahren, in der Regel also alles gleich vor die Kammer und nicht mehr vor den Einzelrichter.«

Es entstand eine Pause, in der Mobius die wenigen Blätter bewegte. Er zog ein Formular aus dem dünnen Stoß und reichte es ihm über den Tisch.

»Lesen Sie das in aller Ruhe durch«, wies er ihn auf dieses Formblatt hin, nicht nachdrücklich, nicht beiläufig. Alles hatte den gleichen Rang. Diese Bekanntmachung der Staatsregierung über verfassungsfeindliche Betätigung von Angehörigen des öffentlichen Dienstes, Formblatt Nr. 922 a, war so bedeutend oder so unbedeutend wie Formblatt Nr. 922 b. Man gehörte dazu. Man wußte Bescheid. Man konnte sich kurz fassen. Alles war schon einmal gesagt, durch ein Formblatt, formblattklar. Alles schon einmal unterschrieben. Es ging einzig und allein darum, kein Formblatt zu übersehen, begriff er sofort.

»Sie wissen«, sagte der Präsident, »daß Sie sich immer für unsere freiheitlich-demokratische Grundordnung einzusetzen haben. Nichtdagegensein«, er machte jetzt deutlich, daß er zitierte, »Nichtdagegensein«, fiel er wieder ein in das Zitat, »bleibt hinter den an die Angehörigen des öffentlichen Dienstes gestellten Anforderungen zurück.

Sie müssen sich aktiv dafür einsetzen. Gerade in diesen Tagen. Sie wissen ...«, nein, er schweifte nicht ab; er nahm sie nicht in den Mund, diese fettgedruckten Namen, von denen der Mann im Glashaus aufgeblickt hatte; dabei war er informiert, befaßt damit als Präsident. Schließlich gab er Bekanntmachungen, Dienstanweisungen, Umläufe in Umlauf, die immer schneller, immer hektischer, »in diesen Tagen«, wie er sich ausgedrückt hatte, in einer Sprache der Problemverdrängung, die ihn, den Proberichter, an seine Kolbstadt-Wochenenden erinnerte, die Kolbstadt-Wochenenden eines leitenden Angestellten, die hektischer als in den Amtszeiten früherer Präsidenten umliefen, im Amtsgericht im Parterre, die Spirale, die Wendeltreppe hochliefen in der Hand eines Gerichtswachtmeisters, damit die Warnung, die sich immer offener hinter diesem Amtsdeutsch verbarg, jeden im Hause rechtzeitig erreichte. Now the time is right, die rechte Zeit, for a violent revolution, jeder bestätigte mit seiner Unterschrift, daß er z. K., zur Kenntnis genommen hatte – eine Warnung stieg auf wie ein scharfer Brandgeruch, malte er sich aus, hoch die Spirale, hinauf den Hintereingang des Rechts, drang hinein in die Flure des Landgerichts –, daß das Zimmer des Präsidenten »in jedem Fall« nur noch über das Vorzimmer zu erreichen war. Auch die Staatsanwaltschaft wäre »in diesen Tagen« davon betroffen, denn wer Strafe forderte, sie erwartete, auf den wartete Rache.

Dem Präsidenten war von alldem nichts anzumerken. Er lächelte freundlich sein Lächeln, ein schwacher Lichtschein in seinem Gesicht, der an- und ausgeknipst wurde, in regelmäßigen Intervallen.

»Wie es mit Ihnen weitergeht, wissen Sie ja. Sie sind vorerst einmal Richter auf Probe, bald Richter auf Lebenszeit. Wenn Sie keine silbernen Löffel stehlen.« Ein harmloser Scherz, den er offensichtlich gern benutzte, weitergegeben vom Vorgänger im Amt auf den Amtsnachfolger. Seine blassen Wangen schimmerten einen Augenblick hell im flüchtigen Licht dieses Scherzes.

»Vorerst sind Sie noch versetzbar. Im allgemeinen versetzen wir aber keinen Kollegen gegen seinen Willen«, ergänzte er diesen Punkt. Weder Versprechen noch Drohung – Dünngedrucktes, auf das hinzuweisen war, um als Aktenvermerk einem Vorgang einverleibt werden zu können, ein Vorgang, der seinen Namen trug. »Sie wollen seßhaft werden«, verließ er kurz sein Konzept. »Sie haben Familie. Dafür haben wir im allgemeinen Verständnis ... machen Sie Ihre Arbeit ... legen Sie keine Akte auf Eis ... Arbeitszeit, ich meine Bürostunden in dem Sinne haben Sie als Richter nicht ... ich sage Ihnen ganz offen, daß ich mich in gewissen Abständen bei Ihrem Vorsitzenden über Sie erkundigen werde ... wenn Sie einmal nicht zurechtkommen, halten Sie sich an die älteren Kollegen. Natürlich sind Sie in Ihrer Entscheidung völlig frei. So will es die Verfassung.«

Der Präsident erhob sich. Er erhob sich. Sie standen sich gegenüber, durch den Konferenztisch getrennt, der tief in den Raum hineinfuhr, eine schmale Fahrt in den breiten, tiefen Raum machte, in dem sie an beliebiger Stelle als das Ergebnis einer merkwürdigen Inszenierung standen, ein ungleiches Visavis. Entfremdung befiel ihn, erst jetzt, seit Mobius sich erhoben hatte, seit er den ganzen Mann sah, diese langen Gliedmaßen, die in einem mittelgrauen, leicht changierenden Anzug steckten; der Rockknopf, der im Sitzen die Anzugjacke geschlossen hatte, hatte sich aus dem Knopfloch geschält; die Jacke klaffte jetzt auseinander, Hosenträgerklipps hielten die am Bauch abstehende Anzughose, mager war dieser Mann, in dessen Hosenbund verchromte Klipps bissen, wie schmale

Schnauzen von Füchsen bissen sie sich fest. Der Präsident war ein Fuchs; einen Fuchs identifizierte er überall, das schlaue Bilderbuchtier, im Album seiner Mutter, auf schwarzem, mattem Tonpapier, darunter das Jahr »1939« mit dünner, weißer Tusche, die aus einer schmalen Feder rann, von Vaters Hand geführt; sie trug eine weiche Jacke, seine Mutter, mit großen Knöpfen, in das Revers der Jacke biß sich ein Fuchs fest, seine Vorderpfoten waren mit Nadeln an Mutters Brust geheftet. Er, Mutters Liebling, schmiegte sich an Mutters Brust, Mutter, die auf den Fuchs deutete, das listige Tier; früher hatte sich Dagmar, seine ältere Schwester, vor dem Fuchs gefürchtet, Dagmar, in der hohen Karosse des Korbkinderwagens, in dem Mutter, wie sie stolz erzählte, ihre Erstgeborene durch die leere Reichsstraße in Kolbstadt fuhr. Mutter hatte den Biß gelöst, die Nadeln aus den Pfoten gezogen; da erst war für Dagmar der Fuchs verendet, wurde sein Körper leblos, wich das Leben aus ihm.

Der Präsident war ein Fuchs, kein toter, zu schlau, um sich blindwütig festzubeißen. Lebendig, quicklebendig sogar, es sei denn ... dachte er, nahm er das Allgegenwärtige auf aus diesen Tagen, in den 21-Uhr-Nachrichten hatte am Freitag der Nachrichtensprecher darüber erneut berichtet; er war nicht gleich ins Haus gegangen, mit Margot; blieb, einer vagen Eingebung folgend, in seinem Peugeot sitzen. Es war dann gleich die allererste Meldung gewesen, eine Meldung vom Vortag, Donnerstag, Paul A. Bloomquist hatte der amerikanische Oberstleutnant geheißen, von Eisenteilen so schwer getroffen, daß er verblutete, noch vor dem Eingangsportal seines Hauptquartiers.

Der Hosenbund stand ab, stauchte sich, der Bauch wölbte sich unter dem Hemd nach innen. Der Präsident steckte nicht in seiner Hose, jemand hatte ihn in diese

Hose gestellt und die Klipps an dem Hosenbundwulst zugedrückt; das weiße Hemd, das er trug, war obligat; aber in diesem obligaten weiß schimmerte es stellenweise gelb, in zu vielen Waschgängen ausgelaugt, geschleudert bis an die Grenze der Belastbarkeit des Gewebes; fünfzig Prozent Baumwolle, fünfzig Prozent Polyester, fünfzig zu fünfzig, schätzte er, unentschieden. Etwas Unentschiedenes hatte diese Garderobe. Auf einen ersten Blick genügte sie den Anforderungen, die das Amt an sie stellte, auf einen zweiten, kritischen Blick waren Einsparungen unübersehbar, an den abgestoßenen Kragenecken, den groben Nähmaschinenstichen, die die industrielle Fertigung verrieten. Unter anderen Voraussetzungen hätte er diese Nachlässigkeit sympathisch gefunden. Doch das war kein Underdressing, da stapelte niemand tief. Ein Bemühen steckte dahinter, den Anforderungen zu genügen; keine Stilfrage, aber eine solche des Prinzips, ahnte er, ein durchgängiges Prinzip, das durchging vom Amtsgericht zum Landgericht, bis zu den Staatsanwälten, durchging durch die meisten Staatsanwälte und Richter. Nicht auffallen auf einen ersten Blick; auf einen ersten Blick war doch alles, um mit seiner Mutter zu reden, so wie es sein sollte. Nur er, der Ästhet, erkannte an den Nähten, daß sie nicht von Schneiderhand stammten und daß es keine Perlmuttknöpfe waren, die aus der welken Knopfleiste schauten. Unentschieden, fünfzig zu fünfzig, immerhin: Das Hemd war sauber, gewaschen. Unentschieden war kein begeisterndes Ergebnis, aber ein unauffälliges, das befriedete.

Landgerichtspräsident Mobius lag nichts an Garderobe, der Mann war nicht eitel, so einfach war das; dafür hatte er doch »im allgemeinen Verständnis«.

»Ich habe keine Robe«, fiel ihm plötzlich ein, während er diese Kleiderfragen bedachte.

»Das ist kein Problem«, antwortete der Präsident.

»Wenden Sie sich an die Strafvollzugsanstalt, die schicken Ihnen eine Bestellkarte. Fürs erste finden Sie bestimmt eine Robe im Haus. Viele Kollegen, die in Pension gehen, lassen ihre Robe im Schrank hängen.«

Mobius begleitete ihn zur Tür. Sein Bemühen, diesen Abgang kollegial zu gestalten, war unbeholfen, aber ehrlich. Nichts daran war falsch. Ja, es machte den Eindruck auf ihn, als würde der Präsident in einer letzten großen Anstrengung, in einer heftigen Zuwendung, in der er sich zu ihm herunterbeugte, in der seine große Hand andeutete, seine Schulter berühren zu wollen, ihn aufmuntern; ihn, der er die Robe noch nicht getragen hatte, bestärken in seinem Kampf, der ein Kampf wäre mit sich, nicht mit den streitenden Parteien. Sie haben den richtigen Weg eingeschlagen, wollte Mobius sagen, während er ihn auf den Weg zu dieser Doppeltür begleitete, die ihn wegsperrte, in diesen Tagen; in den Tagen dieses Umlaufes, den er selbst in Umlauf hatte bringen müssen; eine Schadenfreude liefe mit diesem Umlauf um. Überall waren Wörter, an die er stieß; gegenüber Wörtern war er hellwach; Wörter lösten sich aus den Sätzen, fielen heraus, er hob sie auf, um mit den Augen nah an sie heran zu gehen; die Schalen der Wörter fielen ab, entblößten die Frucht, die Frucht eines Wortes. Er war es, der die Mogelpackung der Sätze aufriß, der sich nicht blenden ließ. Verpackung war Müll. Faulige Früchte wurden blendend verpackt – er blickte durch.

Der Lichtschein eines Lächelns, eines letzten Lächelns, bevor er das Zimmer verließ, erhellte nochmals das Gesicht dieses Mannes, der sich doch von Anfang an herausbegeben hatte aus dieser uneinnehmbaren Zone, die ihm zustand, kraft seines Amtes, der über eine Lichtung geeilt war für ihn, schutzlos, offen für seine Blicke, die mit ihren Kleiderfragen jeden am Ende entblößten.

Es war eine tapfere, brave Inszenierung, die dem Präsidentenamt nicht mehr gab, als ihm unbedingt zustand, die auf ihn, den Proberichter, einging, so gut es ging bei dem Amt; die in einem letzten Bild, das den unvoreingenommenen Zuschauer berührte, vor einer Doppeltür, der Besonderheit seiner jungen Person Rechnung trug. Der schlaue Fuchs, das Fabeltier, hatte erkannt, daß da nicht einer einfach die Seite wechselte; daß ein Platz an der Sonne nicht das für ihn war, was er, Christian Kirsch, Richter auf Probe, hier um jeden Preis suchte. Diese Menschenkenntnis traute er Mobius zu.

Dann war er wieder draußen. Auf der anderen Seite der Doppeltür. Der Beamte des gehobenen Dienstes hieß Zettel. Zettel war beauftragt, sich seiner anzunehmen, an diesem ersten Vormittag. Die formelle Autorität des Präsidenten strahlte durch die doppelwandige Tür, kontaminierte Zettel, diesen verlängerten Arm, als der er sich wohl fühlte. Der Präsident ging in Ordnung, zog er eine erste, eine vorläufige Bilanz. Dieser verkrüppelte Arm aber sollte sich ihm nicht auf die Schulter legen, der Arm dieses Vorzimmerbeamten, der Anpassung als Vorleistung einbrächte in das unsaubere Geschäft seiner Beförderung.

Ein wenig waren seine Erwartungen enttäuscht: Der Präsident hatte ihm nicht den Eid abgenommen. Er hatte nur mit seiner Unterschriftsleistung den Nachweis zur Personalakte genommen, daß er, Christian Kirsch, informiert war, wie er sich zu verhalten hätte. Mit seinem gesamten Verhalten hatte er sich positiv zur Verfassung zu verhalten. Unvereinbar mit dieser positiven Verhaltenspflicht war nicht nur die Unterstützung der mit Urteil des Bundesverfassungsgerichts für verboten und verfassungswidrig erklärten Parteien, sondern auch die Unterstützung von Bestrebungen, die in der Bekanntmachung der Staatsregierung, die er nun ungewollt wie ein Flugblatt in seinen Händen hielt, in sperrigem Druck als andere verfassungsfeindliche bezeichnet wurden. Damit schloß sich der Kreis. Wer sich in diesen Kreisverkehr begeben hatte, für den gäbe es keine letzte Abfahrt, kein Entrinnen. Der Hinweis, das hätte vor allem dann zu gelten, wenn die Angehörigen des öffentlichen Dienstes in besonderen Fällen über den verfassungsfeindlichen Charakter solcher Bestrebungen unterrichtet würden, konkretisierte nur diese allgemeine Pflicht zur latenten Wachsamkeit; verschärft waren Augen und Ohren offenzuhalten. Dieser zusätzliche Hinweis erlaubte es nicht, die Hände in den Schoß zu legen, die Augen zu verschließen vor denen, die sich daranmachten, den Boden umzupflügen, auf dem doch alles stand, wuchs, blühte, reifte, gedieh.

Er war ein Wachmann geworden. Auch wenn er keine grüne Uniform trug. Saß nicht auch er in einem Glashaus? War nicht auch er an eine Leine gebunden? War nicht mit dieser Unterschriftsleistung die Schranke heruntergegangen, das Fallbeil gefallen, das ihn von den Genossen, seinen Gesinnungsgenossen trennte, mit denen er auf die Straße gegangen war, draußen, in München?

Ein Geruch trieb durch die Gänge, etwas verbrannte, langsam, flammenlos, ohne sichtbare Flamme; nur er nähme ihn wahr, diesen Geruch. Was war es, was hier schwelte? Nein, er dachte nicht daran, seine Überzeugungen in einem langsamen Feuer zu verbrennen. Niemand verlangte das von ihm. Ein Formblatt in seiner Hand mit dem Text eines Dramas stand er da, das biedere Vorzimmer wurde zur Bühne; er spielte die Rolle, die er sich selbst auf den Leib geschrieben hatte. Er war ein dramatisches Talent. Er roch einen Braten, der noch gar nicht in der Röhre war.

So will es die Verfassung, hatte der Präsident gesagt. Wie wollte es er, der Präsident? Distanzierte er sich damit nicht von der Verfassung? Von »silbernen Löffeln«, von einem

»konzentrierten Verfahren«, von »vorerst noch versetzbar«, von »Sie haben Familie«, von einer »Akte auf Eis« hatte er gesprochen. Die Wörter des Präsidenten machten ihn beklommen doch nur deshalb, weil er sie herauslöste aus dem Vorgang, den sie begleitet hatten; aus dem Gespräch herausgebrochen, isoliert erstarrten sie zur Drohung. Das war eine Methode, seine Methode, unter der er litt. Die gelblichen Flecken im Präsidentenhemd löste er nach dieser Methode von dem obligaten weißen Gewebe. Ein gelbes Hemd trug am Ende der Präsident. Die verchromten Klipps, die sich in den Hosenbund festbissen, führten über den Umweg einer Fotografie aus dem Jahr 1939 zu einer fabelhaften Metamorphose, er war ein Tier, ein schlauer Fuchs, der Präsident.

In ihm hatte sich mehr gesammelt, mehr gespeichert als der Lärm dieser Rallyes, dieser Einmann-Autobahn-Rennen zwischen Kolbstadt und München. Er war aufgewühlt, noch immer, immer wieder. Dieses Depot in ihm wirbelte auf schon bei der kleinsten Erschütterung. Ein bitterer Rest am Grund seines Ichs, Trübstoffe, die ausgefallen waren, abgesunken auf diesen Grund, in Augenblicken gesteigerter Angst, die er durchlitten hatte; eine Existenzangst, eine Ich-Angst, ohne dieses Ich konnte er nicht existieren; die Angst, sich zu verlieren, sich aufzulösen, zu versickern; die Asche seines Ichs wurde auf offenem Meer verblasen, ein schmerzlich schönes Bild, das den Zustand, in den er eingesperrt war, achtzehn Monate, abenteuerlich poetisch harmonisierte.

Zettel hatte ihn mit seinen Kollegen bekannt zu machen. Er klopfte an die Türen der Räte und Direktoren. Die meisten Zimmer waren verlassen. Drei, vier Richter trafen sie an. Diese einzelnen Richter summierten sich nicht zu einer Richtergemeinschaft. Er stellte es mit Genugtuung fest. Jeder hatte sein eigenes Referat, beurteilte die ihm zugewiesenen Fälle, wobei der Weg zur jeweiligen Geschäftsaufgabe eines Richters über den Anfangsbuchstaben des Angeklagten oder des Beklagten führte. Am Landgericht bildeten drei Kollegen eine Kammer, jeder hatte die gleiche Stimme; auch hier erfolgte die Übertragung des Rechtsstreits an einen der drei Richter als Sachbearbeiter, als Berichterstatter nach festgelegtem Schlüssel.

Zettel öffnete eine Tür im Parterre. Ein älterer Richter legte bei ihrem Eintreten augenblicklich ein Magazin, in dem er gelesen hatte, aus der Hand, als hätte er sie erwartet; »Von den Herren«, sagte Dr. Bierlein, »von den Herren dort oben«, wiederholte er, »hat mancher die nötige Sehschärfe auf dem rechten Auge verloren. In der Deutschen Richterzeitung«, er wies auf das Magazin, das vor ihm auf dem Schreibtisch lag, »klingen dann solche Töne an«, er griff nach der aufgeschlagenen Zeitschrift und las: »Mit dem Gefühl, Unrecht erfahren zu haben, verlassen täglich Hunderte unsere Gerichtssäle. – So dürfen heute, Herr Kollege, Kollegen über Kollegen reden!«

»Herr Kollege Kirsch«, stellte ihn Zettel vor.

»Frisches Blut für die Strafkammer?« fragte Dr. Bierlein. »Nein. Erste Zivilkammer«, antwortete er.

»Gratuliere. Glück gehabt. Als Strafrichter komme ich mir heute vor wie ein Jäger ohne Flinte. Reform, Reform«, rief er, »ich kann das Wort nicht mehr hören. Ich bin 62, ich habe es bald geschafft.«

Zettel und er, sie waren von diesem Gang abgetreten, der wie ein Strom in allen Etagen mitten durch den Palast floß, ihn teilte, ein gewaltiger Strom, der das Licht transportierte, das durch die hohen Doppelfenster fiel; der Mittelgang einer Kirche war das, auf dem sich in beide Richtungen Rechtsanwälte, Richter, Staatsanwälte, Robenträger zielbewußt bewegten; die Rechtsuchenden, die Schutzsuchenden, die durch einen blauen Brief Aufgeschreckten, die Vorgeladenen, verunsichert, ohne Orientierung, dazwischen; bemüht, nicht anzuecken, an Roben, an Aktenwagen, die auf hohen Gummirädern lautlos über die Steinfliesen liefen, das große, lichtgefleckte Schachbrettmuster überrollten. Aus Lautsprecherboxen, neben dem Aushang der Sitzungssäle, unerwartet der Schall einer Stimme, einer Hauptbahnhofsstimme, die aufschreckte, die aufrief, einen Zeugenbeitrag zur Wahrheitsfindung zu leisten. Einen Schritt zur Seite waren sie getreten, Zettel und er, in ein privates Refugium hinein, in dem er saß, Dr. Bierlein, genau wie alle die anderen, jeder von ihnen vor einem privaten Zimmeraltar, einem Foto der Ehefrau, der Freundin, der Kinder, einer geschnitzten Holzfigur, Steine von einem Urlaubsstrand; Zeremonienmeister des Rechts, Zauberer, fand er, waren sie; unter einer hohen Palastkuppel zauberten sie Urteilssprüche hervor; ein mit rotem Kunststoff ummanteltes Gesetzbuch enthielt in Geheimschrift verfaßt als Loseblattsammlung die Summe der derzeit gültigen Zaubersprüche, die zu Jahresbeginn teilweise außer Kraft traten, neue traten pünktlich an ihre Stelle, wenige wurden ersatzlos gestrichen. Aus den weiten Ärmeln der Roben wurden die Lösungen gezogen und von einem Blatt Papier verkündet; Freude, Verzweiflung, Verwunderung lösten sie aus. Immerhin, lächelte er, hier gab es eine zweite Instanz.

Auf einem belebten Korridor eilte er mit Zettel von Tür zu Tür. Seltsam, dieser Lärm beruhigte ihn. Montagmorgen in der Geierstraßenschlucht, Montagmorgen im Schindlerkorridor, Montagmorgen in der Justiz. Das hier war ein Spektakel, ein Riesenspektakel. Entweder ihm fehlte der Ernst an diesem Montag morgen, oder aber der Ernst fehlte dieser Justiz.

»Sie teilen sich ein Zimmer mit Landgerichtsrat Baumer«, klärte ihn Zettel auf.

»Das Zimmer kenne ich«, antwortete er. Dieses Zimmer, erinnerte er sich, lag nicht auf der Hauptverkehrsstraße der Rechtsprechung, nicht mitten im Strom. Ein Nebenarm zweigte ab in einen Seitentrakt des Landgerichts, den man durch eine hohe Schwingtür betrat.

Zettel zog sich zurück.

Er trat ein, ohne anzuklopfen, obwohl sein Namensschild an der Tür noch fehlte.

»Die Revolution ist also heimgekehrt«, begrüßte ihn Baumer. Er reichte Baumer die Hand. Er sah sich um. Es war ein Zimmer zum Park und ein Zimmer zum Gefängnis: zwei Ausblicke in einem Raum. Rechtsethisch, dachte er, in der Terminologie des Orts, war das nicht zu vergleichen. Er ging gleich zum Fenster, das zum Gefängnis wies.

»Da sehe ich keine Rechtsgutsverwandtschaft«, spöttelte er. »Ich sehe«, sagte Baumer, »Sie haben Ihre Liebe zum Strafrecht entdeckt.«

»Die Identität des Unrechtskerns. – Ist das so richtig?« fragte er Baumer, der einer seiner Ausbildungsleiter gewesen war, in seiner Referendarzeit, als er wieder verschult wurde, zurück von der Universität, wieder am Boden der Tatsachen, der Realität, unterwegs von der Lehre zur Praxis. Der Mann, dem er nun gegenübersäße, auf der einen Seite zweier aneinandergerückter Schreibtische, war ein Praktiker, vor allem aber war er ein Leser, ein Bücherleser, ein Zeitungsleser, der bei Orange die Widmarksstraße überquerte, vom Park, aus dem er zeitunglesend kam, hinüber zum Justizpalast, ohne aufzublicken von der Lektüre, die er in ausgebreiteten Armen hielt, oder er las in einem Taschenbuch, umgeschlagen im Griff einer Hand, während die andere den Haltegriff seiner abgewetzten Aktentasche umfaßte, ausgebeult von seinem täglichen

Proviant, der aus einem Apfel bestand, der überregionalen Tageszeitung, aus Taschenbüchern, die fachübergreifend waren, die über das Gatter der Gesetze, das Normenspalier hinübersahen in Disziplinen, denen nicht wenige Kollegen der rechtsprechenden Praxis eifersüchtig, mit unverhohlener Animosität gegenüberstanden, deren Eingriff in ein anhängiges Verfahren billigend allenfalls in Kauf genommen wurde, dort, wo die Verfahrensordnung das Gutachten eines Sachverständigen, eines dieser selbstgefälligen Besserwisser, unabdingbar machte, wollte man sein Urteil nicht »aufgehoben« sehen in einer höheren Instanz, die sich aus dem Staub, den die Realität aufwirbelte, längst zurückgezogen hätte auf ihren grünen Tisch, von dem aus es sich blauäugig richten ließ. Baumer saß an keinem grünen Tisch, er kannte diese Berührungsangst nicht. Er tastete sich neugierig vor hinter seinem Zeitungsfächer, betrat Neuland, schritt unbekümmert, unvoreingenommen über die Grenzen, die sich eine Rechtsprechung setzte. Einem anderen Richter hätte man vorgehalten, daß er blind dabei würde für die Realität, durch die er blind schritt, in Parkanlagen, am Rande belebter Straßen, auf seinem Weg zum Büro. Baumer machte man zum Ausbildungsleiter, für einige Zeit. Er war ein souveräner Jurist. Und obwohl er nie auf die Straße blickte, fand er den Weg, der von der Lehre, vom Schrifttum zur Praxis führte, der begehbar war für den Juristen, nachvollziehbar für die »Verfahrensbeteiligten«. So hatte er ihn in Erinnerung. Jetzt säße er ihm gegenüber. Zwei von drei Richtern waren sie, die eine Kammer, die erste Zivilkammer bildeten. Mit der absoluten Mehrheit der Stimmen entschied das Gericht. Baumer und er, das waren von nun an zwei von drei Stimmen, die einen Rechtsstreit entschieden. Seine Stimme und Baumers Stimme, sie hatten das gleiche Gewicht.

»Die Identität des Unrechtskerns«, wiederholte er genießerisch. »Ist das nicht eine anschauliche Sprache?«

»Es ist die Sprache, in der Sie nun sprechen werden«, antwortete Baumer.

»Vielleicht kann ich das übersetzen«, sagte er.

Er ging zum anderen Fenster. Er sah hinaus in den Park.

Der Schreibtisch stand mitten im Raum. Von der Seite aus sah er diesen fülligen Mann an dem massiven Schreibtisch sitzen, über eine Akte gebeugt, die Hornbrille lag auf einem der Kommentare, die auf dem Tisch ausgebreitet waren, in die Bücher waren Bleistifte geklemmt, die er graziös mit zwei Fingern an den Enden faßte, um die Bücher an den eingemerkten Stellen aufzuschlagen, nachzulesen, zu übertragen auf kleine Zettel, über die Schreibfläche verstreut, was ihm wichtig erschien. Er las. Er dachte. Er suchte. Er informierte sich. Er bildete sich eine Überzeugung, eine richterliche. Aus allen Bewegungen, allen Aktionen Baumers war die Geschwindigkeit genommen, nie wurde er langsam, nie schnell, in gleichbleibendem Tempo vollzog sich die Subsumption. Er, am Fenster, gab vor, hinauszusehen; in Wirklichkeit beobachtete er fasziniert die Besonnenheit, mit der diese Rechtsprechung entstand, Spiegelbild im Flügel eines Doppelfensters zum Park.

Das wiederholte sich, das hatte er schon einmal gesehen an diesem Mann, mit dem er zum ersten Mal zu zweit sich gleichberechtigt ein Zimmer teilte, ein Büro, keine Ausbildungsstätte; das niedrige Tempo, in dem die Grundbewegung Baumers lief, stand in einem Gegensatz zu seinem unersättlichen Informationsbedürfnis; wach war Baumer, verstehen wollte er, sich erweitern, um seiner Aufgabe gerecht zu werden, die darin bestand, daß er letztlich über andere urteilte.

Ganz gleich wie langsam oder schnell der Bewegungsfilm dieses Richters lief, die Geschwindigkeit war richtig, stellte er fest. Baumers Blicke wanderten, anders als die Blicke des Präsidenten; sie wanderten vom Inhalt der vor ihm aufgeschlagenen Akte in die vor ihm ausgebreiteten Bestimmungen des Bürgerlichen Gesetzbuchs zu den grauen Kommentaren, die im hinteren Drittel seiner Schreibtischfläche bereitgestellt waren, um die Widersprüche aufzulösen, die Hindernisse, die sich der Norm in den Weg stellten bei der Erfassung von Sachverhalten. Alles nahm bei Baumer seinen selbstverständlichen, unabdingbaren Verlauf. Und bei ihm? Während seiner Referendarzeit in Kolbstadt hatte er ein Gedicht geschrieben, statt eines Briefes, den er gern geschrieben hätte, an Sebak in München, der seine Briefe nicht mehr beantwortete, der schwieg. Das Gedicht nannte er später ›Der Protagonist‹. Er selbst war dieser Protagonist, der herumtrieb, in einem ziellosen, unbestimmten Handlungsfluß, ein Rinnsal, das dünn dahinfloß, um irgendwo zu versickern, was seinem Zustand damals entsprach, damals, als er glaubte, verurteilt zu sein, ohne zu wissen, wozu. Niemals werde ich stehenbleiben, hieß es da, um eine ausgestreckte Hand zu ergreifen. Und dann: Eine Waffe werde ich von Anfang an bei mir tragen ... Und alles nähme seinen selbstverständlichen, unabdingbaren Verlauf, in dem Gedicht? In seinem Leben?

Jetzt, im Mai 1972, war er stehengeblieben, um die ausgestreckte Hand der Justiz zu ergreifen, oder er war stehengeblieben, um der Justiz die Hand zu bieten. Sie gaben sich die Hand, das war das Bild, das sich dem Außenstehenden bot. Er war nicht verurteilt, Richter zu sein. Er hatte sich für diesen Beruf entschieden. Die Dinge sollten ruhig ihren Verlauf nehmen, der nicht unabdingbar wäre. Es fing gut an. Sein Weg führte über die Dichterstraßen hierher, in die Eichendorffstraße führten ihn Rilke, Hölderlin, und nähme er einen Umweg in Kauf, Schiller und Goethe, zurück. In der Eichendorffstraße erwartete ihn diese Frau, die einen ziemlich kurzen Rock trug, der für Kolbstädter Verhältnisse ein sehr kurzer Rock war; über die er lange, zu lange Zeit nicht mehr auf dem laufenden gewesen war; die der Meinung war, daß Sex nach Chanel No. 5 käme; die ihn provoziert hatte mit ihrer gespielt tiefen Pitralon-Stimme, die sich in Sicherheit dabei hatte wiegen dürfen, an diesem Morgen, weil er pünktlich um neun Uhr dreißig dieses Meeting mit Mobius hatte, der sich für ihn herausbegeben hatte aus seiner Präsidentenzone, die sein Schutzbereich war, gerade in diesen Tagen; der für ihn über eine Lichtung geeilt war, offen, schutzlos, vor seinen unbarmherzigen Blicken, die dann tatsächlich nicht haltgemacht hatten vor den Hosenträgerklipps, vor diesem verchromten Biß in den abstehenden Hosenbundwulst. Wer beurteilte hier wen? Fünfzig Prozent Baumwolle, fünfzig Prozent Polyester; warum fand er dies nicht sympathisch, auch unter den Umständen, die hier gegeben waren?

Er sah hinunter in den Park und dachte dabei an die Parkspaziergänge, die er mit Margot wiederaufnehmen würde, um von ihr zu erfahren, Schritt für Schritt, was ausgespart geblieben war in ihrer Beziehung, unerwähnt geblieben war, vielleicht nicht nur, weil sie beide an den entgegengesetzten Enden einer gemeinsamen Anstrengung saßen, sie in Kolbstadt, er in München. Er hatte sich zu wenig mit ihr zurückgezogen; er hatte sich oft zurückgezogen von ihr, gestand er sich ein, in seine Bücher, die einen anderen Anspruch erhoben als ihre Unterhaltungslektüre; in einer Zeit, in der Ablenkung, Zerstreuung das letzte war, was er brauchte, was ihm half. In dieser Zeit hatte er geglaubt, daß es auch ohne sie ginge, was freilich nicht bedeutete, daß er sich trennen wollte von ihr. Insgeheim hatte er sich die Option offengehalten, daß er zurückkehren könnte zu ihr; er legte einfach den Eindimensionalen Menschen, den er gerade las, aus der Hand, um sie in die Arme zu nehmen. Margot wäre ihm sicher. Um Sebak müßte er kämpfen. Sie war eine elegante Frau, er war nicht größer als sie, auch wenn sie in flachen Schuhen neben ihm stand. Sie führte einen Jungen an der Hand, der blond war wie er, Christian-Kirsch-blond war wie er, sie waren eine kleine Familie, sie hatte es ihm geschrieben, er hatte es überlesen. Sie waren eine kleine Familie, Margot, Rudi und er.

»Zufrieden?« fragte ihn Baumer; er sah dabei nicht auf von dem Zettel, auf den er mit feiner Bleistiftschrift Kommentarauszüge übertrug.

Er nickte.

»Das ist kein schlechter Beruf«, sagte Baumer in dem Tempo, in dem er schrieb.

»Ich weiß«, antwortete er. »Wenn mir das einer prophezeit hätte«, fuhr er fort, »daß wir beide uns einmal ein Büro teilen ...«

»Den hätten Sie für verrückt erklärt.«

»Sie waren einmal so etwas wie mein Lehrer. Und jetzt sitzen wir im gleichen Boot.«

»Es ist gut, daß Sie sich darüber im klaren sind.«

»Alles klar«, sagte er.

»Oder nicht?« fragte ihn Baumer.

»War für Sie immer alles klar?« wollte er von Baumer wissen.

»Nicht unbedingt. Wir sind wegen der Wiederaufrüstung auf die Straße gegangen.«

»Und heute arbeiten Sie als Richter daran, daß alles so bleibt, wie es ist.«

Er spielte ein Spiel, das Baumer durchschaute. Baumer sah noch immer nicht auf von seinem Zettel, den er gegen einen unbeschriebenen austauschte, auf dem er fortfuhr, Fundstellen aus dem Kommentar zu übertragen, Leitsätze zu RG-Urteilen, OLG-Urteilen, Urteilen des BGH. Zwischen den aufgeschlagenen Akten, Büchern, den feingespitzten Bleistiften lag tatsächlich der Apfel, daneben das Taschenmesser, mit dem er jetzt den Apfel teilte, mit einem gerechten Schnitt, zwei gleiche Hälften einer Frucht, von denen Baumer ihm die eine reichte, in die er sogleich biß. Er aß den Apfel und ging im Zimmer umher. Ein dreiteiliger Schrank mit gläserner Mitteltür enthielt juristische Literatur, Entscheidungssammlungen, Lehrbücher des Schuldrechts, des Sachenrechts, ausgesonderte Kommentare. Er öffnete eine der Seitentüren des Schranks, an einem Nagel hing ein weißes Handtuch mit den eingewebten Initialen des Landgerichts Kolbstadt, LG Kolbstadt, im Schriftbild der Vorkriegszeit, roter Schriftzug, gotische Schrift, die ihn an Vaters Brockhaus erinnerte; F.A. Brockhaus/Leipzig, 1935, ein Deutsches Bildwörterbuch für jedermann, der ein deutscher Mann war, war das gewesen; ein undefinierbares Wappentier stützte seine Pranke auf die Buchstaben F. A. B.; hier, auf dem Handtuch an der Schrankinnenwand waren es Löwen, die in zwei Bordüren das Landgericht Kolbstadt schützend umrahmten. Wie viele Richterhände hatten sich trockengerieben an diesem Tuch, das aus haltbarem Leinen war?

Überall sah er Bilder in diesen Räumen, die zu Sinnbildern wurden in seinem Sinn. Gleichnisse formten sich überall, drängten sich ihm auf. Sah nur er sie? Das Messer in Baumers Hand, das durch die Mitte eines Apfels gefallen war; die Gerechtigkeit, mit der er teilte, mit ihm; das sinnlose Visavis an einem sinnlos langen Konferenztisch, der Präsident des Landgerichts und der Richter auf Probe.

Er suchte weiter in diesem Schrank, neben dem Handtuch am Nagel sah er sein Gesicht in einem Spiegel, ein Glas, nicht viel größer als ein Rasierspiegel. Auf zwei kargen Holzbügeln, die für ein Kolbstädter Modegeschäft warben, das nicht mehr in Mode war, das schon lang nicht mehr existierte, hingen zwei Roben. In dem Ablagefach darüber längliche Kartons, in denen die Schleifen aufbewahrt waren, die jetzt leicht angeschmutzt, ungebunden als lose verschlungene Seidenstreifen herumlagen, daneben ein Propeller am Gummiband, das sich jeder Kragenweite anpaßte. Die Würde des Gerichts, sie hatte sich in diesem Schrank verkrochen, abgehalftert hing sie an zwei mickrigen Kleiderbügeln, der Glanz der Robe war gebrochen, weggewetzt, bis auf die Fasern des Gewebes, das Samtrevers der schwarzen Amtstracht grau geworden. In die Requisitenkammer eines Theaters fühlte er sich versetzt.

Ihm gefiel alles, so wie es war, wie er es vorfand. Eine provisorische Existenz, halbfertig, wie er es liebte; ein Liebhaber des Halbfertigen war er, dabei nicht nachlässig, nicht schlampig in seiner Garderobe. Doch das, was er hier wahrnahm, lief nicht unter Kleiderfragen. Die formelle Autorität schien außer Form geraten, allenthalben, wohin er auch blickte; auf dem Weg zu seinem Büro war ihm ein Rat in Robe begegnet, in Sommersandalen unterwegs im Mai zu seinem Sitzungssaal, die dicke Textsammlung deutscher Gesetze in seinem Arm wirkte auf ihn wie ein rotes, klobiges Freßpaket.

Etwas Unentschiedenes, dachte er wieder, war in diesem Erscheinungsbild der Justiz, überall dort, wo sie sich abnutzte, nicht aus Metall und Marmor bestand, verschliß, niemand zeigte ein Interesse an Reparaturen, an einer Erneuerung. Konservativ war sie in einem guten Sinn.

So sah er das, an seinem ersten Amtstag. Der Präsident hatte ihn nicht vereidigt. In öffentlicher Sitzung war der

Eid zu leisten. Der Präsident war kein Mann, der öffentlich wirkte. Er gehörte der rechtsprechenden Gewalt an, aber er übte sie nicht aus. Die Gewalt des Präsidenten war eine unmittelbare, nur wer sich in das Vorzimmer der Gewalt begab, kam vielleicht darin zu Schaden. Aber er lebte nicht länger mehr in einem besonderen Gewaltverhältnis. Er war frei, endlich, nur seinem Gewissen und den Gesetzen verpflichtet. Darauf leistete er gern einen Eid.

Den Eid, den er in öffentlicher Sitzung zu schwören hatte, nahm Baumer ihm ab. Eines besonderen Termins dazu bedurfte es nicht. Baumer hatte an diesem Montag ohnehin öffentliche Sitzung, sein Eid würde zwischen die Verkündung von Urteilen geschoben werden. Baumer schlüpfte in eine der beiden Roben, nachdem er sich die Schleife gebunden hatte. An Dietmar, an die Enge der Kammer, der Küche der Familie Richard Kirsch in der Simmernstraße in Stadtvorhof erinnerte ihn das, Baumer, der sich in die Öffnung der Schranktür zwängte, um im Spiegel das routinierte Spiel seiner Hände mit ruhigem Blick zu begleiten; Baumer, der diesen Propeller am Gummizug verschmähte. Die Fliege kam angeflogen, saß plötzlich in dem stumpfen Winkel des Kragens, über den er sie zog, straffte an ihren Flügeln. Dietmar, sein großer Bruder, mit dem er auch ein Zimmer geteilt hatte, »Kinderzimmer« nannten sie es in der Familie noch, als Dietmar spät in den Nächten zurückkehrte, um in sein Bett zu steigen, nachdem er Minuten vorher aus einem fremden Bett gestiegen war, das im Nachbarhaus stand, das er mit Lotte Zuckriegl, der Lebensmittelhändlerin, fünfzehn Minuten lang geteilt hatte, fünfzehn Minuten lang blieb das Licht in Zuckriegls Schlafzimmer erloschen, was er von der Wanduhr ablas, uneigennütziger Hüter des Bruders, seine Wange rieb an den Stores, eine Hand wäscht die andere, tröstete er sich damals, sein großer Bruder reiste in Bonbons, Frau Zuckriegl verkaufte Bonbons. In einem dosenmilchfarbenen Kombi, seinem »Libby«, fuhr Dietmar durch Süddeutschland in süßer Mission. Sein Bruder war ein Centerforward, der angriff, er hingegen ein Mann der Defensive, ein Fels in der Brandung, an dem die Stürmerhoffnungen des Gegners zerbrachen, ein Mann für Befreiungsschläge, doch jetzt bekam er seinen Bruder nicht frei, Zuckriegls massiver Körper nähme von dem schönen Körper seines Bruders Besitz; er wurde seiner Aufgabe als Abwehrspieler nicht gerecht; nicht verhindern konnte er, daß es in dem Zimmer im zweiten Stock des Nachbarhauses dunkel blieb, Nacht for a forbidden love, Nacht der verbotenen Liebe, nach der alles, vor allem in ihm, sich sehnte.

Baumer und Dietmar, die die Technik beherrschten, vor einem Spiegel stehend, einen Seidenstreifen zu schlingen, ihn zu verwandeln, in eine Fliege, in einen Windsor-Knoten. Dietmar und Baumer, seltsame Brüder, die sich nicht kannten, älter als er. Die Revolution ist also heimgekehrt, im selben Ton versteckter Bruderliebe hatte ihm Dietmar gute Nacht gewünscht, sich verabschiedet in den Schlaf, in den der große Bruder immer eher fiel als er, der Grübler, der Zweifler, der eifersüchtige Detektiv ohne Auftrag. Schlaf jetzt! – Altes cornu im Dativ!, dabei beherrschte sein Bruder kein Latein, aber er war nie am Ende mit seinem Latein, nicht damals, nicht heute, nicht die Jahre dazwischen, als es ihm, dem Sprachentalent, die Sprache verschlagen hatte in allen Sprachen, die er sprach, der junge Lyriker des deutschen Sprachraums, der Dialektiker, der Visionär konkreter Utopien, der Volljurist, Baumer und Dietmar, welche Gegensätze, und doch: Die Eisbonbons aus seines Bruders Hand, die gerechte Hälfte eines Apfels, gespalten von Baumers Hand. Baumer sprach das Recht, das sein Bruder zu brechen sich rühmte, Fahren ohne

Fahrerlaubnis, Verstoß gegen das Pflichtversicherungsgesetz ... Die Fingerfertigkeit, die beide auszeichnete, ihm fehlte sie. Die Bindeanleitung an den Spiegel der Garderobe geklemmt, schlang er die Arbeitsgänge eins bis acht mühsam nach. Und am Ende war es nicht die Erfindung des Herzogs von Windsor, was da aus dem Dreieck des Haifischkragens schaute. Dem Blutwurstknoten fehlten Rasanz und Symmetrie. Der zarte Knabe Christ atmete schwer und bekümmert vor seinem Spiegelbild; in einem pflegeleichten Nyltesthemd, das nicht atmungsaktiv war, hob und senkte sich seine schmale Brust. Asthmatischer Mittelstürmer, liebkoste ihn Dietmar, der diese Blutwurst in dem abgeflachten Kragen aufriß, um, ohne Bedienungsanleitung, in einem einzigen sicheren, blinden Bewegungsfluß seiner Hände das magische Dreieck zu zaubern, prall gefüllt mit teurer Seide. Dietmar hatte ihm die Oberschülervokabeln abgenommen, aus dem blauen Vita Romana; Baumer nahm ihm den Richtereid ab, aus dem Deutschen Richtergesetz, Paragraph achtunddreißig.

Der Sitzungssaal, in dem Baumer Beweisbeschlüsse, Urteile verkündete, in dem in wenigen Momenten Christian Kirsch den Richtereid leisten würde, wies über die Widmarksstraße zum Park. Der Protokollführer hatte den Saal aufgesperrt, sie waren eingetreten: Baumer, der Proberichter Kirsch und der Sekretär. Durch einen leeren Saal waren sie gegangen, drei schweigende Männer in Roben, und der Protokollführer war gleich zur Richterbank geeilt, um mit einem kleinen metallenen Hebel das Leuchtschild »öffentlich« draußen vor dem Sitzungssaal einzuschalten. Er selbst hatte sich in der Mitte des Saals umgedreht, hatte nach der Öffentlichkeit Ausschau gehalten, die der junge Beamte des mittleren Dienstes soeben hergestellt hatte, eine Öffentlichkeit, der das Gerichtsverfassungsgesetz im vierzehnten Titel unter der Bezeichnung »Öffentlichkeit und Sitzungspolizei« mehrere Normen widmete, die ausgeschlossen werden konnte bei Vorliegen bestimmter Voraussetzungen, die der Paragraph einhundertzweiundsiebzig genau beschrieb, die Verkündung von Urteilen erfolgte in jedem Fall öffentlich, ein Grundsatz, der einen Absatz darunter dann aber wieder eingeschränkt wurde; die Öffentlichkeit, sie war erst gar nicht erschienen; das Parkett, über das Baumer jetzt zur Richterbank schritt, knarrte; das Parkett im Bereich jenes Stuhles, der unterhalb der Richterbank stand und auf dem in Strafverhandlungen der Angeklagte Platz nahm, knarrte unter den Schritten des zu Vereidigenden auf seinem Weg zu dieser Sitzgelegenheit; er nahm Platz auf diesem Stuhl für Angeklagte und Zeugen, noch einmal schaute er sich nach der Öffentlichkeit um: Zehn, fünfzehn Reihen leerer Stühle sahen ihm geheimnisvoll, fragend entgegen. Baumer saß über ihm, hinter der Richterbank, eine wenig anschauliche Bezeichnung für diesen langgezogenen Holzkasten, der auf einer Seite, der dem Gericht zugewandten, offen war, damit das Gericht seine Beine in das Innere dieser Holzkiste hineinstellen konnte, die Nervosität, die Unsicherheit, die Entschlußlosigkeit des Gerichts, die sich mitunter in einem Wippen, in einem Scharren der Füße auszudrücken pflegte, blieb so hinter einer Holzblende verborgen; der Protokollbeamte hatte den ihm zustehenden Platz an der Schmalseite der Richterbank eingenommen, seine Schreibutensilien, in bewährter Formation, griffnah, vor sich verteilt; er selbst, der darauf wartete, seinen Beitrag zu dieser öffentlichen Sitzung, seinen Eid leisten zu dürfen, saß dem Gericht gewissermaßen zu seinen holzverkleideten Füßen und blickte zu ihm auf; drei Männer in einem leeren Saal, die ihre private Garderobe, ihren privaten Geschmack unter einer für diese Jahreszeit zu warmen Amtstracht versteckten, Männer ohne privates »Ansehen«, Aussehen, ein Versteckspiel vor wem? fragte er sich. Aber konnte nicht jeden Augenblick die Tür zum Sitzungssaal aufgehen und ein Rentner hereinspazieren, der ihrer gespenstischen, gemeinnützigen Aufführung von Recht und Ordnung beiwohnen wollte, um sich ein bißchen die Zeit zu vertreiben? Die Robe des jungen Protokollführers befand sich in einem Zustand, der dem Alter des Justizsekretärs entsprach; Baumers Robe entsprach Baumers Alter.

Solche Zusammenhänge stellte er her, während Baumer durch kontradiktorisches Urteil entschied, was ausnahmsweise auch für ihn nicht zu vergleichen, nicht im Einvernehmen der Rechtsuchenden zu befrieden war. Der Rechtsfrieden, ein hehres Ziel, der Frieden des Parks, in den er hinüberblickte, war eine schöne Aussicht für ihn:

Das junge Paar, das Hand in Hand auf einem hellen Kiesweg ging, dessen gewundener, flacher Lauf durch die Rasenflächen ihn an die losen Seidenstreifen in der Schrankablage erinnerte, wähnte sich unbeobachtet; nur am Parkeingang war die Steinumfassung durch ein schmiedeeisernes Gittertor durchbrochen. Aus der Höhe des Sitzungssaals sah er die beiden in Jeans und schulterlangem Haar, verwildert ein wenig, inmitten der akkuraten Blumenrabatten, an deren Rand frisch gestrichen die roten Bänke standen, in Wurfweite daneben der Abfallkorb. Geometrie einer Landschaft, grün, rot, sektfarben der Kies. Imnamendesvolkes, nuschelte Baumer, ergeht folgendes Urteil. Vom Pflanzenschauhaus, in dem hinter hohem Glas tropische Gewächse das ganze Jahr zu schauen waren, näherten sie sich, verschwanden im Laubengang, er richtete sich auf in seinem Zeugenstuhl, um sie nicht aus den Augen zu verlieren bei dem Terrassencafé; Hand in Hand, noch immer, auf gleicher Höhe traten sie aus der Laube. Es soll Beweis erhoben werden über folgende Beweisthemen, verkündete Baumer, bei der Amorette riß sie sich los; daß sie es war, die die Verbindung der Hände gelöst hatte, erkannte er nur an der Art, wie sie lief, ihm vorauseilte, die Füße in zu großen Schritten seitlich nach außen gesetzt, so daß sie nicht Tritt faßte, sondern in ein Leiern, ein Schleudern der Beine geriet. Sie verließ den Kiesweg, flüchtete sich hinter die mannshohe Amorette; er jagte sie um den Sockel herum, ihr Haar wehte anmutig, sein Haar wehte anmutig hinterher, blond, beide, gleich groß, das Hellblau der Jeans, das wehende Blond beider Haare verwehte, verwischte, vermischte sich in seinem Blick, sie jagten sich, sie kamen sich nicht näher, wer war hier Jäger?, in dem schnellen Kreisel ihrer Bewegung flossen sie ineinander, verwischten sich ihre Geschlechter; er glaubte, sie atmen zu hören, sie außer Atem zu hören, was ausgeschlossen war; die Schallschutzfenster des Sitzungssaals drehten den Ton weg, selbst den Verkehrslärm, herauf von der Widmarksstraße, on, off, Fenster auf, Fenster zu. Der Antragstellerin wird gestattet, von dem Antraggegner getrennt zu leben, gestattete Baumer, sie entkam, oder er gab ihr Leine, Schonzeit, sie war in seinem Visier, noch drückte er nicht ab, sein Herz war ein geiler Jäger. Eine Holzbrücke schwang über einen künstlichen Wasserlauf, der erst vor dem Terrassencafé zum Teich sich weitete; auf der leichten Steigung der Brücke kam sie zum Stehen und ergab sich. Die Kosten des Verfahrens, verlas Baumer, werden gegeneinander aufgehoben; er faßte sie an den Händen, sie neigte sich zurück, beider Arme gestreckt; in ihren Jeansanzügen waren sie ein hellblauer Bogen parallel zu dem sanften Schwung der Brükke, die gestreckten Arme der Liebenden – zwei Teile einer anderen Brücke, zusammengehalten durch die verschlungenen Hände.

Zu dieser stummen Jagdszene unterlegte ihm Baumer

nichtsahnend den falschen Ton. Stumm lief draußen das Leben, monoton sprach hier drinnen das Recht.

»Haben Sie die Öffentlichkeit hergestellt?« hatte Baumer den Sekretär gefragt.

»Die Öffentlichkeit ist hergestellt«, hatte der Sekretär mit der Betonung auf »ist« versichert; vorwurfsvoll hatte er dabei auf einen kleinen Schalthebel gesehen, der auf »ö« stand.

Die Öffentlichkeit war hergestellt im leeren Sitzungssaal, in den Baumer, der sich hinter der Richterbank erhoben hatte, Beweisbeschlüsse, Aufklärungsbeschlüsse, Endurteile, die er als Einzelrichter getroffen hatte, hineinverkündete. »Im Namen des Volkes!« wiederholte Baumer, im Namen des Volkes sprach er Recht. Wo, fragte er sich, war dieses Volk? Es vergnügte sich in tropischen Pflanzenschauhäusern, es jagte sich um die Sockel von Amoretten, es kam auf dem sanften Schwung einer Brücke außer Atem, wo es sich in die Arme fiel, friedlich, über einem künstlichen Wasser, das keine Brise kräuselte. Wo entfachte sich all der Streit, den sie hier entschieden?

»Herr Kirsch, wir kommen zu Ihrer Vereidigung.«

Er stand auf. Er war an der Reihe. Er hatte die Wahl, den Eid auch ohne die Worte »so wahr mir Gott helfe« zu leisten. Es war eine Ausnahme, die er sich nicht leistete. Aus dem Gedächtnis nachgesprochen, war es ein langer Schwur. Baumer zerlegte ihn, sprach ihn vor in Stükken; stückweise schwor er, das Richteramt getreu dem »Grundgesetz« und getreu dem »Gesetz« auszuüben, wobei ihn diese Unterscheidung, kaum hatte er sie ausgesprochen, verwunderte; nach bestem Wissen und Gewissen würde er urteilen, »ohne Ansehen der Person«, was bildhaft aufgefaßt das ernsthafte Anliegen doch konterkarierte, nur der Wahrheit und der Gerechtigkeit würde er dienen.

Der Protokollführer protokollierte den Vorgang. Als Paragraph achtunddreißig stand dieser Eid unter der Überschrift des fünften Abschnitts »Besondere Pflichten des Richters«. Er hatte sich informiert. Von Anfang an wollte er hier in Kolbstadt wissen, warum und wozu. Unter Paragraph neununddreißig hatte er als eine weitere besondere Pflicht die Wahrung seiner Unabhängigkeit zur Kenntnis genommen. Innerhalb und außerhalb seines Amtes, auch bei politischer Betätigung, wie das Gesetz sich ausdrückte, hatte er sich so zu verhalten, daß das Vertrauen in seine Unabhängigkeit nicht gefährdet würde. Das las sich leicht, das klang plausibel. Einen Gedanken verlor er darüber nicht.

Er fürchtete vielmehr das penetrante Gedächtnis seiner Erinnerung, das immer recht behielt, das ahnte, menetekelte, ein einziger seiner Schritte, um zu sagen, welchen Weg er eingeschlagen hätte, für immer, ein zufälliger Blick durch die Schallschutzfenster, der kein Zufall wäre, die Vermählung der langhaarigen Liebenden vor der Amorette, was wäre das für ein Pfeil, den Amor hielt?, auf wen wäre er tatsächlich gerichtet?, ein leerer Park, ein leeres Zimmer, der falsche Text für das Liebespaar, die falschen Bilder zum Eid, den er leistete, seine Vermählung als Richter auf Probe, Bluthochzeit in Kolbstadt und in Chicago, wo Suger Ray Robinson 1950 das häßliche Ungetüm Jake La Motta besiegte, der Ring war jetzt leer, sagte der Reporter, leer wie ein Sitzungssaal, und in seiner Leere bot er denselben mageren Anblick aufgeblasener Wichtigkeit, den ein Schlachtfeld bietet, wenn eine Schlacht geschlagen ist und die nächste noch nicht begonnen hat. Das paßte genau, das paßte am Stück, auf dem Boden des Rings formten zwei Lichtstangen von Scheinwerfern ein Kreuz, das hier an der Wand des Sitzungssaals über Baumer hing.

IV.

15. Mai 1972, abends

In der Eichendorffstraße stand Rudi im Fenster. Margot hatte ihn auf das Fensterbrett gehoben, sie stützte ihn mit flacher Hand im Rücken. Es gab keine Dienstzeit für Richter. Er hatte nicht angerufen. Aber sie erwarteten ihn, wie er vom Auto aus festgestellt hatte. Seine kleine Familie am Fenster rührte ihn. Von Margot sah er nur den Arm. Nur der gestreckte Arm, der den Jungen im Rücken abstützte, verriet die Mutter seines Sohnes.

Er parkte seinen Peugeot in der Einfahrt, ging nicht zum Hauseingang, sondern zum Vorgarten zurück, wo er unter das Fenster schlich, in dem Rudi stand. Er blickte auf zu seinem Sohn. Er trug einen Matrosenanzug, blauweiß, in dünnen, eleganten Streifen. Die Hemden, die Dietmar, sein Bruder, aus Düsseldorf bezogen hatte, 1962, zu einer Zeit, als er nicht mehr nur reiste in Bonbons, als er leitete, einen Stab von Mitarbeitern, eine Armada befahl, die ausschwärmte mit verheißungsvoller Fracht, die Süddeutschland überzog mit einem Geschmacksfilm, der süßsauer auf der Zunge haftete, der ihn noch heute an die Moselweine erinnerte, die sie in den 50er Jahren an den seltenen Tagen getrunken hatten, die für die Familie Festtage gewesen waren, an das fade Spiel zwischen süß und sauer, diese Hemden aus der »Collection Düsseldorf«, maßgefertigt, sie waren wie dieser Anzug gestreift: akkurate, gleich dünne Bahnen, weiß, blau, die Hemden mit Zusatzmanschetten und Zusatzkragen. Ein weißer Schillerkragen breitete sich über die schmalen Schultern des

Jungen aus; ein dunkelblauer Streifen teilte diesen mächtigen Schal, dessen Enden auf der Brust von einer Schleife zusammengehalten wurden. Vom Vorgarten aus blickte er zu ihm auf. Wo Rudis Hände das Glas berührten, bildeten sich um die warmen Fingerkuppen herum kleine, feuchte Vorhöfe auf der Scheibe, das Handinnere der runden, fleischigen Händchen rosig wie die Wangen in diesem unbewegten Gesicht, dem er nicht ansah, ob sein Sohn ihn, den Vater, erkannte; er stellte sich auf die Zehenspitzen, ein stummes, törichtes Visavis, zu dem er sich emporreckte. Was war das für ein Bild, das er und sein Sohn abgaben von der Straße aus? Es war ein Bild, sagte er sich, das in diese bewußt gestaltete Landschaft des Stadtwestens paßte; eine Narzisse blühte in einem Fenster zum Garten; blickte er nicht in Selbstliebe auf dieses Fensterbild? Christian-Kirsch-blond, sein Junge, wie er; doch nie hatte er einen Anzug wie diesen getragen; niemals an einem eigenen Fenster gestanden, das in einen Garten wies.

Er war angekommen in Kolbstadt nach einer langen, gefährlichen Reise, und er traf sich in seinem Jungen an. Die Genauigkeit des Anzugstreifens wiederholte sich in den rotweißen Söckchen, umgeschlagen über den Knöcheln von Margots Hand, ein roter Abschluß, eine leuchtende Bordüre, ein Sockel, der auf niedlichen Füßen stand; das rührende Bild ruhiger Kinderfüße, die stillstehen mußten auf einem schmalen Fensterbrett, nicht tippeln durften; die dicken Fingerkuppen saugten sich an die Scheibe; alles war rund an ihm, abgerundete, fertige Teile, aneinandermontiert und doch: Rudi steckte nicht in diesem Matrosenanzug; er war nicht wie Landgerichtspräsident Mobius in eine Hose gestellt; er trug diesen Matrosenanzug so selbstverständlich wie Dietmar seine »Collection Düsseldorf«, das Naturprodukt Baumwolle fiel natürlich an seinem kleinen Körper, war anpassungsfähig in seinem natürlichen Fall, es kniff seinen Sohn nicht; es machte jede Bewegung des Jungen mit, wußte er, obwohl sein Sohn unbewegt im Wohnzimmerfenster des Parterres ihm gegenüberstand. Zum ersten Mal kam er an einem Montag heim zu seinem Sohn. Rudi trug den Matrosenanzug für ihn. Eine Narzisse blühte in der Eichendorffstraße; er durfte sich gehenlassen, durfte die Kontrolle verlieren über sich, das gehörte zu dieser endlich gewonnenen Freiheit. Er befand sich auf freiem Fuß, ein Frühling in Freiheit. Eine Blüte, die ihren Kopf anmutig senkte, ein schmaler Kelch, der sich zum Schalltrichter weitete, eine Trompetennarzisse, die seine Freiheit hinausschmetterte, die im Mai in Kolbstadt in einem Fenster zum Garten blühte. Er hatte sein Bild erblickt, als er aus dem Peugeot gestiegen war; er war sich begegnet in diesem Fensterbild, das er Margot verdankte. Er begann zu lieben, was ihn hier in der Eichendorffstraße umgab; wenn es Selbstliebe war, sollte es Selbstliebe sein. Es war ein Ausgleich, ein gerechter, ein notwendiger Ausgleich vor allem, zu seinem Haß, zu dem er sich in München verpflichtet hatte, zu dem er auch hier in Kolbstadt verpflichtet war, noch immer; er hatte sich diesen Auftrag erteilt und ihn angenommen; im »Widersacher«, seinem Auftragsbuch, war dieser Abschluß in dem Abschnitt »Erinnerungen an Schindler« vermerkt. Er haßte. Aber er fing auch an zu lieben. Ein später Anfang, der späte Anfang einer Liebe. Neben den jungen langhaarigen Liebenden sah er sich im Park auf dieser Brücke, über dem Lauf eines Wassers, auf dessen Oberfläche er blickte: Ja, er sah sein Bild, nicht das Bild des leitenden Angestellten, nicht das des Richters, sein privates Bild, der heimgekehrte Christian Kirsch, er sah sich, er sah auf sich, Christian, Christ, durch die wabernden Schichten der Jahre, nicht ohne Sehnsucht – nein, er würde sich nicht verzehren.

Sie hatte einen guten, einen sicheren Geschmack, seine Frau. Sie waren eine kleine Familie, zu der er wenig beigetragen hatte. Sie hatte täglich in Kolbstadt von 1970 bis 1972 für diese Familie Entscheidungen getroffen, an denen er nicht beteiligt war, weil klar für sie war, daß er nicht beteiligt sein wollte. Weil sie ihm den Rücken freihalten mußte für einen Kampf, den er in München führte; ein rätselhafter Kampf, in dem sich nichts sichtbar bewegte für sie; von Bewegungslosigkeit hatte er selbst in der Einleitung zum »Widersacher« geschrieben, einer Bewegungslosigkeit, zu der er verurteilt wäre. Er reckte sich noch einmal empor, drückte sein Gesicht von außen gegen die Scheibe, die Tiefe des Doppelfensters trennte sie beide, den Vater vom Sohn, die weiten Ärmel des Matrosenanzugs gaben einen Blick frei auf die runden Kegel der Unterarme. Margot faßte Rudi jetzt mit beiden Händen, hob ihn vom Fensterbrett; von der Seite, wo die Stores zu einem Schal gerafft waren, erschien sie statt des Jungen im Bild. Sie trug einen weichen Pullover mit halsfernem Kragen, der in der Weichzeichnung seines Blicks durch das Doppelfenster dem hellblauen Mohairpullover ähnelte, den er mit Florenz, mit dem horizontblauen Volkswagen seines Vaters, mit der Römischen Grotte in Kolbstadt verband, wo auf einem Marmortisch zwei silbrige Eiskelche sich im Sommer 1963 kalt berührt hatten, am Ende ihres Italienurlaubs, ihr Eiskelch, sein Eiskelch, während sie, abgerückt von ihm, mit ihren blauen Augen aus dem hochgeschlagenen Kragen einer blauen Mohairjacke auf ihn sah, sie fröstelte in dieser Eisdiele, rückte nur von ihm ab, weil sie fror.

Er wollte jetzt schnell ins Haus, vielleicht auch, weil er den Gedanken an seinen Vater verdrängen wollte, sein Vater, der zu dieser Vorstellung eines wattig weichen Pullovers gehörte; sein Vater, der weit weg gewesen war in den achtzehn Monaten, die er in München verbracht hatte, und der, ohne für ihn erkennbaren Anlaß, zurückgekehrt war mit ihm nach Kolbstadt, ihm erschien in einer Regelmäßigkeit, die ihn verwirrte, um in seiner kurzen, rechtschaffenen Lederhose um ein Bild herumzuschleichen, das plötzlich hochtrieb in ihm, vom Grund seines Ichs, abgesenkt dort, neun Jahre lang, beschwert mit den Gewichten der Bedeutungslosigkeit; warum war Vater zurückgekommen? Um den endgültigen Umzug seines Sohnes von Stadtvorhof in den feinen Stadtwesten zu begleiten? Um ihn, wie 1956, an die Hand zu nehmen auf seinem schwierigen Weg in die Justiz? Hauchbilder, Vater und Sebak, gegen die er versehentlich atmete, die sich zusammenrollten, ehe er sie richtig erfaßt hatte; Vater und Sebak, sie waren wieder aufgetaucht, suchten ihn heim, den Heimkehrer in Kolbstadt. Er fing an, sich zu erinnern. Seine Erinnerung stellte Zusammenhänge her. Sein Leben hatte wieder eine Herkunft und eine Entwicklung; war nicht eingezwängt in die Gegenwart eines Korridors. Er mußte ins Haus jetzt. Der Anblick ihres weichen Pullovers hatte das Trugbild seines Vaters zum Glimmen gebracht. Was mit diesem VW zusammenhinge, mit dem er im Süden verunfallt war und in dem zwei Tage später in der Simmernstraße in Kolbstadt Margot saß, ein horizontblauer Käfer, den sein Vater argwöhnisch nach Verletzungen absuchte. In der Eisdiele war sie dann in eine blaue Mohairjacke geschlüpft. In unwirklicher Plastizität führte ihm seine Frau den gemeinsamen Sohn vor. Eine Plastizität, die flach war zugleich: stumm, tonlos, die Familie auf beiden Seiten der Scheibe. Dein Vater ist von der Arbeit zurück, sie würde ihn loslassen, sobald er das Haus beträte. Der Junge käme auf ihn zu, auf wackligen Beinen, zu auf das Ziel seiner ausgebreiteten Arme; aus Margots Armen in seine Arme, er wechselte die Seite; machte das für Rudi einen Unterschied?

Er hatte einen Schlüssel zum Haus, aber er läutete. Sie machte ihm auf. Er trat ein. Die Erinnerung an seinen Vater sperrte er aus. Sie brächte an seinem ersten Montag Schmutz in sein Haus.

In der Mitte des Wohnzimmers saß Rudi auf einem Plüschpferd. Es stand auf vier Rädern, zum Schaukeln und Ziehen. Obwohl er vor dem Pferd in die Hocke ging, nahm der Junge von ihm keine Notiz. Hochmütig sah er über seinen Vater hinweg, während seine Hände das Tier an den Plüschohren faßten. Er hielt das Pferd nicht an den Kehlriemen, die als Haltegriff für den kindlichen Reiter vom Kinn des Pferdes über seine Gamasche bis zum Genick des Tieres verliefen. Er hatte die Plüschohren fest im Griff seiner roten, runden Fäuste; diese Fleischhändchen, die am Morgen im Vorbeigehen, im Vorbeigezogenwerden nach dem Stiel einer Tulpe geschnappt hatten, die sich nach den heftigen Niederschlägen seiner ersten Kolbstädter Sonntag-auf-Montag-Nacht in seinem Haus in der Eichendorffstraße anmutig über das Kopfsteinpflaster gebeugt, sich vor seiner Frau, seinem Sohn verbeugt hatte, der unvermutet, heimtückisch zugeschnappt hatte mit seiner bösen Kinderhand. In einer selbstverständlichen Aggressivität, die für sein Alter natürlich wäre, nahm sein Sohn von der Welt Besitz. Hatte er selbst, in diesem Alter, natürlich und selbstverständlich über Aggressivität verfügt?

»Und?« fragte ihn Margot unvermittelt. »Wie war dein erster Tag?«

»Ich habe geschworen«, antwortete er bedeutungsvoll, »ewige Liebe geschworen, true love.«

»Wie heißt die Dame?« spöttelte sie.

»Die Dame nennt sich BRD«, sagte er ernst.

»Dann bin ich beruhigt.«

»Aufgepaßt! Die BRD ist ein scharfes Luder, die riecht nach echt Kölnisch Wasser. Nix Chanel No. 5. Da steht der Sex …«

Sie drückte ihm ihren gestreckten Zeigefinger auf seinen Mund. »Unser Sohn …«, sagte sie tadelnd, auf Rudi verweisend.

In seinem Matrosenanzug saß Rudi, sein Sohn, auf hohem Roß; ein junger Herrenreiter mit weißer Schärpe. Auf vier Rädern, wie um in ein Rennen gerollt zu werden. Er saß still und schaukelte nicht. Er nahm ihn, den Vater, nicht wahr, der sich nun vor dem Pferd, das nicht eigentlich die Nachbildung eines Pferdes war, erhob. Es hatte einen zu runden Kopf, einen wolligen Schopf; auch die Ohren, an denen der Junge das Tier noch immer hielt, waren abgerundet, der Vorarm des Pferdes lief in einen Vorderfuß aus, der nicht schlank zulief auf schlanke Fesseln. Die natürliche Sensibilität des Pferdes war aus dieser Nachbildung genommen. Unsensibel wirkten sie beide, Roß und Reiter, vor dem er stand, ohne bemerkt zu werden. Was redete er sich ein? Welcher Aufwand an Vergleichen, Gedanken, Gefühlen. Wenn er das Gefühl heraushielte, bekäme er mehr für sein Geld; diese alberne Sentenz hatte er in einer Afrika-Geschichte Hemingways gelesen. Es war einer der großmäuligen, unsensiblen Sprüche des Dichters, die am Ende der literarischen Phase des Jurastudenten Kirsch, am Übergang zur Phase der Kontestation dazu führten, daß Hemingway für ihn nicht mehr Ernest war. Aber damals, 1967, interessierte ihn schon nicht mehr Literatur; Schriftsteller waren nicht zur Unterhaltung der Leser da. Der Zeitabschnitt der Infragestellung dauerte für ihn an, auch noch, als Infragestellen nicht mehr gefragt war; Anpassung war angesagt für Rechtsreferendare, Anpassung an die Anforderungen des zweiten Staatsexamens hieß in Kolbstadt bei der Justiz der tägliche Tagesbefehl. Er lebte mit der falschen Losung weiter, zunächst in Kolbstadt als Beamter auf Widerruf, später in München als leitender Angestellter, gespalten in seiner Persönlichkeit, kontaminiert von den Texten, den Materialien, mit denen er sich aufgerüstet hatte. Die Kombattanten in ihm kämpften nicht Seite an Seite, sie verbissen sich ineinander, bewegten sich nicht von der Stelle. Mitten in ihm kam alles zum Stehen. Entscheiden sollte er als Referendar und später in leitender Funktion als Assessor. Entscheidungen verlangte man ihm ab, ihm, der gelernt hatte zu zweifeln.

»Wie kommst du mit deinen Kollegen zurecht?« wollte sie von ihm wissen.

»Baumer und ich sitzen an einem Tisch. Dr. Kühn hockt in einem anderen Zimmer«, antwortete er ihr lakonisch.

»Und dein Chef?« fragte sie vorsichtig.

»Es gibt keinen Chef«, herrschte er sie an. »Nicht in dem Sinn, wie du das verstehst. Es gibt nur das Gesetz und mein Gewissen. So einfach ist das.«

Margot wechselte schnell das Thema.

»Hallo, Herr Landgerichtsrat – Sie sind zu Hause. Das da«, sie verwies auf sich und auf Rudi, »ist Ihre Familie. Ihre Frau, Ihr Herr Sohn.«

Sein Sohn bemerkte ihn nicht. Sein Sohn – war er aus einem anderen Holz geschnitzt?

Eine kleine Persönlichkeit saß auf diesem Schaukelpferd. Sie bot ihm, dem Vater, Paroli. Die einsamen Nachmittage seiner Referendarzeit, allein in Kolbstadt mit seinem Jungen, der in dieser hohen Karosse lag, an die er herantreten mußte, wollte er sie einsehen, einen Blick auf Rudi werfen, was er nur selten tat, worauf er vergaß, über seinen Büchern, diese einsamen Nachmittage, sie fielen ihm ein, jetzt, wo er endlich da war für diese kleine Persönlichkeit, die, auf einem hohen Roß sitzend, an ihm vorbeisah. Machte sie ihm Vorwürfe? Rächte sie sich dafür, daß er nur in seine Texte und nicht in den hohen, unförmig wirkenden Korbkinderwagen geblickt hatte, von dem eine bedrückende Magie auf ihn ausgegangen war? Daß er sich ertappt hatte bei dem Gedanken, das Gefährt, in dem sein Sohn lag, anzustoßen, ihm freien Lauf zu geben, es auf einen Weg zu bringen, der an einem Abgrund endete? Abgründige Gedanken, für die er sich heute schämte. In einem die freie Willensbildung ausschließenden Zustand hatte er sich befunden, der seiner Natur nach ein vorübergehender war, attestierte er sich. War es nicht seltsam, daß er nach Bedarf aus einer Sprache herausfiel, um in eine andere hineinzufallen? Nach seinem zweiten Staatsexamen, im frühen Sommer 1970, häuften sich die Absagen auf seine Bewerbungen, zermürbten ihn; mit der Regelmäßigkeit einer Tageszeitung gingen sie ein; er führte unfreiwillig das Leben eines Arbeitslosen; Mitglied einer akademischen Reservearmee, überspielte er damals die zunehmende Angst vor der Isolation.

»Woran denkst du?« sprach ihn Margot an.

Er war vereidigt, den Eid hatte man ihm abgenommen. Sah sie ihm das nicht an? Auf dem Weg Justizpalast–Eichendorffstraße, auf seinem Heimweg, waren ihm plötzlich »die besonderen Pflichten des Richters« eingefallen, eine belanglose Überschrift, hatte er nicht doch etwas überlesen, füllte sich Paragraph 39 nicht nachträglich heimtückisch auf mit einer Bedeutung, die ihn betraf, stickig die Luft in seinem Peugeot, er hatte eilig die Scheibe heruntergekurbelt, den Arm ins offene Fenster gelehnt, von der Seite blies ihm der Maiwind frisch ins Gesicht.

»Woran denkst du?« fragte ihn Margot nochmals.

Er schüttelte gedankenversunken den Kopf.

»Es ist erstaunlich«, kam sie auf den Besuch bei ihrer Mutter zu sprechen, »wie schnell Rudi auf die Katze reagiert. Er war nicht länger als zwanzig Minuten in ihrer Wohnung. Nicht jeder Kontakt mit dem Tier läßt sich vermeiden.«

Er war allein gewesen mit seinem allergischen Sohn, nachmittagelange Kontakte, Rudi in diesem monströsen Korbkinderwagen, in den ihn Margot gelegt hatte, bevor sie die Wohnung verließ, um zu verdienen, für die kleine Familie, die ganze, in den Wagen hatte sie ihn gelegt, damit er den Jungen bewegen könnte, ihm Bewegung verschaffte, sobald dieses Gurgeln mit Lauten überginge in einen zusammenhängenden Schrei. In einem anderen Gefährt, einem modernen Sichtfensterwagen, wurde Rudi ausgefahren. Dieses Korbei im Wohnzimmer liebte der Junge, in diesem Vorkriegsmodell verstummte er, sobald er, ein schreiendes Stoffbündel, aus dem kurze Beine zappelten, aus dem Stubenwagen gehoben und in das runde Korbgeflecht auf Rädern gelegt wurde, das dem Volkswagen verblüffend ähnelte, mit dem Margot und er 1963 von Kolbstadt über den Brenner nach Florenz gefahren waren, ein unversehrtes, glänzendes, horizontblaues Ei, das auf der Rückfahrt über den Brenner Dellen im Lack aufwies; einige hundert Kilometer lang beschäftigte ihn die Verschuldensfrage, in der Simmernstraße angekommen, kam er gegenüber seinem Vater nicht einmal zu Wort.

»Wie aufrecht er sitzt«, sprach ihn Margot an. »Er steckt alles weg. Dreimal gehustet und …«

»Unser Sohn sitzt auf einem hohen Roß«, sagte er vieldeutig, bevor er in Gedanken zu dem himmelblauen VW seines Vaters, zu ihrer ersten gemeinsamen Fahrt über die Alpen zurückkehrte.

Die Liebe zu der Form eines Eies hatte vermutlich seinen Vater zum Kauf des Volkswagens bewogen, begann er eine nostalgische Kombination, mit ihm waren Margot und er nach Florenz gereist, in ihm sich nahegekommen, sie waren beieinander geblieben, ein Umstand, dem Rudi sechs Jahre später sein Leben verdankte, in der Urform des Eies fühlte sich der Junge geborgen wie im Bauch seiner Mutter. Geborgen, wie Margot und er, seine Eltern, sich im Innern dieses Eies gefühlt hatten, das rund, solide und deutsch im Finsteren auf der Strada del Sole der Kunststadt Firence entgegenrollte, im strömenden Regen, der ihnen beiden das Gefühl gab, ein Dach, ein rundes, deutsches Dach über dem Kopf zu haben, im Regen am Nachmittag noch über die Alpen, nachts auf dieser Strada del Sole, die sich aussprach in ihm, die sich sang wie ein Italienschlager von René Carol, die Überwachungsorgane von Vaters Volkswagen leuchteten vorschriftsmäßig grün im Kontrollfeld seiner zuverlässigen Fahrerblicke, wurden ihm vertraut wie die schwach glimmende Skala des Graetz-Rundfunkempfängers, vor dem er in den Nachkriegsjahren mittwochs abends mit seinen Geschwistern gesessen hatte, dem Wunschkonzert lauschend. Die nah beisammenstehenden Vordersitze, der gleichbleibende Abstand von Fahrer und Beifahrerin zu den Armaturen, zu den elfenbeinfarbenen Knöpfen zum Herausziehen der Luftklappe, zum Ein- und Ausschalten des Lichts, zu diesem ovalen, leichtmetallgefaßten Grill, machten Fahrer und Beifahrerin, machten Margot und ihn zum Paar; eine Wohneinheit auf Rädern, ihr erstes Wohnzimmer, das durch eine südliche Nacht auf einer Strada del Sole rollte, die kein Gemisch von Mineralstoffen und Bitumen war; diese Nachtfahrt bereits brach sanft die Tabus; Unterwegssein und Nichtankommen wollte er bereits damals, halten einen Zustand, der ausrollte, Kilometer für Kilometer, sich abspulte, sich zu einem Ende rollte, einen Zustand, der die Nacht nicht überlebte.

»Wie sieht dein Büro aus?« unterbrach Margot seine

Gedankenreise. »Was siehst du, wenn du aus dem Fenster schaust?«

»Ich kann in den Fürstenpark sehen«, antwortete er.

»Das ist eine schöne Aussicht«, stellte sie fest.

Daß er von seinem Büro aus auch einen Blick auf das Gefängnis hatte, warum verschwieg er das?

In diesem großen, sentimentalen Zusammenhang eines Nord-Süd-Gefälles, Kolbstadt – Florenz, sah er heute in seinem Haus in der Eichendorffstraße plötzlich das runde Styling des Korbkinderwagens in Margots Altbauwohnung, die Entfremdung, die er beim Anblick der hohen Karosse empfunden hatte, war aufgehoben, über die vier Räder des Kinderwagens breiteten sich jetzt in einem sanften, glänzenden Schwung vier Flügel, Kotflügel, der Schutz ausgebreiteter Flügel, die bullige Zuverlässigkeit der Karosserie; ja, Schutz hatte sein Junge in diesem Wagen gesucht und gefunden; ahnungslos geschlummert oder mit den Brocken von Wörtern gespielt, ein Wortbrei in seiner feuchten Mundhöhle, mit dem er spielte, während sein Vater, der Assessor ohne Anstellung, las, sich hineinlas, hineindrang in diesen Theorieblock, gegen eine Angst anlas, die er nicht stellen konnte; die Angst, daß er gestellt würde, schon morgen könnte das passieren; in einem kleinen Kuvert, nicht von anderen zu unterscheiden, die in seinem Briefkasten steckten, Reparaturrechnungen, Auftragsbestätigungen, in einem unscheinbaren Kuvert könnte der Gestellungsbefehl verborgen sein, ein zusammengefalteter Befehl, den er ausklappte, um zur Kenntnis zu nehmen, daß ein Zeitalter zu Ende gegangen war für ihn.

Gelegentlich tauchte er aus diesen Texten, aus diesen Materialien auf, gelegentlich beruhigte er sich, der arbeitslose Volljurist, in einem Tagesbericht.

Frühsommer 70 – der Vormittag

Von ihr: nur die Stimme. Wenn sie mit der Katze spricht.

Sie verläßt die Wohnung. Er schließt die Fenster.

Er geht von Zimmer zu Zimmer, läßt die Jalousien herunter.

Er schätzt dieses gleichmäßige graue Licht.

Den Perpendikel der Wanduhr hält er an.

Er wickelt die Niere aus dem Papier. Er zerschneidet sie.

Er sitzt auf dem Steinboden der Küche. Er hört auf das helle kleine Schmatzen der Katze, die mit schnellem Biß das Fleisch aus dem Freßnapf reißt.

Er denkt daran, sie zwischen den Vorderpfoten zu fassen und hinüber ins Feld zu tragen, wo er sie aussetzt.

Er spielt Sekunden mit diesem Gedanken. Bevor er ihn verwirft.

Er hat das Radio entdeckt.

Er hört Nachrichten.

Stündliche Jagdberichte – Andreas Baader.

Er fragt nicht mehr, wie lange dauert das noch?

– der Nachmittag

Er nimmt Tabletten. Er hat Angst vor dem Telefon. Er liest einen letzten Brief laut. Er verläßt das Haus nicht. Er sucht die fremde Katze im Feld. Er spürt, daß es ihn nicht mehr so stark erreicht. Manchmal fühlt er sich frei und schaltet einen Fernsehfilm ab. Es dauert eine Weile, ehe er sich wahrnimmt. Über einen Mann mit Hut und Aktentasche denkt er, Assessor Kirsch, nach. Mit seiner Frau will er reden. Sie weiß nicht, ob sie das Auto wirklich möchte. Jeden Abend macht er mit den Tabletten Schluß. Er nimmt den roten Taschenspiegel und hält ihn vor den geöffneten Mund. Er liest unter »Verschiedenes« alles in der Tageszeitung. Er erholt sich ein bißchen dabei.

Und Rudi schlief, schlief, als wollte er nicht zu Bewußtsein kommen. Fast nie brauchte er in den Wagen zu schaukeln.

»Hast du für das Bild schon einen Platz gefunden?« fragte ihn Margot.

»Es steht noch im Keller«, antwortete er, »ich bin noch am Überlegen.«

Sebaks Kreis war in seinem Keller in der Eichendorffstraße in Kolbstadt. Wo aber war Sebak?

Die Katze Intercity kam in diesen Tagesberichten vor, Rudi erschien nicht in seinen Texten. Rudi hatte Intercity verdrängt mit seinen allergischen Reaktionen. Die Katze hatte ihn am Atmen gehindert. Ausgerechnet seine Nähe hatte sie gesucht, wann immer es ging. Sie lag mit ihm im Korbkinderwagen, er schaukelte beide, die Katze und seinen Sohn. Auch Intercity hatte ihn, auf einem Fensterbrett sitzend, erwartet, wenn er vom Postamt kam, wo er seine Bewerbungen aufgegeben hatte. Intercity teilte mit ihm das Schweigen an diesen langen Nachmittagen, die er lesend in der Wohnung verbrachte. Er hatte die Katze aus München im Auto mitgenommen. Sie war ihm nicht zugelaufen, sie war ihm geblieben. Vor den Wasserwerfern der Polizei hatte sich der Demonstrant Kirsch in Bahnhofsnähe in eine Baracke geflüchtet. Mit ihm war offensichtlich auch die Katze entkommen; sie saß mit nassem Fell vor einem Holzstoß. Sie machte keine Anstalten, sich zu putzen. Statt dessen blickte sie unentwegt auf ihn. Mit eingerissenen Ohren saß sie bewegungslos wie er, als wären sie außer Atem, beide. Friedfertig teilten sie sich das Versteck. Ihre Stachelbeeraugen schienen durchsichtig, und doch kam er ihnen nicht auf den Grund. Draußen donnerten die Züge vorbei; der TEE, der TransEurop-Express Intercity fuhr über eine eiserne Brücke, aus dem Barackenfenster sah er hoch auf den TEE, der wie ein langgezogenes Geschoß, wie ein Munitionskörper aus einem Lauf, aus dem Stahlbetonbogen der Brücke schoß; Intercity blinzelte nicht, aber die Spitzen ihrer Ohren, die eingerissen, eingerollt, diesen Namen nicht verdienten, sie zuckten, sie schrumpften zu dem Aussehen eines welk gewordenen Salatblattes, es hatte den Anschein, die Katze würde sich ducken, ducken vor diesem metallenen Geschoß, das als ein Knall, ein Schall die Luft durchschnitt. Etwas professionell Abgebrühtes war an diesem Tier, nicht zum ersten Mal wäre es auf der Flucht, naßgespritzt von den Wasserwerfern der Polizei, Jagen, Fliehen und Gejagtwerden wäre seine Profession. Er taufte das Tier auf Anhieb Intercity, noch bevor es trocken war. Räudig erschien ihm sein Fell. Keine Pralinenschachtelkatze, eine Einzelkämpferin, listig geworden, um zu überleben, wenn es die Situation erforderte, anpassungsbereit. Und dann, nachdem der Lärm des Polizeieinsatzes verklungen und der vorerst letzte Intercity durchgerauscht war, streckte sich die Katze, drückte sie das ganze Gewicht ihres federleichten Körpers nach vorne, gegen das sie sich mit ihren Vorderpfoten zugleich stemmte; sie kam auf ihn zu, von alleine, mit langsamen, raumgreifenden, vertrauensvollen Schritten, drehte eine nasse Pirouette um seine Beine; er ließ einen Arm nach ihr sinken, sie drückte ihren Kopf gegen seine Innenhand, er hielt gegen ihre naßkalte Stirn, sie rieb ihre eingerissenen Ohren genüßlich gegen seine Finger; er zog seinen Pullover aus und frottierte die Katze trocken. Später hatte er sie in seinen Armen, sie schnurrte; ihr Vertrauen rührte ihn, auch als Ausdruck ihrer List; sie waren übriggeblieben, beide, in krimineller Verschwisterung; sie würde ihm bleiben, das war ihm klar; er saß noch in dieser Baracke, in Bahnhofsnähe in München, sie lag noch in seinen Armen, als er begann, sie in einem inneren Monolog wort- und gefühlsreich bei Margot in Kolbstadt einzuführen. Am nächsten Tag fuhr er heim nach Kolbstadt. Sie war dabei.

Margot kam nochmals auf Sebaks Bild zu sprechen. »Du könntest es in deinem Büro aufhängen«, schlug sie ihm vor.

»Du willst es nicht hier haben, im Haus«, lächelte er.

»Wir haben doch gar keinen passenden Platz«, sagte sie.

»Das ist nicht das Problem. Der Kreis«, sagte er, »er gefällt dir nicht.«

Sie überlegte eine Weile, bevor sie ihm eine Antwort gab.

»Er beunruhigt mich«, gab sie zu.

Der Kreis schloß sich nicht. Linien liefen aufeinander zu, um sich im letzten Augenblick dann doch zu verfehlen. Liefen Sebak und er aufeinander zu? Hier in Kolbstadt? In diesem Augenblick? Waren sie drauf und dran, sich zu begegnen? Er sah auf Rudi und Margot. Wollte er, daß sie sich trafen, Sebak und er? Oder war es besser, sie würden sich verfehlen?

Noch im Sakko setzte er sich auf die Couch. Jetzt erst schien der Junge ihn zu sehen; seine Augen kündigten an, daß er endlich aus dem Sattel steigen würde. Der junge Herrenreiter glitt von dem Schaukelpferd, das herrenlos zurückblieb, wippend wie eine Flügeltür, durch die soeben jemand gegangen war, Roß ohne Reiter bewegte sich in seinem mechanisch schaukelnden Rhythmus, während der Reiter in einem jähen Entschluß, in einer Eile, die seine biologischen Möglichkeiten überforderte, auf ihn zurannte, die wenigen Meter zwischen Schaukelpferd und Couch durchstolperte, mit ausgebreiteten Armen vertraute Rudi sich ihm in einem Sturz an; er stürzte sich in seine Arme, die ihn, seinen Sohn, ausgebreitet empfingen: ein muskulöser, hampelnder Körper, unterteilt in

Gliedmaßen, die jedes für sich kraftvoll wippten. Und in jedem einzelnen dieser kurzen Wellenschläge des kleinen Körpers drückte sich aus, daß der Junge ihn erkannt hatte, daß er seinen Vater willkommen hieß, daß er ihn liebte, mit einer Plötzlichkeit, mit einer Vehemenz, die sein Ausdrucksvermögen, seine Kräfte überstieg. Er hielt seinen Sohn nicht zum ersten Mal. Doch zum ersten Mal, so schien es ihm, gab sein Sohn in seinen Armen, den Armen des Vaters, sich preis, in denen er ungestüm, in einer so unbeherrschten Freude zappelte, daß der feste, runde Körper aufgeschlagen wäre auf dem Parkett, hätte er den väterlichen Zugriff, die Umschließung auch nur für einen Augenblick gelockert. Diese unwillkürliche, unbeherrschte Selbstaufgabe des Sohnes enthielt das Vertrauen, daß er, der Vater, von nun an für ihn da wäre; daß er ihn schützte, auch dort, wo ihn Margots Arm nicht mehr erreichte. Mit dem Hinterkopf versetzte ihm Rudi einen Schlag gegen die Nase; einen Kopfstoß, der nicht von schlechten Eltern war; er nahm Zeit wie ein Boxer, ging in den Clinch, drückte seine Nase in Rudis Haar, milchbrotsüß roch das Haar seines Sohnes, er sog an dieser Milchbroterinnerung, in der der Semmelholer Christ seine Nase in das Tal der Rundungen dieses Bäckergebäcks steckte und den warmen Milchbrotduft einatmete; Christs Nase war warm von der Papiertüte, in der die restlichen neun Milchbrote für seine Eltern, für Dietmar, den Bruder, für seine Schwester Dagmar steckten; durch das Hemd hindurch wärmte die Papiertüte seine schmale Brust, gegen die gedrückt er die Samstagsfrühstücksmilchbrote hielt; spätestens in Höhe von Frau Zuckriegls Lebensmittelladen brach er eine Backe von dem Gebäck und aß sie auf seinem Weg bis zur Wohnungstür; die weiche Füllung haftete süß an seinem Gaumen; nach warmer Milch roch Rudi, nach frühem Samstagmorgen, sie steckten die Köpfe zusammen,

Vater und Sohn, sein Haar unzeitgemäß kurz wie das des Sohnes, vielleicht eine unbewußte Abkehr von seiner »Sebakzeit«; ein neues Bild böte sich Margot: das blonde Stoppelfeld der kurzgeschorenen Haare des Ehemannes und des gemeinsamen Sohnes. Er blickte auf, ohne die Umklammerung zu lockern. Sie stand über Rudi und ihm. Sie blickte zuerst auf das Bild, das sie ihr boten, dann auf ihn. Er hielt den Jungen. Sie lächelten, zur gleichen Zeit.

Die Stadt lag am Strom. Sie gingen an dem warmen Frühabend mit dem Jungen am Strom. Margot führte ihn an der Hand, er schob den Sportwagen. Mitten im Strom befand sich eine Insel. Sie hatten sie angeschwommen, Dietmar, und später auch er. Eine Mutprobe, die er bestanden hatte. Dietmar war sogar durch den Strudel geschwommen. Die Stelle, wo der Strom zwischen dem zweiten und dritten Brückenpfeiler einen gefährlichen Wirbel bildete, hieß bei den jugendlichen Mitschwimmern river of no return. Zwei Schwimmer waren nie mehr aufgetaucht. Dietmar war nicht untergegangen. Dietmar ging niemals unter. Es gab Fotografien von Dietmar und ihm. Jedes Kind der Familie Richard Kirsch hatte ein eigenes Album. Drei Alben, für Dagmar, Dietmar und ihn. Wo befand sich sein Album? Er würde für Rudi ein Album anlegen. Er würde Rudis Album auf der ersten Seite mit Margots Worten ›Wir sind eine kleine Familie‹ einleiten. Er würde Bilder von seiner kleinen Familie machen. Rudi am Fluß, Margot am Fluß, die beiden miteinander vor dem Hintergrund des Flusses. Er könnte den Selbstauslöser betätigen und schnell ins Bild laufen zu dem Foto: Eine kleine Familie am Fluß.

Was auf den Fotografien war, kehrte niemals wieder. Der Strom war ein Synonym, river of no return stand für mehr als für einen Film, in dem Marilyn Monroe die Hauptrolle spielte. Der Fluß fließt, schrieb Apollinaire, ich bleibe. Der Strom floß, und dennoch war der Fluß auf dem Foto nicht Change. Eine Fotografie in einem Familienalbum war das Gegenteil von Change. Die Schwarzweißfotografie, die seine Mutter zeigte, wie sie in der leeren Reichsstraße einen Korbkinderwagen schob, in dem Dagmar lag, das Foto, eingerahmt mit weißer Tusche, »Juni 1939«, in deutscher Schreibschrift darunter, war das Gegenteil von Change; man schaute auf diese gezackt gerahmte Fotografie, man suchte in ihr, man suchte mit einer Lupe Quadratzentimeter für Quadratzentimeter ab, der Augenblick, der auf der Fotografie da war, war unvergänglich, war immer, man schüttelte den Kopf, legte die Lupe weg und legte seine Stirn in die Stütze der Hand, bevor man die Lupe wieder aufnahm, um die Suche wieder aufzunehmen, die einsame, wehmütige Suche nach dem, was zusammengepreßt war in einem einzigen Nu, in einer hundertstel Sekunde, die schmerzvolle Suche, Schmerz fügte man sich zu, seine Mutter schob diesen Wagen mit seiner Schwester Dagmar niemals aus dem Bild, mit einer stärkeren Lupe wäre die Zeit abzulesen von der Postamtuhr, welche Stunde schlug ihnen, Maria und Dagmar, im Deutschen Reich, an diesem Junitag 1939 auf der leeren Reichsstraße? Man konnte in diese Bilder zurückgehen wie in Sebaks Briefe, dachte er; Zeit war in den Bildern und in den Briefen geschichtet. Er hatte einen Fotoapparat zu Hause, eine Spiegelreflexkamera mit mehreren Objektiven; irgendwo lag die Ausrüstung herum; sie war teuer gewesen, ein teures Geschenk seiner Schwiegermutter anläßlich Rudis Geburt, ein Geschenk ohne für ihn damals erkennbaren Anlaß; jetzt ging ihm ein Licht auf; warum hatte ihm seine Schwiegermutter nicht gesagt, daß sie wünschte, er würde Bilder von seiner Familie aufnehmen? Er hatte mit dem Gerät hantiert, probeweise einige Filme durchgeschossen; Dias, die in Papierrähmchen in einer schmalen, postgelben Plastikschachtel eine Woche später schon im Briefkasten lagen. Er hatte Talent; zumindest kam er mit der Technik zurecht.

Sie gingen die Uferpromenade den Fluß hinunter. Margot und er paßten sich Rudis kleinen Schritten an. Ein weißer Ausflugsdampfer fuhr stromaufwärts. Der Dampfer hieß Marc Aurel, wußte er; aus der Entfernung war der Name am Schanzkleid des Schiffes nicht zu erkennen. Der Ausflugsdampfer Marc Aurel kam auf seinem Ausflug durch die Geschichte Kolbstadts aus der Sicht der Familie Kirsch kaum wahrnehmbar gegen den Lauf des Stromes voran. An einem Montag im Vorsommer fuhr das Schiff auf seiner wohl letzten Tagesfahrt gewissermaßen mit halber Kraft. Kein Besatzungsmitglied an Bord spielte mehr um diese Zeit den geschichtskundigen wachhabenden Offizier im Bordjackett, der über Lautsprecher auf das Kultur- und Kunstinventar der »Schatzkammer der Vergangenheit« aufmerksam machte, eine Schatzkammer am Stadtvorhof gegenüberliegenden Ufer, wo sich die kleine Familie im Tempo der kleinen Schritte von Rudi Kirsch flußabwärts bewegte. Statt dessen begrüßte eine Stimme vom Band den »lieben Gast in Kolbstadt«. Es war dieselbe Stimme, die im Stadion des SSV Kolbstadt an den sonntäglichen Heimspielen der Ersten Mannschaft darauf hingewiesen hatte, daß »Carlson die ganze Familie kleidet«, und sich zu der Behauptung verstiegen hatte »mit Goggo-Mobil von der Donau bis zum Nil.« Das war nicht Change, das kam langsam oder überhaupt nicht voran. Ihm war es recht, war er doch dabei, die Bilder erst einmal aufzunehmen; was sich ruhig hielt, wurde nicht bewegungsunscharf auf seinem Film. Die Bordstimme duzte den Gast, »wir wissen nicht, ob Du mit der Bahn oder mit dem Auto gekommen bist«, sprach sie ihn an, »ganz gleich, ob es Frühling, Sommer, Herbst oder Winter ist bei

Deinem Besuch«, verriet sich die Stimme an diesem Frühlingsabend als Begrüßungskonserve, »halte Deinen Fotoapparat bereit.«

Es gab unzählige Fotografien von seiner Schwester Dagmar, von Mutter, von Dietmar am Strom. Dagmar, die, mit ellbogenlangen, weißen Handschuhen bekleidet, einen Kinderwagen hielt; Rosa herrschte in dieser Aufnahme vor; ein rosafarbenes Satinkleid, ein rosafarbenes Deckchen über den Wagen gebreitet, Mutter und Kind harmonierten, Herr und Dame legten in allen Fotografien Wert darauf zu harmonieren; als Dagmar den Kinderwagen am Ufer unter der alten steinernen Brücke hielt, hieß sie schon Dagmar Best; einige hundert Meter weiter stromaufwärts harmonierte auf einer anderen Fotografie Mutter mit Dagmar; auch auf diesem Bild hieß Dagmar nicht mehr Kirsch, sondern Best; als Dagmar Best trug sie einen braunen Nerzmantel. Seine Schwiegermutter wünschte sich Bilder, Bilder einer Familie, die harmonierte vor einem schönen Hintergrund. Schöne Hintergründe hatten heute Seltenheitswert, stellte er fest, als sie jetzt auf ihrem langsamen, von Rudis Schritten bestimmten Spaziergang die Uferstraße den Fluß hinunter Stadtvorhof erreichten: Ein Walzenwehr war in den Strom gestellt, grauer Beton. Neugierige standen in Gruppen auf dem schmalen Bedienungssteg und blickten hinab auf den malträtierten Fluß. Hier, in Stadtvorhof, wo er seine Kindheit verbracht hatte, würde er seine ersten Familienfotos schießen. Das nahm er sich vor. Eine Tradition nähme er hier auf; cin Bilderbuch aus schwarzem Tonpapier, Pergamentpapier zwischen den einzelnen Blättern, um die Bilder zu schützen, das Pergamentpapier würde knistern in Rudis kleinen Händen, die die schweren Blätter des Albums bewegten, ein Spinnwebenmuster breitete sich auf dem Pergamentpapier aus, auch ein Synonym, für die Jahre, die zwischen den einzelnen Fotografien lägen; die weiße Tusche in den Alben, die Dagmar, Dietmar und ihm gehörten, war schon lange nicht mehr radierfest; sie war abgebröckelt, erinnerte er sich, die Jahreszahlen verwischt, die Zeit verfiel in Vaters Alben. Er würde eine beständigere Schreiblösung wählen, »permanent« stand heute auf den Hülsen moderner Schreibgeräte.

»Die Vorstadt Kolbstadts Stadtvorhof war bis 1924 nicht eingemeindet. Sie war zu allen Zeiten bayerisches Gebiet und lag früher mit der Reichsstadt Kolbstadt fast ständig in Fehde«, schallte es, da der Wind gerade günstig stand, über den Strom. In Stadtvorhof war er geboren, »nicht eingemeindet«, »ständig in Fehde«, diese Worte hörte er, der Stadtvorhofer, am anderen Ufer gern.

Er kam mit dieser Kameraausrüstung zurecht. Man wechselte ein Objektiv gegen ein anderes aus und sah die Welt mit anderen Augen. Man drückte einen Entriegelungsknopf und trennte ein Objektiv, das die Wirklichkeit weitwinkelig sah, von dem Gehäuse, um ein Teleobjektiv, das weit in einem engen Winkel sah, aufzustecken. Er wollte Margot, seine Frau, in einem engen Winkel sehen vor einem unwirklichen, schönen Hintergrund. Dort, wo sie mit Fahrrädern über eine schaukelnde Hängebrücke gefahren waren, stellte sich nun dieses Wehr dem Fluß in seinen Lauf. Er erinnerte sich an das Vibrieren des Kabelstrangs in seiner Knabenhand, wenn er sich mit seinem Rad gegen die Hängeseile gedrückt hatte, um einem Auto Platz zu machen. Er wollte Margot und seinen Sohn Rudi in seinen Bildern abheben von einer Wirklichkeit, die aus Walzenwehren, Silos, Autobahnbrücken bestand. Er schnitte mit einem Teleobjektiv Teile aus ihr, die zu Margot und Rudi paßten. Er öffnete die Blende, damit das, was störte, unscharf wurde und zu einem Farbfleck verschwamm, vor dem seine Familie posierte. Es wäre eine

Manipulation, in Gegenwartsbildern den häßlichen Hintergrund verschwimmen zu lassen. Ein Bruch mit dem dialektischen Prinzip. Er war sich dessen bewußt.

»Hier«, sagte er unvermittelt zu ihr, »werde ich ein Bild von dir machen.«

»Hier?« fragte sie erstaunt und sah sich zum Wehr um.

»Nur eine Frage der Technik«, sagte er. »Eine Frage der Brennweite und Blende.«

»Aber du hast den Apparat bisher kaum benutzt.«

»Ich habe mich mit seinen technischen Funktionen vertraut gemacht«, antwortete er sachlich. »Komm!« forderte er sie auf, er drängte sie nahe ans Wasser. »Hier, genau hier, werde ich dich ins Bild setzen.«

Er formte Daumen und Zeigefinger zu einem engen Durchblick. Mit zusammengekniffenen Augen bewegte er den Fingerkreis auf dem Hintergrund des Flusses und der Staustufe. »Das Windwerkshaus schneiden wir weg.«

Sie nahm den Jungen wieder an die Hand. Das Zoom, das zu dieser Ausrüstung gehörte, war eine Schere, um beliebige Bilder aus der Umgebung zu schneiden. Wenn das Windwerkshaus nicht in das Bild seiner Familie paßte, fiele es dieser Schere zum Opfer. In den Bildern, mit denen er die Tradition der Familienfotografie seines Vaters aufnähme, wären Margot und Rudi an Orten, die nur auf den Bildern existierten. Sie stünden am Fluß gegenüber Stadtvorhof, das bei offener Blende, wie in der Gebrauchsanweisung bildhaft demonstriert wurde, ein verschwommener Farbfleck wäre mit milden, versöhnlichen Ansätzen einer vertrauten Architektur, einem Stadtbild, mit dem Ansichtskarten auch heute noch für Kolbstadt warben, sie posierten gegenüber einem Stadtvorhof, das es in seiner Kindheit zwar noch gegeben hatte, das zum Aufnahmezeitpunkt aber nur eine optische Täuschung auf einem Papierabzug war. Er schüfe eine willkürliche heile Welt für seine Familie. Sie befänden sich, Margot und Rudi, dem von ihm wiederhergestellten unversehrten Stadtvorhof seiner Kindheit gegenüber. Die Stadtwunden des Jahres 1972 wären verheilt in Rudis Fotoalbum.

Er wollte seine kleine Familie absetzen von einer Welt, die er dabei wäre zu verlassen. Margot und Rudi, sie sollten sich nicht schmutzig machen an ihr. Es war eine seltsame Sehnsucht, die ihn befallen hatte, für die er plötzlich empfänglich war, wie ein Weichzeichner trübte sie, was er sah, jetzt, im Mai 1972, und was er zu sehen befürchtete auf eine lange Sicht; von einem höher gelegenen Standpunkt aus sah er auf Margot, Rudi und sich. Aus dieser Perspektive hatte er an manchen Morgen aus dem Fenster seines Zimmers in München in die Geierstraße geblickt; lange, müde Blicke, die wässerig wurden, weil er kaum blinzelte, aus der Höhe des fünften Stockwerks sah er hinunter, die Aggression des frühen, lärmenden Morgens zerfiel auf seinen tränenbenetzten Augen in flache, glänzende Partikel, die sich emsig und stumm auf der Bahn der Geierstraße bewegten, hin und her, auf und ab, ohne die Chance, aus dieser Einbahn herauszukommen, ohne Hoffnung auf Flucht. Mäßig interessiert sah er aus dem Fenster; er glaubte, die Nacht nicht geschlafen zu haben; doch diese Müdigkeit, in der er nach dem Erwachen nur in einer großen Anstrengung an den Tag herangekommen war, war nun einer wohligen Erschöpfung gewichen; einem Zustand, den er schließlich akzeptierte, der Tag wäre verloren, sowieso; er war ein Aussteiger, für den Rest dieses Tages, der gleichgültig, mäßig, gleichmäßig, am Tagesgeschehen als Beobachter teilnahm; der leidenschaftslos registrierte, wie um ihn herum eine Welt kaputtgemacht wurde. Er war zu müde gewesen an solchen Morgen in München, als daß es ihn gestört hätte.

Das Familienalbum der Familie Christian Kirsch begänne im Jahre 1972, im Jahr seiner Rückkehr nach Kolbstadt. Bereits der Knabe Christ Kirsch hatte sich für Bilder interessiert, unwirkliche Bilder, Illustrationen zu den Romanen Karl Mays. Christ hatte die Bilder gesammelt. In einem Zigarrenkistchen hatte er sie aufbewahrt, ein von einem Gummiring zusammengehaltener Pack, den er geschickt mit dem Daumen aufblätterte, ein trockenes Knistern, und sein stolzer Besitz, die farbigen, abenteuerlichen Motive liefen ihm über den Finger, ein buntes Flimmern, bei dem seine Schwester Dagmar wegsehen mußte, weil ihr die Augen schmerzten. Natürlich ließe die Geschichte von Margot, Rudi und ihm sich nicht in Bildern erzählen; aber Bilder führten Rudi Jahrzehnte später einmal vielleicht zu Margot und ihm zurück.

Der Ausflugsdampfer war jetzt so nahe, daß er glaubte, vom Bug Marc Aurel ablesen zu können. In seinem Kopf fügten sich die roten Buchstaben auf weißgestrichenem Grund zu dem Namen des römischen Kaisers, dem Kolbstadt soviel verdankte. Aber vielleicht, philosophierte er beim Anblick des Schiffes, las man immer nur das, was man sowieso schon wußte. Noch immer lief die kleine Begrüßungsrede mit gleichbleibender Freundlichkeit vom Band, »ob Du lieber im lebendigen Stadtgetriebe bist oder lieber in der Stille einer Kirche, eines Museums«, versuchte der höfliche Gastgeber, jedem Besucher gerecht zu werden, »ob Du lieber romanische Steinbildwerke und Fresken bewunderst oder lieber angesichts des rauschenden Stroms und der steinernen Brücke Bratwürstel schnabulierst«, biederte sich die Tonbandstimme an, »wie dem auch sei: Du sollst und wirst an Kolbstadt Freude haben und Kolbstadt und seine Geschichte liebgewinnen«, das klang apodiktisch, ließ keine Widerrede aufkommen, das nahm jeden einzelnen Gast von Kolbstadt in eine strenge Pflicht.

Er selbst kehrte zu seiner Geschichte zurück, der der Familie Kirsch, während der Bug der Marc Aurel den Fluß teilte; in kleinen Wellen schwappte jetzt Wasser gegen das Ufer.

Wenn er an seine Schwester Dagmar dachte, dachte er an eine bestimmte Fotografie seiner Schwester Dagmar. Sie hatte sich in einer goldgerahmten Halterung am Armaturenbrett der Borgward Isabella von Roman Best befunden. Sie zeigte seine Schwester, wie sie niemals gewesen war: Seine Schwester Dagmar war ein Motiv in einem weißen Kleid, über das rote Blüten verteilt waren, schwere Blüten blühten auf ihrem ärmellosen Kleid. Sie war ein Sommermotiv, seine Schwester, sie war nicht die ältere Schwester, die an Mutters Statt, die auf Kur im Schwarzwald weilte, in der Küche stand, eine Pfanne am Stielgriff hielt und bewegte, damit die Fleischpflanzl in dem Biskin hin- und herrutschten; sie war auch nicht Dietmars Schwester, der an Vaters Statt in der Küche eine Zigarette rauchte und in einer Meisterschaft, die wohl auch Vater nicht beherrschte, den Rauch in Kringeln in die vom Fleischpflanzlduft gesättigte Küchenluft blies, wobei Dietmar Dagmar nicht aus den Augen ließ; mit zusammengekniffenen Augen beobachtete er wohlgefällig, wie sie an Mutters Statt die sechs Pflanzl mit einer Gabel anstupste, herumwarf, so daß sie auf den Rücken fielen, knusprige, braune, fleischige Käfer; obwohl sie zum Wenden eine Gabel benutzte, riß sie mit den Zinken der Gabel die weiche Fleischmasse nie auf; kritisch und wohlgefällig zugleich beobachtete sein großer Bruder durch die kreisrunden Rauchkringel hindurch, die er stoßweise ausblies, seine große Schwester, die wie Mutter bei der Küchenarbeit schwieg, die sich mit drohendem Schweigen umgab. Das Sommermotiv am Armaturenbrett der Borgward Isabella war zarter gewesen als seine Schwester Dagmar, die eine schwere Eisenpfanne über dem Gas mühelos am Stiel bewegen konnte; gegen blaugrüne Berge, gegen einen blauen Himmel setzte sich seine mit roten Blüten besetzte Schwester ab; in einem goldenen Rahmen blickte sie 1955 auf die luxuriöse Innenausstattung der Borgward Isabella. Wer war sie wirklich, heute im Mai 1972? Dagmar Best? Oder war sie insgeheim, ohne Wissen, ohne Billigung ihres Mannes, Roman Best, Dagmar Kirsch geblieben? Auch sie, die Schwester, die immer erwachsener gewesen war als er, soweit er zurückdachte, hatte er aus den Augen verloren, aus seinem engen Blickfeld, das sich reduziert hatte die letzten eineinhalb Jahre, in törichter Hypnose, allein auf seinen Feind Schindler.

An der Reling der Marc Aurel stand eine kleine Gruppe von Passagieren. Sie zückten ihre Fotoapparate, sobald die Tonbandstimme ihren Redefluß verlangsamte und nebensächliche Wörter schulmeisterlich in die Länge dehnte. Auf diese Weise kündigte der mechanische Fremdenführer eine Kolbstädter Sehenswürdigkeit an, der sich das Schiff gerade näherte, und wies die fotografierenden Gäste der Stadt diskret auf ihre Pflicht hin, ihre Erinnerungen an Kolbstadt zu dokumentieren.

Nein, er lächelte nicht mehr über Roman Best und seine goldgerahmte Fotografie. Auch er wollte eine Fotografie von seiner Frau. Sie sollte Margot Kirsch zeigen als junge Ehefrau und stolze Mutter. Seit seiner Rückkehr nach Kolbstadt beschäftigte er sich wieder mit seiner Familie, die nicht nur aus Margot, Rudi und ihm bestand. Seine Schwester Dagmar war jetzt wieder ganz in seiner Nähe. Sie war mit Roman verheiratet, zweimal war sie Mutter geworden; während seiner Referendarzeit in den Jahren 1967 bis 1969 in Kolbstadt hatte er sie gelegentlich besucht. Besuche, bei denen er »kleine Aufmerksamkeiten« aushändigte, an die Kinder, an Roman, an sie, die zeigten, daß er ihre Geburtstage nicht vergessen hatte; am Tag der Erstkommunion, zu Weihnachten war er der Onkel, Margot die Tante. Sie war aus ihren kleinbürgerlichen Verhältnissen ausgestiegen, seine Schwester, wie aus einer Straßenbahn, so sah er das noch vor wenigen Wochen. Sie war aus dieser Stadtvorhofer Straßenbahn ausgestiegen, um in die Borgward Isabella zu steigen, wo bereits ihre Fotografie als Sommermotiv den Armaturenträger des tollen Wagens schmückte. Dabei war er selbst als Jugendlicher vernarrt in Motoren gewesen, ein heimlicher Liebhaber eleganter Limousinen, ein eifriger Sammler der Motor Revue, der Autonarr Christ Kirsch hortete Kataloge. Die weichen, fließenden Linien der Isabella bekundeten eine begnadete Hand. Auch unschöne Wagen, meinte der Texter, der das Auto mit »Isabella« ansprach, vertraut, wie eine schöne Frau, die er nicht nur verehrte, auch unschöne Wagen, meinte er, täten ihre Pflicht. Aber wenn sie da sei, die Schönheit, um mit unnachahmlicher Grazie alle technischen Vorzüge und Leistungen zu umkleiden, dann stiegen Fahrer und Fahrzeug im eigenen und im Bewußtsein anderer um Stufen höher. So wie sich die Isabella mit ihrer strömungsgünstigen Form zur Gespielin des Windes machte, so machte sich Dagmar mit ihren begehrenswerten Formen, die selbst er, der kleine Bruder, nicht übersehen konnte, zur Gespielin von Roman Best, malte er sich eifersüchtig aus. Durchaus nicht frei von Eitelkeit, wußte die Isabella mit Chrom dezent umzugehen, wie eine Dame mit Rouge. Seine Schwester, die die Bratpfanne aus der Hand gelegt hatte, war eine Dame plötzlich. Eine Vorstellung, die ihn irritierte, den frischgebackenen Oberschüler aus Stadtvorhof, der Angst hatte, nun auch noch die Ersatzmutter zu verlieren, die ihm die Schwester bedeutete in Zeiten, in denen Mutter auf Kur war, im Schwarzwald, wo sie vor einem schöngebauten Haus, zu dessen großen Balkonen wilder Wein hochwuchs, in einem Liegestuhl im Freien lag; wo sie ein Frühstückstablett mit Kännchen und einem Eierbecher sogar in Bauchhöhe über einer Decke, die man ihr über die Beine gebreitet hatte, hielt; wo sie lachte, aus vollem Herzen, obwohl sie im Krankenstand war; wo sie, auf Kur im Sommer 1951, zu einer Dame wurde, heimlich, ohne Wissen der Familie; Mutter und Dagmar verwandelten sich zu Damen beim Verlassen der Küche; Mutter hatte sich, wieder in Kolbstadt, rasch zurückverwandelt im Oktober desselben Jahres. Welchen Weg hatte die Borgward Isabella eingeschlagen mit Roman Best am Steuer, dem souveränen Lenker, mit Dagmar auf dem Beifahrersitz? Dagmar in der Isabella, in der ihre Fotografie aus teurer Halterung auf die zahlreichen Extras der Innenausstattung sah. Einen falschen Weg hatte er ihr vorgeworfen; sie führe in die falsche Richtung, seit sie ausgestiegen war aus der Straßenbahn, seit sie eingestiegen war in diese leichtgängige, selbsttätige, gehorsame, erschütterungsfreie, bergfreudige, willfährige Isabella, auf die auch er, Christ, heimlich ein Auge geworfen hatte; es war keine Fremde, Roman Bests Isabella, sie kannten sich aus dem Borgward Ausstellungs-Kurier, weltbewährt-weltbegehrt; eine platonische Liebe, die er mit keinem Wort gegenüber Roman Best erwähnte, der, wie er als Fachmann gern zugab, das Fahrzeug traumhaft sicher führte; Roman litt nicht an »Gelbsucht«, worin er sich von seinem Bruder Dietmar unterschied, der als Gelbsüchtiger bei Gelb mit Vollgas über jede Kreuzung raste; Roman war kein Bummler, kein Raser, er war auch kein Schneider, der mit überhöhter Geschwindigkeit den Vordermann überholte, ihm blinkend oder winkend den Weg schnitt, um dann sogleich in eine Seitenstraße abzubiegen. Als Fahrer der Isabella war Roman Best konzentriert, umsichtig, jederzeit beherrscht und höflich. Als Freund seiner großen Schwester aber war ihm Roman nicht willkommen. Er hatte auf dem Rücksitz Platz genommen, Dagmar vor ihm in diesem ärmellosen Sommerkleid, auf dem das ganze Jahr über rote Blüten blühten. Er saß schräg versetzt hinter ihr, und wenn sie sich in ihr Haar griff, um ihre Frisur mit den Fingerkuppen prüfend abzutätscheln, sah er im Rückspiegel erschrocken, daß das schwarze Achselhaar seiner großen Schwester schweißnaß glänzte. Eifersüchtig suchte er im Spiegel die Augen von Roman Best, der tatsächlich beherrscht war, auch in dieser ihm, dem Bruder, peinlichen Situation, beherrscht zu jeder Zeit am Steuer, Roman Best, dessen Umsicht allein der Straße galt. Hatte sich seine Schwester unsicher gefühlt? fragte er sich jetzt, nach siebzehn Jahren, weil sie mehrmals den Sitz ihrer Frisur mit ihren Händen kontrolliert hatte? War sie ihrer Sache nicht sicher gewesen? Was war ihre Sache gewesen? Sie hatten ihn, den kleinen fußballvernarrten Bruder, mitgenommen zum Clubgelände, zu den Ausscheidungskämpfen eines Turniers, bei dem Roman einen Titel zu verteidigen hatte; auch Dagmar hatte angefangen, Tennis zu spielen in diesem Club; gegen eine Aufnahmegebühr, die sich auf das Gehalt eines Vertragsspielers belief, die ausmachte, was zum Beispiel Pit Adam in einem Monat für Fußballspielen beim SSV Kolbstadt verdiente, bei dem auch er spielte, in der Schülermannschaft, der allerersten Nachwuchsgarnitur. Hatten sie ihn mitgenommen, um ihn zum weißen Sport zu bekehren? Um ihn eines Besseren als Fußball zu belehren? Zwei Tennisschläger lagen neben ihm auf dem Rücksitz, über einen der Schlägerköpfe war Roman Bests Sakko achtlos geworfen, das Seidenfutter nach außen gewendet, ein mattes Etikett, das gegen das dunkelrote Seidenfutter rosa kontrastierte, war eingenäht, es trug die Aufschrift »Modehaus Best«, umrandet von phantasievollen Ornamenten. Die Schlägergriffe glänzten wie die Schlafzimmermöbel seiner Eltern in der Simmernstraße, in feiner Schrift stand das Wort »Professional« aufrecht in Druckbuchstaben; »For Championship Play« in schön geschwungener Schrift geschrieben; auf der Oberfläche des Schlägergriffs wurde »Perfect Balance« versprochen; eine Waage unter dem Schriftbild, bei der die beiden Waagschalen auf gleicher Höhe standen, illustrierte dieses Versprechen. Der Schlägergriff paßte tatsächlich in die Hand seiner Schwester, gehorsam fügte er sich dem Griff dieser Hand, die an anderen Tagen resolut Mutters Pfanne hielt. Dagmar hatte mit einer jungen Frau trainiert, während Roman sich auf dem Center Court mühelos qualifiziert hatte. Er ging gespielt gleichgültig die Wege zwischen den Plätzen und fühlte sich ausgeschlossen. Das dumpfe Trommeln der weißen Filzbälle um ihn herum auf dem roten Sand kam ihm vor wie das ängstliche Klopfen seines Herzens. Das war sie also, die feine Gesellschaft, die sich erkannte, auf einen ersten Blick, selbst in ihren teuren Automobilen, die sich auf belebter Autobahn oder auf einsamer Landstraße begegneten; ein kurzes Hupzeichen, ein knapp gewinkter Gruß, eine im 100-km-Tempo empfundene Übereinstimmung der Gedanken: »Wir kennen unsere Isabella und schätzen sie und wissen, warum!« Hier war sie, die feine Gesellschaft, und wußte, warum.

Der Ausflugsdampfer näherte sich langsam der Schleuse. »Die Stadtgeschichte darfst Du ruhig einmal statt der ›Mittelbayerischen Nachrichten‹ durchlesen«, erlaubte sich der unsichtbare Fremdenführer einen Spaß. »Sie ist nämlich eine 2000jährige Weltzeitung«, fand er einen effektvollen vorläufigen Schluß.

Tennis: Man stand auf beiden Seiten eines Netzes und krümmte sich kein Haar. Man schlug in einer weit ausholenden, lächerlichen Bewegung mit einem lackierten

Möbelstück gegen eine weiße Filzkugel. Auf zwei Spieler paßte ein Schiedsrichter auf, der wie ein Jäger auf einem Hochstand saß. Er verstand den Aufwand nicht. Er wollte dieses Spiel nicht verstehen. Er wollte auch seine Schwester nicht verstehen, die an den Abenden in ihrem Zimmer die gelackten Holzteile ihres Rackets »For Championship Play« mit einem Staubtuch, mit dem Mutter die »Kirsche« des Elternschlafzimmers polierte, auf Hochglanz brachte. Auf den Filz malte sie mit ihrem Nagellack ein »D«, pedantisch zupfte sie an den winzigen Fasern, die durch den Abrieb beim Spielen von der Bespannung des Schlägers sprießten. Er fühlte sich unwohl zwischen diesen roten Courts, all den weißgekleideten Menschen. Eine Woche später nahm er Rache, als Roman sich in sein Spiel einmischte. »Ist diese Kugel nicht eine Nummer zu groß für dich?« spielte Roman auf die Größe des Fußballs, den er im Hof gegen die Hausmauer schoß, und auf die Größe seines Körpers an, der sich im Schultheater zu Elfen, zu Pagen verwandelte. Er wies Roman Best den Platz des Torhüters an zwischen den weißen Kreidestrichen, die er auf dem Steinboden des Hofs täglich neu zog. »Dir steht ein Turniersportler gegenüber«, erinnerte ihn Best überheblich an den Besuch des Clubgeländes, wohin sie ihn entführt hatten; eine Spazierfahrt, eine Probefahrt in der Isabella, hatten sie ihm versprochen; von einem Zwangsaufenthalt im Reich des weißen Sports, zu dem er keinen Zugang suchte, war nicht die Rede gewesen. »Sie müssen in Stellung gehen«, warnte er den Tennisspieler noch. Er warnte ihn vor einer in vielen Fußballschlachten hart gewordenen Lederkugel, die größer noch war als die Köpfe der rüden Spieler des VFR, die sich mit schwerverständlichen polnischen Namen riefen. »Sie müssen in Stellung gehen«, wiederholte er leise und blickte zu einem letzten drohenden Hinweis darauf, daß dieses von ihm in Gang gesetzte Elfmeter-Zeremoniell in der Verwandlung des Schusses zum Treffer seinen siegreichen Abschluß fände, hinunter auf seinen Schußfuß, den er warnend in den Knöchelgelenken drehte. Roman Best erkannte im Hof der Simmernstraße nicht, daß die Uhr für ihn abgelaufen war, als er, der Schütze Christ Kirsch, anlief zu einem Schuß, der unhaltbar war für Roman Best. Das Regelbuch des weißen Sports war nicht für den Hinterhof der Simmernstraße geschrieben; hier wurde vollstreckt nach den rauhen Regeln des Volkssports Fußball. In den Oberligastadien, in die er eines Tages einlaufen würde, entsetzte sich kein handverlesenes Publikum. Er lief an, schoß, vollstreckte. Hatte er nicht zwei Fliegen mit einer Klappe getroffen? fragte er sich später. Aber war es fair, daß er den Treffer über den Umweg des Torhüters erzielte, der nicht nur das Tor hätte hüten sollen, sondern vor allem sich selbst vor dem rachsüchtigen Elfmeterschützen, dem zornigen Bruder? Er hatte damit auch Dagmar getroffen, die Roman Best auf seinem Weg zur Borgward Isabella, die vor ihrem Mietshaus in der Simmernstraße geparkt stand, stützte. Roman Best war bleich im Gesicht und hielt sich sein Handgelenk. Schweigend saßen sie nebeneinander in der Isabella, Roman Best, der Turniersportler, und seine reizvolle Schwester.

Auf dem Steg des Wehrs lehnte sich die Gruppe der Spaziergänger nun über das Geländer und sah auf die Passagiere der Marc Aurel hinab, die mit ihrem Dampfer in der Schleusenkammer eingeschlossen waren. Vom Deck aus blickten die Gäste Kolbstadts den Schacht hoch zu den Neugierigen, die von oben auf sie herunterschauten. Eine Person oben auf dem Wehr richtete plötzlich das Objektiv ihres Fotoapparats auf die in der Schleusenkammer vorübergehend Arretierten, worauf einer der Passagiere seinerseits sein Teleobjektiv wie ein Zielfernrohr nach oben hielt. Vom Ufer sah das aus, als würden die beiden Personen stellvertretend für ihre Gruppen über den Höhenunterschied hinweg aufeinander schießen.

Jahre später setzte sich diese Aggressivität auf einer für ihn höheren Stufe fort, einer Bewußtseinsstufe, die nur er in der Familie erklommen hatte, die er nicht mit seiner Schwester Dagmar Best und einem Roman Best teilte. Wenn er die abgeklärten, leidenschaftslosen Standpunkte seiner Schwester Dagmar zur Kenntnis nahm, so lebte diese pseudoliberale, spätkapitalistische Gesinnung einer Dagmar Best in einem falschen Körper, brachte er es unerbittlich auf den Punkt, konnte er doch nicht vergessen, wie sie in der Simmernstraße an Mutters Statt in der Küche der Familie Kirsch sich schweigend zwischen Herd, Tisch und Büfett bewegt hatte. Er studierte bereits in München, pendelte zwischen Universität und dieser »Bewußtseinsfabrik«, Professoren vermittelten tagsüber ein Wissen, das sie später als junge, anpassungsbereite Akademiker in gesellschaftliche Verwertungszusammenhänge einbringen sollten, von denen wenige privilegierte Ausbeuter profitierten, Produktionsverhältnisse, die er und seine Genossen in langen Nachtsitzungen als menschenunwürdig demaskierten. Semester für Semester schärfte er dieses Bewußtsein und wurde gröber zu ihr, der Unternehmersgattin, die die Familie Kirsch, ja eine Klasse verriet, intolerant mußte er sein, die Kritik der Reinen Toleranz war schon gelesen.

Er war diesen Familiengründungs-Unternehmen um sich herum mit Skepsis, ja mit Spott begegnet. Sie gaben ihr Leben stückweise auf, seine Schwester Dagmar, die Kollegen auf Widerruf, die Mitschüler, die Lehrer geworden waren und deren Glück sich nun darin erfüllte, daß sie Lehrerinnen heirateten, die nach ihrer Verbeamtung Kinder bekamen. Das Leben, das sie gern geführt hätten, schnallten sie als beschwerende Erwartung auf die Rücken ihrer Abkömmlinge, die sie als Last- und Hoffnungsträger in diese Ellbogengesellschaft hinausjagten. Auf die Plätze! Fertig! Los! Das Kommando war ausgegeben. Kaum einer der Stellvertreter erreichte das Ziel. Von vorneherein standen die Veranstalter dieser Rennen auch als die Sieger fest. Die Vereinzelung von Arbeitern und Angestellten in gegeneinander konkurrierende Individuen, die, an unsichtbaren Schnüren gezogen, sich emsig vor und zurück, aber nicht von der Stelle bewegten, liquidierte ihre gesellschaftliche, systemüberwindende Kraft, das hatte System in diesem System, konstatierte er verbittert.

»Ich glaube, der Junge will nach Hause«, sagte Margot. Sah sie ihm an, daß er in seinen Gedanken nicht bei ihr und Rudi war? Er war weit zurückgegangen auf ihrem ersten Familienspaziergang auf dieser Uferstraße.

Am 27. November 1967 hatte er Margot geheiratet. Am 2. Januar 1970 kam Rudi zur Welt. Er war Junggeselle geblieben, als Ehemann, als Familienvater. Junggeselle war er gewesen, noch vor wenigen Tagen.

Er hatte in München in diesem Chemiekonzern soviel Last gespürt, daß er die Last der Verantwortung, die er für seine Familie in Kolbstadt trug, nicht wahrgenommen hatte. Eine Last, die doch leicht zu tragen gewesen wäre, weil sich nicht fremde Stimmen an ihn richteten, um ihm fremde Pflichten für fremde Interessen aufzutragen. Er sah auf Margot, seine Frau, er sah auf seinen Sohn, den Matrosen, den Herrenreiter, der sich vor einer Stunde vertrauensvoll in seine ausgebreiteten Arme gestürzt hatte. Die Woche hatte gut angefangen in Kolbstadt, und wenn er sachlich adäquat auf die Herausforderungen dieser Justiz reagierte, setzte sie sich gut fort.

Rudis kleine Schritte wurden kleiner. Mit einem Taschentuch, das sie aus ihrer engen Kostümjacke zog, tupfte Margot dem Jungen unter die Nase. Sie ging in die Hocke und schloß Rudi in ihre Arme. Sacht hob sie ihn an, für Augenblicke baumelten seine in gelben Lederschuhen steckenden Kinderfüße entschlußlos über dem Pflaster der Uferpromenade, bevor sie sich bereitwillig in den Sportwagen senkten. Der Spaziergänger Christian Kirsch blätterte weiter in dem Album der Familie Richard Kirsch. Betrachtete er seine Beziehung zu seiner Schwester Dagmar, war nicht zu übersehen, daß er dazu geneigt hatte, in jedem Detail das Ganze zu erblicken. Die ganze Schuld lud seine Schwester auf sich, weil sie sich einließ mit dem Sohn dieses Artur Best, der im Dritten Reich Schuld auf sich geladen hatte. Was nicht geklärt war in allen Einzelheiten. Aber alle Einzelheiten, die um die Person dieses Kolbstädter Modefürsten Artur Best als Gerücht kursierten, ließen sich nicht abtun als verleumderische Erfindungen. Etwas war wahr daran, sagte ausgerechnet er, der angehende Jurist; in dubio pro reo war zwar ein hohes rechtsstaatliches Prinzip, aber prämierte er nicht mit dessen Anwendung die wirtschaftliche Macht dieses Best, seinen gesellschaftlichen Einfluß, mit dessen Hilfe er die Tatspuren verwischte? Ginge er nicht als dogmatischer Jurist einer Doppelstrategie auf den Leim, die das Recht zuerst brach und dann die Prinzipien dieses Rechts und seine Verfahrensordnung benutzte, um unter Berufung auf Rechtsstaatlichkeit – im Zweifelsfalle für den Angeklagten – Ankläger und Richter ins Unrecht zu setzen? Es gab einige Anwälte auch in Kolbstadt mit dem Format, dieses Geschäft zu besorgen. Der alte Best hatte das Geld, die Rahmensätze einer Bundesrechtsanwaltsgebührenordnung zu negieren. Er verfügte über die Mittel, ein freies Honorar zu vereinbaren, das sich orientierte daran, daß er, Chef eines Modehauses, tatsächlich in Freiheit bliebe.

Der Jurastudent Kirsch bewegte sich in einem Feld von Spekulationen. Aber wenn er Artur Best der Doppelstrategie bezichtigte, wußte er, wovon er sprach. Doppelstrategie war eine Kampfformel auch der »Neuen Kritik«. Die Grundsätze des Rechts, das man brach, mißbrauchte man ein zweites Mal, indem man sie zu seiner Verteidigung benutzte. Die Strafverfahren gegen seine Genossen in München verrieten dieses Verteidigungskonzept.

Der systemkritische Student, der noch immer eifersüchtige Bruder, war ein Meister des Details, der beispielhaften Überhöhung, jeder beliebigen Einzelheit verschaffte er mit seiner Sehergabe das Format eines Prinzips. Seine arme Schwester Dagmar, der er nicht konzedierte, daß sie Mutters Bratpfanne aus der Hand legte. Sie stieg in einen Wagen der gehobenen Mittelklasse, und er sah schon nach den ersten hundert Metern, welchen Weg sie, eingeschlossen in diesem Fahrzeug, gefangen in diesem Käfig aus Lack und Chrom, eingeschlagen hatte, für immer.

Er biß sich schnell fest; ein Fuchs auch er, festgebissen in dem weichen Kragen der feinen Gesellschaft. Er verrannte sich leicht. Dieses Talent teilte er mit seinem Vater. Beide rannten sie unentwegt hinter etwas her, um es zur Strecke zu bringen, dabei verrannten sie sich und wurden zur Strecke gebracht. Eine Wahrheit wollten sie einholen. Er hatte sich 1963, Schüler noch, in demselben Wald verirrt, in dem auch Vater damals noch immer jagte. Im Wald der Deutschen jagten sie, zwei einsame, anachronistische Jäger. Was immer sie zur Strecke brächten, der Lärm, den sie verursachten dabei, störte. Das allgemeine Thema hieß »Es geht vorwärts in Deutschland« und »Wohlstand für alle«. Vater aber beharrte auf seinem Thema, dickköpfig, unbelehrbar; noch 1963 suchte er die Schuldigen von gestern, die nach Vaters Worten die Unbelehrbaren von heute waren. In den fünfziger Jahren hielt er seinem Chef den Spiegel vor und fand sich wieder, arbeitslos, auf der Straße. Er, der Oberschüler, nahm Vaters Thema auf, 1963 im Abitur, wo er sich im Deutschaufsatz zwischen »Der Prozeß von Jerusalem« und »Wer möchte nicht den Wald der Deutschen lieben!« wahlweise entscheiden durfte. Er entschied sich für den Eichmannprozeß. Die Männer von heute, schrieb er großsprecherisch, waren die Männer von gestern. Gern hätte er hinzugefügt, daß damit sein Vater nichts zu tun hatte. Daß er zweimal eine Zeche bezahlt hatte, die nicht die seine war. Sein Vater, den sie erst feuerten, weil er sich nicht mit den Nazis arrangierte, und dann, nach dem Krieg, weil er die alten Nazis, die schon wieder seine Vorgesetzten waren, an ihre Nazivergangenheit erinnerte. Und weil er sich an das Erfolgsrezept dieses neuen Deutschland hielt, das lautete: Geld verdienen, Geld ausgeben, Geld aufnehmen, wenn's nicht reicht, fanden sie einen Kündigungsgrund. Es reichte Vater nicht, was er verdiente. Es reichte nicht für die schweren Motorräder, die er so gerne fuhr. Er machte Schulden. Ihnen, die schon wieder das Sagen hatten, hielt er ihre Schuld vor. Der Dicke, dachte der Abiturient Kirsch, der Dicke mit der Zigarre hatte Vater angestiftet; auf Adenauer, Erhard und die Mannschaft, sprach Vater unkritisch einen Wahlslogan nach, kam es an. Dabei sah Vater nicht, daß diese Mannschaft, die alles wieder aufbaute, »zu unserem Wohl«, die Mannschaft war, die vieles kaputtgemacht hatte. Er war nicht politisch gewesen, sein Vater. Er mußte alles am eigenen Leib erst erfahren. 1933 war er sogar in ihre Versammlungen gegangen. Die Monotonie ihrer Veranstaltungen, die Lautstärke, mit der sie ihre Lieder absangen, die Humorlosigkeit, mit der sie in ihren Uniformen aufzogen, ihre Parolen verkündeten, sie langweilten ihn. Er war nicht für eine Partei gewesen, nicht gegen eine Partei, in diesen ersten Jahren. Später zog er eine persönliche Konsequenz aus der Begegnung mit dieser Partei, die darin bestand, daß er ihre Veranstaltungen nicht mehr besuchte. Als er Schwierigkeiten immer mit den Leuten bekam, die der Partei angehörten und in allem, was sie taten, sich auf den Auftrag der Partei beriefen, war er dagegen. Als Geschäftsstellenleiter einer Behörde hatte er in seinem Dienstzimmer das Führerbild an die Wand zu hängen. Er weigerte sich. Er bekam Ärger. Sie hängten das Bild in seiner Abwesenheit auf. Als er am Montag morgen das Führerbild am Boden zertrümmerte, war der erste Arbeitstag dieser Woche Vaters letzter Arbeitstag in dieser Behörde. Das Dritte Reich, das waren für Vater ein paar Namen, die er beim Auseinandernehmen seiner Zündapp 600 erwähnte, weil einer der Namensträger zufällig eine ähnliche Maschine fuhr. Er schüttelte ungläubig den Kopf, auf dem er den fassonlosen Hut trug, den er immer aufhatte, wenn er sich an der Maschine zu schaffen machte, er hatte eine fettig glänzende Mutter zwischen Daumen und Zeigefinger, die er aus dem Unterteller gefischt hatte, wo die »Kleinteile« in Petroleum »einweichten«, er schüttelte den Kopf, sah auf die ölige Mutter und sagte, daß Dr. Hechtmann ein Schwein sei, weil er am Ende des Krieges schnell noch drei Russen erschossen hatte, die er »am Proviant« erwischt hatte. Er erwähnte in diesem Zusammenhang nicht, daß sie ihn an die Wand hatten stellen wollen, weil er in Krasnibor Proviant an russische Kriegsgefangene verteilt hatte. Er war kein Geschichtenerzähler, sein Vater. Doch die Geschichte beschäftigte ihn. Es war eine Geschichte, die aus Personen bestand, die er kannte, die schon wieder die Plätze eingenommen hatten, noch warm vom Arsch ihrer braunen Hosen, wie er, der Oberschüler, es forsch auf eine Metapher brachte, was Vaters Sprache nicht war.

»Alle, die keinen Proviant bei sich führen, lädt der Kapitän der Marc Aurel im Anschluß an diese Fahrt zu einem gespickten Hasen ein«, wehte es eine makabre Einladung herüber, die nicht seiner Familie galt; ein zuverlässiger Scherz der Bordstimme in der Qualität von Mobius' silbernen Löffeln. »Der Hase wird den Gästen in den Räumen der reichsstädtischen Justiz serviert«, langsam, mit gebührender Spannung ließ der Gastgeber die Katze aus dem Sack: Zu dem Gespickten Hasen gesellte sich ein Spanischer Esel; das mittelalterliche Menü wurde mit Torturinstrumenten auf einer Streckbank eingenommen; in der reichsstädtischen Fragstatt stellte die Justiz in einer unkomplizierten Verfahrensordnung leicht verständliche Fragen, die man am besten mit einem schnellen, deutlich vernehmbaren Ja beantwortete. »Mit Goggo-Mobil von der Donau zum Nil«, das war dieselbe Stimme, der Dampfersprecher und der Stadionsprecher, er täuschte sich nicht, Christ und Vater bei den Heimspielen des SSV Kolbstadt auf der Vortribüne, Rudi und der heimgekehrte Vater Christian Kirsch auf einem ersten Spaziergang am Ufer des Stroms.

»Wer möchte nicht den Wald der Deutschen lieben!« wahlweise »Der Prozeß von Jerusalem« – er zögerte nicht, 1963, in dieser Turnhalle, eine Chance nähme er wahr, stellvertretend für seinen Vater; auf einer höheren Sprach- und Bewußtseinsebene, ohne zu personifizieren, drückte er aus, was Vater wortlos empfand. Die Dr. Hechtmanns, die Busses und wie sie alle hießen, hindurchsehen mußte er, der Analytiker, durch ihre kriminellen Körper, wie durch den Glaskäfig von Jerusalem, in dem Eichmann saß, Buchhalter des Todes zwar, aber doch nur ein Buchhalter. Links liegenlassen wollte er den deutschen Wald und kam doch immer tiefer hinein, verirrte sich. »Dieser Mann«, schrieb er, »dieser nicht entnazifizierte Mann Eichmann, im Glaskäfig von Jerusalem, schaut den entnazifizierten Bundesbürgern ins Gesicht. In seinen Verbrechen spiegeln sich die Greueltaten all jener, die schon wieder in den Startlöchern kauern. Alle waren sie Widerstandskämpfer! Ein Volk von Widerstandskämpfern, das seinen Widerstand gegen Blitzkrieg und Judenmord niedergekämpft hat.«

Die Feder pflügte über das weiße Papier. Er saß allein an einem rechteckigen Tisch in der Turnhalle, wo an weiteren einundzwanzig rechteckigen Tischen seine einundzwanzig Klassenkameraden saßen, die sich mehrheitlich auf den Marsch gemacht hatten in diesen deutschen Wald, die im deutschen Wald nach Deutschem suchten, mit sein Loblied anzustimmen, von denen sich keiner verirrt hatte, keiner vom Weg abgekommen war, wie er später an ihren Noten erkannte. Finster war es im deutschen Wald, kein Durchblicken, kein Erkennen, die Kahlschläge aufgeforstet schon wieder; Schonungen vereinzelt, nicht zu betreten, das deutsche Dickicht undurchdringlich; aber seine Klassenkameraden fanden sich mehrheitlich im deutschen Wald zurecht, keiner verging sich an ihm, keiner machte sich des Waldfrevels schuldig, während er sich auf die Lichtung hinausbegab, wo es zog, wo ihm ein kalter Wind ins Gesicht blies, der sein heißes Gesicht aber nicht abkühlte, ihm nicht den Mut kühlte, so daß er die Kriegsverbrechen an Deutschen unerwähnt ließ, was ihm später vom Deutschlehrer vorgehalten wurde in deutscher Schrift, so daß er den demokratischen Wiederaufbau im neuen Deutschland übersah, es unterließ, deutsche Schuld und fremde Schuld auf die Waagschalen der Geschichte zu legen, Schuld und Mitschuld wurden nicht ausgewogen von ihm; »darf ich diesen Wurstzipfel noch mit auswiegen?« hatte ihn Muschi vom Metzgerladen in der Simmernstraße gefragt, bevor sie mit wurstroten, kalten Metzgereiverkäuferinnen-Fingern Rädchen für Rädchen von der Hartwurst schnitt, »Schuld und Mitschuld unausgewogen«, zum ersten Mal schrieb er in Deutsch eine Fünf, Reifeprüfung 1963.

Der Duft von Bratwürsten stieg ihm in die Nase; der reale Geruch über Holzkohle gegrillter Schweinswürste, würzig und fingergroß, vier, sechs oder acht Stück auf einem Teller mit süßem Kolbstädter Senf; er schnupperte, nein, das war keine Einbildung, keine Sinnestäuschung, hervorgerufen durch die Erinnerung an die Metzgereiverkäuferin Muschi in der Simmernstraße, deren Stöckelschuhgeklapper die Phantasie des Oberschülers Christ Kirsch verfolgt hatte, bis hinauf in ihre Kammer, wo sich Muschi aus ihrem engen Rock zwängte, wie eine Wurst aus der Haut, gepellte Wurst, glatt, prall und weiß, weiße Haut, weiße Versandhauswäsche ... er hatte Hunger, damals wie heute. Rudi saß im Sportwagen, den er schob. Weiter schritten sie aus, Margot und er, der historischen Wurstküche entgegen.

Richard, sein Vater, war vernarrt in diese unausgewogene, unreife, mangelhafte Darstellung gewesen. Sein Vater, der wenig las; der im Gegensatz zu seinem großen Bruder Dietmar Romane nicht einmal anlas; den nicht einmal schön formulierte Widmungen, tiefsinnige Prologe, beziehungsreiche Beziehungsmetaphern auf den ersten Leerseiten geistvoller Bücher interessierten. Den Deutschaufsatz seines Sohnes aber trug er sorgfältig zusammengefaltet wie einen Notfallausweis in der Innentasche seines Sakkos, wo er in seiner Brieftasche steckte; im Notfall zu benachrichtigen, bei Bedarf zu zitieren; sein Vater zitierte oft aus dem gescheiterten Abiturwerk des Sohnes, stand am Balkon der Simmernstraße, wo sie auch 1963 noch wohnten, wo die Zuckriegl noch immer zwischen den Bonbongläsern seines Bruders sich bewegte, wo noch immer ihre dunkle Strumpfnaht ihr wohlgeformtes Frauenbein hinauflief und an einem noch dunkleren Strumpfansatz im Verborgenen endete, nur das Trommeln der Lederkugel gegen die Hauswand beim Innenrist, Außenrist, Oberrist, Innenrist, Außenrist, Oberrist war verklungen, weil er nun, Reservespieler schon, tatsächlich, wie als Star der Ersten Schülermannschaft des SSV Kolbstadt Mitte der 50er Jahre erträumt, in die großen Stadien der süddeutschen Oberliga einlief, wo sie das Vorspiel bestritten, Christian Kirsch, eine Ausnahmeerscheinung unter seinen Mannschaftskameraden, der seinen Kopf nicht nur zum Kopfball gebrauchte; nur einmal hatte er den Kopf verloren, zumindest keinen kühlen Kopf bewahrt. »Der Prozeß von Jerusalem« – der Beginn eines Lernprozesses, in dem der Richter auf Probe heute noch immer steckte? Nein, er wollte nicht lernen, sich anzupassen.

»Über Eichmann, das Nazischwein, hat er geschrieben«, hörte er Vater an einem anderen Tag des Sommers 1963 zu Mutter sprechen. Er ging nicht hinein in die Küche, wo er aus dem Bosch-Kühlschrank eine Flasche Kondrauer Mineralwasser hatte nehmen wollen, trank stattdessen im Klo einen Schluck Wasser aus der Leitung.

»Halte dich bitte etwas zurück. Sprich nicht immer aus, was du denkst.«

»Wir leben in einem freien Land.«

Da irrte sich Vater, da blickte er nicht durch, da verstellten ihm die Mörder, die er persönlich kannte, die Sicht.

»Andere lernen aus ihren Fehlern«, hielt sie ihm vor.

»Daß ich das Bild zertrümmert habe, vor den Augen dieser Schleimer, das war kein Fehler«, wehrte er sich.

»Es wäre dir keine Perle aus der Krone gefallen. Schließlich warst du der Geschäftsstellenleiter. So ein Bild hing doch in jedem Büro.«

»Nicht in meinem«, beharrte er.

»Du hast prompt deine Arbeit verloren. Andere haben an ihre Familie gedacht.«

»Haben wir Hunger gelitten?«

»Schlimmer als Hunger. Sie ließen es uns spüren.«

»Dafür konnten wir in den Spiegel schauen. Auch nach dem Krieg.«

Es war ein Stellungskampf, bei dem Vater und Mutter sich nicht von der Stelle bewegten. Unbeweglich auch er, vor der Küchentür.

»Wie lange?« hörte er Mutter. »Dann standen wir wieder da. Drei Kinder und kein Haushaltsgeld.«

Vater ließ sie gewähren. Er kehrte zu ihm, zu dem Autor des Aufsatzes »Der Prozeß von Jerusalem« zurück.

»Er hat abgerechnet. Hat's ihnen gezeigt.«

»Wer?« wollte Mutter wissen.

»Christian. Wir sind da einer Meinung«, sagte sein Vater stolz.

Der Bratwurstduft wurde intensiver, er mischte sich mit dem Aroma von aufgeschmelzter Kartoffelsuppe, gewürzt mit Majoran. Was auf einen ersten Blick wie eine Nebelschwade über dem Fluß aufzusteigen schien, drang aus dem engen Einlaß der mittelalterlichen »Bauhütte« unterhalb der steinernen Brücke Kolbstadts; davor saßen im Freien auf Biergartenstühlen Einheimische, aber auch einige Besucher Kolbstadts. Der Rauch aus dem Kamin der Hütte drückte plötzlich nach unten, der beizende Qualm ließ ihn einen Windstoß lang seinen Hunger vergessen.

Wieder einige Tage später, Vater am Balkon in der Simmernstraße, in einem Monolog; zu dieser Zeit fuhr Vater schon den horizontblauen Volkswagen, erinnerte er sich, er hatte als Ferienarbeiter am Bau Sebak gerade kennengelernt, die Florenzreise mit Margot war noch nicht angetreten, da ging ihm Tag und Nacht ein Schlager von René

Carol durch den Kopf, den er summte, oder er pfiff die Melodie und dachte sich den Text dabei: »Kein Land kann schöner sein, im hellen Sonnenschein«, Sommer 1963, sein letzter Schülersommer in Kolbstadt, »und in den Wäldern, da hört man's rauschen, bald kommt sie wieder, die alte Zeit«, und er hörte, während er pfeifend die Melodie hielt, im Hintergrund den gemischten Chor bestätigen »schöne Zeit, schöne Zeit«, »kein Weg kann weiter sein«, setzte sich René Carol wieder von dem Chor ab, »kein Weg kann schwerer sein, als es die Heimkehr ist in die Vergangenheit«, und mit einem langgezogenen, sehnsuchtsschweren »nach Haus ... nach Haus ... wer führt uns nach Haus?« zog sich der Tenor aus Berlin-Mariendorf mit neapolitanischem Schmelz durch die letzten Rillen der Platte, die in seinem Kopf ablief, sich drehte, pausenlos, damals, als Vater am Balkon aus seinem Aufsatz zitierte, und auch jetzt, plötzlich wieder, am Strom, dessen Lauf nach Stadtvorhof er mit seinem Sohn, mit seiner Frau, am Stadtvorhof-fernen Ufer nachschritt: nach Haus ... nach Haus ..., wenn es eine Heimkehr war, dann keine in die Vergangenheit; der Bestandsaufnahme diente dieser Familienausflug, das Material wurde gesammelt, gesichtet, abgeklopft; das Fundament würde daraus gebildet, auf dem sich das Leben seiner kleinen Familie aufbaute. Er wäre tragfähig, der Sockel; er selbst war ein goldrichtiger Jahrgang, fast am Ende des Kriegs geboren, nicht nazifizierbar.

»Die Entnazifizierung des deutschen Volkes«, hatte sein Vater mit einer Fußballreporterstimme draußen am Balkon gelesen, »erweist sich als ein Versuch am untauglichen Objekt. Alles Lügen: Auschwitz, Treblinka. Die ›Straße des Führers‹, aus Myriaden Hitlerfans gebildet, war nur eine Regieanweisung der Geschichte, ein billiger Filmtrick, produziert in den UFA-Studios. Millionen Deutscher«, übertrug sein Vater in den Hof hinunter, »blicken in diesen Tagen auf den Mann Eichmann im Glashaus und sehen sich. Symbole kann man verbrennen, verbieten. Eine Gesinnung nicht. Wo sind die Mörder, wenn nicht unter uns?« Es folgte eine kleine Pause, in der sich Vater erholte von den Strapazen dieses Zitats, das ihn immer wieder erregte. Dann sagte er mit zurückgenommener Stimme: »Wahnsinn. Was?« Dann folgte wieder eine kleine Pause, nach der sich Mutter zu Wort meldete, gespielt resignativ: »Und was hat er für eine Note bekommen?« Worauf sie sich beiläufig selbst die Antwort gab: »Die Note fünf.«

Diese Begebenheit im Abitur 1963 des Schiller-Gymnasiums in Kolbstadt wurde 1967 Gegenstand einer wissenschaftlichen Arbeit, die er in München im Rahmen der Vorlesung »Ethnische Gebilde« schrieb, einer Arbeit, in der er bei genauem Hinsehen das Scheitern des Abiturienten Christian Kirsch zu einem späten Kampf gegen den Nationalsozialismus verklärte. Der deutsche Wald wuchs als Urquelle der Kraft und Stärke durch die Geschichte. Der Bund Naturschutz, fand er heraus, sah sich bereits 1918 in schwere Sorge gestürzt, es könnte den auf dem ganzen Erdenrund gesammelten Horden gelingen, in den deutschen Wald einzudringen, und rühmte die gigantische Abwehr des Feindes durch das einmütige deutsche Volk. Deutsche Art war ohne Natur nicht denkbar; Naturschutz ist Rassenschutz, gab Hermann Löns zu bedenken. Er rächte sich nicht nur an seinem Deutschlehrer, sondern auch an seinen Klassenkameraden, die ihr Wald-Thema verfehlt hatten; keiner hatte auch nur eines der Zitate erwähnt und bedacht, die er jetzt zusammenstellte zu einer hämischen Nachlese, die er dem Deutschlehrer nach Kolbstadt schickte, zu seinen Händen, zu seinem persönlichen und schulischen Gebrauch.

»Wer erkannt hat, daß Deutschheit in deutscher Natur

wurzelt, für den ergibt sich als erste Forderung Erhaltung der Natur.« – »Wir müssen den Wald erhalten, damit Deutschland deutsch bleibt.« – »Selig sind die Deutschen, solange ihre Wälder grünen. Denn in ihnen finden sie ihr Himmelreich.« Von einem Bruno Tanzmann stammte dieses Bekenntnis, »ein deutscher Not- und Mahnruf«, der im April 1947 schon wieder erschallte. Seitenlang reihte er Zitate aneinander. Mit Wer möchte nicht den Wald der Deutschen lieben! – Reifeprüfung, Schiller-Gymnasium, 1963, sperrgedruckt, schloß er sein ethnozentrisches Gebilde. Er legte diese Zitatensammlung seinem Deutschlehrer von 1963 im Jahre 1967 gewissermaßen aufs Pult. Einer Kommentierung bedurfte diese Häufung »natürlicher« deutscher Verirrungen nicht.

War nicht auch er ein Opfer des Nationalsozialismus? Stand er nicht in der Tradition eines Widerstands, den er in einer anderen Zeit mit anderen Mitteln leistete? Immerhin, er hatte widerstanden, er widerstand, während seine Klassenkameraden im Gleichschritt auf den deutschen Wald zumarschierten, in dem sie verschwanden, in dem ihr Lied erscholl, noch heute, wie er annehmen durfte. Wenn sich nach Mitternacht in München in dieser Bewußtseinsfabrik die Zelle aufgelöst hatte und Sebak, er und die Genossen im Autokorso durch das leere München fuhren, wenn bei heruntergekurbelten Scheiben ihr Sound, ihr Zellensound, mit ihnen die Mietshäuser entlangfuhr, in deren Fenstern das Blaulicht der Verdummungsmaschine Fernsehen endlich erloschen war, wenn sie in Bauarbeiter-Attitüde in ihren 2-CVs, ihren Renaults, in ihren Fiats 600 Bier aus Flaschen tranken, dann legten sie am »Platz für die Opfer des Nationalsozialismus« zum Abschluß noch eine Schau-Gedenkminute ein, in der er mit nationalistisch-autoritärer Stimme seinen Deutschlehrer rezitierte, dieses Gefälligkeitsgutachten eines Gestrigen für die Gestrigen von heute: »Unausgewogene Darstellung! Kriegsverbrechen an Deutschen nicht berücksichtigt! Keine Kollektivschuld! Demokratischer Wiederaufbau bleibt unerwähnt! – Mangelhaft!«

Sie waren bei der historischen Wurstküche angekommen, Margot, Rudi und er; er, der, wie ein fremder Besucher, seine Heimatstadt im Kreis seiner kleinen Familie erlebte. Auf weißen Tellern krümmten sich Kolbstädter Bratwürste auf Kraut, dunkelnarbig an Stellen, an denen sie auf den glühenden Roststäben gelegen hatten. Wie kompakte Schiffchen mit spitzem Bug lagen griffbereit die Kipferl, die traditionsgemäß mit dem süßen Senf dazu gegessen wurden; seinen Durst stillte man mit fürstlichem Bier. Das alles hatte er nicht vergessen, nur aus den Augen verloren, aus seinem Sinn. Eine Tradition nähme er auf, nicht seinetwegen, aber mit Rudi bekäme das neuen Sinn.

Wie hatte sich Sebak in solchen Situationen verhalten? fragte er sich heute. War es möglich, daß auch in dem Erinnerungsbild Die Genossen am Platz für die Opfer des Nationalsozialismus der Grund für sein Schweigen lag? Sicher, Sebak hatte mit in dem Wagen gesessen, den er damals gefahren hatte. Er glaubte sich an Sebaks Lächeln zu erinnern, das eine leichte Irritation verriet. Was hatte den Freund irritiert? Jetzt, in der Rückschau, koppelte sich diese Schaueinlage von der Atmosphäre, von dem Wir-Gefühl ab, die sie gerade bedingt hatten. In ihrer Bewußtseinsfabrik führten sie zähe, stundenlange Auseinandersetzungen, in denen sie nichts ausgespart ließen, in denen sie sich im Innersten verletzen durften, ja mußten, gehörte es doch zu ihrem erklärten Selbstverständnis als Gruppe, zu ihrem Programm, den Intimbereich des einzelnen schrittweise aufzugeben. Und doch war immer er es, der am Ende ihrer Nachtsitzungen den Ton angab, wenn er diese Reifeprüfungs-Episode inszenierte, ausgerechnet und nicht zufällig auf diesem Platz, er übernahm das Kommando; dabei wollten sie doch auf kein Kommando mehr hören. Natürlich war das erkennbar überzogen, abgesetzt von dem Ernst, der Verbissenheit, der Genauigkeit, mit der sie die Widersprüche der spätkapitalistischen Gesellschaft diskutierten. Aber es wiederholte sich, fast ein Ritual schon, ein Gaudium. Christian in disguise? ... Ob Sebak das so sah? So sehen wollte? Er war sich heute nicht mehr sicher.

Er duckte sich und trat über eine Stufe hinab in die Wurstküche. Der Qualm trieb ihm Tränen in die Augen. Aus dem offenen Holzkohlengrill schnellte zischend eine Feuersäule hoch, den beiden Frauen am Kamin schien Röte ins Gesicht zu schießen. Sie trugen weiße Schürzen, ihr Haar schützten weiße, locker sitzende Mützen. Weiße Teller balancierten über dem Rost, eine Zange griff nach den gar gegrillten Bratwürsten, hob sie hoch, legte sie auf das bereits auf den Teller geschichtete Kraut; die auf dem Grill liegenden Würste wurden von dem metallenen Greifer angeschubst, gefaßt, herumgeworfen, damit sie, zum Feuer gewendet, auf der Seite des Darms zum Liegen kamen, durch die das Bratwurstbrät noch rosafarben schien.

Alles lag damals in seiner Studentenzeit, seiner Zellenzeit, seiner Sebak-Zeit dicht beieinander, sie überholten alles, fuhren auf einer hohen Straße an diesem beschissenen Deutschland vorbei; uns interessiert nicht, was aus unübersichtlichen Kurven aufgleißt, unsere Füße vergönnen uns keinen Baum, wenn's darauf ankommt, stimmen alle Bremsen, und wir bleiben voreinander stehen, war von ihm als siebzehnjährigem Schüler in einer Freistunde im Schiller-Gymnasium geschrieben; als Student der Rechte vergönnte er sich den Ausflug in dieses Lyrikgefühl, das er mit den Zeilen: uns kann man nicht töten, wir überholen alles, am Ende des Gedichts auf die Spitze trieb. In dem Gedicht ›Die letzte Ausgabe der Tagesschau‹ schrieb der Jurastudent das Schülerthema, das Freistundenthema fort, als Verunglückter sah sich der Verfasser nun, jetzt kommt wieder die Zeit, meinte er, wo ich den Sprecher der Tagesschau erschießen könnte; daß er seinen Lebenslauf verbrannt hätte, behauptete er, was wenig Sinn ergab, denn sein Leben war bisher in seinem »Elternhaus« in Kolbstadt verlaufen, zu seinen Eltern stand er; der Widerstand, den sein Vater geleistet hatte, nähme ihn in eine Pflicht, die er, der Sohn, stolz akzeptierte; irgendwo draußen lagen sie im letzten Abschnitt der »Letzten Ausgabe der Tagesschau«, an Transistorradios hingen sie, Verunglückte in Straßengräben, an Blutkonserven, rock'n'roll had saved my life. Das las sich gut, noch 1972, vor allem: Es tat niemandem weh. Später, nach seiner Sebak-Zeit, in seiner »Grüß Gott, Herr Kollege-«, in seiner »Beamter auf Widerruf«-Zeit, trug er zu diesem Motorradfahrer-Gefühl in einer Sehnsucht, die echt nun war, die passende Kleidung; »du warst noch am Leben«, spielte der Rechtsreferendar auf Sebak an, dessen Antworten ausblieben, »und ich trug jetzt an Feiertagen alte Motorradfahrerjacken voller Verzweiflung«, da war er zum ersten Mal verunglückt, da stimmten plötzlich alle Zitate, da war der zwei Jahre vorher veröffentlichte Song von Steppenwolf mit dem Titel ›Desperation‹ für ihn gesungen, »take my hand if you don't know where you're going I'll understand I have lost the way myself.« Sie wurden verschult wieder, als Referendare in Kolbstadt; sie waren auf eine Schiene gesetzt, die beim zweiten juristischen Staatsexamen endete, eine exakt ausgemessene, ihnen vorgegebene Strecke. Und doch hatte er, der Beamte auf Widerruf, Angst um seinen Weg.

Die Frau mit der weißen Schürze und der weißen Mütze, die ihm den weißen Teller reichte, sagte etwas von Vorsicht, heiß und verbrannten Fingern. Er trug den weißen Teller an den Gästen, die draußen saßen, vorbei, zu Margot und Rudi bei der steil abfallenden, gemauerten Uferbefestigung. Margot fingerte eines der heißen Würstel vom Teller, schnippte mit dem Mittelfinger der anderen Hand ein paar Krautfäden, die sich um die Bratwurst gewickelt hatten, von der schrumpeligen Haut; sie brach die Wurst in zwei Teile und blies in das warme Brät; sie beugte sich hinab zu ihrem Sohn, der unbeteiligt im Sportwagen saß. So wie er in natürlicher Aggressivität am Morgen nach dem Stiel einer Tulpe gegriffen hatte, so schnappten seine runden Finger nach der Bratwurst in der Hand seiner Mutter; das Stück Wurst verschwand im Mund. Gleichmäßig kauend, blickte er gleichgültig über den Fluß.

»Ich schaue mir die Stube von innen an«, lachte er. Er hielt ihr den Teller mit den restlichen Würsten entgegen. Sie winkte ab.

Wenn er heute an die Ausgelassenheit dieses Mitternachts-Inszenariums am ›Platz für die Opfer des Nationalsozialismus‹ zurückdachte, durfte er die Humorlosigkeit nicht vergessen, mit der sie die Arbeitswerttheorien, das Geheimnis der Mehrwertproduktion, die Rationalität des Profits entwickelt hatten. Verkündeten nicht auch sie Parolen, trugen nicht auch sie Uniform, indem sie vorgaben, mit ihren persönlichen Bedürfnissen, ihren persönlichen Ansprüchen und Ängsten zurückzutreten hinter der Forderung auf eine radikale Umgestaltung und Demokratisierung der Gesellschaft, die sie nicht für ihre Person, sondern für die Gesamtheit der sprachlosen Unterdrückten stellten? Sein Vater hätte wohl auch aus der Begegnung mit ihnen eine persönliche Konsequenz gezogen, die darin bestanden hätte, daß er ihnen ferngeblieben wäre, ihren Go-ins, ihren Teach-ins der Bewußtseinsbildung, ihren Marathonsitzungen in dieser Bewußtsein produzierenden Fabrik.

Humorlos, verbissen auf seiner Seite geführt, auch die Gespräche, in die er seine Schwester Dagmar, die Frau von Roman Best, des Sohnes von Artur Best, verwickelt hatte. Schon lange trug sie keine roten Blüten mehr auf ihrem Kleid. Die Garderobe, die seine Schwester jetzt trug, war nicht von Mutters Hand genäht. Die Qualität der Stoffe verbürgte den eleganten Fall. Attraktiv sah sie aus, diese Dagmar Best, aber nicht aufreizend wie in ihren engen Röcken, gegen die sie in Oberschenkelhöhe ihre Hände gepreßt hatte, wenn sie nicht mehr aus und ein wußte, wenn sie sich an Mutters Statt auseinanderzusetzen hatte mit ihren Brüdern, vor allem mit ihm, der nicht herunterkam von dem Feld, auf dem der Fußball rollte, der an einem einzigen Nachmittag auf dem Sportplatz hinter dem Schiller-Gymnasium ein neues Paar Schuhe verschliß; aufreizend fand das sein älterer Bruder Dietmar, wenn sie in ihrer Hausfrauenerregung, in ihrer Ersatzmutterverzweiflung die gestreckten, die gespreizten Finger an ihre Schenkel preßte, um ihren Zorn niederzuhalten. Ihre großen Brüste bebten dabei in ihrer Bluse, was Dietmar nicht entging, was er im Tonfall objektiver Berichterstattung dem kleinen Bruder Christ übertrug.

Warum griff er sie an, Jahre später? Sein Vater erwähnte mit keinem Wort, daß ihr Freund, ihr Verlobter, ihr Ehemann Artur Bests Sohn war; Vater akzeptierte, daß seine Tochter nun den Namen einer Familie trug, die im Dritten Reich eine Rolle gespielt hatte, wie jeder wußte in Kolbstadt.

»Du und deine Vergangenheitsbewältigung!« wehrte sie sich.

»Wer ist der Glückliche?« ließ er nicht locker.

»Roman Best. Das weißt du doch?«

»Angesehene Familie«, sagte er zynisch.

»Das finde ich auch«, sagte sie arglos.

»Vor allem im Dritten Reich!«

»Dein Spezialgebiet ... Vergangenheitsbewältigung ...«

»Das geht uns alle an.«

»Hübsches Aufsatzthema. Das wirkliche Leben ...«

Mein Gott, war sie dumm, abgrundtief dumm, erregte er sich, sie war so dumm, daß sie blond hätte sein müssen, eine arglose, dumme Blondine, »Blondinen bevorzugt«, sie provozierte ihn mit Ahnungslosigkeit.

»Wir haben gestern abend bei Bests diese Problematik besprochen. Da ist keine Gefahr. Ich sage dir ...«

»Nationale Deutsche aller Stände, Landsmannschaften ...«, schrie er hysterisch, »keine Gefahr! Keine Gefahr vor dem deutschen Tor! Entwarnung durch Best!«

Manchmal brach sie in Tränen aus. Sie weinte. Sie war Dagmar Kirsch, wenn sie weinte. Die teuren Stoffe sahen jetzt fremd an ihr aus.

Er stand vor Roman Best. In der winzigen Stube der historischen Wurstküche in Kolbstadt stand er, den Teller mit noch drei Bratwürsten in der linken Hand, eine angebissene Bratwurst in seiner rechten, vor Roman Best; er hörte zu kauen auf, als er ihn erkannte, ihn identifizierte, zweifelsfrei. Das Bild an der Wand, das er sah, schlug ihm augenblicklich auf den Magen: Der Faschingsprinz Roman Best im Kreis der Narragonia, eine hohe dreizackige Kappe saß wackelig auf seinem Kopf, eine rote Robe floß weit von seinen Schultern, einen Orden trug er über seinem gestärkten Hemd. Mit der Nonchalance eines Siegers, der nie zu kämpfen braucht, hielt er ein gefülltes Champagnerglas in der Hand. Die Narragonia umringte ihn und die Prinzengarde, die er, der Prinz, mit natürlicher Körpergröße überragte; draußen, im Schnee, war das Foto geknipst; die historische Wurstküche, neben der die Gesellschaft posierte, als Anschnitt noch mit ins Bild genommen. Hinter der Personengruppe fiel die Bildschärfe ab; aber er, der sensible Betrachter des Fotos, ahnte die vom Fluß aufsteigende Kälte dieses 26. Februar 1965, eine eisige Kälte stieg auf, in ihm. Dabei war das Bild nur eines von vielen in einer Kolbstädter Prinzenpaar-Galerie. Die Kriegs- und Vorkriegsbilder noch in Schwarzweiß; in den Farbfotografien nahm die Farbe mit abnehmender Jahreszahl ab. Er ging nah an das Bild vom 26. Februar 1965 heran, so wie an die Buchstaben »Eisdiele« der Römischen Grotte, er sah die Prinzessin mit zierlicher Krone, ihre rechte Hand schien in Hüfthöhe auf ihrem ballonförmig aufgebauschten Kleid zu ruhen, während ihre linke, graziös im Handgelenk geknickt, einem Volk zuwinkte, das sich außerhalb des Bildes befand, er sah das Funkenmariechen, eine Spur zackiger als die anderen weißbestrumpften Mädchen der Garde – seine Schwester Dagmar sah er auch bei einem genauen Hinsehen nicht. Er fand sie schließlich, abgedrängt an den Rand der Fotografie, ihre rechte Schulter teilweise überlappt von dem chamoisfarbenen Passepartout, sie trug einen hellen, ja blonden Nerzmantel, eine schmale, blasse Erscheinung, die von den grellen Narren aus dem Bild geschoben wurde. Wollte sie überhaupt ins Bild? Oder kam sie nur einer Pflicht nach als Ehefrau des Prinzen Roman Best? Sein Blick streifte über die aneinandergereihten Fotografien, tastete sich zurück durch die Jahre. Beim Fasching 1954 verweilte er: Roman Bests Vater war damals der Faschingsprinz gewesen. Die Fotografie schien mit einem Falschfarbenfilm aufgenommen, die Farben waren in ein kaltes Blau verschoben, nur die Farbe Rot trotzte der Zeit. Die Mensurnarben in Artur Bests Gesicht sahen wie aufgebrochene violette Wunden aus, auch auf diesem Bild war Winter,

Schnee lag, Schnee, der keine Zeichnung, keine Körnung aufwies, der Schnee war verbrannt im Laufe der Jahre, kam es ihm in den Sinn. Nur das Rot der Roben und der hohen Stiefel war stehengeblieben, mahnte, erinnerte irgendwie an Blut. Zwischen den Bildern markierten horizontale Striche an der Wand die Hochwasserstände, die Hochwasserrekorde der letzten Jahrzehnte. Es führte das Hochwasser des Jahres 1954, Pegelstand 8. August. Sieben Monate später, im März 1955, rechnete er zurück, stand seiner Familie, der Familie des Behördenangestellten Richard Kirsch, das Wasser bis zum Hals, das Wasser hatte man seiner Familie abgegraben, sie hielten sich über Wasser, Wasser schöpften sie in den Fluß, vom Wasser haben wir's gelernt, sangen die Kolbstädter Domspatzen, auch heute noch, draußen am Fluß ... Der Fluß fließt, fiel ihm ein, die Jahre blieben – in dieser finsteren, niedrigen Fragstatt, wären zu Staub zerfallen, und das bernsteinfarbene Licht, das gebündelt durch die bleigefaßten Butzenscheiben drang, durchflutete diesen Staub, der eingesperrt war in dieser mittelalterlichen Stube. Auf einer Länge von drei, vier Tischen wäre er angehalten, der sausende Vorübergang der Zeit. Er schreckte auf, stellte den Teller mit den Bratwürsten auf den Tisch. Er ging durch die Küche und trat ins Freie und sah auf den Fluß. Aber der Ausflugsdampfer Marc Aurel war jetzt nicht mehr in Sicht.

Margot sprach ihn an. Sie wiederholte eine Frage. Sie waren wieder in der Eichendorffstraße. Er blickte sie an. Er hatte ihre Frage überhört. Er antwortete nicht. Er suchte statt dessen in dem Gesicht seiner Frau nach einer Antwort. Dagmar Kirsch, Dagmar Best, Margot Kirsch – ergab das eine Reihe, eine Steigerung, einen Sinn? Nein, Margot Kirsch hatte keine Ähnlichkeit mit Dagmar Kirsch. Ihr Gesicht hatte keine Ähnlichkeit mit dem Dagmar Kirschs; ihr Körper, ihre Figur ähnelten Dagmar

Kirsch nicht. Margot ähnelte auch nicht Dagmar Best. Margot bräuchte sich der Entwicklung, der Veränderung nicht zu entziehen, sie würde von diesen Prozessen nicht erfaßt. Sie war immer sie selbst. Sie blieb immer sie selbst. Sie blickte zu niemandem auf, und sie blickte auf niemanden herab. Ihr Blick hielt immer die gleiche Höhe. Darin unterschied sie sich nicht nur von einer Dagmar Kirsch und Dagmar Best, sondern auch von ihm. Er war Student der Rechte gewesen, Sebaks Genosse, leitender Angestellter eines Konzerns, Richter auf Probe. Er duckte sich, wenn er in die Defensive ging; er reckte sich empor, wenn er zum Schlag ausholte. Er tänzelte in einem Boxring. Es strengte ihn an.

Er saß am Bett des Jungen und hielt dessen Hand. Rudi redete in einer sich überstürzenden Kindersprache auf seinen Vater ein. Das Mitteilungsbedürfnis des Jungen teilte sich ihm mit. Er hatte Rudis kleine, warme Hand in seiner Hand. So schlief sein Sohn ein. Er saß am Bett und sah sich im Zimmer um. Ein Plüschhund, dessen riesige, schlappe Ohren am Teppichboden auflagen, schaute auf ihn. Der Kaufladen mit Waage, Registrierkasse, Gewürzständer, einem Kindertelefon enthielt ein umfangreiches Bonbonsortiment. Kleine Bonbontüten hingen in Griffweite an dem Verkaufsstand, eine winzige Schaufel lag zwischen Waage und Kasse. Die Lebensmittelhändlerin Zuckriegl, Dietmar und sein »Gletschereis« fielen ihm ein; die Verkaufsgespräche, die Dietmar als freier Vertreter auf Probe probeweise mit ihm, dem jüngeren Bruder, geführt hatte. Existierten die Tonbandaufzeichnungen ihrer Verkaufsimprovisationen aus dem Jahre 1955 noch? Hatte sie einer in ihrer Familie aus Versehen gelöscht? Im Gedächtnis waren sie nicht gelöscht, die Wirtschaftswunder-Dialoge der Gebrüder Kirsch. Die Andacht, mit der sein sonst stets lauter großer Bruder die Folie auf dem Nachttisch vor den Augen des kleinen Bruders plättete; auf bläulichem Cellophan ragten schneebedeckte Berggipfel in den Himmel. In seiner Erinnerung zerging ein Eisbonbon langsam in seinem Mund, während er noch immer die Hand seines Sohnes Rudi hielt. Ein dünner Säurefilm überzog Zunge und Gaumen. Die Gespräche mit seinem Bruder Dietmar, ihre wortlose Gemeinsamkeit, die andauerte im Kinderzimmer in der Simmernstraße, solange einer von ihnen noch wachte, die einging in ihren Schlaf, die latent im Schlaf der Brüder, den er immer später fand als der große Bruder, schlummerte – war das nicht alles ein Teil seiner Sozialisation?

Der Gedanke war wert, weitergedacht zu werden. Wie verliefe die Entwicklung Rudis als Einzelkind? Daß er, der Junggeselle von gestern, auf diesen Gedanken kam, überraschte ihn. Die Hand des Sohnes in seiner Hand, dachte er einen Gedanken, der vor Wochen noch undenkbar gewesen war für ihn. Wie stand seine Frau dazu? Sie hatten in seiner Schindler-Zeit nicht viel miteinander gesprochen; als nonverbales Verständnis, als der Worte nicht bedürftende Kommunikation hatte er ihr Schweigen verstanden, das sich zwar nicht bleiern ausgebreitet hatte zwischen ihnen, in das er aber immer öfters gefallen war, weil er bereits am Sonntagmorgen in Kolbstadt schon in München gewesen war, weil er das bevorstehende Aufeinandertreffen mit Schindler, diese erniedrigende Schinder-Begegnung, antizipiert hatte, die dann in mancher Woche nur darin bestanden hatte, daß sie an den entgegengesetzten Enden eines Korridors saßen und er das Kaninchen war, das gebannt auf die Schlange blickte, auf das behördengraubeige Telefon. Wenn die Katze außer Haus ist, tanzen die Mäuse, hieß ein anderes Sprichwort. Nein, er hatte nicht getanzt an solchen Wochenenden in Kolbstadt.

Er hörte, wie sie hinter ihm ins Kinderzimmer trat. Sie legte ihre Arme um seine Schultern, sie blies in sein kurzes blondes Haar. Er wußte, daß sie an ihm vorbei auf den Jungen sah, dessen Hand er hielt. Es störte ihn nicht. Es war anders als in seinen geborgten Kolbstadtnächten von Freitag auf Samstag, wo sie mit einem Wort wie Kinderhort, Kinderkrippe, Kindergärtnerin in ihm eine Spannung zerschnitten hatte, wo er sie, die Fremde, als Fremder, in einem Niemandsland geliebt hatte, nicht Kolbstadt, nicht München, ein Ort irgendwo außerhalb seiner bedrohlichen Realität.

Er löste behutsam seine Hand von der Hand seines schlafenden Jungen. Sie schlichen sich aus dem Zimmer. »Wie ein Dieb in der Nacht!« sagte er zärtlich zu ihr im Treppenhaus.

Er beschäftigte sich mit der Kameraausrüstung, die ihm seine Schwiegermutter geschenkt hatte. Margot saß auf der Couch, las in Zeitschriften. Er las nach Monaten wieder einmal die Gebrauchsanweisung, studierte nach den Anleitungen der Broschüre die Funktionen, die Handhabung des Apparats. Es war eine einäugige automatische Kleinbildreflex, mit der er die Geschichte seiner kleinen Familie zu schreiben hätte, wie seine Schwiegermutter, aber vielleicht insgeheim auch er, es wünschte. In wenigen Minuten, versprach die Broschüre, würden ihm die automatischen Funktionen des Apparats die Geheimnisse der Fotografie erschließen. Die Hinweise zur Kamerapflege wurden ihm auf Seite vierzig besonders ans Herz gelegt. Das unterschied sich im Ton wenig von der Betriebsanleitung, aus der Vater ihm vorgelesen hatte, bevor er, der Siebzehnjährige, ohne eine Fahrerlaubnis zu besitzen, von Vater die Erlaubnis erhielt, sich von den »hervorragenden Eigenschaften« und der »überzeugenden Wirtschaftlichkeit« des Volkswagens ein eigenes Bild zu machen.

»Schmierdienst ist Dienst am Volkswagen!« rief Vater aus, eine kleine Aufmerksamkeit, die er, der Volkswagen, seinem Vater mit unermüdlicher Leistung und steter Bereitschaft dankte. Sauberes und gepflegtes Aussehen des Volkswagens lag Vater als Besitzer und Fahrer besonders am Herzen. Für ihn als Kamerabesitzer, nahm er zur Kenntnis, war konservierende Kamerapflege eine Sache des gesunden Menschenverstands. Er baute die Objektive seiner Kameraausrüstung vor sich auf; ein Waffenlager, eineinhalb Jahre vergessen, wiederentdeckt, schwarz ummantelte, griffig gerändelte Zielrohre, aufzumontieren auf ein Gehäuse, das in der Gebrauchsanweisung, in Gänsefüßchen gesetzt, »Body« hieß, der rote Index am Kameragehäuse stand dem roten Index am Objektiv, an diesem mächtigen Zoom, gegenüber, ein Drehen bis zum Anschlag nach links, das zuverlässige Geräusch des Einrastens, die Kanone war geladen, abschußbereit, im Fadenkreuz der Einstellscheibe brachte man mittels eines Schnittbildindikators eine gespaltene Wirklichkeit zur Deckung, auf die man zielte, nachdem man einen Ausschnitt von ihr herangezoomt hatte, den man für exemplarisch hielt. Bilder wurden von Fotografen geschossen. Die gottverdammt traurige Wissenschaft des Krieges, schoß ihm ein Hemingway-Zitat durch den Kopf, über den Fluß und in die Wälder, laßt uns im Schatten der Wälder ruhn, dieser wahrhafte Künstler, dessen Heimat das ganze Leben sei, Klappentextlügen, eine Bedienungsanleitung für die Leser dieser seltsam zaubrischen, trauerumschatteten Liebesbeziehung zwischen einer jungen italienischen Contessa und dem ehemaligen amerikanischen Brigadegeneral in der befremdeten Winterlandschaft Venedigs, befremdende Gebrauchsanweisung für einen Fotoapparat, für einen Roman.

»Eine Bresche ins Kalte Büfett«, amüsierte sich Margot.

Sie las aus einer Zeitschrift, die sich auf Essen und Trinken konzentrierte, die sich humorlos auf Genüsse beschränkte, die sich im Mund entfalteten.

»Nach der Eröffnung des Büfetts«, las Margot laut, »stürzen sich in hungrigmachenden Veranstaltungen wie Modeschauen, Feierstunden, selbst bei Vernissagen die Geladenen gierig und ungehemmt auf das Dargebotene.«

»Jeder«, las Margot weiter, »wollte der erste sein, das Beste abkriegen ...«

»Krieg, man höre«, unterbrach er sie.

»Vom kalten Hummer, Lachs, vom Rücken des Rehs.«

Sie schüttelte sich in einem Lachen, er hantierte an seiner Fotowaffe, Radiomusik spielte dazu. Anschließend fielen, so las sie weiter, die Gäste erschöpft und satt in einen Sessel. Satt war man, gab die Verfasserin allen Ernstes zu bedenken, die verheiratet war mit dem Chef eines Zeitungskonzerns, satt, aber nicht wirklich zufrieden, weil der Magen zwar voll sei, die Zunge indes auf kulinarisch anspruchsvollere und ungewöhnlichere Reize noch warte. Die Bomben, die wir gegen den Ausbeutungsapparat schmeißen, hatte er im »Widersacher« zitiert, schmeißen wir auch in das Bewußtsein der Massen. Immerhin, dieses Gourmetjournal, aus dem seine Frau ihm vorlas, lag in seinem Hause auf.

Die Radiomusik wurde für die Nachrichten unterbrochen. Bewerber für den öffentlichen Dienst, sagte der Sprecher, sollten künftig ihre Verfassungstreue schriftlich erklären. Der rheinland-pfälzische Innenminister gab sich nicht länger mit einer mündlichen Erklärung zufrieden. Die Innenminister der Länder hätten diesbezüglich ein Verfahren schon abgestimmt. Im einzelnen sollte der Bewerber versichern, daß er die freiheitlich-demokratische Grundordnung bejahe, gegen diese gerichtete Bestrebungen nicht unterstütze und insbesondere keiner gegen sie arbeitenden Organisation angehöre. Schließlich, las der Sprecher weiter, sollte der Kandidat erklären, daß er bei einem Verstoß gegen diese Dienst- und Treuepflichten mit seiner Entlassung rechne. Damit, so schloß der Nachrichtensprecher, sei ein praktikabler Weg gefunden. Ein praktikabler Weg – wofür?

Er saß vor diesen schwarzen Rohren. Er bestückte den Kamerakörper mit dem unproportionierten Zoom, das er mit einer Hand gerade noch umfassen konnte. Er richtete das Rohr gegen den Empfänger, aus dem diese Nachricht kam, er peilte die Skala an. Noch waren die beiden Hälften des Schnittbildindikators seitlich gegeneinander verschoben. Er brachte sie durch ein gefühlvolles Drehen am Entfernungsring zur Deckung. Noch so eine Meldung, und er würde abdrücken.

Neckermanns Töchter würden immer bedeutender, bemerkte der Sprecher in einer saloppen Zusammenfassung der Tagesereignisse. Ein Bub fiel aus einem Fenster, der Dackel sprang hinterher. Die Feuerwehr, fand er einen versöhnlichen Abschluß, brachte das Kind mit dem Verdacht einer Beckenfraktur zum Kinderarzt, den Dackel mit einem Beinbruch in die Veterinärklinik. Es folgte das Wetter. Er streckte die Waffe.

Margot kämpfte diskret gegen ihre Müdigkeit. Er sah es ihr an. Er verabschiedete sie mit einem Kuß auf die Stirn in den Schlaf.

Prozeß gegen die Baader-Meinhof-Bande, las er eine Überschrift in den ›Mittelbayerischen Nachrichten‹. Die Wortwahl »Bande« verstieß gegen die Unschuldsvermutung und auch gegen die journalistische Sorgfaltspflicht. Eine fünfundzwanzigjährige Studentin, ein dreiunddreißigjähriger Maschinenschlosser, eine neunundzwanzigjährige Assessorin, eine einundzwanzigjährige Schülerin, eine siebenundzwanzigjährige Medizinalassistentin und ein sechsunddreißigjähriger Kraftfahrzeugmechaniker waren wegen Gründung und Beteiligung an einer kriminellen Vereinigung angeklagt. Diesen Angeschuldigten, las er, wurde zur Last gelegt, sich in Berlin im August 1970 mit Andreas Baader, der Journalistin Ulrike Meinhof und der Studentin Gudrun Ensslin, einem Rechtsanwalt Horst Mahler und weiteren Personen zu einer Bande, einer festgefügten, betonte das Blatt, zusammengeschlossen zu haben. Die Bekämpfung der gesellschaftlichen Verhältnisse der Bundesrepublik nach dem Vorbild südamerikanischer Stadt-Guerillas sei das erklärte Ziel dieser Bande.

Er war weite Wege gegangen an diesem ersten Montag. Die Route über die Dichterstraßen durch eine militärische Zone ins Machtzentrum der Justiz ... Die Spirale, die er sich hochgewunden hatte, das Hauchbild von Sebak; wollte Sebak ihn stoppen, auf seinem Weg zu Präsident Mobius? ... Er hatte mit Baumer über den Brief nicht gesprochen, den ihm Baumer nach München geschickt hatte, ein von seiner Hilflosigkeit provozierter Durchhalteappell, er hatte Baumer nicht geantwortet darauf, obwohl er, der in der Industrie gedemütigte Volljurist, sich ratsuchend an seinen ehemaligen Ausbildungsleiter gewandt hatte, er hatte sich auch heute für Baumers Brief nicht bedankt. »... daß man erniedrigt werden kann. Dagegen gibt es nur ein einziges Mittel: ausharren. Unverzagt an dem für richtig Erkannten festhalten und sich anpassen. Das ist gegen alle Ideale«, hatte ihm Baumer geschrieben, »aber nützlich; verachtenswert, aber von Erfolg begleitet. Und was wollen und brauchen Sie, gerade jetzt?« Der Brief war in den »Widersacher« aufgenommen, im »Widersacher« ad absurdum geführt: Der Glaube, daß man unverzagt an dem für richtig Erkannten festhalten und sich zugleich anpassen kann, setzt gesellschaftliche Freiräume voraus, in denen man, quasi stundenweise, nach dem für richtig Erkannten leben kann, ein Reich der Freiheit neben einem Reich der Notwendigkeit. Beide Reiche unterstehen aber einer Hauptverwaltung, unterliegen demselben ökonomischen Prinzip. Warum hatte er seine Meinung nur im »Widersacher« dargelegt, warum nicht in einer Antwort an Baumer? ... Er war mit seinen Blicken in diesen Park abgekommen, wo auf einer Brücke eine langhaarige junge Frau und ein langhaariger junger Mann in einer Umarmung verschmolzen, die ihn verunsicherte, verwischte das Bild doch die vertrauten Unterscheidungskriterien von Mann und Frau; was ging es ihn an, wo er sich doch im selben Augenblick festgelegt hatte, in einem Eid, den er schwor? ... Er war müde, und doch konnte er nicht zur Ruhe kommen; alles an diesem Montag wies eine Bedeutung auf, und wenn er darüber nachdachte, was hieß, wenn er nach einem Sinn suchte in diesen Bildern, die nun anrollten, die durch seinen müden Kopf hindurchliefen, ohne zum Stehen zu kommen, wie Bilder auf einem Fernsehbildschirm, die in sanften Rucken nach oben aus dem Schirm liefen, im Gehäuse verschwanden, um wiederzukehren in einem ständigen, ruhelos ruckenden Kreislauf, wenn sich ein Gedanke, eine Deutungsmöglichkeit ihm in diesen Bildern erschloß, dann verkehrte sich diese Deutungsmöglichkeit plötzlich in ihren gegenteiligen Sinn, so wie er kein Bild zu Ende sehen konnte, konnte er keinen Gedanken zu Ende denken. War er vom Weg abgekommen am späten Nachmittag auf dem Weg die Uferstraße zu Stadtvorhof hinunter?

Ehemann war er an diesem ersten Montag in Kolbstadt gewesen, Familienvater, Richter auf Probe, an einer Ahnentafel hatte er gezimmert, ein Heimkehrer, draußen, der sich verstohlen unters eigene Fenster schlich. Er selbst war zurückgetreten hinter diesen sozialen Funktionen.

Aber wer war er selbst? Im »Widersacher«, beruhigte er sich, wäre seine wahre Persönlichkeit beschrieben. Er war müde, und doch hatte er es plötzlich eilig, wie damals im August 1971, als er nach dem Telefonhinweis seiner Schwiegermutter, nach einer ersten Besichtigung des Kaufobjekts in der Eichendorffstraße, auf der nächtlichen Autobahn von Kolbstadt nach München fuhr, als er herankommen wollte an sein Tagebuch, das die Wahrheit, die nachschlagbare, jederzeit verfügbare Wahrheit über Christian Kirsch enthielt. Auch jetzt wollte er im »Widersacher« eine Spur aufnehmen, die Christian-Kirsch-Spur, die er zwar nicht verloren hätte, doch der er glaubte, sich vergewissern zu müssen, an diesem ersten Montag in Kolbstadt, der noch immer nicht zu Ende war für ihn.

Mit den Aufzeichnungen, die er später »Widersacher« nannte, hatte er als Referendar in Kolbstadt begonnen, auf sich selbst verwiesen, abgeschnitten von dem Fluß ihrer nächtlichen Endlosdispute in der Münchner Zelle. Als Sebaks Briefe ausblieben, setzte er verstärkt diese Aufzeichnungen fort. Er befand sich als Beamter auf Widerruf nicht länger in einer Zelle, die angelegt war auf verbale Kommunikation. Was er hier in Kolbstadt las, was er dachte, floß nicht ein in einen ständigen Dialog, in dem er sich von diesem Wissen wieder befreite, indem er es einsetzte, einbrachte als Argument, in dem es auflief zu einem radikalen Anspruch, den nicht er allein erhob, sondern er als ein Mitglied der Zelle, der Bewußtseinszelle einer Bewegung, die auf ein geheimes Zeichen zeitgleich in München, in Frankfurt, in Berlin auf den Plan trat, sich verbreitete, wie Feuer im trockenen Gras, die Furcht vor einem Flächenbrand, der sich nicht mehr auf die Universitätsstädte beschränkte, ging um. Mit Wörtern legten sie Brand.

Das politische Wissen, das er aus München mitbrachte, das er durch seine einsamen nächtlichen Studien in Kolbstadt noch mehrte, verwirrte die Zelle, in der er nun lebte, als Beamter auf Widerruf, staatlich besoldet. Diese Verwirrung wirkte auf ihn zurück. Mehrsprachig saß er sprachlos als Rechtsreferendar unter Rechtsreferendaren, die sich nur einer Sprache bedienten, einer juristischen Sprache, die sich abriegelte gegen die Zweifel, gegen die Widersprüche von draußen. Er war unter seinen Kollegen ein Widerspruch, der von draußen kam. Ein Widerspruch, der vor sich selbst nicht haltmachte, der sich nicht ausnahm von diesem dialektischen Prinzip, das seine Zweifel vergrößerte. Er war ein Widerspruch, mit dem es sich schwer leben ließ. Er war ein Widerspruch, der an sich litt.

Im nachhinein unterteilte er den »Widersacher« in verschiedene Zeitabschnitte, die aber nicht mehr markierten als die Zeiträume der Entstehung des Manuskripts. Die »RR-Zeit« umfaßte die Aufzeichnungen des Rechtsreferendars Christian Kirsch; die »Schinder-Zeit« enthielt weniger unmittelbare Berichte aus der Vorstandsetage dieses Konzerns als einen Report des leidenden leitenden Angestellten aus dem Innern des Ichs; das Herzstück des »Widersachers« war in jenen drei Wochen entstanden, in denen er den Korridor verlassen hatte, untergetaucht war in seinem Zimmer in der Geierstraße in München, in denen er nicht mehr außer Haus ging, in denen er sich sammelte zu einer Entscheidung, die ihn noch tiefer hineinführte in diese Anpassung oder aber heraus aus diesem Konzern. In der »RR-Zeit« gab es Rückfälle in Schreibversuche, die er immer wieder erlitt. Schreiben war inkriminiertes Tun, ein privater Luxus, der ihn mit einem System versöhnte, das sich Künstler hielt.

Die Blätter des »Widersachers« waren ungebunden, nicht geheftet. Lose gesammelt entsprachen sie der Konzeptionslosigkeit, die ihm zum Prinzip geworden war beim Niederschreiben, beim Nichtordnenwollen seiner Gedanken.

Margot schlief, auch Rudi. Er suchte nach der Ruhe, die er brauchte, um in dieser Nacht auf Dienstag einzuschlafen. Er suchte nach ihr im »Widersacher«.

An einem leeren Tisch sitzen, ohne Konzept, in mich hören, warten, daß etwas aufsteigt, es abfangen, bevor es ins Bewußtsein eintritt. Ich brauche Geduld.

Mich nicht für diese Stunden präparieren, damit ich nicht aufgerieben werde bei der Anstrengung, den Gedanken von vormittags elf Uhr nachmittags wiederherzustellen. Die Unmittelbarkeit ist die einheitliche Perspektive, die ich anstrebe. Auf Unmittelbarkeit kann ich nicht verzichten bei dem Versuch, mich zu finden. Sie befreit mich von Ängsten um Form, Kohärenz, Kontinuität.

Das Inmichhören ist ein Untertauchen. Nicht jeden Tag habe ich gleich viel Luft ...

Es fällt mir gar nicht ein, mir nicht zu widersprechen. Ich verbiete mir nicht den Mund. Ich bin ein Kontinuum an Zweifeln. Alles, was man mir abverlangt, ist entscheiden ...

Ich sitze schon wieder einmal ohne Konzept an dem leeren Tisch. Ich höre in mich. Ich bemühe mich, das, was aus mir aufsteigt, nicht in eine Geschichte abzubiegen. Wo ein Satz den anderen verpflichtet, Schuldverhältnisse von Sätzen.

Es gelingt mir nicht, konzentriert in mich zu hören. Ich habe soeben überflogen, was mich gestern beschäftigt hat. Es bewegt mich heute nicht ...

Ich habe seit Tagen die Wohnung nicht mehr verlassen. Mittags stelle ich eine Konserve in heißes Wasser. Das Telefon läutet immer seltener. Ich gehe nicht ran. Ich lese keine Zeitung. Ich lese nur meine Texte und Sebaks Briefe. Ich bewege mich zwischen meinen Texten und den Briefen.

An dieser Stelle im »Widersacher« folgten Auszüge aus Briefen, in denen der Kunstakademieschüler Sebak sich wieder fragte, ob es nicht besser sei, ein eigenständiges freiheitliches Leben aufzugeben und sich zu verlieren und aufzugehen in der Anpassung an andere Menschen. Aber andererseits, schrieb Sebak, sei ihm klar, daß es zu einfach wäre, sich anzupassen, Objekt zu werden, außengeleitet, und ganz aufzuhören, aktiv und als Subjekt innengeleitet zu leben. In Unklarheit und die Lage noch nicht ganz durchschauend, blieb Sebak am Briefende »Dein Sebak«.

Er hatte sich damals im Juni 1971 zurückgezogen in diese Texte. Ein Schutzraum, tief im Innern eines Hauses gelegen, in dem er alle Zimmer hinter sich verschlossen hatte. Jetzt im Mai 1972 blieb er selber ausgesperrt aus solchen Sätzen. Etwas in ihm widersetzte sich dem »Widersacher«, ja denunzierte ihn. Er kam nicht heran an dieses »Widersacher«-Ich. War dieses Ich, dem er an diesem Montag abend in Kolbstadt als Ehemann, Familienvater, Richter auf Probe, als Baumers Visavis an zwei aneinandergerückten Schreibtischen in der Justiz wiederbegegnete, war dieses »trauerumschattete« Ich nur der Held einer handlungsarmen, seltsam richtungslosen Episode?

Es war nicht zu klären, in einer einzigen Nacht. In der er schnell den Schlaf fand. Neben Margot, die neben ihm schlief.

V.

20. Mai 1972, vormittags

Am Wochenende versah er Bereitschaftsdienst. Von Samstagmorgen bis Pfingstmontag war er der für unaufschiebbare Entscheidungen zuständige Richter. Auf sein Läuten vor dem Portal sperrte ihm der Hausmeister auf, um wieder abzutauchen in sein privates Souterrain. Er verbrachte die Zeit von Samstag zwischen zehn Uhr morgens bis zwölf Uhr mittags im Justizpalast. Sein Schlüssel sperrte für alle Zimmer. Er setzte sich an seinen Schreibtisch, Baumer saß ihm heute nicht gegenüber. Mit dem Gefängnis, von wo aus ihm die Einlieferung vorläufig Festgenommener mitgeteilt wurde, stand er in telefonischem Kontakt. Stellte die Staatsanwaltschaft einen Antrag auf Erlaß eines Haftbefehls, trat er als Haftrichter in Funktion. Als Verwahrungsrichter befand er darüber, ob eilig ins Nervenkrankenhaus eingewiesene Personen einstweilen dort zu verbleiben hatten, indem er feststellte, ob sie geisteskrank, geistesschwach, rauschgift- oder alkoholsüchtig waren; gemeingefährlich oder selbstgefährlich mußten sie zusätzlich sein, damit er aus Gründen der öffentlichen Sicherheit oder Ordnung ihre Verwahrung vorläufig anordnete.

Er schritt durch die leeren Gänge des Justizpalastes, an den hohen Fenstern blieb er stehen. Im Bereich der großen Sitzungssäle, in denen das Schwurgericht über die Schwerkriminalität zu Gericht saß, wuchs auf offenem Gang ein Marmorbrunnen aus der Wand. Strafrichterhände wuschen sich über dem Becken aus Stein, um sich anschließend an einem Behördenhandtuch zu trocknen.

Er war eine Schachfigur auf dem Schachbrettmuster quadratischer Steinfliesen. Seit siebzig Jahren stand dieser Palast, eine Einschüchterungsarchitektur aus dem Jahre 1901, wie progressive Reformer das Haus beim Namen nannten, ein imposanter Bau, fand er, der ihn nie eingeschüchtert hatte, nicht den Studenten der Rechte, der hier in den Semesterferien in Kolbstadt sein Praktikum abgeleistet hatte, was bedeutete, daß er einem Richter zugeteilt war, mit dem er stundenweise das Büro teilte, den er begleiten durfte auf seinem Gang in den Sitzungssaal, auf seinen von der Rechtsprechung der Obergerichte kontrollierten Wegen zur Findung des Rechts; auch der Rechtsreferendar Christian Kirsch hatte nicht Anstoß an diesem Palast genommen; gegen seine »Kollegen« war er, der Genosse, gestoßen, hatte sich an ihnen verletzt; die Geschwindigkeit, mit der sie ihre Rolle nach dem Übertritt vom Reich der Lehre ins Vorfeld, ins Übungsfeld einer Gewalt, die Recht nun ausübte, zu akzeptieren schienen, hatte ihn verunsichert; wie unkompliziert sie komplizierte Lebenssachverhalte, bei denen Personen meist eine Verliererrolle spielten, entpersonalisierten, ohne Rücksicht auf »persönliche Verhältnisse« subsumierten sie; ohne Rücksicht auf den Menschen, warf er ihnen vor, eben ohne »Ansehen der Person«, wie er in einem auf den Park verweisenden Sitzungssaal Baumer geschworen hatte, wo er in einem Zustand hellwacher Bewußtseinsspaltung einen Text nachsprach, sich mit ihm auf ein Amt einschwor, um parallel dazu das gesprochene Wort durch einen Blick auf zwei langhaarige, gleich aussehende Liebende zu unterlaufen. Der richterleere, der staatsanwaltleere, der wachtmeisterleere Justizpalast wirkte beruhigend auf ihn. Er war drinnen. Hatte keinen Schlüssel nach draußen. Der Hausmeister war zuständig für seine Entlassung. Der Hausmeister, im Bauch der Justiz, wo sich »Intercitys« träge von

Sofa zu Sofa bewegten. Die Aushänge vor den Sitzungssälen, dunkelbraune Holzrahmen in Plakatgröße, sie waren am Wochenende leer; seitlich, am Holzrahmen, waren sie aufzuschließen, mit Schlüsseln, über die Protokollführer verfügten. Verfügt wurde in der Justiz; verfügen hieß eine seiner ersten Berufserfahrungen. Richter verfügten die Zustellung von Zeugenladungen, verfügten die zwangsweise Vorführung von Angeklagten, die unentschuldigt den Verhandlungen fernblieben, in denen sie abgeurteilt werden sollten; Richter verfügten die Herausgabe von Asservaten, Mordwerkzeuge wurden verfügungsgemäß eingezogen. Richter verfügten, nicht zuletzt, über ihre Zeit, waren an keine Dienstzeit gebunden. Stechuhren stachen allenfalls für Staatsanwälte, selbst das Justizministerium konnte deren Benutzung durch Richter nicht verfügen.

Er spürte den richterlichen Freiraum, als er durch die freien Gänge ging, an diesem Jourdienstsamstag. Der Aushangkasten war aufklappbar, aufzublättern wie ein Buch, das man aufschlug, um eine Geschichte fortzuschreiben, das Verbrechen schrieb in diesen Aushängen seine Geschichte, Sitzungstag für Sitzungstag, die nicht endete in einem letzten Kapitel, die Geschichte von einem kaputten Leben, verwundet die Opfer, verwundet die Täter, Urteile fügten neue Verletzungen hinzu. Aber konnte man urteilen, ohne zu verletzen? fragte er sich. Er ging nahe heran an die Schäden im Holz. In München hatte er außerhalb der Außenwelt gelebt, Folien hingen zwischen ihm und dem, was ihn umgab. In Kolbstadt stieß er mit der Nase gegen einen Aushang vor einem Sitzungssaal. Hier, auf den Straßen Kolbstadts, entging ihm nicht, daß rote Farbe aufstand, abblätterte von der Rundung eines D, dem vierten Buchstaben in dem hölzernen EISDIELE über zwei quadratischen Fenstern einer Eisdiele, die in einer Wilhelmsstraße in Kolbstadt ›Römische Grotte‹ hieß, ein weißer, schmuckloser Flachbau, der auf Umwegen, auf Abwegen, eingegangen war in eine Erinnerung an seine Florenzreise; in Kolbstadt fing er plötzlich an, sich zu erinnern; in einer Erinnerung an eine Italienreise lag eine Erinnerung an seinen Vater in Kolbstadt geschichtet, Rudi war nicht hinwegzudenken aus einem großen Zusammenhang, einem sentimentalen Nord-Süd-Gefälle, wie er in einer familiären Beweiserhebung das nannte, was mit einer Reise begonnen hatte, was mit ihrem ruhmlosen Abschluß in Kolbstadt zusammenhing. Er näherte sich plötzlich seiner Familie, seiner Außenwelt. Dabei wäre er nicht bereit, sich anzupassen. In diesem Punkt unterschiede er sich nicht von Sebak. Nicht »außengeleitet« wollte Sebak existieren, nicht aufhören wollte Sebak, als Subjekt »innengeleitet« zu leben. Woher nahm ausgerechnet Sebak diese Orientierung?

Er besah die Narben im Holz. Einstiche von Reißnägeln, die Protokollführer ins Holz gedrückt hatten, um an den Morgen von Sitzungstagen das DIN-A4-Blatt, das Aushang hieß, zu befestigen. Grobporige Haut, die in Schuppen abfiel, im Zentrum der Fläche, wo sich die Einstiche häuften, sich ausbreiteten zu einer offenen Wunde. Die Namen von Angeklagten, die ihnen zur Last gelegten Taten, die Namen der Zeugen und Sachverständigen hingen aus im Aushang, vor allem für Prozeßbesucher, die sich an dem Zeremoniell der strafprozessualen Aufbereitung der Normenverstöße delektierten. Diese Art von Öffentlichkeit hatte er erlebt als Rechtsreferendar. Das war nicht die Öffentlichkeit, deren Herstellung das Gerichtsverfassungsgesetz den erkennenden Gerichten auferlegte, um die Kontrolle richterlicher Erkenntnisse, die sich in Urteilen ausdrückten, zu garantieren. In dem Glas des Aushangs, vor dem er stand, spiegelten sich verzerrt die hohen Bogen der Fenster, die auf die Öffentlichkeit der Straßen von Kolbstadt hinauswiesen.

Zwei Frauen hatten in dieser Nacht von Freitag auf Samstag versucht, aus dem Leben zu scheiden. Sie befanden sich in einem die freie Willensbildung ausschließenden Zustand von Krankheitswert, attestierte der sie einweisende Arzt, was ein Abteilungsarzt des Nervenkrankenhauses in einem Aufnahmeformular bestätigte. Wer bei seinem privatistischen Rückzug aus dieser Gesellschaft in die Konsequenz seines Todes ging, war nach der herrschenden Rechtsprechung nicht bei Sinnen. Im Schrifttum erhob sich vereinzelt Widerspruch, der sich von einem Menschenbild ableitete, in dem der freie Willensträger uneingeschränkt auch über das Ob seiner Existenz verfügte. Er war ein Liebhaber der anderen Ansicht, des Widerspruchs. Aber wollte er in Kauf nehmen, daß die beiden Frauen ihren Versuch wiederholten, vielleicht mit Erfolg?

Er setzte seinen Rundgang auf dem Schachbrettmuster fort. Er spielte eine Figur, die nur die weißen Felder für ihre Züge, für ihre Sprünge benutzen wollte. Weiß stand für den Anfang, die Unschuld, seinen unschuldigen Anfang bei dieser Justiz, weiß wurde nicht schuldig gesprochen, in einem königlichen, einem hoheitlichen Spiel; hoheitliche Gewalt übte er aus im Namen des Volkes, und doch war das ein Spiel, ein Kombinations-, ein Positionsspiel, in dem man taktierte, Symbolfiguren bewegten sich an Gerichtswerktagen über die weißen und schwarzen Felder. Auch die Symbolik des Hauses, fand er, war nicht frei von unfreiwilliger Komik. Von den beiden Löwen, die im Parterre die steinerne Innentreppe zu beiden Seiten bewachten, hatte einer die Augen geschlossen, ja es schien, als würde die mächtige linke Pranke sich an den Löwenkopf greifen, eine Geste, die ein breites Feld eröffnete der Spekulation, die zweite Pranke hing schlaff, wie eine im

Schlaf gefallene Hand, über den Steinsockel, auf dem sich der Löwe zur Ruhe ausgestreckt hatte, und berührte den Holzständer, auf dem die Justiz mit Informationsbroschüren für sich warb; mit bürgernahen Worten wies sie den Bürgern den Weg, den Rechtsweg, zu sich. Die von den Löwen flankierte Treppe führte nach der Austrittsstufe durch einen Rundbogen mitten ins Herz der rechtsprechenden Gewalt. Hier begann auf einer höheren Ebene der breite, den Palast durchfließende Strom, von dem aus die Sitzungssäle zu erreichen waren. Diese Innentreppe diente in einem tiefen Sinne des Wortes der Verbindung verschiedener Höhenebenen, Basis und Überbau verband sie; das eigentliche Leben, was immer das war, verlief in der Niederung; die Erkenntnisse, die sich in Form von Urteilen aus diesem Leben ableiten ließen, wurden von einem höhergelegenen Standpunkt aus gezogen, von einer höheren Warte aus sähe auch er nun als Teil dieser Gewalt, als erkennendes Gericht, auf das feine Beziehungsgeäder des Lebens; auf die Irrungen, Wirrungen, die es zu beruhigen gälte durch ein rechtskräftiges Urteil, das die Kleinkriege in den Ebenen der Realität beendete. Was immer die Aufgabe der beiden Löwen war, auf halber Höhe des Übertritts in eine höhere Bewußtseinsstufe, auf halber Höhe zu den Höhen des Rechts, ob sie sichten sollten, besänftigen durch ihre gewaltige biologische Präsenz oder mahnen, diese Justizpalastlöwen wurden, so wie sie gestaltet waren, ihr nicht gerecht.

Die Treppe zur Rechtsprechung bestand aus sieben Steinstufen. Dagmar, seine Schwester, war als Anwaltsgehilfin sie täglich hinaufgestiegen, um die Post abzuholen, Schriftsätze, Urkunden, deponiert von Gerichtswachtmeistern in den Fächern der Rechtsanwälte. Aus ihrem stets eiligen Gang waren Schritte geworden, sobald sie sich auf der Höhe der Sitzungssäle befand; das hatte sie ihm gestanden, damals, als er, der Vierzehnjährige, schon mit dem Gedanken spielte, sein Berufsleben einmal der Herstellung von Gerechtigkeit zu widmen; ein Weg, der unvermeidlich über das Recht führte, eine Überzeugung, die er auch nicht aufgab, als die Zeit der »Neuen Kritik« angebrochen war; als das Recht für ihn und seine Genossen nichts anderes war als die ideologische Widerspiegelung der wirtschaftlichen und politischen Verhältnisse einer Gesellschaft; demnach galt es, die Basis zu humanisieren, damit sich humane Lebensbedingungen in einer humanen Rechtsprechung widerspiegelten. Es genügte als Richter nicht, Recht zu sprechen, warf er Baumer vor. Der Disput, den er schon am ersten Arbeitstag hier in Kolbstadt mit Baumer begonnen hatte, war in dieser persönlichen Überzeugung auf einen Punkt gebracht, an dem sich die Geister schieden. Das Geständnis der Anwaltsgehilfin Dagmar hatte ihm damals geschmeichelt. Bewunderte sie ihn nicht voller Ehrfurcht, den kleinen Bruder, der in ihrer Vorstellung Richter schon war, zumindest Rechtsanwalt? Die Seite, auf die er sich schlagen würde, erklärte er seiner Schwester ernsthaft, wäre in jedem Fall der Gerechtigkeit am meisten verpflichtet. Dagmar, vielleicht in dem weißen Kleid, auf dem schwere Blüten bedeutungsschwer nach unten wiesen, sie war diesen Gang gegangen; an den Aushängen, stellte er sich vor, wäre sie stehengeblieben; der Prozeß gegen die hübsche Kindsmörderin, deren langes, zigeunerhaftes Haar für Augenblicke in jener Fotografie in den ›Mittelbayerischen Nachrichten‹ das Gesicht eines Polizisten streichelte, spielte in dieser Zeit. Suchte sie, seine Schwester, in der Tarnung der Anwaltsgehilfin nicht nach der Süße der Sünde, die die abgekürzten Verbrechen in den Aushängen der Sitzungssäle versprachen: Notzucht, Beischlafserschleichung, Unzucht mit Kindern, Verführung?

Er wußte wenig von ihr, seiner Schwester. Er wußte wenig von Margot, seiner Frau. Er mußte erst achtzehn Monate in der Enge eines Korridors in München eingesperrt sein, um zu erkennen bei seiner Rückkehr nach Kolbstadt, daß er sich abgesondert hatte von seiner Familie, splendid isolation, eine Insel war er gewesen, an der niemand stranden durfte; jetzt wäre sie eingenommen. »Ich sagte mir Guillaume es ist Zeit daß du kommst/Damit ich endlich weiß wer ich bin …« – bis hierher konnte er Apollinaires hochmütigem »Cortège« noch folgen. »Der ich die anderen kenne/Ich kenne sie mit den fünf Sinnen und einigen anderen/Mir genügt es ihre Füße zu sehen um sie ganz zu kennen zu Tausenden/Ihre panischen Füße zu sehen und ein einziges ihrer Haare/Mir genügt es das Geräusch ihrer Schritte zu hören/Um auf immer zeigen zu können welche Richtung sie eingeschlagen haben« – das war schön gedichtet, schön gelogen. Eine schöne Lyriklüge. Besserwisserei. Mit seiner Besserwisserei hatte er sich isoliert. Er wollte den orientierungslosen Anpassern nicht folgen auf einem Weg, von dem er von vorneherein wußte, daß es der falsche war.

Er ging an den schläfrigen Löwen heran, der seine Augen vor den rechtsuchenden Bürgern, vor der Justiz, vor seinen forensischen Pflichten verdeckte. Das Sinnbild des Heldentums hatte sein Hinterteil aufgerichtet wie Intercity, wenn er seiner Katze mit der bloßen Hand oder Bürste den Rücken striegelte. Der Löwe und Intercity, sie entsprachen nicht der Vorstellung, die sich sprichwörtlich mit ihrer Rasse verband. Es war Widerstand, den sie insgeheim leisteten; ihre figürliche Besonderheit war keine Deformation der Natur, sondern pflichtzersetzende Selbstverstümmelung. Aber was waren die Pflichten einer Katze? Katzenpflichten? Gab es eine andere Pflicht als die, frei zu sein? Intercitys eingerissene Ohren waren nicht der Preis, den sie für die Beute ihrer stolzen Raubzüge zahlte; von einem Abwehrkampf, einem Freiheitskampf zeugten sie, bei dem sie sich gelegentlich in Baracken flüchtete, wo sie sich begegnet und nahegekommen waren, wo Intercity mit langsamen, raumgreifenden, vertrauensvollen Schritten auf ihn zugekommen war, so wie sich Rudi in einem großen Sturz ihm anvertraut hatte; beide, die Katze und seinen Sohn, hatte er in seinen Armen gehalten, beiden hatten seine Arme das Versprechen von Schutz gegeben. Auf einem der Hoden des Löwen stand mit roter Kreide RAF geschrieben. Auf den anderen Steinhoden war in einen Kreis ein Maschinengewehr gezeichnet als Kriegserklärung dieser »festgefügten Bande«, deren Mitglieder in wenigen Tagen der Prozeß erwartete. Die Lunte war gelegt im Vorhof der dritten Gewalt.

Daß Personen, die freiwillig aus dem Leben scheiden wollten, nicht mehr Souverän ihres Willens, sondern geistesgestört waren, überzeugte ihn nicht. Er machte sich auf die Suche in der Bibliothek.

Sie befand sich im ersten Stock des Justizgebäudes, auf der Etage des Landgerichts. Der Generalschlüssel, der für alle Büroräume sperrte, sperrte auch für die Bibliothek. In der verlassenen, stillen Justiz erschien ihm dieser Raum noch stiller als die anderen Zimmer. Zwei hohe Fenster wiesen auf den Hof hinaus, der als Parkplatz diente. Das dunkelbraune Holztor war verschlossen, die gläserne Kabine leer, die Schranke heruntergelassen. Nur der Wagen des Hausmeisters, ein Skoda aus der Tschechoslowakei, dessen ausgeblichene Farbe ihn an das Graubeige des Telefons des leitenden Angestellten Kirsch erinnerte, dieser Skoda stand, korrekt in eine schräge, weißmarkierte Parkbucht gesetzt, allein in dem weiten Hof. In der Mitte der Bibliothek stand ein großer, quadratischer Tisch; an ihm nahm er Platz. Er sah sich um. Wohin er auch sah, überall sah er Bücher. Er sah auf zu Büchern, Bücher sahen auf ihn herab.

Wenn er all die Seiten in diesen Lehrbüchern, Kommentaren, Entscheidungssammlungen, in den juristischen Monatszeitschriften aneinanderfügte, was ergäbe diese Montage für eine Strecke von Wissen, kilometerlange Erkenntnisse, Tausende Schicksale, wie viele Liter Tränen, wieviel Blut, wenn er an die Rechtsprechung in Strafsachen dachte, wie viele Gräben wären auszuheben, wie viele Epitaphe zu schreiben für Täter und Opfer? Winzig saß er inmitten dieser Bücherwände; in welchem Band, auf welcher Seite versteckte sich die Erkenntnis, nach der er suchte? Was konnte er, Christian Kirsch, denken, was nicht schon gedacht war in Tausenden von Juristenhirnen?

Was konnte er ausrichten, Anfänger, Richter auf Probe, in dieser Justiz? Die wirkliche Einschüchterungsarchitektur war nicht aus Steinen und Mörtel errichtet; die Leinenrücken der Folianten fühlte er wie Gewehrläufe auf sich gerichtet; er sollte aufhören, nach einer eigenen Lösung zu suchen; ergeben sollte er sich der Macht des hier gehorteten Wissens.

Er war nicht Richter geworden, um sich ausrichten zu lassen nach dem, was herrschende Rechtsprechung war, machte er sich Mut; Rechtsprechung, die herrschte, beherrschte, die die herrschenden Verhältnisse ideologisch verschleierte, in einer Sprache, die zum Beweis dafür, daß richtig war, was Richter in ihr ausdrückten, immer wieder zurückverwies auf die gesetzlichen Definitionen ihrer Grundbegriffe. Wer in ein Nervenkrankenhaus eingewiesen wurde und sich gegen seine Verwahrung sträubte, war krankheitsuneinsichtig und lieferte damit den Beweis für die Rechtmäßigkeit seiner Unterbringung. Wer krankheitseinsichtig war, befand sich sowieso am richtigen Ort.

Als kritischer Jurist durchschaute er diese Scheinargumentation. Wie aber löste er als Verwahrungsrichter die beiden Eilfälle? Wem nützte er mit einem Beharren auf einer anderen Ansicht, wem schadete er? Den beiden Frauen und ihren Familien?

Er suchte nach einem Kommentar zum Verwahrungsgesetz. Zwischen den in den Justizhof verweisenden Fenstern stand der Karteischrank. Von den billardgrünen Fassaden der herausziehbaren Kästchen leuchteten die weißen Großbuchstaben und Ziffern, die auf die Verfasser der Werke oder auf die Buch- und Zeitschriftentitel verwiesen. Eine Karteikarte im Inneren des Kästchens verwies in römischen Ziffern auf eine bestimmte Bücherwand in dem Raum, Buchstaben an den Regalen verwiesen auf Buchstaben, geklebt auf Buchrücken. Er fand den Kommentar zum Verwahrungsgesetz, er streckte sich nach dem Band, doch der war nicht zum Greifen nahe. Er rollte eine Metalleiter, die in dreiviertel Höhe des Regals in einer Schiene und auf dem Parkettboden auf zwei kleinen Hartgummirädern lief, unter das Verwahrungsgesetz und stieg auf die Leiter. Er zog den Kommentar, der eingezwängt war in eine Reihe enggestaffelter Bücher, heraus, setzte sich mit halbem Hintern auf eine Holzsprosse, blätterte, suchte und fand, noch auf der Höhe der Leiter, unter der Randziffer dreiundzwanzig zu Artikel eins, was herrschende Meinung war. In einer gedrängten, doch präzisen Sprache igelte sich diese herrschende Meinung gegen die Zweifel, gegen die Widersprüche einer anderen Ansicht ab. Er bräuchte Zeit, viel Zeit, mehr als ihm jetzt, zwischen 11 Uhr und 12 Uhr, zur Verfügung stand, entschuldigte er sich später, um diese Schale, diese feste Schale aufzubrechen, mit der sich die herrschende Judikatur umgab; und man verletzte sich leicht dabei.

Nachdenklich, ohne zu einem Entschluß gekommen zu

sein, verließ er die Bibliothek. Er wog ab, zögerte. Er war blockiert.

Im »Widersacher« hatte er verschiedentlich über die Funktion der Sprache, auch über die Sprache ihrer »Neuen Kritik« geschrieben. Was für die Linke galt, galt auch für die Justiz. Er forderte damals, als er sich in diesem Konzern einem verhaßten Büroalltag zuwenden mußte, als er gezwungen war, diese Bürofremdsprache zu erlernen, eine autonome Sprache des Gegenmilieus, keine Sprache im Umkehrschluß zur herrschenden. Es galt, das Vertrauen in die Sprache zu zerstören. Er verlangte im »Widersacher«, die Wirklichkeit nicht wiederzuentdecken. Nicht um eine Zuwendung an eine alte Wirklichkeit ginge es, sondern um die Gewinnung einer neuen Realität. Realistisches Schreiben, schrieb der Herausgeber der »Jungen Lyriker des deutschen Sprachraums« hingegen, setze voraus, daß das Gedicht überhaupt etwas »behandelt«, sodann, daß die Behandlung nachprüfbar sei. Behandelt, erregte er sich im »Widersacher«, sollte wohl diese verhaßte Wirklichkeit werden, mit dem Ziel, ihr wieder auf die Beine zu helfen. Ich war in diesem Sinn Realist, stellte er fest, ich denke nicht daran, fuhr er fort, in diesem Sinn Realist zu bleiben.

Der »Widersacher-Extrakt« schien eingebrannt in sein Gedächtnis. Brandwunden in seinem Gehirn. Doch überdeckten nicht auch im »Widersacher« die von ihm verwendeten allgemeinen Begriffe so manchen persönlichen Zweifel? Das war nicht zu klären jetzt, an einem Samstagvormittag, in der Bibliothek eines Landgerichts, wo er inmitten fremder Erkenntnisse nach einer eigenen Erkenntnis suchte, wo er zwei unaufschiebbare Fälle zu lösen, zu entscheiden hatte, wo er zudem unter Zeitdruck stand. Um 12 Uhr erschiene der Hausmeister mit einem riesigen Schlüssel, um die Rechtsprechung auszuschließen aus diesem Palast.

Draußen auf dem Gang drang der Geruch von Schweinebraten die Kellertreppe herauf, verströmte in den leeren Fluren. Er traute seinen Augen nicht: Die Silhouette einer Katze näherte sich im Gegenlicht, das am Gangende milchweiß durchs Fenster floß, durch den gotisch anmutenden Bogen, schmales Mittelschiff einer Kirche, in dem in einer Lichtmilchspur eine Katze schritt; die dunklen Umrisse der Pfoten, die gleichmäßig, seelenruhig, selbstverständlich über Fliesen tappten, deren Ränder in dem wehen Gegenlicht ausgebrannt waren; auf den Brunnen vor dem Sitzungssaal steuerte sie zu; sie trat aus der Blendung des Gegenlichts; getigert war sie, erkannte er jetzt; sie würdigte ihn mit keinem Blick; seine Zeit war abgelaufen, maß sich nur noch in Minuten, die ihm, dem Jourdienstrichter, verblieben, ihre Justizpalastzeit war gekommen; der Duft von Schweinebraten, mit dem der hungrige Bereitschaftsrichter das glänzende Fett, das Krachen der knusprig gebratenen Haut verband, kündigte die Wochenendherrschaft des Hausmeisters und seiner Katzen an; von einem Pawlowschen Hund hatte er gelesen, von der Tätigkeit seiner Verdauungsdrüsen; in dieser Lehre von den bedingten Reflexen war von Katzen seiner Erinnerung nach nicht die Rede; unbeweglich saß die Hausmeisterkatze viele Sekunden lang am Fuß des Marmorbrunnens und blickte hoch zu dem Wasserhahn, aus dem es spärlich tropfte, bevor sich Muskelstränge abzeichneten auf ihrem getigerten Rücken; sie ließ ihr tropfendes Ziel nicht aus den Augen, auch nicht im Sprung. Auf der Umfassung des Beckens richtete sie sich auf, um die Tropfen, die sich kontinuierlich am Hahn bildeten, abzuschlecken.

Bei dem Gedanken an Schweinebraten lief ihm das Wasser im Mund zusammen; Demonstrationsobjekt, der diensttuende Richter auf Probe, für die Lehre der Reflexelogie.

Es war halb zwölf. Die Tür seines Büros stand offen, damit ihn das Läuten des Telefons hier draußen auf dem Gang erreichte. Er machte eine Tür auf und war in einem Sitzungssaal. Von dem Saal aus betrat er das Beratungszimmer einer großen Strafkammer. Das fünfköpfige Gericht brauchte sich nur auf der Ferse zu drehen, um von der Richterbank abzutreten ins Beratungszimmer. Der Weg zur Einkehr für prozessuale Entscheidungen führte nicht an den Prozeßbeteiligten vorbei, vermied die Annäherung an eine Öffentlichkeit, die in von der eigentlichen Richtstätte abgetrennten Sitzreihen die Auftritte und Abtritte des Kammergerichts, den Gang des Verfahrens, verfolgte. Das Beratungsgeheimnis war gesichert durch zwei mit einem Eisenscharnier verbundene Türen. Er trat zwei Stufen hinab, wieder befand er sich in einer Bibliothek, die bestückt war vor allem mit strafrechtlicher Literatur. Die Bücherwände des Beratungszimmers mahnten gegenüber unabhängigen, nur dem Gesetz unterworfenen Richtern den Grundsatz der Einheitlichkeit der Rechtsprechung an. Einheitliche Urteile, die sich nicht widersprachen, alle hatten sie in eine Richtung zu weisen. Wer aber bestimmte die Richtung? Wer gab den Ton an? So wie sich das Verbrechen in den Aushängen der Sitzungssäle fortschrieb, Sitzungstag für Sitzungstag, schriebe sich die Rechtsprechung fort in dem begradigten Flußbett obergerichtlicher Entscheidungen, stellte er sich vor; ein Strom, der nur eine Richtung, die einmal eingeschlagene, kannte, der nicht umkehren konnte, a river of no return. Die Rechtsprechung ist ein Fluß ohne Wiederkehr, näherte sich der Jourdienstrichter dem französischen Dichter Apollinaire; der Fluß fließt und versiegt nicht, doch Strandgut schwemmte er an, Schiffbruch erlitten verurteilte Angeklagte und Opfer, Schiffbrüchige blieben zurück, verrotteten unbemerkt an seinen Ufern, während die Rechtsprechung unbeirrt weiterfloß, in die einmal eingeschlagene Richtung. So, wie er bei seinen Schreibversuchen erfahren hatte, daß ein einmal hingeschriebener Satz den nächsten verpflichtete, daß Schuldverhältnisse von Sätzen aus einem Satz entstanden, die ihn, den Autor, beengten, die plötzlich nicht mehr zuließen, daß er schrieb, was er ursprünglich hatte schreiben wollen, so könnte die Drohung dieser in dem Beratungszimmer gehäuften obergerichtlichen Erkenntnisse bewirken, daß der einzelne Richter nicht jenes Recht sprach, das sich mit seinem persönlichen Rechtsbewußtsein verband. Einheitlichkeit der Rechtsprechung war ein Reizwort für ihn, dem man am wirksamsten mit einer anderen Ansicht begegnete. Er war leicht reizbar, doch er beherrschte sich, schließlich war es fünf Minuten vor zwölf. Er schloß sich der herrschenden Meinung an und erließ zwei Beschlüsse, mit denen er die Verwahrung der beiden Frauen anordnete.

Im Beratungszimmer der großen Strafkammer stand ein schmiedeeiserner Kleiderständer. Eine Robe war achtlos über einen Kleiderhaken geworfen, eine weiße, gebundene Schleife, das Halsband geschlossen am Klettverschluß, hing an demselben Haken über dem schwarzen Samt der Robe, der Samtbesatz, auf dem die weiße Schleife auflag, war stellenweise stumpf; vor den Achselstücken des weiten Ärmels, der unterhalb der Schleife verlief, waren vorschriftsmäßig vier kleine Falten gesetzt; schlaff hingen Robe und Schleife vor der Bücherwand am Kleiderhaken. Seinen Beruf hing man an den Nagel, den Waffen sagte man Lebewohl, in schwarzer Amtstracht und weißer Halsbinde führten Richter Krieg gegen das Unrecht, gegen das Verbrechen; einer der Krieger hatte seine Uniform abgelegt, kapituliert vor der Übermacht des Feindes, der unlösbaren Aufgabe oder der erpresserischen Allmacht rechtskräftiger Urteile in dieser Hausbibliothek; A

Farewell to Arms, ein Lebewohl den Waffen, in Hemingways Roman stand es für Desertation, hinter der Front des Ersten Weltkriegs war eine Liebe aufgeblüht zwischen einer Krankenschwester und einem Offizier; für ihn bedeutete dieses Buch, das in Deutschland unter dem Titel ›In einem anderen Land‹ erschienen war, die erste Begegnung mit amerikanischer Literatur; seine große Schwester Dagmar hatte ihm dieses Taschenbuch geschenkt, an dessen Umschlag ihn jetzt das Stilleben einer abgehalfterten Rechtsprechung in dem Beratungszimmer der großen Strafkammer des Landgerichts in Kolbstadt erinnerte: Amor hatte den Pfeil im Bogen gespannt; vor Pinien stand er an der Isonzo-Front, ein fetter, nackter Engel, auf einer barocken Balustrade, vor der ein Gewehr, ein Helm und eine Pistolentasche das stille Bild eines privaten, resignativen Rückzugs abgaben, ein Lebewohl dem Krieg; aus dem Gesicht dieses Engels war er damals nicht schlau geworden; Amors Blick war zwar auf Waffe, Helm, auf die Pistolentasche gerichtet, indes schien der Engelsblick auf einem inneren Bild zu verweilen; in der Hand, mit der er den Pfeil an die Bogensehne hielt, hielt gleichsam auch sein Entschluß als Schütze; entschlußlos, entwaffnet sah er herab von der Balustrade auf die zurückgelassenen Waffen. Was sollte er tun? Amtstracht und Halsbinde eilig abgelegt, in einem Beratungszimmer, zurückgelassen von einem Richterkollegen, der sich möglicherweise nicht gegen einen Angeklagten entscheiden hatte wollen, sondern sich abgesetzt hatte. Eine schöne, melancholische Vorstellung. Er malte sie aus. Der fette Engel in seiner Erinnerung verwies mit seinem Pfeil auf die Amorette im Park, um deren Sockel herum sich die beiden jungen, langhaarigen Liebenden an seinem ersten Arbeitstag gejagt hatten. Nicht nur die Romanfigur, auch die deutsche Übersetzung des amerikanischen Titels – »In einem anderen Land« –

entfernte sich von den Waffen. Eine Zeile, die in eines seiner Gedichte eingegangen war, eingedrungen in den Sprachraum der jungen deutschen Lyrik, wo er sich noch an Hemingway erinnerte, der später, als Sebak nicht mehr malen konnte, als Schriftsteller nicht mehr schreiben konnten, plötzlich nicht mehr Ernest für ihn war. In dem Gedicht »sommersemester«, dem das Gedicht »klassenlos« folgte, wobei er in keinem seiner Gedichte zwischen groß und klein mehr unterschied, schüttelten sie den Kopf über die verlorene generation / und schrieben verteufelt gute examen / wir lesen an Sonntagen / in einem anderen land / und erholen uns einigermaßen dabei ... Nirgendwo hatte es sich besser als in Gedichten gelogen. Die Zeit der Gedichte war vorbei. Die Zeit der Urteile gekommen. Ließe es sich nicht auch in Urteilen lügen? Lügen würden rechtskräftig in Urteilen. Lügen würden ausgefertigt, vollstreckt.

An das Fenster des Beratungszimmers war ein Tisch, ein Beistelltisch, für eine Person gerückt. Er nahm Platz, Fensterplatz. An Nachmittagen war das sicher ein Platz an der Sonne, die ungefiltert von Vorhängen auf die dünne, grüne Schreibunterlage schien, die sich wölbte, die sich unter der Sonneneinstrahlung verzogen hatte, aufstand an den vier Ecken, was auch von der künstlichen Wärme herrühren konnte, denn der Tisch war bis an die Verkleidung des Heizkörpers geschoben, der sich in einer Mauernische, unter dem Fenster versteckt, befand; die beiden Türen der Holzverkleidung ließen sich über der Höhe der Tischplatte an je einem großen, runden, weißlackierten Knopf öffnen, Knöpfe, die ihn an Mutters Küchenbüfett in der Simmernstraße erinnerten, rosa, hellblau, gelb die Türen, aufzuziehen an drei runden Knöpfen, Wärme spürte er, an dem Fenster sitzend, durch das Lochblech der Messingsiebe strömen, die in den Rahmen der beiden Türen der Verkleidung eingelassen waren, Wärme stieg auf aus der Blechperforation des Fensterbretts. Auf der im Licht des Maivormittags glänzenden Schreibunterlage bildeten ein in hellbraunes Schweinsleder gebundenes Buch zu seiner Linken, ein flacher, weißer, muschelförmiger Aschenbecher mit der Aufschrift »Weinbrand – Jacobi 1880« zu seiner Rechten und ein schwarzes Telefongehäuse dazwischen, im Kreisinneren der Wählscheibe der sperrige Hinweis »Feuer 112« und »Notruf 110«, ein Arrangement. Einen Augenblick lang glaubte er nicht an die Zufälligkeit dieser Tischdekoration, denn der in weiches Leder gebundene Band enthielt auf der Vorderseite in großen Buchstaben auf hellblauem Grund die erhabene Prägung DEUTSCHE JUSTIZ 1942. 1942, in diesem Jahr war er geboren. Das Buch und er, sie waren gleich alt, derselbe Jahrgang. Wie betäubt von dieser Erkenntnis schloß er die Augen, mit den Fingern seiner linken Hand tastete er den erhabenen Schriftzug DEUTSCHE JUSTIZ 1942 ab, Buchstabe für Buchstabe, Ziffer für Ziffer. Er blätterte in dem Band. Was war das für ein Jahrgang, sein Geburtsjahr? Was hatten 1942 deutsche Richter gedacht? In einem mit »Richter und Rechtsfindung« überschriebenen Artikel las er über das Berufsbild des Richters: »Er muß zutiefst erfüllt sein von der Liebe zu seinem Volk ... Die beste Schule«, hieß es, »die beste Schule für tätige Anteilnahme am Gemeinschaftsleben, für die Schärfung des Verständnisses gegenüber der Psyche der Volksgenossen war zu allen Zeiten der Militärdienst. Heute geschieht gerade in dieser Beziehung, die Jugend für das Leben in der Volksgemeinschaft zu erziehen, ungleich mehr. HJ, SA, Arbeitsdienst und Wehrdienst, sie alle sind diesen Zwekken dienstbar, und in welch unvergleichlich starkem Maße das Erleben des Krieges an der Front den Gemeinschaftsdienst weckt und stärkt, das haben wir Älteren im Weltkriege gelernt und empfunden; aus diesem Geiste ist die nationalsozialistische Bewegung entstanden.« Dieser Text, stand in einer Fußnote zu lesen, war eine Passage aus einem Vortrag, den ein Oberlandesgerichtspräsident Professor Dr. Sattelmacher, Naumburg, auf einer Tagung von Oberlandesgerichtspräsidenten und Generalstaatsanwälten gehalten hatte. Eine Seite weiter referierte ein Generalstaatsanwalt Dr. Jung aus Berlin über die Pflichten der Staatsanwaltschaft: »Wer hätte es früher jemals für denkbar gehalten, daß beispielsweise eine heute begangene schwere Gewalttat morgen zur Anklage und übermorgen zur Hauptverhandlung gelangt, während am nächstfolgenden Tage die Strafe gegen den zum Tode verurteilten Rechtsbrecher bereits vollstreckt wird! Die Wandlungs- und Anpassungsfähigkeit«, rühmte Dr. Jung, »die die Staatsanwaltschaft in der Zeit nach der Machtergreifung und insbesondere im Kriege gezeigt hat, ist nach meiner Auffassung der beste und schlagendste Beweis für ihre Bewährung. Man hat die Staatsanwaltschaft«, fuhr er fort, »in früherer Zeit gelegentlich die ›Kavallerie der Justiz‹ genannt. Ich möchte sie heute als die Stoßtruppe der modernen Strafrechtspflege bezeichnen.«

Sooft er auch weiterblätterte, wie viele andere Aufsätze er auch anlas: Nirgendwo regten sich Zweifel, nirgendwo wurde eine andere Ansicht geäußert, nicht einmal am Rande erwähnt, nirgendwo wurde den Herren Dr. Sattelmacher und Dr. Jung widersprochen. Im Gegenteil: Ein Rechtsanwalt Dr. Voß machte sich »Einige Gedanken über die Rechtsanwalttätigkeit«, als Vertreter der »dritten Säule der Rechtspflege« blies er ins gleiche Horn: »Wenn die Staatsanwaltschaft die Kavallerie der Justiz oder die Stoßtruppe der modernen Strafrechtspflege genannt wird, so wollen wir Rechtsanwälte die Pioniere der Rechtspflege sein.«

Er klappte die DEUTSCHE JUSTIZ 1942 zu. In hellbraunes Leder gebunden, die Kanten der Buchdeckel zusätzlich mit Lederdreiecken verstärkt, wirkte die DEUTSCHE JUSTIZ unversehrt, intakt, gesund auf ihre Art. Die goldenen Buchstaben der gotischen Schrift leuchteten auf blauem Grund: freundlich und himmelblau wie dieser 20. Mai, dreißig Jahre danach. Dreißig Jahre danach amüsierten ihn, den Berufsanfänger, eine über einen Kleiderhaken geworfene Robe und eine weiße, auf dem abgewetzten Samt dieser Robe aufliegende Schleife, weil er in diesen achtlos abgelegten Kleidungsstücken das Sinnbild richterlicher Pflichtverweigerung sehen wollte: wie hätten im Kriegsjahr 1942 seine Kollegen, die Pionierführer und Stoßtruppleiter, auf seine zersetzende kollegiale Phantasie reagiert?

Er hörte entfernt das Läuten eines Telefons. Er eilte hinaus auf den Gang: Jemand versuchte offensichtlich, ihn, den Jourdienstrichter, in seinem Büro zu erreichen. Außer Atem nahm er den Hörer ab. Ein Anruf aus der Justizvollzugsanstalt.

Ein Randolph Zorzi wurde soeben eingeliefert. Der Staatsanwalt stellte Antrag auf Erlaß eines Haftbefehls. Er ließ sich den Vorgang, der an der Torwache des Gefängnisses hinterlegt war, in sein Büro bringen. Der Staatsanwalt begründete seinen Haftbefehlsantrag in einem Formular handschriftlich mit Fluchtgefahr, weil der Beschuldigte über keinen festen Wohnsitz und keine sozialen Bindungen verfügte. Bei einer Straßenveranstaltung des Kommunistischen Bundes Westdeutschlands, las er, hatte Randolph Zorzi die Studentin Carmen Solleder kennengelernt. »Bei ähnlich gelagerten Interessen«, schrieb der polizeiliche Sachbearbeiter in seinem Ermittlungsbericht, »empfanden sie füreinander eine gewisse Sympathie, die sich hinsichtlich der Person des Beschuldigten Zorzi noch intensiver entwickelte«. Gemeinsam nahmen die beiden in der Folgezeit an verschiedenen Werbeaktionen des KBW teil. Die Studentin war sehr bald über die Sinnlosigkeit dieses Tuns verärgert und beabsichtigte »wirkungsvollere Aktionen«, zu deren Durchführung sich Randolph Zorzi »erbot«. Sie kamen relativ schnell überein, einen Brandanschlag vorzunehmen, und diskutierten verschiedene Objekte. Sie entschieden sich schließlich für die örtliche Geschäftsstelle der SPD. Für dieses Vorhaben, führte der Ermittlungsbericht aus, trank sich Randolph Zorzi mit einigen Litern Bier Mut an. Nachdem Zorzi und Carmen Solleder das Objekt ausgekundschaftet und einen Brandsatz aus einem leicht brennbaren Gemisch von Heizöl und Terpentin hergestellt hatten, begaben sie sich mit einer Limonadenflasche, die das Gemisch enthielt, um 2.50 Uhr vergangener Nacht zur Geschäftsstelle der SPD. Dort versuchte Zorzi, die Glasfüllung der Eingangstür mit einem Pflasterstein zu zertrümmern, was mißlang. Daraufhin warf er den angezündeten Brandsatz »in großer Erregung«, schrieb der Polizist, gegen die Tür. Wegen des von ihnen verursachten Lärms entfernten sich die beiden Beschuldigten vom Tatort. Sie besorgten sich einen Ölanzünder und kehrten zurück, um nachzusehen, ob die Inbrandsetzung gelungen war. Die Limonadenflasche war zerborsten, das ausgelaufene Gemisch brannte nicht. Zorzi konnte unter Zuhilfenahme des Anzünders den noch vorhandenen Wattedocht zum Brennen bringen. Dann wurde er von der inzwischen am Tatort erschienenen Polizeistreife entdeckt und festgenommen. Carmen Solleder gelang die Flucht. In unmittelbarer Nähe fand die Polizei einen roten Briefumschlag. Die Beamten entnahmen einen Zettel, auf den, wie vermutet wurde, die Studentin Solleder mit Schreibmaschine geschrieben hatte: »Ihr habt uns verraten! Sozialdemokraten!«

Der Bericht des polizeilichen Sachbearbeiters versetzte ihn in eine Spannung, wie er sie beim Aktenstudium sonst nicht empfand. Welche Entwicklung hatte Randolph Zorzis Sympathie für Carmen Solleder genommen? Kannte er, der Wohnsitzlose, ihren derzeitigen Aufenthalt? Welche Interessenübereinstimmung bestand, welche war möglich, zwischen dem berufs- und arbeitslosen Zorzi und einer Studentin der Philosophie? Der Bericht des Polizeibeamten war in der Kürze der Zeit mit Einsicht, ja mit Einfühlungsvermögen geschrieben. So ließ der Sachbearbeiter nicht unerwähnt, daß Zorzi extrem kurzsichtig war und eine starke optische Brille trug. Seine Einsichtsfähigkeit in das Unrecht der von ihm begangenen Straftat wäre vielleicht dadurch vermindert. Den Staatsanwalt hatte diese Folgerung zu der Marginalie veranlaßt: »Kurzsichtigkeit vermindert nicht Einsichtsfähigkeit!« Diese staatsanwaltschaftliche Logik am Rand des Blattes überzeugte nur auf einen ersten Blick. Zorzis optische Kurzsichtigkeit konnte als biologische Komponente zu einer Reifestörung mit Krankheitswert führen, was von Bedeutung wäre bei der Strafzumessung als Schuldmilderungsgrund. Wie sah Carmen Solleder aus? Hatte sie Zorzi mit anderem provoziert als mit höherem Bildungs- und Bewußtseinsstand?

Der Hausmeister stand in der Tür. Seine linke Hand über dem Knie hielt an einem Bund den großen Schlüssel. Im rechten Arm saß die getigerte Katze mit rundem Kopf. Der Hausmeister und die Katze, beide blickten sie auf ihn, der er um Viertel nach zwölf Uhr noch am Schreibtisch über der Haftsache Zorzi saß. Die Ohren der Katze waren im Gegensatz zu Intercitys Ohren unversehrt. Ihr Fell glänzte so prächtig, als hätte sich das Fett in dem Schweinebratenduft als Kondensat darauf niedergeschlagen. Sie machten ihm Vorwürfe. Sie schwiegen ihn an. Sein Zögern in der Haftsache Randolph Zorzi verzögerte ihr Mittagsmahl. Er packte die losen Blätter in den Aktendeckel und schlich sich an ihnen vorbei aus seinem Büro. Die Katze sah ihn aus grünen Augen verwundert an, und der Hausmeister schüttelte verwundert den Kopf. Sie folgten ihm auf den Gang, wo Bratenduft ihm wieder in die Nase stieg. Hausmeister und Katze geleiteten ihn zum Portal. Die große Katze richtete sich im Arm des Hausmeisters auf, als sie die Tür erreichten. Der Hausmeisterkopf und der Katzenkopf waren auf gleicher Höhe. Beider Blicke waren auf ihn, den Hausfriedensbrecher, gerichtet.

Der Raum, in dem der vorläufig festgenommene Zorzi dem Haftrichter vorgeführt wurde, war eine Zelle. Dem Verwaltungsbereich der Anstalt ausgegliedert, lag sie mitten im Zellentrakt. Er hielt die Luft an in diesem engen Zimmer, in das der Geruch der mittäglichen Gefängniskost drang. Die Vorstellung von dem, was hier in Teller geschlagen wurde, setzte ihm zu; verrührten sie tatsächlich Natron in Suppen und Saucen? – von einem Grinsen begleitet, eine leiernde Handbewegung unter dem Mensatisch: Jurastudent Kirsch und ein paar hartgesottene Kommilitonen über Tellern, aus denen der morbide Dampf von Erbswurstsuppe aufstieg ... Er kletterte auf einen Stuhl und kippte das Zellenfenster; ein Ball flog, stand vor einer Mauer, fiel, fiel aus seinem von Eisenstäben zerschnittenen Blickfeld, der graue Beton in seiner Augenhöhe, darunter kehlige Stimmen, Körper, die aneinanderstießen. Aus einem offenen Rollschrank nahm er das Formular für den Haftbefehl; er reichte es dem Protokollführer, der, hinter der Schreibmaschine sitzend, ihn schon erwartet hatte.

Er erließ den Haftbefehl. Mit dicken Brillengläsern in seinem blassen Gesicht saß ihm Zorzi gegenüber, in dieser Zelle, die als Vernehmungszimmer diente. Zorzi leistete keinen Widerstand. Er hatte ihm den Antrag der Staatsanwaltschaft vorgehalten und es ihm freigestellt, sich zur Sache zu äußern, sich eines Anwalts zu bedienen oder aber die Angaben zur Sache zu verweigern. Zorzi verwies müde mit leiser Stimme auf seine nächtliche Einlassung gegenüber der Polizei. Mehr sagte er nicht. Zorzis schleudernde Arm- und Beinbewegungen waren ihm aufgefallen, als der vorläufig Festgenommene von einem Bediensteten der Justizvollzugsanstalt in die Vernehmungszelle geführt worden war. Er trug ein weites Hemd, eine am Hintern durchhängende Hose. Seine Augen hinter den dicken Gläsern zuckten rhythmisch, er griff zum Rhythmus der Augenreflexe an das Gestell seiner Brille, als wollte er es abstellen, dieses Zucken, das ihn offensichtlich quälte. Die Eröffnung des Haftbefehls bestand darin, daß er, als Richter, die Vorder- und Rückseite des roten Formulars verlas. Es las sich schlüssig, der Zorzi angelastete Sachverhalt, seine rechtliche Qualifizierung, die Beweismittel für den dringenden Tatverdacht, die Fakten, auf denen die Fluchtgefahr sich gründete, der Grundsatz der Verhältnismäßigkeit, der gewahrt war zwischen der Schwere der Schuld und der Höhe der zu erwartenden Strafe. Fluchtgefahr war gegeben, weil Zorzi weder über einen festen Wohnsitz noch über soziale Bindungen verfügte. Er füllte ein zweites Formular aus, ein Aufnahmeersuchen, in dem er, der Richter, die Justizvollzugsanstalt um die Aufnahme des Untersuchungsgefangenen Randolph Zorzi bat. Er las Zorzi die vorgedruckten Fragen vor und malte mit dem Kugelschreiber ein Kreuz in die Antwortkästchen. Die Gefahr von Selbstverstümmelung und Selbstmord verneinte Zorzi. Er litt nicht an ansteckenden Krankheiten; auf die an ihn in diesem Zusammenhang gerichtete Frage nach homosexuellen Neigungen schüttelte er den Kopf. Er war nicht vorbestraft, schenkte man ihm Glauben. Von seiner Verhaftung brauchte niemand benachrichtigt zu werden. Die ihm ausgehändigte Ablichtung des Haftbefehls, verbunden mit einer Rechtsmittelbelehrung, ließ Zorzi in der Vernehmungszelle zurück.

»Ihr habt uns verraten! Sozialdemokraten!« Wußte Randolph Zorzi überhaupt, worauf sie anspielte, seine Mittäterin Carmen Solleder? Daß sie der Kopf dieser Limonadenflaschen-Sprengsatz-Aktion war, daran zweifelte er nicht. War es das Komplott, bestehend aus Bundeskanzler Brandt und den Ministerpräsidenten der Länder, dieser parteiübergreifende Zusammenschluß, der Dutschkes Wort vom langen Marsch durch die Institutionen beim Wort genommen und reagiert hatte am 28. Januar mit einem Extremistenbeschluß, auf das Carmen Solleder mit ihrer Bemerkung über die Sozialdemokraten abzielte? Wenn er Carmen Solleder, der Philosophiestudentin, in dubio pro reo unterstellte, daß sie in diesem angestrebten Schutz der freiheitlichen Grundordnung den ersten Schritt zu deren Beseitigung sah, verfügte der extrem kurzsichtige Zorzi über eine solche politische Weitsicht? War seine Schuld, so gesehen, größer, weil er politisch kurzsichtig war? Wer von den beiden verdiente die höhere Strafe? Für was würden sie bestraft? Machte es einen Unterschied, ob Zorzi das Gemisch aus Heizöl und Terpentin in einer Limonadenflasche vor die Geschäftsstelle der Sozialdemokraten warf, weil er Carmen Solleder begehrte oder weil er vielleicht doch durch diese Provokation den Zwangsstaat, der sich hinter dem Verfassungsstaat verberge, hervorlocken wollte?

»Ihr habt uns verraten! Sozialdemokraten!« War Carmen Solleders Enttäuschung nicht auch für ihn, den Proberichter, nachvollziehbar? War der Zusammenschluß der Philosophiestudentin mit dem sprach- und arbeitslosen Zorzi nicht der Versuch jenes neuen Bündnisses, das sie ja in ihrer bewußtseinsbildenden Fabrik in München angemahnt hatten gegenüber ihren Vordenkern, die in der Abgeschiedenheit ihrer kalifornischen Landhäuser glaubten, mit ihren »Versuchen über den befreiten Menschen«, mit ihren »Versuchen über die revolutionäre Veränderung der spätkapitalistischen Gesellschaft« tatsächlich diese Gesellschaft verändern zu können?

Der polizeiliche Sachbearbeiter sprach in seinem Bericht davon, daß sie, Solleder und Zorzi, verschiedene Objekte »diskutierten«. Also hatte Carmen Solleder tatsächlich Zorzi über die Sprache erreicht. Es wäre nicht fair gegenüber Zorzi, dieses Bündnis, strafmildernd für ihn, als eine private Liaison zu verniedlichen, in der ein wenig attraktiver Halbblinder sich dem kriminellen Ansinnen einer hübschen Studentin fügte, um sie gefügig zu machen für seine männlichen Gelüste. Andererseits: Je ernster der Richter Zorzi nähme, um so härter hätte er ihn zu bestrafen.

Er hatte Randolph Zorzi hinter Schloß und Riegel gebracht. Er hatte zum allerersten Mal einer Person ihre Freiheit entzogen. Falls dieses Limonadenflaschen-Unternehmen der Versuch eines neuen Bündnisses war, er, ausgerechnet er, hatte es in seinen Anfängen zerbrochen.

Auf der Nachhausefahrt hielt er seinen Wagen in der Widmarksstraße, auf der Höhe des Parks, unvermittelt an. Es war zwanzig Minuten nach zwölf Uhr. Durch das schmiedeeiserne Tor betrat er den Park. Der frische Lack der rotgestrichenen Alleebänke reflektierte das Mittagslicht, die Laubbäume flimmerten, von den steilen Sonnenstrahlen getroffen, hellgrün. Der Sandweg blendete ihn, er schloß die Augen und schritt weiter aus. Zwei-, dreimal drehte er sich um und blickte über die Mauer des fürstlichen Parks auf die oberen Geschosse des Justizgebäudes. Als er sich auf der Holzbrücke befand, hörte er den Verkehrslärm von der Widmarksstraße schon nicht mehr. Das langsame Fließen des Wassers unter sich glaubte er zu hören, ein kühles, beruhigendes Flüstern. Von der Bank aus, auf die er sich schließlich setzte, war die Justiz nicht mehr auszumachen.

Nach dem Mittagessen las er im »Widersacher« einen Abschnitt aus seiner »RR-Zeit«, Rechtsreferendar Christian Kirsch. Wir haben Jura studiert. Es war alles ganz einfach. Ich befürchte, es blieb für die meisten von uns einfach. So einfach wie in »Prüfe dein Wissen«, Wege zum Staatsexamen. Aus dem Vorwort: Viele der strafrechtlichen Leckerbissen, deren man sich damals noch erfreuen mochte, haben durch die eingreifende Entwicklung von Gesetzgebung, Rechtsprechung und Schrifttum ihren *Reiz* eingebüßt. Die Maschen, in denen sich der Rechtsbrecher fangen soll, sind immer enger gezogen worden ... Meißel und Hammer gründen eine Anti-Europa-Union. Hammer und Meißel befinden sich deshalb in der Folgezeit als Strafgefangene in der Strafanstalt Bernau. Hammer und Meißel sind *Arbeiter*. Aber das haben Sie schon lange erraten. Der Arbeiter *Hammer* leidet an Geschlechtskrankheit. Typisch. Stellen Sie sich vor: Die *Arbeiterfrau* Meißel hat dem Strafanstaltsinspektor zweimal den Geschlechtsverkehr gewährt, für den sie sonst von ihren »Freiern« fünfundzwanzig DM verlangt. Eine *Arbeiterfrau* geht auf den Strich. Der *Arbeiter* Meißel verfaßt als Schriftleiter einer extremgerichteten Parteizeitung einen Aufsatz, der die Aufforderung enthält: »Schlagt die Faschisten, wo ihr sie trefft!« Der *Arbeiterfamilie* Meißel ist einfach nicht zu helfen. Der *Arbeiter* Meißel veröffentlicht ein zur Gewalttätigkeit aufreizendes Gedicht. Kann der *Arbeiter* Meißel wegen Anreizung zum Klassenkampf bestraft werden?

Arges ist dem geisteskranken *Bankier* Gold widerfahren

in einer Privatirrenanstalt: Eine dort angestellte Pflegerin mißbrauchte ihn zum Beischlaf, natürlich hat der *Bankier* das unsittliche Wesen dieser Handlung nicht erkannt. Schicksale! Zum Beispiel: der *Rittergutsbesitzer* Ärmlich schämt sich und bittet den *Gerichtsvollzieher* Nimm, die Akten zu verbrennen ...

Da wird immer gejammert, juristische Staatsexamen seien schwierig. Dabei greift der Staat dem Kandidaten doch wirklich unter die Arme: Daß Fräulein Erna Flittchen eine Hure ist, wird dem Prüfling doch nach dem ersten Durchlesen der Examensklausur klar. Daß Warm ein Homosexueller ist und auf seinem Arsch nicht bloß sitzt, leuchtet ein. Manche Leute heißen ganz einfach Pech. Die Pechs haben insofern in »Prüfe Dein Wissen« Pech, als sie das Pflegegeld für ihre geisteskranke Tochter nicht mehr bezahlen können. Daß die Pechs ihre Mittellosigkeit nicht auf Pech schieben können, ist Gott sei Dank immer noch herrschende Meinung in Rechtsprechung und Schrifttum ...

Tatsächlich, hatte er, der Beamte auf Widerruf, verbittert geschrieben, erfahren diese Reduktionen der Tätercharaktere bis auf die entstellende Formel des Vorurteils kein Korrektiv im Jurastudium. Tatsächlich genügt es, Gerichtsmedizin belegt und nicht besucht zu haben.

Er las das wieder im »Widersacher«. Er nahm es zur Kenntnis, kühl. Die Erregung, der Haß, den er beim Abfassen dieses Traktats empfunden hatte, sie blieben aus. Die Sätze, die ihn im »Widersacher« auch jetzt noch erreichten, enthielten ein »ich«. Er wollte sich beschränken auf diese Sätze mit »ich«, sie aneinanderfügen, um zu erfahren, in welchem Zustand er sich befunden hatte in Kolbstadt als isolierter Rechtsreferendar. Als Vertreter des Staatsanwalts, dem er zugeteilt gewesen war, hatte er einige Male Sitzungsdienst versehen. Das Gerichtsprotokoll hatte die Beobachtung aller wesentlichen Förmlichkeiten der Hauptverhandlung ersichtlich zu machen. Das Protokoll aber, das er im »Widersacher« schrieb, machte ersichtlich, wie er, Christian Kirsch, im Verlauf des Verfahrens sich veränderte:

Ich binde die Schleife. Ich zupfe an ihren Flügeln. Ich schaue in den Spiegel. Ich sehe mein Gesicht sich dem Samtkragen der Robe anpassen. Ich sehe meine Hand als Mutters Hand Schuppen, die nicht auf dem Kragen liegen, vom Kragen bürsten. Ich fühle mich leer werden. Ich habe meine Identität abgelegt und die Rolle noch nicht angenommen. Ich bewege mich in Amtstracht zum Sitzungssaal. Ich verlese einen fremden Text, der Anklage heißt, mit fremder Stimme laut. Ich identifiziere mich abwechselnd mit dem Täter und dem Opfer. Ich führe das Messer und spüre den Stich. Ich höre konzentriert auf meine Stimme als Staatsanwalt. Ich höre meine Staatsanwaltsstimme mit den Ohren des Christian Kirsch. Ich höre meiner Staatsanwaltsstimme zu als Angeklagter bei dem Vorwurf »in das Gesicht geschlagen«. Ich höre ihr zu bei »Blut an den Händen« als das blonde »geschädigte« Mädchen dort unten auf der Zeugenbank.

In solchen Vorgängen kam er vor. Diese und ähnliche Sätze brach er aus dem »Widersacher« heraus. Er schrieb sie hintereinander auf ein Blatt Papier: Natürlich habe ich nicht in dieser Reihenfolge gedacht. Mein Gedächtnis hat sich gewissermaßen übergeben. Manchmal wache ich nachts auf und wünsche, ich hätte keine einzige Zeile geschrieben. Wenn meiner Mutter ein Teller ihres Zwiebelmusterservices aus der Hand rutscht, fällt sie für Augenblicke in die Mundart von Waldfreiung, wo sie geboren ist und seit dreißig Jahren nicht mehr wohnt. Man läßt zuerst die Unterarme absterben. Dann stellt man den Blick ab. Schinder spricht. Da sind Sätze, die er mehr lächelt als spricht. Die Sätze, die er nur lächelt, sind am gemeinsten. Anpassen oder verrecken. Ich höre diesen Satz in den Nachtsendungen des Dritten Programms oder nach der letzten Ausgabe der Tagesschau.

VI.

23. Mai 1972, vormittags

Beim Frühstück sagte Margot beiläufig, daß gestern, während er in der Justiz den Pfingstmontag-Jourdienst versehen hatte, Sebak angerufen habe – er sei nicht erreichbar, er werde sich wieder melden. Sebak kam näher und näher, schien zum Greifen nah, und doch sah er ihn nicht, er konnte nicht auf ihn zugehen, er konnte ihm nicht aus dem Weg gehen.

Er lenkte an diesem Dienstag seinen Peugeot auf seiner Lieblingsroute: Eichendorff, Rilke, Hölderlin blieben zurück. Es gab Variationen, die er gelegentlich fuhr. Aber mit Eichendorff fingen alle Wege an, bei Eichendorff endeten sie. Hatte nicht auch er den Wald besungen? »Wer hat dich, du schöner Wald, aufgebaut so hoch da droben?« Den Meister wollte er loben, da droben. Es schien nicht unbedingt ein deutscher Wald zu sein, von dem er sich verabschiedete, drei Verse lang, »Lebe wohl, lebe wohl, du schöner Wald«. In der drittletzten Zeile von »Jägers Abschied« rollte er aber plötzlich eine Fahne aus, ein »deutsch Panier, das rauschend wallt«; unter diesem Banner, so las er es, wollten sie draußen ehrlich halten, was sie sich still im Wald gelobt hatten. Auf was hatten sie sich festgeschworen im Wald? Wo war »draußen«? Was wollten sie »draußen«? Wem er auch folgte: Plötzlich stand er im Wald! Es war Verlaß auf die deutsche Geschichte, auf deutsche Dichter, deutsche Lehrer, auf deutsche Schüler. Wie stand es um deutsche Richter? Wie stand es um ihn, Christian Kirsch?

Randolph Zorzi saß jetzt in Untersuchungshaft. Er sah mit seiner dicken Brille durch das Gitterfenster. Wo nicht viel zu sehen war, auch wenn er über ein gesundes Augenlicht verfügt hätte. Lag die Abschrift des Haftbefehls mit der Rechtsmittelbelehrung noch immer in der Vernehmungszelle? Sein Name »Kirsch« wäre nicht zu entziffern unter der den Beschluß abschließenden Bemerkung, daß der Grundsatz der Verhältnismäßigkeit gewahrt sei. Sein Familienname war – in der Eile des Gefechts – nicht mit Schreibmaschine geschrieben. In der Eile des Gefechts, in der Eile des Jourdienstes; unter Druck gesetzt durch einen Hausmeisterkopf und einen Katzenkopf, die in hungriger Eintracht von ihm zügige Sachbearbeitung forderten. Wo hielt sich Carmen Solleder versteckt? Falls sie ihm jetzt, auf seinem Weg zur Justiz, begegnete? Dort, wo die Macht der Dichter, die sich in Straßennamen ausdrückte, endete und die militärische Zone begann, wo die hohen, gesichtslosen Häuser vorbereiteten auf das steinerne, gerechte Antlitz der Schwert und Waage tragenden Justitia, der die Augen verbunden waren, damit sie »ohne Ansehen« der Person ihr Urteil fällte; dort, wo Hölderlin und Graf Spee um eine Kurve herum die Hände sich reichten, dort stand eine Litfaßsäule und vor der Litfaßsäule ein gelbes Telefonhäuschen, für Mahn- und Notrufe, an der Nahtstelle des Übergangs von einem Zustand in einen anderen, an der Grenze, wo Lieder verklangen, Befehle erschollen, am Ende der Militärzone wurde das Recht wiederhergestellt, verkündet – er fuhr in diesen Maitagen nie um diese Kurve herum, ohne einen Blick auf die Litfaßsäule zu werfen: Übergroße Tritop-Kirschen hingen über einer breiten, blaugrauen Straße, auf der im Hintergrund Arbeiter in solidarisch formierten Reihen sich in Bewegung setzten, dem breit in die Mitte der Straße gemalten Pfeil zu folgen, der zu drei Großbuchstaben führte: DKP, die tiefhängenden Zweige einer Kastanie zwischen Litfaßsäule und Telefonzelle berührten die Köpfe der Plakat-Werktätigen; wo marschierten sie hin? Das war kein Sternmarsch, vorbei an Kasernen, auf die Justiz zu; das Plakat war so an die Litfaßsäule gekleistert, daß Straße und Pfeil in den Park wiesen. Die Arbeiter marschierten aufgebracht hinein in Kolbstadts fürstliche Alleen, die, ähnlich dem Wald der Deutschen, der durch Deutschland wuchs, sich durch die Stadt, durch Kolbstadt erstreckten; unheilvoll wuchs der deutsche Wald durch die deutsche Geschichte; heiter, grüne Schatten spendend, Bänke für Liebespaare reservierend, wuchsen Parkanlagen, Alleen durch die Geschichte der Stadt, eine grüne, fürstliche Lunge, in der auch der Volkskörper Luft holen durfte. In den Park würden die Arbeiter marschieren, dachte er jeden Tag an dieser Stelle, wo ihnen ihr Klassenbewußtsein abhanden käme, wo sie, wie seine Kameraden aus der Abiturklasse, plötzlich und dümmlich ein Loblied anstimmen würden. Alles geriet niedlich in Kolbstadt, eine Limonadenflasche lief aus vor der Geschäftsstelle der SPD, ein DKP-Plakat wies in die falsche Richtung, eine wankelmütige Arbeiterschaft blickte zu den Tritop-Kirschen der Freiheit auf, die über ihr hingen, Fruchtsaft für die Kommunisten, Limonade für die Sozialdemokraten, Justitia waren die Augen verbunden. Immerhin: Er hatte Ernst gemacht und Randolph Zorzi verhaftet. Bereitschaftsdienst versähe er erst wieder in einem halben Jahr.

Die J-Plakette zierte schon seit Tagen seine Windschutzscheibe. Unverzüglich öffnete sich ihm die Schranke. Der Schneeballstrauch wuchs über die Mauer vom Gelände des Güterbahnhofs zum Justizparkplatz herüber. Dicker waren die Schneebälle jetzt Ende Mai auf der roten Kühlerhaube des Peugeot. Er blieb seiner Gewohnheit treu, sich zu verabschieden mit einer Meldung von »draußen«, bevor er nach »drinnen« ging. Der Suchzeiger lief wieder in schnellem, gleichbleibendem Tempo in gerader Zeile über die grüne Skala; ein hoher Ton strahlte ab, Radio, Radius, Strahl, der sich im Kopf verfing. Eine letzte Botschaft schnell noch, bevor er dem »eigentlichen« Leben Lebewohl sagte, denn in einem anderen Land spräche er Recht. Fahndung nach den Mitgliedern der Baader-Meinhof-Bande. Andreas Baader und Gudrun Ensslin, im Raum Stuttgart. Festnahme wegen Indiskretion einer Polizeiangestellten gescheitert, berichtete der Sprecher. Wie Generalbundesanwalt Ludwig Mahrer dazu vor Journalisten mitteilte, hatte die Polizeiangestellte von einer Aktion gegen Baader und Ensslin Kenntnis erlangt, die sich in den vergangenen Wochen im Raum Stuttgart um eine Wohnung bemüht hätten. An einen Stuttgarter Rechtsanwalt hätte die Angestellte, die als Hilfskraft bezeichnet wurde, ihre Informationen weitergegeben. Der Generalbundesanwalt bedauerte, sagte der Sprecher, daß es immer noch Menschen gäbe, die der Baader-Meinhof-Bande hülfen. Der Generalbundesanwalt benutzte bezüglich der Beschuldigten Baader, Meinhof den Rechtsbegriff »Bande«, er scherte sich nicht um das Rechtsstaatsprinzip irgendeiner Unschuldsvermutung. Er saß zurückgelehnt im Fahrersitz; ein Nachrichtensprecher las einen Text von einem Zettel und wiegelte eine Öffentlichkeit auf; ein Generalbundesanwalt kümmerte sich nicht um eine Verfassung, auf die er, der Proberichter, einen Eid hatte schwören müssen. Man läßt zuerst die Unterarme absterben, bevor man den Blick abstellt, erinnerte er sich; bei abgestelltem Blick verlor der Schrecken seine Kontur, die weißen Schneebälle wurden wattebauschig; mit weichen, faserigen Rändern schwebten sie über dem roten Lackglanz; wenn man bei abgestelltem Blick die Augen zusätzlich verengte, wurden die Schneeballblüten im unscharfen

Wahrnehmungsfeld der Vorstellung schwebender Schneeflocken gerecht; Schnee schwebte von einem Maihimmel in den Hof der Justiz. Er wollte sich nicht rühren jetzt, nicht wegbewegen aus seiner Autozelle, nicht fortbewegen ins Innere der Justiz; sich stillstellen, um der Erkenntnis nicht das Zeichen zum Einsatz zu geben, der Erkenntnis, daß er als Angehöriger dieser Justiz auf der Seite dieses Generalbundesanwalts stand, auf der Seite der Jäger; wenn er sich ruhig hielt, verhielt, war diese Hetze erträglich; stündliche Jagdberichte wurden, nach Monaten der Schonzeit, wieder erstattet; er hat das Radio entdeckt, hieß es in seinem Tagesbericht Frühsommer 70, damals, als die Katze Intercity auf seinem Sohn Rudi in dem magisch gestylten Korbkinderwagen lag, nachmittagelang, ohne seine Mutter, die den Familienunterhalt verdiente, während er, der arbeitslose Volljurist, in magischer Angst vor einem Gestellungsbefehl, der ein Zeitalter für ihn beendete, sich in die Kritik am späten Kapitalismus hineinlas, aus der er gelegentlich auftauchte, sich ängstlich wahrnahm, bevor er sich beruhigte in der Präzision eines Tagesberichts, in dem es hieß, er hätte das Radio entdeckt. Er hörte Nachrichten. Stündliche Aufrufe zur Jagd – Andreas Baader. Damals, im Frühsommer 70, als er sich nicht mehr fragte, wie lange dauert das noch?

Stillhalten wollte er noch für den Kommentar, der den Nachrichten folgte. Jetzt ist es passiert! hörte er eine Stimme aus München, deren breiter, gemächlicher Ton ihn an den Weintrinker Schindler erinnerte. Was jetzt schon gesagt werden kann, sagte der Münchner, ist denkbar einfach: Wenn in diesem Lande nicht bald der Terror krimineller Banden zur Tagesordnung gehören soll, müssen endlich alle ordnungswilligen Kräfte an einem Strang ziehen. Allzulange, schimpfte der Sprecher, hätte man den

Bürgern Sand in die Augen gestreut. Jetzt gälte es, nicht wie das Kaninchen angstvoll auf die Schlange zu starren, die Giftzähne herausbrechen müßte man ihr. Wer zog hier mit wem, fragte er sich als Hörer, ordnungswillig an einem Strang? Um wessen Hals war das Seil geschlungen? War er als Richter nicht a priori eine ordnungswillige Kraft? Zu wem setzten sie ihn in ein Boot? Gerade in diesen Tagen ... hatte Präsident Mobius einen Satz begonnen, sich dann aber eines Besseren besonnen, ein Satz, der vielleicht ausgeholt hätte, über die Grenzen seines Bezirks hinaus, aber Mobius hatte sich unter Kontrolle, auch in diesen Tagen, in denen Nachrichten stündlich hereindrangen in seinen Landgerichtsbezirk, bezirksüberschreitend stellten sie Terror in Aussicht, eine Bedrohung, die auch seinen Anfang als Proberichter erschwerte; auch wenn er in einer Zivilkammer saß und nicht Straftäter zu jagen hatte. Change, sein Lieblingswort, verbreitete sich, Change, flüsterte es breit und hämisch in allen Etagen des siebzig Jahre alten Palastes. Change, drang es durch die Türritzen in alle Zimmer der Richter und Staatsanwälte. Change, flüsterte er leise und stellte das Radio ab. Ein blauer Himmel wölbte sich über Kolbstadt. In einem satten Rot blieb sein Peugeot zurück. Er nahm den Hinteraufgang. Er wollte jetzt Baumer sehen. Es genügte, Baumer zu sehen. Er war nicht mehr allein, an einem Gangende. Baumer und er, sie saßen sich gegenüber. Ihre Schreibtische, aneinandergerückt, berührten sich. Eine ungewöhnliche Leere beherrschte den Hof. Keine Autos bewegten sich vor den markierten Buchten. Das langgezogene Dach über den Fahrradständern, das frühe Licht, das langsam herankroch an den tiefen Schatten, den das Dach warf – der Schulhof des Schiller-Gymnasiums sah an einem Morgen vor Unterrichtsbeginn so aus, durch ein ovales Loch in der Schulhofsmauer sah er, der Oberschüler Christ Kirsch, amerikanische Schüler Baseballschläger schwingen auf einem gepflegten Rasen, und wenn sein Blick die Mauer aufwärts fuhr, sah er die Bälle in den blauen Himmel steigen; er hörte, wie die gelben, dickwattierten Handschuhe der Spieler die Kugeln schluckten mit mattem Ton, ein kurzes Zuschnappen, echolos, auf der anderen Seite der Mauer. Auf der anderen Seite standen die Amis siebzehn Jahre später wieder, aus seiner Sicht, in Vietnam, noch immer trugen sie kurzgeschnittene Haare auf eierförmigen Köpfen, ›Deutsche Mädchen vor amerikanischer Kaserne‹ war im Zeichenunterricht des Schuljahres 1972 sicher wieder ein Thema, der Busen des deutschen Mädchens vor der amerikanischen Kaserne war ihm, dem Vierzehnjährigen, zu üppig geraten, Malen habe nichts mit Religion zu tun, hatte ihn, der er mit »Ich habe unkeusch gedacht, ich habe unkeusch geredet«, der er mit diesem sechsten Gebot rang, sein Zeichenlehrer beruhigt; zusammen mit dem Religionslehrer Dr. Rhietert verbreitete er Auffassungen, die vom Lehrplan wohl nicht mehr gedeckt waren; heimliche Grenzüberschreiter in Malen und Religion, Männer wie Vater und Dietmar, die mutig und männlich gegen die Normen verstießen, denen der Knabe Christ sich ängstlich fügte. In seiner Schülererinnerung standen Amis auf der richtigen Seite, alle trugen die gleichen ausgewaschenen Jeans und lustig gemusterte Hemden, und keinem sah man an, freute er sich 1955 als Sohn eines arbeitslosen Vaters, was ihre Väter verdienten. Amis waren gerecht, auch wenn sie mit Dietmar, seinem älteren Bruder, paktierten, der ihnen Lucky Strikes für erfundene Fräulein-Adressen abschacherte, der Vermögensschaden der amerikanischen Soldaten war der Vermögensvorteil seines cleveren Bruders, den dieser in der brüderlichen Kinderzimmerkommode verwahrte. Imperialismus, Amerikanismus, Ami go home – heute, in Vietnam, standen sie auf der falschen Seite. Wo aber standen diejenigen, die sie und ihre Einrichtungen in der Bundesrepublik angriffen, zerstörten?

Niemandem begegnete er auf der Wendeltreppe, niemanden traf er auf dem Gang. Die Justiz, wo war sie? Bestand es aus Hauchbildern, ihr Personarium, die sich zusammengerollt hätten, weil zu spüren war, daß die Temperatur nun stieg?

Baumer war da. Der Apfel war da. Das Messer war da. Die überregionale Tageszeitung schien schon gelesen, ausgemustert lag sie auf einem Stuhl. Die Hornbrille kreuzte mit ausgeklappten Bügeln die Seiten eines Kommentars. Bleistiftenden steckten wie dünne Kochlöffel in dicken Büchern, die Rezepte enthielten, wie Recht zu sprechen sei, was nicht außer acht gelassen werden durfte im Namen des Volkes. Warum las ein Richter von Baumers Format in Bedienungsanleitungen für Paragraphen? Kleine Zettel türmten sich schon wieder zum Stoß. Am Übergang von Baumers Schreibtisch zu seinem verlief die unruhige Silhouette übereinandergeschichteter oder aufrecht stehender Bücher. Der Film lief wieder: Baumer spricht Recht. Wieder war die Geschwindigkeit aus diesem Film genommen, und doch lief er nicht schleppend, nicht zögerlich. Justice comes to Kolbstadt, lächelte er, in Baumers Rechtsprechung nähme die Gerechtigkeit ihren Lauf; in einem ruhigen, vertrauenerweckenden Tempo verwandelte sich das Leben in einen gerechten Urteilstenor, in überzeugende Urteilsgründe. Er selbst dachte nicht daran, auf seinem Schreibtisch, am Grenzverlauf ihrer richterlichen Zuständigkcit, eine graue Häuserzeile aus Kommentaren zu bauen. Jetzt setzte Baumer die Hornbrille auf. Er griff zu dem Apfel, dann zu dem Messer. Das Messer fiel durch die Mitte des Apfels, von dem ihm Baumer sodann die eine der Hälften reichte. Ein gerechter Schnitt. Nicht anders erzielte er Vergleiche in Zivilverfahren. So versöhnte er die gegensätzlichen Interessen streitender Parteien. Kommentarlos reichte er ihm die Frucht. Auch seine Vergleichsvorschläge verbaten sich jede Rhetorik. Er diskutierte stumm mit den am Tisch versammelten Büchern. Die Folianten blieben zurück, wenn er in den Sitzungssaal ging. Doch das Wissen ging mit, begleitete diesen Mann, verhalf ihm zu einem ausgewogenen Urteil. Baumer war sein Sedativ. Er nahm es täglich im Büro ein. Der Apfel schmeckte ihm gut dazu.

Er biß in den Apfel und ging dabei zu einem der Fenster. Den Apfel aß er täglich mit Blick zum Gefängnis. Im Stehen kaute er Bissen für Bissen. Von oben blickte er auf ein Gelände, ein Lager aus Stein und Beton. Langsam bewegte sich ein Aufseher über den Platz, um an einem verschlossenen Tor irgendeinen Knopf zu drücken, für ein Signal, das von irgend jemandem irgendwo gehört wurde, der wieder irgendeinen Knopf drückte, was einen Summton auslöste, solange der Finger am Knopf blieb, der Finger am Knopf öffnete ein Tor, durch das irgendein Auto fuhr, das grün war, das irgendwelche Gefangene in irgendeine andere Justizvollzugsanstalt oder in irgendein anderes Justizgebäude zu irgendeinem Prozeß, in dem sie als Zeugen aussagten oder die Aussage verweigerten, verschubte. Der Ton war weggedreht aus diesen ameisenhaft emsigen Abläufen, Ameisen verursachten keinen Lärm, eine gleichmäßige, friedliche, stille Verschubung, still wie die Angst, die Angst, eingesperrt in diesem hohen, grünen, vergitterten Wagen, auch in der Wendeltreppe staute sich die Angst, vor den Sitzungssälen bildete sie einen Strudel, der die Angeklagten, die auf Einlaß in den Gerichtssaal warteten, erfaßte. Er aß seinen Apfel. Baumer aß seine Hälfte immer erst dann, wenn er sich gesetzt hatte. Das kleine helle Schmatzen der Katze Intercity stellte er sich vor, während er kaute; unerträglich aber die Vorstellung der roten, stolzen, ihre Freiheit liebenden Katze, die als Eingeschlossene in dieser grauen Steinwüste hin und her lief; zum Geräusch seiner Bisse lieferte Baumer ein Knistern beim Blättern, ein hohlklingendes Schnappen, wenn er einen Folianten schloß. Er ließ sein Gefühl ab am Fenster, machte sich leer, der Farbregulator bewegte sich Richtung justizgrau. Wenn er dann an seinem Schreibtisch saß, war keine fremde Angst mehr zu verspüren an seinem Arbeitsplatz. Er las in einer Akte, weit weg waren die Geräusche am Gang.

Es war Dienstag. Gefangene gingen dienstags auf Transport; unsichtbare Gefangene hinter den Sehschlitzen des grünen Wagens, der noch stand, von Betonmauern eingeschlossen, auf dem leeren Areal. Er schluckte den letzten Bissen vom Apfel.

»Es ist Bombenalarm. Es wurde jedem freigestellt, das Haus zu verlassen«, sagte Baumer leidenschaftslos.

Baumer saß gebeugt über einer Akte und bildete sich ein Urteil, nichts anderes zählte für ihn. Doch sicher nahm Baumer wahr, daß er sich umgedreht hatte und fragend auf ihn blickte. Zwar hob Baumer den Kopf nicht an, doch mit einer Hand wies er zum anderen Fenster. Er eilte an das Fenster zum Park: Eine Abordnung der Justiz im Schutz der fürstlichen Allee sah auf den Palast herüber, den sie offensichtlich fluchtartig verlassen hatte. Einige führten Aktentaschen bei sich, drei Personen inmitten der Gruppe trugen sogar noch Robe.

»Der Hausmeister ist von Zimmer zu Zimmer gegangen«, sagte Baumer beiläufig.

Passanten auf ihrem Weg in die Stadt, Parkspaziergänger kamen an der Personengruppe vorbei, die unentwegt herüberblickte auf den Justizpalast, Ausschau hielt nach einem Zeichen der Entwarnung, die Fußgänger blieben stehen, schüttelten den Kopf, gingen weiter. Kein weißer Rauch stieg auf für die Flüchtlinge im Grünen.

Er nahm Platz. Der Justizpalast, das Gefängnis, der Park. Die langhaarigen Liebenden, die er nicht hatte auseinanderhalten können bei ihrem Tanz um die Amorette. Ein Buchumschlag für einen Roman mit falsch übersetztem deutschen Titel. Ein Lebewohl den Waffen, mit denen Soldaten Krieg führten. Ein Lebewohl den Waffen, mit denen Richter und Staatsanwälte Recht sprachen, auf Recht beharrten. Richter und Staatsanwälte, die sich in einen grünen Park absetzten, die desertierten. Wo war der Feind? Wo hielt sich Carmen Solleder versteckt? Was versuchte der kurzsichtige Randolph Zorzi zu sehen durch dicke Brillengläser durch das vergitterte Fenster der Zelle? Wo befanden sich Zellen in Kolbstadt, außerhalb der Umfriedung von Gefängnismauern? Gab es auch in Kolbstadt bewußtseinsproduzierende Fabriken? Was geschah mit dieser Überproduktion an Bewußtsein, mit diesem Bewußtseinsangebot, das sich einer Gesellschaft, in der keine Bewußtseinsnachfrage herrschte, vergeblich antrug? Zu welcher Ohnmacht staute es sich, auf sich zurückverwiesen? »Die Bomben, die wir gegen den Ausbeutungsapparat schmeißen, schmeißen wir auch in das Bewußtsein der Massen«, nein, er durfte sich nicht verrückt machen lassen, das war nicht für Kolbstadt geschrieben.

Baumer lächelte ihn an. Er lächelte unsicher zurück. Baumer war geblieben. Baumer würde ihm bleiben. »... daß man erniedrigt werden kann. Dagegen gibt es nur ein einziges Mittel: Ausharren. Unverzagt an dem für richtig Erkannten festhalten und sich anpassen.« Was hatte ihm dieser Mann da im Hochsommer 1970 geraten? Für wie schwach hatte ihn dieser Mann gehalten? Was dachte Baumer heute von ihm?

Er ging wieder zum Fenster und sah hinüber in den

Park. Die Flüchtlinge weilten noch immer im Grünen. Die Justizangehörigen bildeten jetzt einen Kreis; und in der Mitte des Kreises drei Männer in Roben, Richter oder Staatsanwälte, denn »Richter und Staatsanwälte tragen den Besatz an der Robe in Samt, Urkundsbeamte in Wollstoff«, erinnerte er sich, der neugierige, in Kleiderfragen kompetente Neuling im Amt, an die Bekanntmachung über die Amtstracht. Der schwarze Spruchkörper schien sich zu beraten, abgeschirmt durch die nachrangigen Bediensteten, die Angestellten, die Beamten des mittleren und gehobenen Dienstes, gegen die Blicke der Spaziergänger im Park; mit breitem Rücken wurde so das Beratungsgeheimnis gesichert. Die Beratung nahm Zeit in Anspruch. Eine junge Mutter mit Kinderwagen näherte sich. Die Gruppe, auf die sie zukam, bei der sie mit ihrem Kinderwagen schließlich stehenblieb, nahm zunächst von ihr, der stillen Beobachterin, keine Notiz. Das Gruppeninteresse war auf die um eine Entscheidung ringenden Robenträger gerichtet, die so eng beisammenstanden, daß die weiten Ärmel ihrer Amtstracht sich bei der Bewegung der Arme, mit denen sie ihr Abstimmungsverhalten gestisch kommentierten, streiften. Gelegentlich hoben sich die Fersen der Frau aus ihren Sommerschuhen: Sie streckte sich, um über die Köpfe der Angestellten, der Beamten des mittleren und gehobenen Dienstes hinweg einen Blick zu werfen auf das hohe, leibhaftig in einem Park tagende Gericht. Er, am Fenster, verfolgte gespannt den Fortgang dieser in einem anschaulichen Sinne des Wortes öffentlichen Sitzung. Leise brummten die Geräusche der vorüberfahrenden Autos zu dem Büro herauf, das er mit Baumer teilte. Wenn ein Lastwagen unter ihrem Fenster fuhr, klirrten in einem kurzen Vibrieren die Scheiben. Plötzlich drehte sich unten im Park eine Schreibkraft, die in der Nähe der Frau mit Kinderwagen stand, herum und entdeckte Mutter mit Kind: eine Zweipersonenöffentlichkeit, die offensichtlich nicht zugelassen, nicht hergestellt war, wie er, der Prozeßbeobachter, von höherer Warte, vom ersten Stockwerk des Justizpalastes aus folgerte; wütend nämlich wandten sich die Gesichter der Evakuierten der Mutter und dem Kleinkind zu, als wäre eine Bombe, deren Detonation sie befürchteten, nicht im steinernen Körper der dem Park gegenüberliegenden Justiz, sondern unter dem weichen, rosafarbenen Kissen des Kinderwagens verborgen. Die Fersen der Frau senkten sich und verschwanden in den Schuhen, das Kind fing zu schreien an, plärrte, sein Kopf schwoll rot an, er am Fenster drückte reaktionsschnell besänftigend seine flache Hand gegen die Scheibe, als wollte er ein bevorstehendes heftiges Vibrieren des Glases, das zu seinem Bruch führen könnte, verhindern.

Er setzte sich, flüchtete sich in die Akte, las. Ein Automatengeschäft. Automaten zum Händetrocknen. Einen Groschen hinein, ein Handtuch heraus, schnell die Hände trockengerieben. Wer rieb sich bei solchen Geschäften am Ende heimlich die Hände? Für 11 Uhr hatte er einen Referendar herbestellt, der einen Entscheidungsentwurf in diesem Rechtsstreit anzufertigen hatte.

Das Leben lief weiter. Zumindest in den Akten. Keiner dächte in Kolbstadt daran, eine Bombe zu zünden. Die Luntenschnur endete am Steinhoden eines schläfrigen Löwens. Er ginge nicht auf die andere Seite in einen Park. Victims of friendly fires, sagten sie in Vietnam, wenn ein GI das Opfer des freundlichen Feuers eines anderen GI wurde. Error in objecto oder error in persona, sagten sie, die Juristen, in einer Sprache, die jetzt auch die seine war und die ebenso nüchtern war wie die Sprache des Kriegs.

»Schauen Sie da mal hinein«, forderte ihn Baumer auf. Er reichte ihm eine Scheidungsakte über den Tisch.

»Beschmutzte Unterwäsche des Beklagten nach Hamburgreise. Beweis: die Mutter der Klägerin und Parteivernehmung.«

»Wie aufregend!« antwortete er spöttisch.

Sebak gegen Sebak, stand auf dem Aktendeckel.

Natürlich, Sebak. Hatte er sich nicht seit Tagen angekündigt? Und hatten sich nicht heute die Anzeichen für sein Erscheinen verdichtet: die Zelle seines Wagens, aus der er nicht herauswollte, verschwommener Schnee in seinem abgestellten Blick, der Suchhund, der schnüffelte entlang der grünen Skala und der anschlug bei »Jetzt ist es passiert!«, Schindler sprach den Kommentar von den ordnungswilligen Kräften an einem Strang, die Hauchbilder, die sich zusammengerollt hatten, bevor sein Blick jemanden hatte erfassen können auf den Gängen des Justizpalastes, wahlweise stand er an den beiden Fenstern, geräuschlose Deportation, ihn am Fenster hatten sie angestarrt, von ihm ein Zeichen, er wußte nicht welches, erwartet, dieses Häuflein der gesetzestreuen Parkflüchtlinge, die Apfelhälfte als ein Gleichnis für was in seiner Hand – bei weggedrehtem Ton, bei graugelöschten Farben, Sebak gegen Sebak, der Fluß, sein Lebensfluß machte kehrt, kehrte um, was schwemmte er an, welche Kadaver lösten sich von seinen Ufern? Oder war er nur angespannt, gereizt, zu unfrei noch immer in soviel Freiheit, was rechnete er da für einen einzigen Dienstag zusammen, was leitete sich ab aus dieser Ansammlung von Zufällen für ihn?

»Sind wir überhaupt zuständig?« war seine erste Reaktion. Die Zuständigkeit kam vor der Begründetheit der Klage. Wer unzuständig war, war nicht mit der Sache befaßt. Wie schnell er reagierte, wie logisch er als Jurist dachte, wie rasch er erfaßte, um von Sebak gegen Sebak nicht erfaßt zu werden.

»Weil er Österreicher ist?« sagte Baumer.

»Da gilt Artikel 17 EGBGB, das ist schon klar«, wußte er. »Aber sind wir örtlich zuständig?«

»606 Absatz 2«, sagte Baumer. »Zur Zeit der Klageerhebung wohnt die Ehefrau bei ihrer Mutter in Heidelberg, er seit zwei Monaten hier.«

»Dann kommen wir um eine Vernehmung der Mutter nicht herum«, folgerte er.

»Sie ist schon geladen für den 29. Mai«, stellte Baumer fest.

»Das ist schon der kommende Montag«, sagte er.

»Der Fall scheint Sie nicht zu begeistern«, folgerte Baumer.

»Ich kenne den Mann. Aus meiner Münchner Zeit.«

»Unter bestimmten Voraussetzungen können Sie sich für befangen erklären. Letztlich entscheidet darüber die Kammer.«

»Wir haben uns Jahre nicht mehr gesehen. Wir haben miteinander studiert. Seine Frau kenne ich nicht.«

»Man kann sich nicht bei jedem Bekannten wegen Befangenheit ablehnen. Aber das müssen Sie selbst entscheiden.«

Die Detonation blieb aus. Die Bombe platzte nicht. In kleinen Gruppen kehrten die Vertriebenen zurück. Rechtsreferendar Rücker erschien pünktlich um elf. Sie setzten sich an den runden Tisch nahe der Tür. Rücker nahm die Zweitakte dieses Automatenfalls aus der Tasche, die er an den beiden Schnappverschlüssen korrekt wieder verschloß. Er war nur ein paar Jahre älter als dieser Rechtsreferendar. Ihm, dem Proberichter, der dabei war, sich zu orientieren, wurden Referendare zur Ausbildung zugewiesen.

Rücker saß aufrecht auf seinem Stuhl. Er schlug die Akte auf, aber nicht, um sich zu informieren. Das Aufschlagen der Akte war das Einsatzzeichen zu seinem mündlichen Gutachten.

»Die Firma Keller«, begann Rücker, »handelt mit Handtuchautomaten, denen durch Einwurf eines Zehnpfennigstücks ein Papierhandtuch zu entnehmen ist. Die Beklagte«, fuhr er fort, »betreibt eine Gaststätte auf dem Land. Die Beklagte hat anläßlich eines Vertreterbesuchs einen Mietvertrag unterzeichnet. Jetzt wendet sie ein, keine Zeit gehabt zu haben, den Inhalt des Vertrags zu lesen, alles sei sehr schnell gegangen. Der Vertreter habe geäußert, ihre Unterschriftsleistung habe Bedeutung nur für die Statistik. Dies die Behauptung der Beklagten.«

Baumer sah auf von seinen Zetteln.

»Wie sieht der Antrag aus?« unterbrach er Rücker.

»Die Firma begehrt pro Automat eine Monatsmiete von DM 22,–. Der Vertrag enthält weiter die Bestimmung, daß die Mindestdauer der Miete dreieinhalb Jahre beträgt. Insgesamt klagt die Firma einen Betrag von 2700,– DM ein«, wußte er aus dem Kopf. »Um es vorwegzunehmen: Die Firma dringt mit der Klage voll durch.«

»Tatsächlich? Wie begründen Sie das?«

Die Fragen, die er Rücker stellte, hielten dessen Gutachten nur kurz an, sie brachten es nicht zum Stehen.

»Zwischen den Parteien ist ein Mietvertrag zustandegekommen. Die Beklagte kann nicht damit gehört werden, sie hätte einen solchen Vertrag nicht abschließen wollen«, setzte er fort. »Sie hatte die Möglichkeit, den Vertrag durchzulesen. Die Beklagte ist ihren Mietzahlungsverpflichtungen nicht nachgekommen. Ziffer vier des Vertrags sieht vor, daß die Firma bei Zahlungsverzug den gesamten Mietzins auf einmal fordern kann. Die Klage ist somit begründet.«

Rücker klappte die Akte zu, in der er nicht gelesen hatte. Er, der Richter, lehnte sich zurück und holte tief Luft.

Baumer las weiter in einem Kommentar. Er stand auf und ging zu dem Fenster: Blick JVA. Stoned war das, was dieser Rücker erzählte. Stoned war die Umkehrung von Change. Der Sicherheitsabstand zwischen dem Gefängnis und den es umgebenden Betonwällen herum war stoned. Die Zellenfenster blickten wie unzählige eckige Augen in einem flachen, grauen Gesicht auf ihn. Das Gefängnis war ein Bienenkasten, in dem es Tag und Nacht summte; ein Summen, das aber nicht nach draußen drang. Gemeinschaftszellen, Einzelzellen, Arbeiterinnenzellen – Königinnenzellen gab es nicht in der JVA. Wer seine Zelle kurzfristig verlassen durfte und sich auf dem grauen Stein des Gefängnishofes bewegte, bewegte sich unter den Kontrollblicken von höher gelegener Warte. Wer sich im Hof frei und unkontrolliert bewegen durfte, war selbst ein Kontrolleur. Wer in seiner Zelle schrie, wurde nicht gehört. Die Beklagte, hatte Rücker gesagt, kann nicht gehört werden. Warum nicht? Wer nicht gehört werden konnte, fand kein Gehör. Er, am Doppelfenster, hinter Glas, kämpfte jetzt wieder gegen etwas an. Wörter flossen aus ihm heraus, ohne daß er sie dachte.

Er wusch die Wörter, rieb ihnen die Schale der Eindeutigkeit ab. Das juristische Vokabular wäre einzufangen, reinzuwaschen in seiner Wortwaschanlage, seine Eindeutigkeit wäre diesem Schönfelder-Wortschatz abzuwaschen, schillern sollte es in einer Mehrdeutigkeit, mit der sie nichts mehr anzufangen wüßten, seine irritierten Kollegen. Alle Formulare würden wertlos, Richtlinien wiesen plötzlich in alle Richtungen, kreuz und quer. Ausgerechnet eine beschmutzte Unterwäsche nach einer Hamburgreise brachte sie wieder in Kolbstadt zusammen, Sebak und ihn; über die Unterhose des Freundes beugte er sich, um daran in richterlicher Pflichterfüllung auf der Suche nach dem kalkigen Geruch von Sperma zu schnuppern;

ich schnuppere, schnuppere Sauberkeit, zitronenfrische Sauberkeit! Er drehte sich um: »Fahren Sie fort!«

»Ich sagte, die Klage ist begründet.«

»Unterstellen wir, die Wirtin wollte tatsächlich so einen Automaten mieten. Dann bleibt noch immer das Abzahlungsgesetz. Kauft jemand eine Sache auf Raten; und kommt er mit der Zahlung nicht hin, kann ihm nichts passieren. Er gibt die Sache zurück und bekommt sein Geld wieder. Das Abzahlungsgesetz will den Käufer schützen. Das paßt auf den Fall!«

»Das Abzahlungsgesetz kann hier keine Anwendung finden, weil die Automaten nicht verkauft, sondern vermietet wurden.«

»Warum wohl?« fragte er Rücker. »Das ist doch ganz offenkundig ein Umgehungsgeschäft.«

»Auf dem Formular steht aber unübersehbar ›Mietvertrag‹. Die Firma bleibt demnach Eigentümer der Automaten, das Abzahlungsgesetz greift nicht. Die Firma hat ein Landgerichtsurteil vorgelegt, in ähnlicher Sache.«

»Betrachten wir das Geschäft wirtschaftlich.« Er setzte sich wieder zu Rücker. »Der Automat ist ein primitiver Blechkasten. Er kostet vielleicht zweihundert Mark. Die Firma will nur vermieten. Warum? So erhält sie pro Automat und Mieter mehr als neunhundert. Der Mieter kann dreieinhalb Jahre nicht los von dem Vertrag.«

»Da die Automaten Eigentum der Firma bleiben ...«, wiederholte Rücker.

»Auf das Eigentum kommt es der Firma nach dreieinhalb Jahren nicht an. Die will die Kästen nicht mehr zurück«, fing er zu schreien an. »Profitmacherei! Gewinnmaximierung! Die Firma vermietet, weil sie so am meisten profitiert. Wir haben im Rahmen der Gesetze die wirtschaftlich Schwächeren zu schützen. Unsere Urteile ergehen im Namen des Volkes.«

»Ich befinde mich mit meiner Meinung immerhin in Gesellschaft einiger Landgerichte.«

»Es gibt andere Entscheidungen«, antwortete er Rükker.

Er war aufgestanden. Rücker stand auf. Sie standen sich gegenüber.

»Sind Sie damit einverstanden, daß ich meine Rechtsüberzeugung Ihrem Vorgesetzten, dem Kammervorsitzenden, vortrage?«

»Sie brauchen mein Einverständnis nicht. Vorsitzender ist nicht Vorgesetzter. Das würde sich nicht vertragen mit der richterlichen Unabhängigkeit.«

VII.

23. Mai 1972, abends

Auf seiner Nachhausefahrt mied er an diesem Dienstag die Dichter. Die Widmarksstraße führte in einem Halbbogen um das fein verzweigte Netz sich zur deutschen Literatur bekennender Straßen. Die Ruhe der Hölderlin-, Rilke-, Schiller-, Humboldt- und Eichendorffstraßen, trügte sie? Aus gemächlich plätschernden Bächen würden reißende Wasser, wenn der Strom, der sie nährte, über die Ufer trat. Auch wenn an den Trottoirufern der Dichterstraßen Sträucher und Bäume über Steinmauern wuchern durften, weit zurückversetzt lagen die Villen mit ihren Fledermausgauben, elektronische Augen ließen sich ihren zuverlässigen Blick nicht trüben. Man tat als Unbefugter gut daran, die befriedeten Gärten nicht zu betreten. Liberal lächelte das Gesicht des Kapitalismus, solange sich dieser nicht bedroht fühlte.

Margot war am Fenster. Das Tor zur Einfahrt stand offen. Fremde Passanten bräuchten nur einen Schritt vom Trottoir abzutreten und befänden sich schon auf seinem privaten Grund. Sie schlichen am Haus entlang unterhalb der Sicht des Hochparterres zur Haustür, um an ihr zu läuten. Und Margot öffnete ihnen ahnungslos. Er fuhr den Peugeot in die Garage. In drei Minuten begännen die 17-Uhr-Nachrichten. Er brach mit seiner Gewohnheit und ging gleich ins Haus. Er läutete, obwohl er den Schlüssel bei sich führte. Und Margot öffnete ihm, unverzüglich und ohne sich zu vergewissern, wer draußen stand. Sie hatte ihn vom Fenster aus gesehen, beruhigte er sich.

Sie erwiderte seinen Gruß nicht. Aber sie lächelte ihn an, bedeutungsvoll. Ihm in die Augen schauend, wandte sie langsam den Kopf, um seinen Blick mitzuziehen, durch die Diele, zum Wohnzimmer: Im Rahmen der offenen Wohnzimmertür stand er, Rudi, sein Sohn, den er auf einen ersten Blick nicht wiedererkannte. So wie die Justizkatze in einem weichen Gegenlicht sich reduziert hatte auf eine dunkle, geradewegs auf ihn zuschreitende Silhouette, eine kleine bewegliche Größe in diesem hohen, breiten Gang, an einem Jourdienstvormittag, der bis zu diesem Zeitpunkt arm an Vergehen, an Verbrechen gewesen war, so reduzierte sich das, was er nach einem zweiten Hinsehen hier in seinem Haus als seinen Sohn ausmachte, auf ein Schattenbild, schwarz ausgetuscht das Gesicht, der Oberkörper, darunter ein tiefrotes Leuchten, Sieh ihn dir an, sagte sie, ist er nicht süß? fragte sie; still hielt der Junge, wie vor einer Woche, als er, ein Fensterbild, ein Matrosenbild, auf die Eichendorffstraße gesehen hatte, ein schmales Fensterbrett hatte an jenem Montag das rührende Bild stillstehender Kinderfüße erzwungen, ein Matrosenanzug, akkurat gestreift wie ein Maßhemd von Dietmars »Collection Düsseldorf«, hatte damals natürlich jede Bewegung des Jungen mitgemacht; auch jetzt steckte sein Sohn Rudi nicht wie andere Knaben oder wie Landgerichtspräsident Mobius in seiner Garderobe; für ihn war sie entworfen, diese Lederhose, knallrot, auf seinen kleinen, festen Leib war sie zugeschnitten, geschneidert, Wie ruhig er hält, sagte sie; Wie stolz er ist, sagte sie; auf ihren Entwurf eines Sohnes blickte sie verzückt, auf ihre Inszenierung, einstudiert, ausgetüftelt bis in das letzte Requisit, eine Inszenierung, bei der er als Vater unfreiwillig mitspielte in einer Nebenrolle, abgetreten soeben von der Bühne der Justiz, um ahnungslos hineinzutappen in eine andere Schaubühne, in seinem eigenen Haus in der Straße des Freiherrn von Eichendorff, der auch nicht lassen konnte von Deutschem, vom deutsch Panier, vom deutschen Wald, der wundersame Sohn eines Landgerichtsrates auf Probe als bayerischer Seppl, im Rahmen des Wohnstubeneinlasses auf dem Hintergrund des Dichters Eichendorff, der ebenfalls ein Wunderkind gewesen war und in traumhafter Sicherheit seines Kinderherzens schon rein seinen Ton getroffen hatte; wenn die ihm von Margot zugedachte Rolle darin bestand, seinen Sohn in Lederhose zu bewundern, würde er seine Frau enttäuschen. Aus weichem Rindnappaleder war die Hose gefertigt, rot wie die Hose die Hosenträger, die Umschläge der Hose, der Hosenlatz eingerandet mit schwarzen Lederstreifen, Eichenlaubapplikationen betonten die Hosentaschen, die deutsche Eiche, Sinnbild der Kraft und Freiheit, dekorierte wie ein Orden die Hose seines strammen Sohnes, dem Strammstehen gut stand: Ein unbewegtes bayerisches Motiv, das ihn, den Vater, nicht unbewegt ließ, ließ sich feiern von den Blicken seiner Eltern. Er ging auf Rudi zu, den Lederhosenseppl von heute, auf den Matrosen von gestern, Margot, die stolze Mutter und Regisseurin, sie folgte ihm. Auf ein paar Schritte heran erkannte er Details am Hemd, Bliesen entlang der Knopfleiste, Riegel; hundertprozent Baumwolle, nicht fünfzig zu fünfzig; nichts Unentschiedenes war an der Garderobe seines Sohnes, die auch auf einen zweiten Blick den Anforderungen genügte, die offensichtlich Margot an sie stellte. Was hatte sie mit dem Jungen vor? Wo führte das hin? Auch die Kniestrümpfe waren rot, mit einem tannengrünen Abschluß unterm Knie, verspielt wirkten die aufgenähten Pommerln; der ach so lustige Geisenpeterhut nahm das Tannengrün wieder auf, unter der ach so lustigen Feder mit weißem Flaum kreuzten sich die Enden einer den Hut umlaufenden roten Kordel. Unsensibel wirkte der Junge wieder, wie vor einigen Tagen, als er, ein kindlicher Herrenreiter, auf diesem unsensiblen Plüschpferd gesessen hatte. Hochmütig sah sein Sohn auch jetzt an ihm vorbei. Wie selbstverständlich fügte er sich auch in diese Rolle: Herrenreiter, Matrose, bayerischer Seppl im Landhausstil. Verwirrte Margot nicht mit aufwendigen Kostümierungen den Orientierungssinn des Kindes? Aber woran konnte der Junge sich orientieren in diesem Dichterviertel von Kolbstadt? An einem »Bäcker-Oberst«, der mit Kompaß und Karte auf Fahrrädern mit seiner Frau Adjutantin ausfuhr, an dem Glanz eines Jaguar, golden schimmernd, schlampig unter Berberitzen geparkt? Rudi war ein Einzelkind, darüber wäre mit Margot zu reden, an zwei Kindern konnte sie nicht leicht einen Narren fressen. Wie ihm das steht, sagte sie; Wie er das trägt, als hätte er niemals anderes getragen, sagte sie. Auf ihn sah sie nicht, wie er diese Kostümierung aufnähme, wie ihr Bühnenbild auf ihn wirkte. Reform! Reform! Ich kann das Wort nicht mehr hören! hatte Dr. Bierlein geschrien in dem Glauben, der Zustimmung des Proberichters Kirsch sicher zu sein. So dürfen heute, Herr Kollege, Kollegen über Kollegen reden! Er stünde immer nur als ein Statist dabei, um ihren Vorführungen zu applaudieren. Was er selbst hören wollte, was er selbst zu sehen wünschte, was er zur Sache zu sagen hätte, was kümmerte es sie. Sie bildeten sich ein, er hätte keinen eigenen Geschmack, nur den ihren.

Er wurde laut. Schrie auf Margot ein, verstörte den Jungen, der sich in seiner roten Sepplhose hinter der Couch versteckte. Er schrie, aber er machte sich ihr nicht verständlich. Sie entschuldigte sich mit dem Hinweis auf eigene Ersparnisse, den Zuwendungen ihrer Mutter. Die Rückbesinnung auf das Ursprüngliche, Einfache, das Echte, in München hatte er dieses Getue in der Maximilianstraße erlebt; zeitlos wie das Geld, wie die Macht, war die Mode dieser schicken Untertreiber, die sie sich leisten konnten, weil sie mit dem Gespür für die Werte von gestern, mit den Methoden von gestern und den Mitteln von heute, heute die unterdrückten, die abhängig waren von ihnen. Das schmückte sich mit narbigem Leder, Hirschhornknöpfen, Hochzeitstüchern und Leinen und Loden, gemütliche Lodenjäger, bereit, auf alles zu schießen, was sich in der Niederung unter ihren Jagdkanzeln bewegte. Gar lustig war die Jägerei. Was sich hinter diesem hochmütigen Trachtenlook wirklich verbarg, erkannte sie, die sie diese Geradenoch-Großstadt Kolbstadt nie verlassen hatte, nicht; und er hatte keine Lust, sie aufzuklären, schon gar nicht jetzt, wo es alles Alte, Noch-Nicht-Vernarbte wieder aufgerissen hätte, wo er nicht wußte, was herauskäme bei dieser bewußtseinsbildenden Aktion, zum Vorschein, vielleicht eine noch immer offene, blutende Wunde; das führte weg von hier, heraus aus dem Dichterviertel; er wollte auch nicht, daß Margot diesen Weg zurückging mit ihm, in seine Münchner Sebak- und Zellenzeit; auf ihren gemeinsamen Waldwegen von früher wollte er jetzt wieder mit ihr in Kolbstadt gehen, wo er erfahren würde, was ausgespart geblieben war zwischen ihnen; was er nicht wahrgenommen hatte, er in München im Todeskorridor, sie in Kolbstadt allein mit dem Jungen, fixiert auf den Jungen; das mußte er nachvollziehen, damit er Margot, seine Frau und Rudis Mutter, verstand; sie mußten gemeinsam diese Zeit nochmals ausschreiten, jeden einzelnen ausgesparten Tag, Schritt für Schritt. Er mußte hören auf sie. Nicht auf sie schreien.

Er spielte den Vorfall herunter, mit einem sturen Rechtsreferendar Rücker und seinem beknackten Automaten, daß einer einen Groschen hineinwarf, ein Handtuch herauszog, seine Hände daran trocknete, und daß es am Ende die Firma Keller wäre, die sich hämisch die schmutzigen Hände rieb.

Er blieb auch an diesem Abend seiner Gewohnheit treu, im »Widersacher-Extrakt« zu lesen: Und dann, besonders an föhnigen, sonnigen Tagen habe ich starke Sehnsucht. Ich möchte fort aus dieser Stadt und aus allen Zwängen, hatte Sebak geschrieben. An solchen Tagen des Vorfrühlings, hatte Sebak gefragt, wie hältst Du das in Kolbstadt aus, in dieser Enge und Trägheit, wo sind die Menschen, denen Du das sagen kannst, was Du zu sagen hast, die Dir das sagen, was Du verstehst? Ich denke immer an Dich, und manchmal bin ich ein bißchen unglücklich, daß ich nicht bei Dir bin. Ich würde gern nach Kolbstadt fahren zu Dir. Warum fahre ich nicht? Mit »bis bald« hatte Sebak diesen Brief geschlossen.

Er blätterte weiter im »Widersacher«. Wie warm waren damals die Straßen mit schönen roten Fahnen bedeckt … Dieser schöne Satz war ein Zitat. Mich erstaunt der hohe Grad an Abstraktion in meinen Texten – war eine Überlegung, die er selbst angestellt hatte. Mir ist klar, ich kann Wirklichkeit nicht in der Qualität und dem Ausmaß erfahrbar machen, die die volle Identifizierung des Lesers mit meiner Person ermöglicht. Das, was an Identifizierung gelingt, fällt in jedem Fall hinter meine tatsächlichen persönlichen Erfahrungen zurück. Setze ich Sie, den Leser, schon wieder voraus? hatte er sich zum Schluß dieses Tagesberichts gefragt. An einer anderen Stelle, an einem anderen Tag, hatte er in seiner »RR-Zeit« als Rechtsreferendar geschrieben: Unter dem Aktenzeichen 3 O 173/69 muß ich handeln, entscheiden. Und indem ich dies tue, gewinne ich eine Dynamik und Flexibilität wieder, deren Verlust kennzeichnend ist für jede in sich geschlossene Ideologie. Anläßlich der letzten Kleidersammlung habe ich diesen Zettel in einem meiner abgetragenen Anzüge gefunden, stand ein paar Seiten weiter zu lesen. Auf dem Zettel hatte angeblich folgendes gestanden: Daß die Linke zerstritten ist, zerrissen, gefangen in einem Chaos aus Begriffen, Zielen und Strategien, ist offensichtlich. Daß sich diese Konfusion mitunter in einem Kopf abspielt, ist schmerzlich. Ich habe verdammte Kreislaufstörungen. Dieser Zettel, wußte er heute, war eine Legende, eine seiner vielen Legenden. Falls es ihn tatsächlich gegeben hatte, hatte er ihn bestimmt nicht in einem seiner »abgetragenen Anzüge« gefunden. Was auf dem Zettel stand, hatte Qualität, Lyrik-Qualität. Diese Kreislaufstörungs-Pointe ähnelte auffällig der »Psyche unauffällig«.

Nun ist jeder verwickelt in seine eigene Problematik (ich spürte das, als wir gemeinsam auf der Straße waren), las er in Sebaks Brief. Und dann werden wir uns vielleicht fremd werden oder an Dinge klammern, die uns trennen werden. Vielleicht kommen bessere Zeiten, gab Sebak zu bedenken. Wir werden miteinander reden, und das Leben wird wieder leichter werden. Das klang wie ein Brief seiner Mutter, aber Mutter schrieb keine Briefe; auch aus dem Schwarzwald hatte sie allenfalls eine Postkarte geschickt. Vielleicht hatte Sebak recht, wenn er sich fragte, bin ich zu Depressionen veranlagt? Als ich in Kolbstadt bei Dir war, schrieb ich einen »Abschiedsbrief«. Er, der Rechtsreferendar in Kolbstadt, hatte damals, als er den »Widersacher« anfertigte, gezögert, diesen Brief im Frühjahr 1968 in seine losen Erinnerungen mit aufzunehmen. Mit

Zärtlichkeit   la tendresse
Schließ mich ein in Dein Nachtgebet

endete Sebaks merkwürdiger Brief.

Wenn er die ›Mittelbayerischen Nachrichten‹ dieses Tages las, lag das, was er im »Widersacher« fand, in einem anderen, sehr ruhigen Land. Und doch, ahnte er, bestand eine geheime Verbindung zwischen Sebaks Briefen und dieser »Jagd auf die Terroristen ohne Erfolg«, der vietnamesischen Stadt Kontum und der kommunistischen Offensive. Die Ruhe in Sebaks Briefen täuschte. Die dicken Gläser in dem Gesicht Randolph Zorzis täuschten vielleicht. Daß ein Gemisch aus Heizöl und Terpentin ausgerechnet aus einer Limonadenflasche lief, könnte täuschen. Ständig war zu lesen, daß strategisch bedeutsame Brükken, die sieben Jahre lang wie die Thanh-Hoa-Brücke allen Angriffen widerstanden hatten, nun zerstört wurden von amerikanischen Bombern, die B-52-Bomber hießen; auch das konnte täuschen, bewegte sich dieser Krieg doch nicht von der Stelle. Die Ruhe in Kolbstadt, vielleicht täuschte sie Baumer und ihn, die zurückgeblieben waren, victims of friendly fires ... Ich fühle mich nicht mehr wohl, hatte ihm Kammervorsitzender Dr. Kühn gestanden, wenn ich mich ins Auto setze und den Zündschlüssel nach rechts drehe.

VIII.

29. Mai 1972, vormittags

Am Montag, den 29. Mai vernahmen sie Sebaks Schwiegermutter. Sie war die Witwe eines städtischen Amtsrats. An ihrem Hut steckten allerlei Putzteile, an ihren Ohren hingen auffällige Gehänge, sie trug ein zu enges Schneiderkostüm. Die Vernehmung verlief widersprüchlich. Sie gab an, die »Wäschestücke« selber gesehen zu haben; sie sei damals zu Besuch in München bei ihrer Tochter gewesen; an einem Mittwoch sei ihr Schwiegersohn dienstlich nach Hamburg gereist, von wo aus er kein einziges Mal angerufen hätte. Was Dr. Kühn zu der Frage veranlaßte, ob sie die Wohnung ihrer Tochter denn nie verlassen hätte. Sie hätte das schon vermutet, daß er sie anlog, ihre Tochter, und sie betrog. Nach seiner Rückkehr hätte sie dann den Koffer ausgepackt, ihre Tochter sei völlig fertig und dazu nicht in der Lage gewesen. Sie hätte beim Anblick der Unterhose ihrer Tochter zugerufen: »Claudia, er mißbraucht Dein Vertrauen!« Die Unterhose sei voll Lippenstift gewesen und anderer eingetrockneter Flecken, ja, Spermaspuren seien das gewesen, bejahte sie Baumers Frage. An diesem Punkt ihrer Zeugenvernehmung mischte er, der junge Beisitzer, sich in ihre Anhörung mit der Frage, wo die Unterwäsche geblieben sei.

»Ich habe sie gewaschen, mit der übrigen Wäsche.«

»Haben Sie nicht daran gedacht, daß die Unterwäsche als Beweismittel dienen kann?«

»Aber schmutzige Wäsche gehört doch gewaschen!« verteidigte sie sich.

Der Beklagte Sebak verfolgte mäßig interessiert das Geschehen. Er wäre nicht fremdgegangen in Hamburg, äußerte er sich knapp. Diese herausgeputzte Schwiegermutter und ihre verstörte Tochter – was war das für eine Ehe, die Sebak eingegangen war? In welche Gesellschaft hatte sich Sebak begeben? Was war aus dem Freund geworden, dem er sich einmal so nahe gefühlt hatte und der ihm, dem jungen Beisitzer, jetzt fern war wie irgendein Beklagter? Die Kammer bestimmte einen neuen Termin.

IX.

30. Mai 1972, vormittags

Der nächste Tag, der 30. Mai, war wieder ein Dienstag. Er beobachtete, am Fenster mit Blick auf die JVA stehend, die Verschubung der Gefangenen. Sie gingen auf Sammeltransport, eingesammelt, eingefangen, zusammengepfercht in einem grünen Transportwagen, plombiert, weite Wege mußten sie gehen, wer von Kolbstadt nach München verschubt wurde, war vierzehn Tage unterwegs, jede Nacht schlief er in einer anderen Zelle, auf einer anderen Pritsche, auf einer hohen Straße fuhr er an Deutschland vorbei, tief unter den schmalen, vergitterten Sehschlitzen des tannengrünen Transporters lag dieses von tannengrünen Wäldern durchzogene Land, in dessen Ordnung er sich nicht fügte, »uns interessiert nicht, was aus unübersichtlichen Kurven aufgleißt, uns kann man nicht töten«, zitierte der Richter am Fenster den Oberschüler Christ Kirsch, einige im Wagen hatten getötet, auf sie wartete auch ein Korridor; für den Rest ihres Lebens übertrug ihnen, in den Stunden des Aufschlusses, ein Farbfernseher, vor dem sie sitzen durften, das Leben; aber vielleicht gäbe es nach Dreißigjahresoleben nicht das Problem, fiel ihm an dieser Stelle ein, das Problem, »das mich heute bedrängt: Warum da sein in einer Welt, die keine Bewegung, keine Veränderung zuläßt ...«

Das Tor, ein großer Mund in dem Betonwall, öffnete sich stumm, der hohe, grüne Transporter rollte an, geräuschlos begann die Fahrt. In seinem Zimmer läutete das Telefon. Er vernahm Zettels Stimme am anderen Ende der Leitung. Zettel faßte sich kurz. Das Behördentelefon, graubeige, lag nutzlos in seiner Hand; er legte den Hörer wie benommen zurück in die Gabel. Zettel und Assmann, die eine Tür anstießen, die ins Zentrum führte, ins Zentrum der Macht, genau bemessene Dosis an Schwung, die schwere Tür wich lautlos zurück; Landgerichtspräsident Mobius läßt bitten oder Schindler, das Schwein, in einem viel zu großen Raum saßen sie, den man zu durchqueren hatte, was Zeit beanspruchte, was ein kühles Kalkül war, damit man ablegen konnte, die Waffe, die doch irgendwo jeder versteckt bei sich trug, eine Waffe werde ich von Anfang an bei mir tragen, die ich niemals ablegen werde, und alles nimmt seinen selbstverständlichen unabdingbaren Verlauf …

Wenn Baumer sich verspätete, ihn allein ließ, konnte das vor allem an einem Dienstagvormittag passieren, daß es ihn zurückwarf, an einem Verschubungstag kam die Angst in kleinen Schüben und versetzte ihn zurück in die Anfänge des »Widersachers«, an dem er doch schon lang nicht mehr schrieb.

Zettel fiel wieder ab, kippte seitlich aus dieser Szene, sobald die Doppeltür aufgegangen war und die Kamera auf Mobius fuhr, den Landgerichtspräsidenten, aus einem Vordergrund bestand der Raum, mit Weitwinkel aufgenommen, wodurch Mobius weit in die Ferne rückte, sein Blick war auf den schmalen Präsidentenoberkörper über dem massiven Schreibtisch fixiert, er durchschritt den Raum, der sich von der Doppeltür bis zum Tisch erstreckte, niemals würde er stehenbleiben, um eine ausgestreckte Hand zu ergreifen, machte er sich Mut, Mobius würde nicht über die Lichtung eilen, sich nicht ein zweites Mal entblößen vor seinen Blicken, fühlte er, das hatte ihm Zettels Vorzimmerstimme verraten. Er setzte sich auf den Stuhl, den Mobius ihm anbot. Der schmale Tisch, der in den Raum hineinragte, war leer; keine Akte lag auf, die auf eine Wiederholung der Inszenierung vom 15. Mai hindeutete: das sinnlose Visavis eines Landgerichtspräsidenten und eines Richters auf Probe, dazwischen eine dünne Personalakte, die seinen noch jungen beruflichen Werdegang im Ansatz von einigen Blättern enthielt. Mobius kam schnell zur Sache, Herr Kollege, Profitmacherei, Gewinnmaximierung, diese Begriffe haben Sie doch gebraucht? Herr Rechtsreferendar Rücker ist Ihnen zur Ausbildung anvertraut. Er war Richter auf Probe, aber Mobius sollte es besser nicht probieren. Er zwang sich, seinem Präsidenten diese Automatengeschichte zu erklären. Er redete viel zu viel in dieser Sprache, die sie gemeinsam sprachen. Mobius lächelte, ließ ihn gewähren, der Fuchs ließ es zu, daß er, der Berufsanfänger, engagiert sein Rechtsgutachten erstattete und sich abreagierte dabei. Der Ton macht die Musik, gerade in diesen Tagen, antwortete Mobius ruhig, ohne auf den Fall einzugehen. Gerade in diesen Tagen, bis hierher kam Mobius wieder, selbst Dr. Kühn war einen Schritt weiter gegangen mit seinem Eingeständnis, er habe Angst beim Autofahren; aber Mobius selbst fuhr keinen Wagen, er ließ sich chauffieren, diese langen Finger drehten keinen Zündschlüssel nach rechts, dünne Bleistifte diese Präsidentenfinger, in die Wunden einer Personalakte gesteckt; diesem Mann wäre egal, ob eine geschäftlich unerfahrene Wirtin auf dem Land einen Blechautomaten kaufte oder mietete, das hatte die Kammer mit sich auszumachen, der Ton machte die Musik, als Tonmeister verstand er sich, Dirigent eines Orchesters, die Musik durften sie in der Kammer machen, er paßte auf, daß sie sich nicht im Ton vergriffen bei ihrer Kammermusik, unsichtbar dirigierte er das Kammerorchester, versteckt im Orchestergraben. Diese Worte, kam Mobius wieder auf sein Gespräch mit Rücker zu sprechen, haben Sie doch verwendet. Um den Tatbestand des Wuchers zu veranschaulichen, antwortete er. Leistung und Gegenleistung stehen in einem ungesunden Verhältnis zueinander – so, Herr Kollege, umschreibt diesen Vorgang ein Jurist.

Der Präsident stand in der Tradition der Füchse, fabulierte er am Beispiel seines Fabeltiers Fuchs. In Erbpacht stand sein Amt den Füchsen zu. Fuchs mußte man sein, um dem Amt zu genügen. Fuchs mußte man bleiben, um ihm gerecht zu werden, blieb er im Bild. Mit den Tasthaaren tastete man, mit dem Lauscher lauschte man, mit dem Seher sah man, malte er sich gehässig aus, die Standarte trug man stolz hinter sich, sie berührte nicht die schmutzigen Fliesen des Schachbrettmusters, wenn man sich aus dem Fuchsbau herausbegeben hatte und auf seinem Kontrollgang an Büros und Sitzungssälen vorbei durch die Gänge des Justizpalastes schlich. Das geschah selten, das würde immer seltener in diesen Tagen, wo man besser im Fuchsbau blieb. Füchse trugen ein weißes Hemd. So wie der VFR, gegen den seine Mannschaft, die Ersten Schüler des SSV Kolbstadt, im Endspiel 1955 verloren hatte, so wie der VFR sich aus den Flüchtlingsbaracken rekrutiert hatte, so kamen diese Füchse aus dem dankbaren Kleinbürgertum, in gekrümmter Dankbarkeit fühlte es sich, in die Ämter gehoben, verpflichtet. Was nichts daran änderte, daß er Mobius persönlich sympathisch fand. Und er wußte, wovon er sprach, wenn er das Fabeltier Fuchs im Zusammenhang mit der Herrschaft von Präsidenten benutzte.

Auf seinen Vater kam er zurück, der ihn an seinem ersten Montag in dieser Justiz heimlich begleitet hatte auf dieser Wendeltreppe, so wie Mutter ihn, den Volksschüler, durch den Gartenweg zur Pestalozzischule an der Hand geführt hatte, um ihren Sohn vor den Pulvertürmlern zu schützen, auf deren Abschußliste er stand, weil er deren Torschüsse in den Klassenspielen verhinderte, der stolze

Fels in der gegnerischen Brandung, einer, Christ Kirsch, gegen den Pulverturm. 1956 hatte ihn Vater auf seinem Weg zum Präsidenten, einem Vorgänger von Mobius, mitgenommen, sein Vater, Daueropfer der Nazis, das sich als freier Mitarbeiter des VdK für Kriegsopfer mit Dauerschäden kümmerte, Veranstaltungen in Schulturnhallen organisierte, aus denen der Geruch von Schülerschweiß noch nicht abgezogen war, sein Vater mit seinen Kriegsopfern, er war kein gerngesehener Gast, er störte schon wieder das Turnen in deutschen Schulen; manchmal durfte er zu den VdK-Abenden mit, machte sich größer, als er war, kletterte heimlich einige Sprossen hoch an der Wand, Barren standen in einer Ecke der Halle gedrängt nebeneinander, wie die Rücken ruhiger Pferde, Ringe hingen den Besuchern über die Köpfe, die auf Vater ausgerichtet waren, der Bescheid wußte in dieser trostlosen Materie, die die Fortsetzung war von dem, was in einem Klappentext zu ›Über den Fluß und in die Wälder‹ bezeichnet wurde als die gottverdammt traurige Wissenschaft des Krieges, eine gottverdammt traurige Ansammlung von Kriegsopfern, für die sich sein Vater erwärmte, so wie er Jahre später, 1961, vom Balkon ihrer Mietswohnung in der Simmernstraße in den Hof hinunter die »unausgewogenen« politischen Meinungen seines Sohnes aus dem Schulaufsatz ›Der Prozeß von Jerusalem‹ rezitieren sollte, sprach sein Vater 1956 ausgerechnet in Turnhallen hinein von amputierten Armen und Beinen, von Erwerbsminderung und Berufsunfähigkeit und von Ausfall- und Ersatzzeiten wie von besseren Zeiten; Bandagen lagen auf Sprungkästen, Gymnastikkeulen erinnerten an Handgranaten und ihre Opfer, Magnesia erinnerte an Kreide und Kreide an die Schule, in der sie waren, Vater der Lehrer, Männer mit Holzbeinen hockten als Schüler auf Bodenmatten; Vater klärte sie über ihre Rechte auf, half ihnen, Rentenanträge zu stellen bei den Versorgungsämtern. Vaters heimliche Liebe für das, was sich nach dem »Empfang beim Präsidenten« im Jahre 1956 zu dem Schlagwort »Recht und Ethik« verdichtet hatte, hatte ihn schließlich zu dem Gesuch veranlaßt, ihm das mündliche Verhandeln vor Gericht zu gestatten. Damit war wenig verdient. Aber als ein Organ der Rechtspflege rückte er nahe heran an die Justiz. Schon bei dieser allerersten Vorsprache bei einem der Amtsvorgänger Mobius', an dessen Namen er, Christian Kirsch, sich heute nicht mehr erinnerte, war es zwischen dem Präsidenten und Vater zu einer Annäherung gekommen, die ihn, den Knaben, damals überrascht, den Studenten in der bewußtseinsproduzierenden Fabrik später verwirrt hatte, die dem Richter auf Probe noch heute Rätsel aufgab.

»Ich hoffe, Sie haben mich verstanden«, sagte Mobius, ohne sich auf diese Automatengeschichte einzulassen; er äußerte sich als Präsident nicht zur Sache; ob die Automaten vermietet oder verkauft waren, ihn ging es nichts an; wer sich am Ende seine Hände an dem Handtuch rieb, hatte ihn nicht zu interessieren; es konnte für ihn dahinstehen, ob die Firma Keller betrog oder nicht; Profitmacherei! Gewinnmaximierung!, diese Ausdrücke hatte er, der Proberichter, gebraucht, diese verbalen Entgleisungen lagen neben der Sache, hatten als Einwand kein rechtliches Gewicht. Unentschieden blieb alles, was nicht unbedingt entschieden werden mußte. Entschieden wehrte er sich, der Präsident, nur gegen den Ton, den er, der Proberichter, Rechtsreferendar Rücker gegenüber angeschlagen hatte.

Mobius hatte ihm rechtliches Gehör gewährt und er, der Anzuhörende, hatte gesprochen; was Mobius davon hielt, brauchte von ihm als Präsident nicht erwähnt zu werden. Er war aufgelaufen. Warum war er wehleidig? War er nicht selber Jurist?

In seinem Zimmer geriet er mit Baumer aneinander. »Anpassen oder verrecken!« lamentierte er, sei die Devise. Es könne dahinstehen, ob Mobius ein Mensch sei, es bräuchte an dieser Stelle nicht entschieden zu werden, nur am Rande sei zu erwähnen, daß ihre Urteile im Namen des Volkes ergingen, da der letzte Geschlechtsverkehr die Verzeihung aller vorangegangenen Eheverfehlungen bedeutete, könnte der Einlassung der Ehefrau, sie sei jahrelang verprügelt worden, nicht gefolgt werden ...

»Anpassen oder verrecken! Wie gesagt ...«

»Hören Sie auf! Niemand verlangt von Ihnen, daß Sie sich mit der Justiz identifizieren«, sagte Baumer, »aber Sie sind Richter. Sie haben sich für diesen Beruf entschieden. Es ist ein guter Beruf. Ihre Entscheidung war eine gute Entscheidung. Und Sie haben das Zeug, nicht irgendein Richter zu werden, sondern ein guter Richter.«

Baumer nahm seine Hornbrille von einem Kommentar und setzte sie auf, aber er sah nicht auf ihn, der er Baumer am Schreibtisch gegenübersaß, er richtete seinen Blick aus dem Fenster, das zum Park wies.

»Ich weiß«, fuhr Baumer fort, »dieser Übergang ist schwer. Plötzlich, von heute auf morgen, sollen Sie Anforderungen gerecht werden, die für Sie noch fremd sind. Und Sie haben Angst, sich dabei zu verlieren. Ich verstehe Sie. Aber warum wollen Sie nicht zu uns gehören? Gehören Sie wirklich zu denen, die alles in Frage stellen?«

Er nahm die Brille wieder ab, die er nur aufgesetzt hatte, um über die graue Kommentarzeile hinüberzublicken in einen grünen Park.

Woher wollte Baumer wissen, daß er nicht zu ihnen gehören wollte? War er nicht stehengeblieben, um dieser verdammten Justiz die Hand zu bieten oder um ihre ausgestreckte Hand zu ergreifen? Warum litt er an diesem Bild? Wo doch für den Schüler Christ Kirsch schon festgestanden hatte, daß er sich in den Dienst der Gerechtigkeit stellen wollte. Der kleine Bruder, der seiner großen Schwester Dagmar, die als Anwaltsgehilfin Botengänge zwischen der Kanzlei und dem Justizpalast zurückzulegen hatte, Respekt eingeflößt hatte, Anwalt oder Richter hatte er werden wollen, der Vierzehnjährige. Mit »Recht und Ethik« hatte es im Jahre 1956 angefangen. Aus »Recht und Ethik« hatte ihnen Vater, dem Unrecht widerfahren war, vorgelesen, wie aus einem 1 x 1 des Guten Tons. ›Recht und Ethik‹ war der Titel eines Buches, das ein Amtsvorgänger von Mobius 1956 Vater geschenkt hatte: Mobius' Vorgänger, der sich erhob und den weiten Weg von seinem Präsidentenschreibtisch zu einem Bücherschrank zurücklegte, um einen Band herauszunehmen. Die Hände des Präsidenten öffneten in einer großen, würdigen Gebärde den zweitürigen Schrank wie ein Tabernakel, die Präsidentenaugen suchten nicht in einer langen Reihe von Büchern, die ausgestreckte Hand zögerte nicht, sie faßte blind in das Tabernakel, um die Hostie von ›Recht und Ethik‹, die für keinen anderen verwahrt wäre als für Vater, zu ergreifen; der Präsident kam den gleichen Weg in gleichmäßig gesetzten Schritten, die nicht eilten, zurück, er beugte sich zu Vater hinab, um ihm die Hostie ›Recht und Ethik‹ auszuhändigen, sie glitt aus den Händen des Präsidenten, um von Vaters Händen in Besitz genommen zu werden, eine Überführung, die ruhig und selbstverständlich und ohne Kommentierung verlief.

Andächtig schweigend waren Vater und er auf dem lichtüberfluteten Schachbrettmuster den breiten Gang zu den Steinlöwen zurückgegangen; gereinigt wie nach der Beichte, wenn er allein in der Antoniuskirche kniete und durch den Gegenlichtstrom des Mittelschiffes der Kirche zum Altar sah, Vater trug das Buch wie ein Gebetbuch, der Auftrag des Präsidenten war nicht nur Vater, sondern auch ihm erteilt, stolz hatte Vater von dem »Sehr gut« des Sohnes in Sozialkunde berichtet; ernste Männer in schwarzen Roben kamen entgegen, die ihr »Grüß Gott!« nicht erwiderten, aber ganz bestimmt waren diese Herren nicht unhöflich zu ihnen; Vater und er, sie hatten das »Grüß Gott!« nur geflüstert, um die Stille nicht zu stören, die diese Herren in Roben unbedingt brauchten, um sich auf die große Sache der Gerechtigkeit zu konzentrieren, einer Sache, der auch sie dienen wollten, Gerechtigkeit für die Kriegsopfer und die Hinterbliebenen war Vaters Anliegen, das Anliegen des Sohnes aber ginge weit über die Folgen des Krieges hinaus. Durch ›Recht und Ethik‹ aus der Hand des Präsidenten der Gerechtigkeit verpflichtet waren sie beide, Vater und Sohn.

›Recht und Ethik‹ löste von einem Tag auf den anderen Vaters Lieblingslektüre ab, die aus vier Bänden bestand. ›Auch du kannst schön sein‹ war eine Anschaffung weniger für die Söhne, Dietmar und ihn, als für die Tochter Dagmar, die sich andererseits der Geheimnisse einer altbekannten Spezialistin nicht bedienen mußte, denn sie war schön, seine Schwester, für Vater war sie sogar das, »was man eine Schönheit nennt«; diese ›Kleine Schönheitspflege für die moderne Frau‹ bildete gewissermaßen den Sockel, auf dem die junge Persönlichkeit aufgebaut wurde, der sich am Ende der drei Bände dann alle Türen öffneten. Der ›Angenehme Gesellschafter‹ griff auf Band eins zurück, umgab er sich doch nur mit Damen, die dem Motto des ersten Buches gerecht wurden. Am meisten faszinierte Vater ›Das Kursbuch der Höflichkeit‹, das vollendete Umgangsformen, ihre Beherrschung in jeder Lebenslage und in jeder Gesellschaft, versprach. ›Das Kursbuch der Höflichkeit‹ war in einem Stil abgefaßt, der dem Urteilsstil entsprach. So wie Richter in Urteilen apodiktisch voranstellten, was Recht war, und aus dieser Prämisse erst die Begründung ableiteten, so stellte auch das Kursbuch wichtige Grundregeln voran, für »Was ziehe ich an?« zum Beispiel galt: Lieber eine Nuance zu schlicht als übertrieben, lieber der einzige im Smoking als der einzige im Frack. Das ›Kursbuch der Höflichkeit‹ beschäftigte sich mit Problemen, die ihnen nicht gerade auf den Nägeln brannten. »Auch ein noch so unauffälliges Zurechtrücken von verrutschten Achsel- oder Strumpfbändern wird bemerkt, meine Damen!« Das war gut möglich; aber in seiner Familie trugen die Damen weder Achsel- noch Strumpfbänder. Auch ›Recht und Ethik‹ holte weit aus. Träger des Rachekultes war die Sippe, ihr allein blieb die Gegenwehr überlassen. Für den Toten mußte eine Sippe Rache üben, den Lebenden mußte sie zur Rache helfen; der Täter verfiel der »Friedlosigkeit«, am unmittelbarsten traf den Täter die Rache der Sippe auf handhafter Tat; der Friedlose durfte nicht nur, er sollte auch bewußtlos geschlagen werden, wie ein Wolf, besonders auf handhafter Tat ... In den folgenden Kapiteln mündete ›Recht und Ethik‹ in ruhigere Gewässer, floß durch eine zivilisiertere Landschaft, in der nicht mehr geteert und gefedert wurde: So wie der Anblick von Baumer, der vor einem noch nicht geteilten Apfel saß, neben dem ein Messer lag, mit der Bestimmung, durch die Mitte des Apfels gerecht zu fallen, eine sedierende Wirkung auf ihn, den Justizneuling, ausübte, so wie ihn dann am Fenster mit Blick zum Park das kleine helle Geräusch beim Kauen seiner Apfelhälfte beruhigte, weil es ihn an das kleine helle Schmatzen der Katze Intercity erinnerte, die Nierenstückchen nach Nierenstückchen mit einem schnellen Zubiß aus einem Unterteller riß und es dann mit leicht geneigtem Katzenkopf sorgfältig, ja gewissenhaft zerkaute, Bissen für Bissen, um schließlich nach getaner Arbeit, nach beendeter Mahlzeit sich grußlos davonzustehlen; die Katze sah zwar kurz von dem leeren Unterteller auf, aber ihren Blick hob sie nicht zu ihm, ihrem Ernährer, an, der geduldig an der Spüle lehnte und jetzt doch ein Zeichen von Dank erhoffte; ein schräger, beiläufiger Blick aus den Stachelbeeraugen, ein »Streifvorgang« mit dem Schweif im Begegnungsverkehr, wenn Intercity an ihm vorbei stolz und gelangweilt aus der Küche schritt; er, in der Küche, hörte dann Augenblicke später, wie Intercity mit gefedertem Sprung vom Parkett abhob, er hörte den Katzenkörper in Rudis Korbkinderwagen auf der Federdecke aufsetzen, wußte, daß sie sich nun kreisförmig drehte, ohne sich von der Stelle zu bewegen, um schließlich mit ihrem warmen Katzenkörper in die weichen Federn einzusinken, in denen sie dann neben Rudi lag, das gleichmäßige Schnurren, das einsetzte, konnte stundenlang währen, stundenlang sagte ihm Intercity verspäteten Dank; so wie ihn, den Rechtsreferendar, die Nahrungsaufnahme der Katze in der hohen, dunklen Wohnung beruhigt hatte, wo die Angst vor einem Gestellungsbefehl, der von draußen käme, näherkam, Tag für Tag, so wie der selbstverständliche Vorgang der Halbierung eines Apfels durch Baumers gerechte Hand ihn, den Richter in seinem Büro, zurückversetzte in die friedliche Atmosphäre des Kinderzimmers, das er mit seinem Bruder Dietmar geteilt hatte, so hatte das, was ihnen Vater damals, 1956, aus ›Recht und Ethik‹ vorgelesen hatte, einen Film, einen Schutzfilm über die Wunden gezogen, die die Menschen sich zufügten, unter dieser Gelatineschicht schritt die Heilung ungehindert voran. Recht und Unrecht waren so einfach zu unterscheiden. Kamen die Kontrahenten, nachdem die Wunden geschlagen waren, erst wieder zur Besinnung, fügten sie sich der Einsicht des Rechts. In ›Recht und Ethik‹ wurde das Recht den Verletzten von Richtern aufgetragen wie eine lindernde Salbe.

Die Verletzung, an der die Familie Kirsch litt, stammte aus dem Jahre 1955, als Vater von einem Tag auf den anderen arbeitslos auf der Straße stand. Behandelte Vater, als er ihnen 1956 aus ›Recht und Ethik‹ vorlas, nicht insgeheim diese Familienwunde? Hatte er, Christ, damals den Entschluß gefaßt, das Recht ihrer Familie wiederherzustellen, auch wenn sich das ihnen widerfahrene Unrecht nicht ungeschehen machen ließe?

›Recht und Ethik‹ und die rechtschaffene Lederhose seines Vaters, in der er um das horizontblaue VW-Ei, das eine Delle in Italien abbekommen hatte, argwöhnisch, begutachtend schlich, sein Vater und »Der Prozeß von Jerusalem«, der wie ein Notfallausweis in seiner Brieftasche steckte, der die Blutgruppe auswies für einen Ernstfall – hatten sie nicht dieselbe Blutgruppe gehabt, Vater und er? Vater auf der Höhe des Balkons, von wo er in einen leeren Hof hinunter verkündete, daß sie schuldig geworden waren, die deutschen Nazis, alle. Wir sind da einer Meinung, meinte Vater gegenüber Mutter, und Vater meinte damit ihn, den Verfasser des Schulaufsatzes; nebeneinander waren sie 1956 auf das Amtszimmer des damaligen Landgerichtspräsidenten zugegangen. Wie viele Herren hatten seitdem hinter dieser Doppeltür geherrscht? Der Altpräsident hatte sie empfangen, den Arbeitslosen und seinen Sohn, in die Tiefe des Fuchsbaues waren sie vorgedrungen, der Achtundvierzigjährige und der Vierzehnjährige. Vaters respektvolle Liebe zu diesem Altpräsidenten, bewirkte sie auf Umwegen, auf den Schleichwegen einer geheimnisvollen Kartographie seine Neigung zu diesem Richterberuf? Ebensowenig wie er zu seinem Vater auf Distanz gehen konnte, könnte er dieses Bild des Richterberufes, aufgenommen im Amtsraum eines Landgerichtspräsidenten, eine Zeitaufnahme, kein Schnappschuß, eine Aufnahme, die sich, ohne sein bewußtes Zutun, weiterentwickelt hatte zu einem komplexen, vielschichtigen Bild, ebensowenig könnte er diesen Berufsstand distanziert betrachten.

Die Geschichte seiner Familie wurde für ihn im Laufe der Jahre – Oberschüler, Abiturient, Student der Rechte, Mitglied ihrer bewußtseinsproduzierenden Zelle – immer mehr eine Geschichte von Recht und Unrecht, und diese Geschichte von Recht und Unrecht war eine deutsche Geschichte, Richter hatten gefälligst in ihr eine positive, Gerechtigkeit garantierende Rolle zu spielen. Richter verhalfen seiner Familie zu ihrem späten Recht, das der Familie Kirsch zwar keinen Schadensausgleich einbrachte, doch bereits die Wiederherstellung des Rechts war ein Selbstwert, für den es sich lohnte, daß er, der jüngste in der Familie, kämpfte, indem er Jura studierte, sich einführen ließ in die Rechtswissenschaft, in die römische Rechtsgeschichte, in die Soziologie der ethnischen Gebilde, die er als einer der wenigen Studienanfänger schon im ersten Semester mitnahm.

Als er als Arbeitsloser im Frühjahr 1970 seine Bewerbungen geschrieben hatte, war ihm sein Studienbuch wieder in die Hände gefallen. Eine hellblaue Broschüre mit der Aufschrift »Studienbuch«, »in München wird nicht testiert«, mit der eigenhändigen Unterschrift des »Buchinhabers« auf der Innenseite des Umschlages; unter der Rubrik »amtliche Vermerke« waren unter b) »akademische Leibesübungen« aufgeführt, aber er verfügte 1970 nicht über die Schlagfertigkeit, nicht über den Humor, um nach dem Unterschied zu den »proletarischen Leibesübungen« zu fragen; ein Buch mit sieben Siegeln, das Studienbuch; im zweiten Fachsemester, las er nach, hatte er tatsächlich »Recht und Ethik« belegt; »Recht und Ethik«, unter der laufenden Nummer 56 des Vorlesungsverzeichnisses, nahm sich mit nur einer einzigen Wochenstunde bescheiden aus, zum Beispiel gegenüber dem Sachenrecht mit immerhin fünf Wochenstunden, ja selbst das Kirchenrecht beanspruchte stattliche vier Stunden. Ganze drei DM hatte er Unterrichtsgeld bezahlt für »Recht und Ethik«. »Recht und Ethik« entwickelte sich zu einer privaten Veranstaltung; in einem winzigen Hörsaal, der diesen Namen nicht verdiente, wurde es gelesen; die Feier fand im engsten Familienkreise statt, schließlich genügte es, die Vorlesung urkundlich nachweisbar belegt zu haben. Einige Liebhaber dieser Materie verteilten sich in dem Raum, in der ersten Bank und in der letzten hatte Professor Karenz einige Empfänger für seinen Monolog, irgendwo dazwischen hockten er und eine alte Dame, die sich auf ihre alten, aber offensichtlich aktiven Tage den Luxus von »Recht und Ethik« leistete, ein Grüppchen von Amateur-Philosophen waren sie, in das der Wind gefahren war und sie verteilt hatte, verweht in dieser guten Stube, ein paar Blüten, die dem freundlichen Professor freundlich entgegenblühten und ihn bestärkten, weiterzuplaudern, die Blütenköpfe nickten gelegentlich zustimmend, auch die ältere Dame akzeptierte die rauhen Sitten der germanischen Zeit, wo die auf dem Urteil des Volkes beruhende Hinrichtung von ihm, vom Volke selbst, zu gesamter Hand vollzogen wurde; bei einigen Vollzugsarten, meinte Karenz, wie beim Steinigen oder Spießrutenlaufen, habe sich dieser Vollzug durch die gesamte Hand des Volkes schon aus der Natur der Sache, sprich der Hinrichtung ergeben. Alle hatten sich am Bau des Galgens zu beteiligen, an der Errichtung des Scheiterhaufens, um so die Gesamthaftung für die Rechtmäßigkeit des Justizaktes zu übernehmen. Karenz referierte mit sanfter, einschläfernder Stimme; und da seine Vorlesung in den späten Abendstunden stattfand, fielen nicht nur der alten Dame manchmal die Augen zu, die Düsterkeit, die das Klassenzimmer immer mehr anfüllte, trug zur allgemeinen Schläfrigkeit bei; aber kein Kommilitone wagte es, zum Schalter zu gehen, um Licht in das Dunkel zu bringen; »Die Tat tötet den Mann«, flüsterte Professor Karenz, seine Worte liefen über Schmirgelpapier, alles, was er sagte, war rauh, ein heiseres Flüstern im Halbdunkel, als brächte er seine Familie mit einem Schauermärchen zu Bett, um sich aus dem Zimmer zu stehlen, sobald es zum Schlafzimmer geworden wäre, nachdem die Blütenköpfe nach einem letzten kurzen, heftigen Nicken nach vorne gefallen wären, um in dieser Ruhehaltung für den Rest der Vorlesung zu verbleiben. »Recht und Ethik« riß niemand von den Stühlen, sah er einmal von sich selbst ab, auch nicht diese Handvoll Sonderlinge, die dem Sonderling Karenz jeden Donnerstagabend Gesellschaft leisteten. »Recht und Ethik« war kein Thema, um damit in einem Staatsexamen zu bestehen. Daß alle Vorlesungen, die im Vorlesungsverzeichnis angeboten wurden, in erster Linie auf ein erstes Staatsexamen hinzuführen hatten, das wiederum auf ein zweites Staatsexamen hinführte – dachte er damals nicht daran, oder war ihm diese »finale« Bestimmung egal? Er, Christian Kirsch, war ein freier Student der Rechtswissenschaft; Wissenschaft, Forschung und Lehre sind frei, las er mit Verwunderung im Grundgesetz; eine unerhörte, ja absurde Feststellung; bestand überhaupt ein Feststellungsinteresse, fragte sich der unbedarfte Jurastudent, für diese peinliche Bemerkung, die ungeniert von dem Zustand der Unfreiheit als dem Normalzustand ausging, die ausnahmsweise eine Ausnahme machte von ihrer autoritären Regel für Wissenschaft, Forschung und Lehre?

Im Gegensatz zu »Recht und Ethik« entwickelte sich das Deutsche Staatsrecht im Wintersemester 1963/64 zu einer Massenveranstaltung, die ihn an die großen Spiele des SSV Kolbstadt im Kolbstädter Stadion erinnerte, wo er und seine Mitspieler der Ersten Schülermannschaft, nachdem sie das ehrenvolle Vorspiel bestritten hatten, auf den Stufen der Tribüne, die die einzelnen Ränge trennten, Platz nehmen durften, wo er, über seine gelbe Jaffa gebeugt, hinunterblickte auf einen grünen Rasen, wo ihm schwindelte aus dieser Höhe, vielleicht aber auch bei der heimlichen Vorstellung, daß er eines nicht mehr fernen Tages dieses Trikot mit der Nummer 5 auf seinem Rücken tragen würde, das sich jetzt über der Brust des Mittelläufers spannte, die Nummer 5 des SSV, die mit der Nummer 9 des Gegners zum Kopfballduell aufstieg; aus schwindelnder Höhe sahen nun Jahre später seine Augen mit hundert anderen Augenpaaren hinunter auf diesen kleinen grauen Mann am Pult im Auditorium Maximum der Ludwig-Maximilians-Universität in München, auf diesen grauen Mann, dessen eine Gesichtshälfte ein eigelber Lichtschein aus der Leselampe liebkoste, mit Dutzenden von Kommilitonen, die keinen Platz gefunden hatten, saß er auf Treppen, über einer Schlucht, begierig lauschend jedem Wort, Christian Kirsch, Student der Rechtswissenschaften im zweiten Semester, von unten nach oben, sagte der graue kleine Mann mit der warmen großen Stimme unten im Auditorium Maximum, von unten nach oben müsse der deutsche Staat aufgebaut werden, von Aufopferung sprach er, von der Vergesellschaftung bestimmter Wirtschaftsgüter, auf eine Neuordnung der Grundbesitzverhältnisse und der Grundstoffindustrien zielte das Grundgesetz ab, ja auf eine Umwandlung der überkommenen Wirtschaftsstruktur. Das Recht hätte keineswegs die Funktion einer Konservierungslösung, in die man die abgestorbenen Teile einer feudalen Herrschaft legte, um sie vor ihrem überfälligen Zerfall zu schützen. Wer Change forderte, folgerte er, der aufmerksame Hörer, war durchaus im Recht; auf dem hohen Rang des Audimax wünschte er sich die schnelle Stenohand seiner Schwester Dagmar, der nie schnell genug gesprochen worden war, Allons! Allons! hatte die unausgelastete Stenohand der Anwaltsgehilfin Dagmar gefordert, mit einer ungeduldig schnippenden Bewegung der Finger, während ihr Chef seine schweren Advokatengedanken sammelte und ordnete zu schwer verständlichen Sätzen, und dann war am Ende immer nicht mehr herausgekommen, hatte ihm Dagmar erzählt, als der klägliche Hinweis auf alle billig und gerecht Denkenden, was Dagmar ihr Anwaltsgehilfinnenleben lang an die Sonderangebote der Lebensmittelhändlerin Zuckriegl denken ließ, die eine noch immer sehr appetitliche Frau war, wie Dietmar sich genüßlich Mutter gegenüber ausgedrückt hatte, die Zuckriegl, wenn sie sich auf Zehenspitzen in ihren korkbesohlten Sandalen stellte, so daß ihre runden Waden heraustraten, weiß schimmernd durch die feine Textur ihrer Seidenstrümpfe, die Zuckriegl, die mit schwungvoll dynamischer Schrift von außen auf die Schaufensterscheibe »Zwetschgen ff« und »prima Birnen« schrieb. Von Treu und Glauben war in den Anwaltsdiktaten die Rede gewesen; eine Redewendung, die Dagmar, seine Schwester, mit Üb immer Treu und Redlichkeit in Verbindung gebracht hatte. Dagmars Stenohand hätte garantiert, daß kein Wort des Deutschen Staatsrechts unerinnert verklang, tief unten in dieser Schlucht, in der dieser kleine graue Mann mit einer eigelben Gesichtshälfte mit einer großen warmen Stimme sprach, über die in Deutschland übliche idealistische Verklärung des Krieges, der nicht mehr als das schreckensvolle Unglück des Volkes erscheinen würde, sondern als die große Stunde der Bewährung, ja gar als die Selbstbestätigung der deutschen Nation; nirgendwo, sagte der kleine Mann mit der großen Stimme, sei dieser geschichtliche Irrtum so nachhaltig in das Denken aufgenommen worden wie in Deutschland. Er hatte sich für das richtige Studienfach entschieden, der Student der Rechte, Christian Kirsch.

An Samstagnachmittagen, zurück in Kolbstadt, hatte er Vater beim VW-Putzen vom Deutschen Staatsrecht erzählt und dem honorigen Mann, der es las; sein Vater, den die deutsche Geschichte noch immer trieb, sah von dem Autoleder auf, das er in seinen kräftigen Händen auswrang, eine braune Brühe rann aus dem Leder, benetzte Vaters Hände, lief in einen Schmutzkübel, Vaters Augen leuchteten und sagten dem Sohn, das war der Weg, der endlich herausführte aus ihren Verhältnissen, die stolz waren, aber klein; große Niederlagen hatte Vater erlitten, die Vater nicht klein gemacht, die Vaters Stolz nicht klein gemacht hatten. Jetzt wendete sich das Blatt. Wirkten sie nicht alle zum Familienwohle zusammen, der Altpräsident mit seinem Geschenk von ›Recht und Ethik‹, Professor Karenz, der mit seinem Schmirgelpapier-Flüstern im Halbdunkel das Thema wieder aufnahm, der kleine Mann mit der großen warmen Stimme tief unten im Auditorium Maximum, wurde nicht sogar die Korrekturanmerkung eines ewig gestrigen Studienrats unter dem »Prozeß von Jerusalem« noch zu einem späten persönlichen Triumph? Nach Dietmars phänomenalen Verkaufserfolgen, die Vater gerne mit den Worten »Süddeutschlands Jüngster übertrifft erheblich!« zusammenfaßte, was in das Jahr 1955 zurückführte, in dem Dietmars Siegeszug in seinem dosenmilchfarbenen Kombi begonnen hatte, den sie in der Familie liebevoll »Libby« nannten, Süddeutschland war, glaubte er den Schilderungen seines großen Bruders, nichts anderes als eine einzige große Zunge, auf der langsam ein Bonbon nach dem anderen zerging, und diese große süddeutsche Zunge lechzte im Jahre 1955 nach dem ungeahnt köstlichen Extrakt exotischer Früchte, Dietmar persönlich verbürgte sich für die »Abwesenheit« chemischer Zusätze, nach Dietmars Wirtschaftswunder-Erfolgen war »Christian Kirsch studiert die Rechtswissenschaften in der Ludwig-Maximilians-Universität« ein gleichwertiger Slogan, der ihn sieben Jahre später an Dietmar heranführte, und dann ginge es, Dietmars Siege in Ehren, noch ein bißchen höher, über den großen Bruder Dietmar hinaus, um Wichtigeres als um einen süßen Geschmack auf der Zunge, um den bitteren Nachgeschmack des Unrechts, den seine Familie auch 1962 noch immer verspürte, ginge es, Justice comes to Tomahawk, hatte er mit seinem ersten Schülerenglisch gelesen, Justice comes to Kolbstadt, Justice brächte er seiner Familie nach Hause wie einen Pokal; braune Brühe tropfte aus dem Leder, rann aus Vaters Händen, die den runden Buckel des VW-Käfers so kräftig massierten, als wäre es der kranke Rücken eines Familienangehörigen.

1964, am Ende des zweiten Semesters, fiel ein finsterer Schatten auf das Gesicht des kleinen Mannes; die von dem Leselämpchen am Stehpult warm liebkoste, eigelbe Wange wurde grau; das Licht in diesem Gesicht, der Schein – ein trügerischer Schein – war mit einem Male abgeknipst, so wie das Lächeln in Mobius' Gesicht, wenn sich die Doppeltür von außen wieder schloß und der große, hagere, gekrümmte Landgerichtspräsident allein zurückblieb, in diesen Tagen des Jahres 1972, in denen Gerüchte schadenfroh umliefen; ein Gerücht lief um, vom Brunnen vor der Universität nahm es seinen Ausgang, und so wie der wasserspeiende Steinbrunnen nie leer wurde, sich speiste in einem endlosen Lauf, so entwickelte auch das einmal in Gang gesetzte Gerücht eine Eigendynamik, ein Endlosleben, ein Flugblatt der Gruppe Spur, das auf die nationalsozialistische Vergangenheit des Professors für Deutsches Staatsrecht hinwies, wurde den Spur-Agitatoren am Brunnen vor dem Tore aus der Hand gerissen;

in immer sich wieder erhebenden Windstößen fegte es das Blatt durch die Gänge der Ludwig-Maximilians-Universität; die Massenveranstaltung Deutsches Staatsrecht hatte von einem Tag auf den anderen den Charakter eines Tribunals angenommen; die Tribüne, auf der er, Christian Kirsch, saß, war das erhöhte Forum, von dem aus Recht gesprochen wurde über diesen Mann, auf dem der bleischwere Schatten seiner deutschen Vergangenheit lastete, das Gesicht war zugeflossen jetzt zu einem einzigen Grau, war nicht mehr zu erhellen durch ein künstliches Licht, unten im Graben las er, fällt er in den Graben, fressen ihn die Raben, tief unten, gefangen im Graben, las er gegen seine Vergangenheit an, plädierte er für seine Zukunft vor einem mächtigen Tribunal, Schaulustige füllten das Auditorium Maximum bis auf den letzten Platz, eine Menschenmasse, die nicht gekommen war, weil sie der Aufbau des deutschen Staates von unten nach oben interessierte, sondern vielmehr das letzte verzweifelte Wort, das dieser Mann, den sie gestern noch verehrt hatte, vor seiner Hinrichtung sprach; er kämpfte dort unten, aber sein Wort drang nicht mehr herauf zu ihm, Christian Kirsch, dem es schwerfiel, dieser Wahrheit in die Augen zu schauen, Hauchbilder umgaben ihn überall, verunsicherten ihn, nie durfte er sicher sein, daß sich nicht plötzlich ein schreckliches Bild vor ihm entrollte, das sein Weltbild zerstörte, ein Spur-Mann war dem kleinen Mann mit der großen warmen Stimme auf die Spur gekommen, der Anschlag auf den deutschen Staatsrechtler war genau geplant, in den überfüllten Hörsaal schlich sich der Spur-Mann, pirschte sich an das Pult heran, sein Finger pickte nach dem Knopf der Leselampe, das warme Licht, das mit seinem trügerischen Schein das Gesicht des Professors liebkost hatte, erlosch, und in der Kälte, die eintrat, rollte sich das Hauchbild aus, plättete sich die Membrane, hauchte eine Legende ihr gefälschtes Leben aus, und zurück blieb in einer Kälte, die den Professor von nun an für immer umgeben würde, das plane Bild eines grauen Nationalsozialisten, dem er, Christian Kirsch, auf den Leim gegangen war, den er einverleibt hatte als einen Aktivposten in seine Familie.

Kurze Zeit später ging im Jahre 1964 eine weitere Bombe hoch. Dieses Mal in Kolbstadt. Sie zerfetzte vor den Augen aller billig und gerecht denkenden Staatsanwälte und Richter und anderer Honorationen der Stadt, die sich in den Radbruch-Sälen eingefunden hatten, um die Verabschiedung des Altpräsidenten aus seinem Amt zu feiern, eine andere Legende. Er selbst hatte die Zerstörung dieser Legende in Kolbstadt nicht miterlebt. Aber er schuf mit seiner Geschichte vom ›Präsidenten, der ein Fuchs sein wollte‹, eine Geschichte, die er in München Monate später Sebak und den Genossen erzählte, eine neue Legende, mit der er nicht weniger Aufmerksamkeit erregte als mit seinem gescheiterten Deutschabitur. Der Fuchs hatte sich ein letztes Mal in seiner Eigenschaft als Leiter eines Landgerichts herausbegeben aus seinem Bau, begann er seine Erzählung, die auf einem Bericht der Mittelbayerischen Nachrichten, einem mehrere Wochen währenden Stadtgespräch der Stadt Kolbstadt und seiner zunehmend justizfeindlichen Phantasie basierte. Hoch und stolz trug er an diesem festlichen Tag seine Standarte. Jetzt, kurz vor Ablauf seiner Dienstzeit, traten gewissermaßen auch seine Lauscher in Ruhestand, alle Vorsicht hatte er abgelegt an seinem Ehrentag, er tastete nicht mehr mit seinen Tasthaaren, und seine Seher interessierten sich nicht dafür, welche Damen und Herren zu Füßen des Podestes, das man eigens für ihn aufgebaut hatte, artig den ihnen zugewiesenen Platz eingenommen hatten, um mit vorgetäuschter Andacht zu lauschen auf eine sicher vom Blatt gelesene, langweilige Rede, die ein letztes Mal den Anforderungen des Amtes genügte, und das Amt des Landgerichtspräsidenten war nicht geschaffen, um für Unterhaltung zu sorgen, nicht über seinen Amtsbezirk hinaus zielte es ab, das letzte Wort; freundlich gewährten sie, Richter und Staatsanwälte, die Leiter anderer Behörden, Politiker und kirchliche Würdenträger ihrerseits dem scheidenden Landgerichtspräsidenten, der Wort für Wort, Satz für Satz nun seine Macht verlor, dessen Macht durch das Nadelöhr einer Sanduhr rann, rechtliches Gehör; und sie wähnten sich sicher, daß nicht mehr gesagt würde vom Präsidenten als das, was gesagt werden mußte, der Anlaß begrenzte das knappe Manuskript, ein Präsident trat ab, ein anderer trat vor, die Kontinuität der Amtsführung blieb in jedem Fall gewahrt, zum Verwechseln ähnelten sich die Herren, in einen schmalen Fuchsbau paßte kein Wolf, belehrte er seine systemkritischen Freunde in München. Höher als an anderen Tagen trug der alte Fuchs an seinem Ehrentag die Standarte, als seine Zeit gekommen war und er zum Rednerpult schritt; doch der Mann, der 1956 einen Narren an dem arbeitslosen Vater Kirsch gefressen und ihm das Geschenk von ›Recht und Ethik‹ gemacht hatte, hielt sich nicht lange mit ›Recht und Ethik‹ auf; von einem Verfall sprach er, nicht dem der Sitten, von einem inneren Verfall der Justiz; von Fesseln, die die Justiz sich angelegt hätte und die sie keine Stunde länger mehr tragen dürfte, die vielmehr jenen Angeklagten anzulegen wären, die glaubten, keine Haltung annehmen zu müssen vor der Richterbank; von in die Knie zwingen war die leicht verständliche Rede, ja das Mutterland der Demokratie, England, bemühte der Präsident, als er vor seiner sich immer öfters duckenden Zuhörerschaft Prügel in eine zum Glück der Justiz nur vage Aussicht stellte. »Liebe Kinder«, schloß der Geschichtenerzähler Genosse Kirsch, »das war die Geschichte vom Präsidenten, der ein

Fuchs sein wollte.« Der Fuchs hat die Sau rausgelassen, hatte er, der Jurastudent, am Wochenende in Kolbstadt zu seinem Vater gesagt, als er betroffen die Samstagsausgabe der ›Mittelbayerischen Nachrichten‹ aus der Hand legte, die in großer journalistischer Erregung in einem schwarzen Kasten von »Skandal zum Abschied« aus den Radbruch-Sälen berichteten. Sein Vater, der sich sein einmal gewonnenes, von ›Recht und Ethik‹ bestimmtes Präsidentenbild nicht durch Hauchbilder verwischen ließ, hielt dem Fuchs weiter die Standarte. Journalisten zwängten sich in der Folgezeit in Wahrnehmung berechtigter Interessen in den Fuchsbau und förderten einer verdutzten Öffentlichkeit Beweisstücke an den Tag: Der Präsident hatte eine braune Vergangenheit und war ein Kommunistenjäger gewesen; ein Friseur, der dem hoffnungsvollen Karriererichter in den frühen fünfziger Jahren die Haare geschnitten hatte, hatte längere Zeit keine Haare mehr schneiden können; der volljuristische Kunde hatte bei seinem Friseur, in einer aufliegenden Illustrierten versteckt, ein kommunistisches Flugblatt entdeckt. Sein Präsidentenleben lang hatte der Altpräsident jene Charakterisierung verdient, die später auch in seiner Personalakte, in der des Proberichters und ehemaligen leitenden Angestellten Kirsch, stand, »Psyche unauffällig«; am Ende seines Präsidentenlebens aber hatte dieser Mann, der so groß war wie der jetzige Präsident Mobius, hager und gekrümmt wie Mobius, seine Fesseln abgestreift. War es nicht sinnvoll aus der Sicht dieses Rechtsstaats, mit dieser rethorischen Frage schmückte Genosse Kirsch später seine »Fuchs-Legende«, daß man Fesseln des Wortes denen anlegte, die vorwärtskommen wollten, die bereit waren abzunehmen, um in den Fuchsbau schlüpfen zu können?

Ganz allmählich bewegte er sich im Jahre 1964 zusammen mit Sebak auf die andere Straßenseite hinüber, wo ein Springbrunnen stand, in dessen Überlaufbecken Wasser überlief, etwas war übergelaufen in ihm, dem gutgläubigen Jurastudenten, es lief, wie das Blut eines Bluters, war nicht mehr zu stoppen, es sprudelte, eine Bewegung hatte ihn erfaßt, er hockte nicht mehr passiv auf einer Stufe im Audimax und lauschte einer Stimme, die aus den Untiefen der deutschen Geschichte kam, jetzt schritt er vor der Brunnenummauerung auf und ab, verteilte Zettel, sprach auf die Passanten ein, pausenlos artikulierten sie jetzt das, was sie sich erarbeitet hatten, sie produzierten Bewußtsein Tag und Nacht, nachts in ihrer Fabrik, ein besseres Bewußtsein, das richtige, das sie tagsüber vor der Ludwig-Maximilians-Universität mit ihren Aufrufen, Programmen, Manifesten, mit ihren Flugblättern verteilten. Er studierte weiter die Rechtswissenschaften. Aber hörte er wirklich das, was in den Vorlesungen gelesen wurde? Überhörte er nicht, daß das Recht auch die Aufgabe hatte zu bewahren? Überschätzte er nicht die programmatischen Erklärungen in den Gesetzen, zum Beispiel in der bayerischen Verfassung: Schulen sollen nicht nur Wissen und Können vermitteln, sondern auch Herz und Charakter bilden ... Die gesamte wirtschaftliche Tätigkeit dient dem Gemeinwohl ... Kapitalbildung ist nicht Selbstzweck, sondern Mittel zur Entfaltung der Volkswirtschaft ... Die Domtürme überragen die schöne Stadt Kolbstadt, war ein ebenso schönes und nutzloses Bild wie diese futuristischen Bilder in der Verfassung. Der Mann auf der Straße konnte damit nichts einklagen, sich nichts kaufen dafür.

Das Problem von »Recht und Ethik« geriet immer mehr in den Hintergrund, Semester für Semester verlor es an »Examensrelevanz«. Je näher das erste Staatsexamen rückte, um so mehr erkannte er, daß seine Ausflüge in »Recht und Ethik«, in die »Soziologie der ethnischen Gebilde«, seine kontemplativen Wanderungen durch die Staatsphilosophie gefährliche Luxusreisen gewesen waren, die ihn dem Examensziel nicht nähergebracht hatten; gebummelt hatte er, wie auf seinem Weg zur Pestalozzischule in Kolbstadt, einem Gartenweg, wo sich der Knabe Christ neugierig über die duftenden Blumen beugte, die durch die Zaunöffnungen wuchsen; in den Examensstoff hineingeschnuppert hatte er allenfalls mit seinem privaten Hang, die Tiefe in dieser Materie auszuloten, mit seinem Ehrgeiz, durch die vordergründige Ablagerung eines täglichen Rechtsprechungsgeschäfts durchzustoßen auf den Grund der Gerechtigkeit; vom Grunde auf wollte er verstehen. Im fünften Semester gehörte er zu den wenigen, die noch eine Vorlesung in der Universität besuchten. In Examensängsten drängten sich die höheren Semester in die Repetitorien. Einige Male saß auch er in dem großen Nebenraum einer Wirtschaft, wo an Samstagabenden eine semiprofessionelle Schauspieltruppe Starkbiertrinker mit bayerischen Schwänken zum Lachen brachte. Lehrbücher waren im Repetitorium verpönt; für Bücher war buchstäblich kein Platz. Wieder wünschte er sich die unausgelastete Stenohand seiner Schwester Dagmar statt seiner kalten, schwitzigen Hand, die sich abmühte, die Paragraphen, die auf andere Paragraphen verwiesen, die entsprechend oder analog zur Anwendung kamen, auf die dünnen Loseblätter der deutschen Gesetzessammlung Schönfelder zu schreiben, von seinen zusammengepreßten Knien rutschte das dicke, rot kunststoffummantelte Buch gelegentlich ab, wenn er allzu hektisch versuchte, auf der Höhe des Diktats zu bleiben; Stenotypistinnen waren sie, denen der die schmale Reihe zwischen den Wirtshausstühlen auf und ab gehende Repetitor forsch und immer zwei Paragraphen zu schnell diktierte, Verweisungsketten bildeten sich am Rand der jeweiligen gesetzlichen Bestimmung; in einen Paragraphen wurde hinein- und wieder auf einen anderen hinausverwiesen.

Schmeißfliegen flogen von einem Kothaufen auf, um sich auf einem anderen niederzulassen, sie, die Examensfiebrigen, verfolgten die unruhigen Flugkurven, keiner von ihnen merkte, wie schlecht das roch, schwer leserliche Seismogramme, unsinnige Ergebnisse druckten sich am Ende von selbst aus, sobald die Kette von Verweisungen sich schloß, der gutgläubige Demonstrant wurde zum Landesverräter, 37,5 % Zinsen waren noch immer nicht sittenwidrig, wenn es sich aus dem Gesetz so ergab, würde es schon stimmen, wenn das Recht es so wollte, ihnen, die sie vor dem Examen standen, war es recht. Wer eine Frage stellte, erregte den Unmut der übrigen Kursteilnehmer. Die Zeit des Fragenstellens war jetzt vorbei; wer jetzt zuviel nachdachte, würde nachdenklich über seinen Examensklausuren sitzen. Das war die Zeit, in der es passieren konnte, daß er selbst in einem kühlen, halbleeren Vorlesungssaal der Universität in Schweiß ausbrach, tagelang vergaß er den Stuhlgang; die Bewegung, der er sich angeschlossen hatte, wurde für ihn immer mehr zur Gegenbewegung auch dieser staatlichen Prüfungsmethoden, aus denen private Repetitorien Kapital schlugen. Die Vorbereitung auf das Staatsexamen war ein schmutziges Geschäft, das ordentliche Professoren gerne unordentlichen Paukern in den Hinterzimmern bayerischer Wirtschaften überließen.

Später, nach bestandenem Examen, zitierte er stolz und ironisch den Anfang eines Romans der Sagan, in dem es hieß, sie hätten den Nachmittag in einem Café in der Rue Saint-Jacques verbracht, einen Nachmittag wie jeden anderen, und sie, die Romanheldin, hätte ihr Examen wie durch ein Wunder bestanden. Mit einem gewissen Lächeln zitierte er bei gewissen Gelegenheiten aus »Un Certain Sourire«. Christian Kirsch hielt auch nach dem ersten Examen als Rechtsreferendar in Kolbstadt an »Recht und Ethik« fest, noch stand er nicht unter dem Druck einer Praxis, die Abstriche verlangte, Kompromisse. Noch war er fasziniert von der a. A., an jeden einzelnen Dozenten erinnerte er sich, wenn dieser nur mit einer »anderen Ansicht« von der herrschenden Meinung abgewichen war. Für jede abweichende Meinung galt der Anscheinsbeweis von »Recht und Ethik«. War es unmoralisch, im Verein mit der Mehrheit recht zu haben?

Nach dem Tode von Benno Ohnesorg in Berlin am 2. Juni 1967, dem Anschlag auf Rudi Dutschke und der Verabschiedung der Notstandsverfassung im Deutschen Bundestag am 30. Mai 1968 wollte er Rechtsanwalt werden. Als Anwalt, so glaubte er jetzt, stände er auf der richtigen Seite. Anwalt des Rechts – flüchtete er sich nicht in einen Beruf, den es in diesem Sinne des Wortes nicht gab, nicht geben konnte? Ein unabhängiges Organ der Rechtspflege wäre er, der Anwalt des Rechts, einen freien Beruf übte er aus und kein Gewerbe, so stand es in den Paragraphen eins und zwei der Bundesrechtsanwaltsordnung zu lesen. Aber konnte einer gut davon leben, daß er nur das Recht pflegte? Wenn er sich einige seiner etwas älteren Referendarkollegen ansah, die Anwälte geworden waren, so übersah er nicht, daß sie nicht nur das Recht, sondern auch ihre eigenen Interessen pflegten. Als Taktiker beschimpfte er sie, Spieler in dünnen, glänzenden Roben, deren Rechtsbewußtsein keine großen Sprünge machte, sondern sich in einem engen Feld bewegte, dessen Ausmaße eine von den Obergerichten kontrollierte Rechtsprechung bestimmte. Der wirtschaftliche Erfolg gab diesen Jungunternehmern recht, sagte er sich – frei von Neid?

Fern der Praxis, blieb Rechtsreferendar Kirsch auch in Kolbstadt ein kompromißloser, verbitterter Vertreter der reinen Lehre. Sein Glaube an den Anwalt des Rechts war bald erschüttert, aber was sollte er tun, was seinem Vater erzählen? Daß er einem Phantombild nachgejagt war, daß die objektive Geschäftsgrundlage weggefallen wäre für diesen Beruf? Eine Äquivalenzstörung nannten es die Lehrbücher zum Allgemeinen Schuldrecht, wenn zum Beispiel der Verfall einer Währung eintrat; der Verfall von Recht und Ethik, war er wirklich schon eingetreten? Nein, er brauchte als Referendar eine berufliche Perspektive, um durchzukommen. Anwalt wollte er werden, noch immer, erst recht. Gerade diese Zeit, in der der Staat unter dem Deckmantel der inneren Sicherheit den Spannungsfall, den Verteidigungsfall ausrief, sobald sich Kritik an ihm erhob, wie er das sah, hätte Anwälte bitter nötig. Da gab es noch das unausgesprochene Versprechen gegenüber Vater, daß er, der einzige Abiturient in der Familie, das Recht der Familie Kirsch wiederherstellen würde. Von nichts anderem hatte doch der Jurastudent gesprochen, wenn er Vater beim samstäglichen Käferwaschen von Forderung und Haftung, von unerlaubter Handlung, von der Verletzung eines Persönlichkeitsgutes wie von Rache und Genugtuung erzählte.

Nach seinem zweiten Staatsexamen fehlte ihm das Geld, sich als Rechtsanwalt selbständig zu machen. Margot war bereits schwanger, als er die Klausuren schrieb. Am 2. Januar 1970 kam Rudi zur Welt. Wenn er seine Ersparnisse aus seiner Referendarzeit auf Margots spärliches Gehalt legte, konnten sie sich das Nötigste anschaffen, was die kleine Familie brauchte. Er, der Volljurist und Assessor, lief von einer Kolbstädter Anwaltskanzlei zur anderen. Für die eingesessenen Kanzleien, welche Unternehmen, den Fiskus, kirchliche und politische Organisationen vertraten, war dieser Christian Kirsch eine undurchschaubare, unerwünschte Person. Viele seiner ehemaligen verbeamteten »Kollegen« auf Widerruf hatten zusätzlich bei einem Anwalt verdient. Seine persönlichen Vorstellungen von »Recht und Ethik«, die er in ihren Referendarkursen gegenüber Baumer, dem Ausbildungsleiter, geäußert hatte, waren ihnen suspekt; und die Meinung, die sie sich von diesem »extremen Kirsch« gebildet hatten, hatte auch unter den Rechtsanwälten die Runde gemacht. Es gab keine linken Anwälte und es gab keine rechten Anwälte in Kolbstadt; es gab nur Prozesse mit hohen und niedrigen Streitwerten; Kanzleien, die sich mit niedrigen Gebühren zufriedengeben mußten, konnten keinen weiteren Anwalt bezahlen; und die, die dick einstrichen, dachten bei Assessor Christian Kirsch ängstlich an ihren guten, konservativen Ruf. So erklärte er sich die Abfuhren, die man ihm erteilte. Warum wollen Sie nicht zu uns gehören? hatte ihn Baumer gefragt.

Er wollte zu Baumer gehören, zu seiner Justiz, auch wenn es so aussah, als sei ihm am Ende nichts anderes übriggeblieben, als sei er dem Staat unter die Röcke gekrochen, nach seinem Scheitern in einem Konzern. Zu Baumers Justiz, zu baumersgleichen wollte er gern gehören. Doch gab es baumersgleichen in dieser Justiz?

Er hatte sich schon nach Rudis Geburt bei der Justiz beworben, als sein Wunsch, Anwalt zu werden, sich nicht erfüllen ließ. Er scheiterte damals, bei diesem ersten Anlauf, an einer Zehntelstelle hinter dem Komma. Er wurde auf später vertröstet. Sie waren eine kleine Familie, als Familienvater konnte er sich keine Ausfallzeiten leisten.

Morgens ging Margot außer Haus, mit Rudi und Intercity blieb er, der Arbeitslose, in dieser hohen, dunklen Wohnung zurück. Er faßte sein Leben in tabellarischen Übersichten zusammen, er sammelte die Urkunden in der

Wohnung ein, die bewiesen, daß es ihn gab, Christian Kirsch, Assessor der Rechtswissenschaften; nach bestandenem zweiten juristischen Staatsexamen war er nicht mehr Beamter auf Widerruf, er schied automatisch aus dem Beamtenverhältnis aus; er bewarb sich ohne Erfolg bei den Gewerkschaften und öffentlich-rechtlichen Rundfunkanstalten; große Unternehmen mit juristischem Personalbedarf gab es in einer Stadt wie Kolbstadt nicht, noch immer verhinderte der Bischof die Ansiedlung der »Industrie«, denn in den Köpfen der Arbeiter und in den jungen Körpern der Arbeiterinnen wohnte die Sünde, sagte der Bischof in seinem Bischofsblatt; wenn er jetzt als Arbeitsloser in seinen Texten und Materialien las, tauchte er nicht in den subversiven Strom einer Gegenbewegung ein, der die bestehenden Herrschaftsverhältnisse unterspülte; schließlich war er ein staatlich ausgebildeter Jurist. Andererseits war er nicht mehr eingebunden in die Gemeinschaft verbeamteter Staatsdiener auf Widerruf. Frei war er, frei. Frei – was das hieß!

Er machte in der ersten Jahreshälfte 1970 Erfahrungen mit sich, die sein Vater vor fünfzehn Jahren gemacht hatte, als ein erster Wochentag im März 1955 Vaters letzter Arbeitstag bei seiner Behörde gewesen war. Er verließ das Schlafzimmer nicht, bevor nicht Margot frühmorgens die Wohnung verlassen hatte, um mit ihrer »nachgeordneten« Tätigkeit bei diesem Internisten für das Einkommen der kleinen Familie zu sorgen. Der Tag war erträglich. Er fürchtete die Nacht. Die Nacht eines Arbeitslosen war finsterer als die Nacht eines Arbeitnehmers. Und diese Finsternis währte lang noch in den Tag hinein. Doch diese Finsternis raubte ihm nicht die Sicht: Er sah, wie Margot ihm Schlaf vortäuschte. Und wenn er selbst endlich einnickte, leuchteten auf der Oberfläche dieses seichten Schlafs seine Bewerbungsschreiben auf, Zeile für Zeile,

Gnadengesuche, die sowieso abgelehnt würden, und doch war er gezwungen zu lesen. Um seine Existenz lesen mußte er, er las, las, durch seine Lider hindurch, daß er als drittes Kind des Richard Kirsch in Kolbstadt geboren war, wie seine Eltern und seine Geschwister bekannte auch er sich zum römisch-katholischen Glauben ... eine demütigende Litanei nutzloser Fakten. Durch welche Hände liefen sie? Wer lächelte dabei? Wer war der nächste, der ihm kopfschüttelnd absagte? Am Tag entdeckte er das Radio, zwischen ›Am Tag als Conny Cramer starb‹ und ›Sgt. Pepper's Lonely Hearts Club Band‹ wurde Andreas Baader von seiner Reststrafe aus dem Zentralinstitut für soziale Fragen in Westberlin gewaltsam befreit; er, Christian Kirsch, war frei, Andreas Baader war frei, doch eine geräumige Mietwohnung in Kolbstadt konnte eine Zelle sein, ein Land konnte eine Zelle sein, Deutschland war eine Zelle, 247973 Quadratkilometer groß, las er im Brockhaus, auf seinen ziellosen Gängen durch die Wohnung, die er gelegentlich vor dem Bücherregal unterbrach, um in irgendeinem Buch irgendein paar Sätze zu lesen; die Tierwelt trat nirgendwo in Deutschland besonders kennzeichnend in Erscheinung, behauptete der gescheite Verfasser eines gescheiten Nachschlagewerks, das sich mit »Deutschland gestern und heute« befaßte, eine Feststellung, die so nicht unwidersprochen bleiben durfte; in den höchsten Besoldungsstufen bei Behörden und staatlichen Einrichtungen traten Füchse in Erscheinung, widersprach er gehässig. Er erlebte am Fenster die morgendlich leere Straße, wenn die Arbeitnehmer ihre Arbeit aufgenommen hatten, und so wie sein Vater in der Simmernstraße in Stadtvorhof den Briefträger erwartet hatte, um ihm das Schreiben aus der Hand zu nehmen, in dem Behördenleiter Grasser hoffentlich mitteilte, daß der Spuk der Arbeitslosigkeit endlich zu Ende wäre für die fünfköpfige Familie Richard Kirsch, so hoffte auch er, daß der Postbote sein gelbes Rad vor ihrem gelben Haus abbremsen würde, um ein Kuvert aus einem Pack zu ziehen, das er in den Schlitz des obersten Briefkastens, Chr. + M. Kirsch, steckte; doch wenn er dann die Haustreppe hinuntereilte und ihm durch den Kopf ging, was der Umschlag enthalten könnte, lähmte die Angst seinen schnellen Schritt, daß es ein Gestellungsbefehl wäre, der seine Arbeitslosigkeit beendete, aber auch ein Zeitalter, in dem er, der Student in München, der Rechtsreferendar in Kolbstadt, an dem Zustand der Ungewißheit, wozu dieses Studium gut wäre, wohin es ihn führte, nicht nur gelitten hatte. War Arbeitslosigkeit ihre familiäre Bestimmung? Ging sie in gesetzlicher Erbfolge von dem Vater über auf den Sohn? So wie Mutter, Dagmar, Dietmar und er 1955 die Arbeitslosigkeit des Vaters geteilt hatten, teilten jetzt Margot, Rudi und Intercity dasselbe Schicksal. Natürlich dramatisierte er diesen Zustand. Seine »Kollegen« von gestern, die Beamten auf Widerruf, waren zum Teil als frisch ernannte Staatsanwälte schon Beamte zur Anstellung beziehungsweise Richter z. A., oder sie fuhren als Anwälte mit Gewinnbeteiligung an namhaften, gewinnbringenden Kanzleien und mit Aussicht auf baldige Sozietät in BMWs, die abgeschrieben wurden, zu mündlichen Verhandlungen über hohe Streitwerte, aus ihren Samsonite-Koffern hoben sie feine Roben, in die sie schlüpften, bevor sie unter der Schwert und Waage tragenden Justitia in den Palast schritten, wo sie ihren Gewinn machten, ganz gleich, ob sie mit ihren Anträgen durchdrangen oder abgewiesen wurden. Sie schlüpften aus einer Robe heraus und in eine andere hinein, sie unterwürfen sich jeder Robenordnung, warf er, der Arbeitslose, ihnen vor, Richter und Staatsanwälte trugen den Besatz an der Robe in Samt, Rechtsanwälte in Seide,

Urkundsbeamte in Wollstoff; die näheren Angaben über die Amtstracht, insbesondere die Abmessungen, fänden sie in der Anlage der Bekanntmachung über die Amtstracht der Rechtspflegeorgane vom 16. Oktober 1956. Er fing an, sich zu bemitleiden. Ein Tag verging wie der andere mit Rudi und Intercity. Als ihn schließlich eines Tages die unerwartete Zusage dieses Chemiekonzerns aus München erreichte, dachte er schon lang nicht mehr nach. Er zögerte nicht.

In München dann war er nicht an Schindler gescheitert. Er wäre auch in einem anderen Unternehmen nicht zurechtgekommen. Mit sich kam er nicht zurecht, er wurde sich fremd bei der Erfüllung von Aufgaben, die er sich nicht zu eigen machen konnte. Sein Körper unterschrieb, diktierte, rechnete, telefonierte, sein Körper machte eine gute Figur, der keine Fehler unterliefen, aber in diesem Körper, in dieser Figur eines leitenden Angestellten wohnte ein falsches Ich, und dieses Ich entwickelte einen Widerwillen gegen die Hand, die schrieb, gegen den Mund, aus dem die Diktate fielen, gegen den Kopf, in dem Rechnungen aufgingen, dieses Ich fing an, sich vor der guten Figur zu ekeln; der leitende Angestellte Christian Kirsch war das Ergebnis eines Montageversehens, es war quälend, nicht zu wollen, was alle anderen wollten; er war abnorm. Spürten sie, daß er anders geartet war? Gingen sie ihm aus dem Weg? So wie der siebzehnjährige Oberschüler Christian Kirsch, der bereits die Frauen liebte, seinem Mitschüler Robby aus dem Weg gegangen war, weil dieser Robby den Trieb seiner Klassenkameraden nicht teilte, Robby der Triebabweichler; dabei waren sie beinahe so etwas wie Freunde gewesen, Robby und er. Wandertag im Juni 1959, der Bus stand in Waldfreiung, wo seine Mutter geboren war. Sie hatten schon die Plätze eingenommen. Es ging wieder zurück nach Kolbstadt. Sie warteten nur noch auf Alfred. Da trat dieses Mädchen auf die Straße, blond, schmal, braun. Eine kurze Bluse, eine Art Bolero, enge Hose … Sie lehnte sich an die Hauswand, unter die Bierreklame, schäumende Krone. Die Bluse stand weit ab. Sie endete über dem Nabel. Der Nabel, ein kleiner, heller Strudel in der Mitte des schmalen, braunen, flachen und doch leicht gewölbten Bauchs. Er am Busfenster konnte den hellen, blonden Flaum von Haaren um den Nabel sehen. Dreißig junge Männer starrten auf sie. Aber für die schmale Blondine existierten sie nicht. Schwül war es im Bus. Sie war keine drei Meter von ihm entfernt, lehnte träge an der Wand, wetzte die Knie aneinander, leckte mit der Zunge über die Lippen. Sie schloß ihren Mund nicht ganz, und er sah den feuchten Glanz ihrer Zähne. Wenn sie einatmete, hob sich die Bluse und stand noch weiter ab. Dann griff sie unvermittelt in die schwere Flut ihrer Haare, zuerst mit einer Hand, dann kam die andere zu Hilfe. Sie fingerte an einer Haarspange. Unter den Achseln war ihr Haar naß und dunkel vom Schweiß. Neben ihm im Bus saß Robby. Schau her, die zittern, sagte er zu Robby und hielt ihm die ausgestreckten Hände entgegen. Gelangweilt schaute ihn Robby an und zuckte die Schultern. Neunundzwanzig im Bus empfanden das gleiche, neunundzwanzig im Bus wollten das gleiche. Sie waren beinahe so etwas wie Freunde gewesen, Robby und er. Doch von nun an ging er ihm aus dem Weg. Was hatte Robby bei ihnen verloren? In ihrer Klasse hatte er keine Chance mehr. Sie ließen ihn aushungern, weil er nicht ihren Hunger teilte. Ihretwegen sollte er verhungern. Dabei war Robby ein hübscher Junge, nach dem sich die wenigen Mädchen im Schulhof umdrehten. Er hatte Chancen. Vielleicht auch deshalb nahmen sie Rache an ihm.

Schindler, der Schinder, war ein Synonym, nur ein Name, mit dem er seine Identifizierungsprobleme umschrieb. Christian Kirsch identifizierte sich nicht mit einem Produkt, das eine Firma herstellte, nur weil er zufällig in dieser Firma als leitender Angestellter beschäftigt war. Was ging ihn der Leim an, den sie produzierten und in Kübel abfüllten. Er ging ihnen nicht auf den Leim. Das Produkt war in einen goldenen Kübel abgefüllt, und der stand auf der höchsten Sprosse einer Leiter; in den Rang des goldenen Produktes erhob sich nur noch eine Handvoll dynamischer Männer, die die zweithöchste Sprosse erklommen hatten, sie konnten Schindler heißen, Aal oder Opportun, sie sonnten sich im Glanz der goldenen Frucht ihres Erfolgs, am Fuß der Leiter stand das Fußvolk der Werktätigen und blickte auf; die leeren Sprossen gaben dem Fußvolk am Fuß der Leiter das Versprechen des Aufstiegs. Sie sahen alle in eine Richtung, und im Schnittpunkt ihrer Blicke thronte der goldene Kübel. Ein goldener Kotzkübel, der glänzte wie der Erfolg. Erfolg, schon das Wort machte ihn wütend. Sie glänzten mit »ihrem« Produkt. Noch der kleinste Angestellte in der Firma sprach von »unserem« universalen Punkt- und Flächenkleber, selbst die größte Flasche in dem Betrieb identifizierte sich mit der prämierten Einwegflasche. Er bekam das besitzanzeigende Fürwort nicht über die Lippen; bei jedem »wir« tat er sich schwer. Er konnte immer nur »ich« sagen; wenn er ausnahmsweise das »wir« verwendete, sprach er von einer Elite, die ausgestattet war mit der scharfen Klinge des richtigen Bewußtseins. War er nicht elitär? Er gehörte noch immer einer Elite an, tröstete er sich. Einer Elite, die litt. Ihre scharfe Klinge kam nicht zum Einsatz, war nicht verkehrsfähig. In den Jahren 1970 bis 1972, als er Fremdarbeit in dieser Chemiefabrik verrichtete, war diese Elitetruppe bereits über das gesamte Bundesgebiet versprengt. Manche waren in den Universitäten untergeschlüpft, wo sie jetzt nicht mehr unten im

Hörsaal saßen, sondern bereits hinter dem Professor am Pult standen, wo Lehre und Wissenschaft noch relativ frei waren und unschädlich; andere versteckten sich unter der roten Decke einer Partei, mit der sie bald schon unter derselben Decke stecken würden; wenige überlebten kurze Zeit in linken Blättern oder in den dritten Programmen und Nachtsendungen der Medien; nur ein harter Kern ging, wie er das in Anspielung auf Sebak zu Margot gern sagte, in die Konsequenz. Hatte er selbst keinen harten Kern? Er war in keine Konsequenz gegangen. Er war als Proberichter nach Kolbstadt zurückgegangen, wo die Gelegenheit, »wir« zu sagen, sah er einmal von Baumer ab, auch selten war. Immerhin, er war kein Hausmeister, der vor einem verschlossenen Fabriktor den Dreck mit einem Besen wegfegte, die Sirenen, die den Fabrikarbeitern den Feierabend verkündeten, sie waren schon lange verhallt. In seinem grauen Hausmeistermantel baute der Hausmeister sich vor dem Fernsehteam auf, seinen Besen hielt er von sich wie ein katholischer Bischof seinen Krummstab, mit unternehmerischer Weitsicht blickte er über den Dreckhaufen hinweg, den er zusammengekehrt hatte, WIR, sagte er, liefern auch in die DDR. Er schämte sich für den Mann. So wie er sich für Margot geschämt hatte, die sich auf ihren Waldspaziergängen mit Romanhelden solidarisiert hatte, die nur in den Köpfen geschwätziger Schriftsteller existierten. Stolz und einsam sagte er »ich«. In München in einer Leimfabrik, in Kolbstadt in der Justiz. Doch kam nicht mit Sebak ein Teil vom »wir« nach Kolbstadt zurück?

X.

30. Mai 1972, nachmittags

An diesem 30. Mai fuhr er schon am frühen Nachmittag nach Haus. Er war, ein albernes Wort, erwartungsfroh gestimmt. Sebak hatte versucht, ihn telefonisch zu erreichen. Margot war am Apparat gewesen. Er war mit Sebak in Kolbstadt noch nicht zusammengetroffen. In der Scheidungssache Sebak gegen Sebak war ihm nur ein Beklagter namens Sebak begegnet. Nicht nur er, der Scheidungsrichter, trug eine Zwangskostümierung, die aus einer Robe bestand. Auch Sebak hielt sich mit der ihm verfahrensmäßig zugewiesenen Rolle bedeckt. Ein Beklagter saß neben seinem Rechtsanwalt und ließ die Prozedur eines Verfahrens über sich ergehen, das er nicht selber in Gang gesetzt hatte. Sebaks wirkliche Rückkehr stand aus. Sie fände nicht in dem Sitzungssaal eines Justizpalastes statt; daß der Neuanfang ihrer Freundschaft nicht in Berührung kommen durfte mit der schmutzigen Wäsche eines Scheidungsverfahrens Sebak gegen Sebak, darin stimmten sie wohl überein, Sebak und er, der Richter, der erwartungsfroh Gestimmte, dessen Erwartungen Mobius nicht erfüllt hatte, aber was erwartete er denn von einem Präsidenten, Profitmacherei! Gewinnmaximierung! Diese Worte haben Sie doch gebraucht? Diese Worte würde er wiederholen, wenn es die Situation erforderte, er nähme kein Blatt vor den Mund, niemandem ginge er um den Bart. Er erwartete Sebak. Er genoß das Kribbeln dieser Erwartung; der jahrelange, grüblerische Monolog seiner Gedanken ging schon jetzt, seit er wußte, Sebaks eigentliche Rückkehr stand unmittelbar bevor, in einem WIR auf, was sich bestätigen würde schon nach einem ersten Gespräch. Dabei nähme er nicht Abschied von seinem Ich, im Gegenteil: Ich erlebte er, Ich erführe er, wie in Florenz mit Margot, wo sie sich noch fremd waren vor ihrer ersten Nacht. Wo das sanfte Schaukeln des Volkswagens die Tabus erst erschüttert hatte, noch waren sie nicht gebrochen; in dieser Phase damals hatte ihn sein Ich intensiv beschäftigt: Wie sich seine Hände am Steuer ausnähmen, wie sein Blick sie träfe, wenn er aufsah, das Kinn auf die Brust gesenkt, aus einer vorgetäuschten Erschöpfung, die sie hoffentlich nicht an sein Vorbild James Dean erinnerte, ein schöner Verlierer, den sie im Süden erlösen durfte ... Sebak bräuchte ihn nicht zu erlösen, so war der Zustand nicht beschaffen, in dem er lebte, in Kolbstadt, in der Justiz. Aber ein Austausch fände statt, eine heimliche Transfusion: Etwas von der Lässigkeit eines Verlierers, der gewohnt war zu verlieren, der vielleicht noch immer diese zu große helle Blousonjacke trug und die schwarzen Locken eines Kindes, dessen schwarze Augen ungläubig und unnachgiebig zugleich in die Welt sahen, in denen sich Tränen sammeln konnten, wenn er sich freute oder im Zorn sich erregte, la tendresse, schließ mich ein in Dein Nachtgebet, etwas von dem, was er Margot nie beschreiben könnte, floß schmerzlos aus Sebak heraus und zu ihm hinüber, in ihn hinein und ging wohlig auf in dem Richter, dem es gut anstünde, auch einmal ungläubig und nicht immer nur rechthaberisch aus seiner Robe zu blicken, in Unklarheit und die Lage noch nicht ganz überschauend, hatte ihm Sebak geschrieben, wie gut ihm diese Worte jetzt taten, dem Proberichter, der von Berufs wegen stets recht haben mußte.

Nach Kuchen roch es zu Haus. Auch das stimmte den frühen Heimkehrer erwartungsfroh. Margot stand in der

Küche und dekorierte eine Torte, an einem Dienstagnachmittag. Sie beugte sich über die Torte und drückte aus einem Spritzbeutel Sahne in langen, geriffelten Streifen auf das flache Dach ihres Backwerks. Er schlich sich von hinten an sie heran und faßte sie mit beiden Händen um die Taille.

»Das Leben ihres Gatten, eines Landgerichtsrates in spe, zu versüßen, sah sie als ihre eigentliche und beglükkende Aufgabe an«, spöttelte er, »und ihre Gedanken kreisen dabei nicht nur um den Küchenherd ... Mitten in der Woche Kuchen?«

»Torte, nicht Kuchen. Aber nicht für dich. Wir feiern das Zehnjährige in der Praxis«, sagte sie und beobachtete konzentriert und wohlgefällig den zähen, gleichmäßigen Fluß des weißen Schaums aus der gezackten Tülle, der bei der ruhigen, eiförmigen Bewegung ihrer Hand, die den Spritzbeutel drückte, eine Null hinter die Eins auf das Deck der schokoladenfarbenen Torte schrieb.

»Und du gibst dich dazu her, auf den Profit aus zehn Jahren auch noch eine selbstgebackene Torte draufzusetzen.« Er war enttäuscht.

»Was ist schon dabei«, sagte sie arglos. »Ich tue es für unsere Praxis.«

»Unsere Praxis! Wo sind deine Miteigentumsanteile? Auf welchen stolzen Betrag beläuft sich deine monatliche Gewinnausschüttung? Worin besteht deine Mitbestimmung? Unsere Praxis!« Der Plural, den sie verwendete, ärgerte ihn. »Merkst du denn nicht, wie du auf diesen Unternehmer hereinfällst?«

»Weil ich für unser Zehnjähriges eine Torte backe?«

»Ja, genau damit!«

Er versuchte, sich zu beruhigen. Er freute sich, zu ihr und zu Rudi heimzukommen, schlich sich unters Fenster oder zu ihr in die Küche, und dann war es der Anblick einer roten Lederhose oder einer Torte, der ihn in Rage versetzte.

»Ich habe gedacht, du siehst das so wie ich«, sagte er.

»Mein lieber Mann«, sagte sie und wandte sich ihm zu, »ich kann nicht alles durch deine Brille sehen.«

»Die Tatsachen sollst du sehen. Sehen, wie es ist.«

»Und wie ist es, Herr Landgerichtsrat?« versuchte sie ihn zu provozieren. Nein, sie war nicht wie seine Schwester Dagmar, ihr traten so leicht keine Tränen in die Augen.

»Er hat es ausnahmsweise einmal gern familiär, und schon bekommt er seine Torte«, ließ er nicht locker.

»Daß du darauf so neurotisch reagierst«, wunderte sie sich.

»Analytisch, analytisch! Das ist ein feiner Unterschied.«

»Was verlangst du eigentlich von mir? Wer bin ich denn? Ich habe nicht die Wahl zwischen der Industrie und den Freiheitsspielräumen einer Justiz«, zitierte sie ihn. »Ich will mit meinem Chef gut auskommen, und er will mit mir gut auskommen.«

»Unsere Praxis! Dein Chef! Eure Torte!«

»Noch ein Wort«, drohte sie, »und ich schneide sie an. So, und jetzt gib mir die Robe, damit ich sie flicke, bevor die Pracht auseinanderfällt.«

Er gab ihr die abgetragene Robe, die er im Büroschrank vorgefunden hatte. Sie nähte schweigend, er saß ihr gegenüber und blätterte in der Robenordnung, die ihm Amtsrat Zettel besorgt hatte, zusammen mit einer Bestellkarte für Amtstrachten, die in der Schneiderei der Justizvollzugsanstalt gefertigt wurden. Sie hatte ihren eigenen Kopf, seine Frau.

Rudi, sein Sohn, hatte seinen eigenen Kopf. Eigene, unsensible Köpfe? Zumindest der Junge hatte einen unsensiblen Kopf. Er war als Vater nicht unglücklich darüber.

Der Junge soll es einmal besser haben als ich, sagte er plötzlich laut lachend, ohne einen für sie erkennbaren Anlaß. Vielleicht ginge in unsensible Köpfe weniger hinein, dachte er, dafür kämen aus unsensiblen Köpfen auch weniger Probleme heraus. Unsensible Köpfe setzten sich durch, ohne sich den Kopf zu zerbrechen. Rudi hatte sich durchgesetzt und mit seinen Allergien Intercity aus dem Haus verdrängt. Mit Margots Mutter lebte Intercity nun unter einem Dach. Wenn er an die Baracke beim Hauptbahnhof in München dachte, die ihnen beiden den strömenden Regen und die Wasserwerfer der Polizei vom Leibe gehalten hatte, war die Verbringung Intercitys zu seiner Schwiegermutter eine üble Freiheitsberaubung.

Sie nähte. Und er las. »Die Beschaffung der Amtstracht ist Sache des Trägers ... Die Robe liegt auf den Schultern und der Brust glatt an und fällt vorn und hinten weit und faltig bis über die Mitte des Unterschenkels herab; auch die Ärmel fallen, nach unten weiter werdend und unten offen, faltig herab ... Der Untertritt«, las er laut weiter, »muß oben im Verlauf der Halsausschnittslinie und unten schußmäßig nach der vorderen Mitte verlaufen.« Er legte die Robenordnung zur Seite und sagte zu ihr: »Die haben einen Schuß!«

Sie machte noch ein paar Nadelstiche. Dann warf sie ihm achtlos die Robe zu; der saloppe Abschluß einer Näharbeit, was ihn an seine Mutter erinnerte, wie sie im elterlichen Schlafzimmer hinter der Singer saß und, nachdem sie tagelang an einem Kleid für Dagmar genäht hatte, ohne aufzusehen, ohne ein Wort darüber zu verlieren, daß eine Fronarbeit nun zu Ende war, Dagmar das Kleid in einer Lässigkeit zuwarf, die ansonsten nicht ihre Art war. Er legte die Robe, die er aufgefangen hatte, über die Sessellehne, ohne sie eines Blickes zu würdigen.

»Nun komm schon her«, sagte sie. Sie rollte das gelbe

Maßband aus und griff nach einer kleinen Karte, auf der die für die Bestellung anzugebenden Maße einzutragen waren. Sie standen sich gegenüber, und als sie das Maßband um seine Brust schlang, zog er Margot an sich. Die Schneiderin in ihr rückte unwillig etwas von ihm ab und zierte sich.

»Wir sind eine kleine Familie«, sagte er ihr leise ins Ohr.

»Ich weiß«, sagte sie spröde. »Eine kleine Familie mit Schuß.«

»Ist er bei deiner Mutter?« fragte er.

Es dauerte eine Weile. In der sie ihn nachdenklich ansah. Bevor sie nickte. Er ließ sie nicht los.

XI.

5. Juni 1972, abends

Am Donnerstag, den 1. Juni traf er Sebak. Sebak hatte sich mittwochs wieder gemeldet. Er hatte sich nicht getäuscht: Auch Sebak verlor kein Wort über ihr Zusammentreffen im Rahmen eines anhängigen Scheidungsverfahrens vor einer Zivilkammer des Landgerichts in Kolbstadt. Sebaks Vorschlag, sich in einer Autobahnraststätte wiederzusehen, fand seine Zustimmung. Diese Idee hatte Niveau. Bereits die Wahl eines Ortes »außerhalb seiner Realität« – und er meinte damit nicht nur seine berufliche Realität als Richter, sondern auch den Ehemann und den Familienvater Christian Kirsch – war ein erster Schritt zu einem Wir. Daß die Raststätte an der vor einem Jahr erst eingeweihten Autobahn lag, die wenige Kilometer an dem Geburtsort seiner Mutter Waldfreiung vorbei bis an die Grenze der Bundesrepublik führte, symbolisierte den neuen Beginn ihrer Freundschaft. Beide beträten sie Neuland. In jedem Sinne des Wortes. Auf einer hohen Straße aus der Bundesrepublik hinaus, zitierte er, hinter dem Steuer seines Peugeot, mutterseelenallein auf der kaum befahrenen Strecke, abgewandelt, eines seiner frühen Gedichte. Er fuhr langsam, bewußt langsam. Er nahm sich Zeit, die Zeit, die ihn noch von Sebak trennte, auf seinem, auf ihrem Weg, den sie ein letztes Mal getrennt zurücklegten, er und Sebak, unterwegs zum Wir. Und während er fuhr, erlebte er diese Fahrt auf dem jungfräulichen Asphalt, als wäre sie schon lange zu Ende, als würde er sie seinem wiedergewonnenen Freund beschreiben, eine Asphaltbahn, die sich kilometerlang tief durch hohe Wälder legte, auf weichen, aufgeschütteten Hügelkissen zu beiden Seiten seines Peugeot stand der deutsche Wald »hoch da droben«, kühl leuchteten in Blau- und Violettschattierungen Lupinen in Fensterhöhe seines Wagens im gespreißelten Sonnenlicht, das durch die Wipfel der Tannen drang, er erlebte diese Anfahrt zum Wir, und er erinnerte sich zugleich an das Erlebnis dieser Fahrt, irgendeine belanglose Mitteilung aus dem Radio würde diese persönliche Erinnerung markieren, eine Bedeutung wüchse einer x-beliebigen Meldung zu, allein die Tatsache, daß Sebak und er sich wieder trafen, höbe sie heraus aus dem Gleichklang gleich unwichtiger Mitteilungen, mit denen die »Verantwortlichen« die stündlichen Nachrichten füllten, daß ein Dackel aus einem Fenster gefallen wäre, ein Junge ihm hinterhersprang oder umgekehrt. Was er erlebte, wurde zugleich gebrochen durch sein Sicherinnern zu einem gesteigerten Jetzt. Nichts wäre zufällig jetzt, bekäme doch alles in der Rückschau erst seine Bedeutung: Der Wald, hoch da droben, der ihn vor Blicken aus Pilotenaugen schützte, Piloten, die aufgestiegen wären zu ihrem Aufklärungsflug nur wegen Sebak und ihm, die herausfinden mußten, was sich Sebak und er still gelobten im deutschen Wald, um zu verhindern, was sie beide gemäß ihres Waldversprechens draußen ehrlich halten wollten, der Richter, der seine Robe ausgezogen, der Maler, der seinen Pinsel aus der Hand gelegt hatte, aus seiner zarten Hand, die Hände und das Gesicht machten den ganzen Sebak aus, den Maler, den Aufklärer, der schüchtern vor der Universität eine Mahnung verteilte, den Freund, der mit zitternden Fingern zwei Equilibrin-Tabletten durch eine Aluminiumfolie drückte, die seine Angst und Spannung zu lösen versprachen, die Stimmungsaufhellung in Aussicht stellten, aber die angstlösende Wirkung des Präparats machte auch vor dem Maler nicht halt, für Stunden zerfiel die Angst wie eine Tablette in einem Glas Wasser, aber mit ihr zerfiel auch sein Trieb als Maler, die Angst kehrte wieder, sobald der Wirkstoff des Medikaments nachließ, die Angst führte wieder die Hand des Malers, doch diese Unruhe war Sebak nicht anzusehen, nur die Augen verrieten ihn, die sich von einem Augenblick auf den anderen mit Tränen füllen konnten, ohne daß sein Gesicht sich veränderte, die Augen und seine Hand, in der eine Zigarette leicht zitterte, Rauch verwehte in grauen Kringeln über der großen Kaffeetasse, aus der er dann und wann trank, ohne das Bild, an dem er malte, aus den Augen zu lassen, wobei er den Kopf neigte und ein Auge zukniff, als wollte er eine bestimmte Stelle des Gemäldes ins Visier nehmen, die nicht durchgearbeitet wäre, wo er geschludert hätte, geschlampt, und das sah für ihn, den Freund, der die Kunst des Freundes bewunderte, immer aus, als würde Sebak auf sein Werk schießen wollen, es abknallen wollen, um es zu bestrafen, um es zu vernichten, tatsächlich hatte er einen Teil der Bilder zerstört; der Richter und der Maler, sie kämen getrennt, jeder für sich, aus dem deutschen Wald an einem 1. Juni zu einer Autobahnraststätte in der Nähe des Geburtsortes der Mutter des Richters, sie kämen getrennt, um vereint zu schlagen, einen Schwur würden sie erneuern im deutschen Wald, der ihm im Abitur so übel mitgespielt hatte.

Wie er diese Fahrt liebte. Ein paar Kilometer, die in die richtige Richtung wiesen, führten ihn hinaus aus einer Realität, die zwar nicht mehr bedrohlich war, in der er sich aber immer öfter allein gelassen fühlte von Margot und seinem Sohn, die Torten dekorierten oder sich mit roten Lederhosen schmückten. Die ihn, besah er es kritisch, auch auflaufen ließen, indem sie seinen »gesellschaftspolitischen Ansatz«, seine »politische Herkunft« negierten, nicht anders als Landgerichtspräsident Mobius, die, löge er sich ein bißchen was in die Tasche, Mobius näherstanden als ihm. Er lächelte. Margot und Mobius vergriffen sich nie im Ton, sie hatten sich in der Hand, und Rudi griff mit seiner Kinderhand nach einer Tulpe, die sich ihm freundlich entgegenbeugte, aber eben doch nur eine Blume war, und nach den Ohren eines Pferdes, das eben doch nur ein Plüschpferd war, in der Art, wie es einem Jungen entsprach. Was aber war seine Art, die Art des Christian Kirsch?

Sein Gesicht, das Gesicht des Flüchtlings Christian Kirsch, spiegelte sich im Seitenfenster des Peugeot, der jetzt den Schutz des Waldes verließ und sich auf eine höhergelegene, offene Ebene hinausbegab, auf deren flacher Höhe die Autobahn wie ein in sanften Schwüngen ausgerolltes Band verlief. Er schaltete das Autoradio ein: Der 153. Starfighter der Bundeswehr war gestern nachmittag in der Nähe von Lützelburg in einen Wald gestürzt, der Pilot konnte sich mit dem Schleudersitz retten und blieb unverletzt. Die bundesweite Großfahndung nach Mitgliedern von anarchistischen Banden, die von den Leitern der Landeskriminalämter der Bundesrepublik und dem Bundeskriminalamt am 29. Mai in einer Sondersitzung beschlossen worden war, hatte, wie mehrfach berichtet ... Er konnte diese öffentlich-rechtlich ausgestrahlten Jagdaufrufe nicht mehr hören. Er schaltete ab.

Er setzte sich an einen der leeren Tische der Raststätte. Seine Hände, die soeben noch das Lenkrad des Peugeot gehalten hatten, lagen auf der Resopalplatte des einfüßigen Tisches. Er sah auf seine Armbanduhr: 1. Juni, 14.00 Uhr. Sebak würde sich verspäten. Fronleichnam, Christi heiliger Leib, holy man, durch Wälder war er hierhergefahren, durch Wälder kam Sebak zu ihm zurück, he comes from the wood, holy man, so simple and good, würde Sebak die helle Jeansjacke noch immer tragen, die er ihm geliehen hatte?, er hatte sie einfach ausgezogen, nach einer Demonstration, als er sah, daß Sebak vor Kälte mit den Zähnen klapperte, und Sebak war in die Jacke geschlüpft, und er hatte sie anbehalten, er trug sie in der Akademie, unter seinem Kittel, er hatte sie an bei Demonstrationen, er trennte sich nicht von ihr, wenn sie nachts auf seiner oder Sebaks Bude hockten und sich aus einer Zweiliterflasche französischen Rotwein in kantige, stiellose Gläser gossen und jeder für sich mit seiner Gabel in einer Dose mit Tomatenfisch oder Thunfisch stocherte, Thunfisch in Gemüse oder, wenn es etwas Besonderes war, solid packed; nur einmal hatte Sebak die Jacke zurückgelassen; ein Brief Sebaks, in dem dieser von einer Veranlagung zu Depressionen sprach und von Abschied, ein Brief, der ihn zunächst mit Sebaks »Zärtlichkeit la tendresse« und dem ungewöhnlichen Wunsch des Freundes »Schließ mich ein in Dein Nachtgebet« verwirrte, diese Zeilen schreckten ihn plötzlich auf, wie Schuppen fiel es ihm von den Augen, er jagte mit seinem Wagen nach München, stürzte in Sebaks Zimmer, wo er ihn schon nicht mehr antraf, nur die Jacke, die einige Spritzer abbekommen hatte, sie lag neben Plastiktüten und Briefen am Boden.

Ja, er trug die helle Jacke, als er Minuten später aus der Beifahrertür eines Opel Carawan stieg. Der Wagen fuhr sogleich wieder an, er machte hinter dem Steuer ein dunkles Mädchen aus; Sebak stand einen Augenblick orientierungslos in der Nähe der Tankstelle. Vielleicht bildete er, Kirsch, hinter dem Schallschutzfenster sich das auch nur ein: Aber ihm kam es vor, als würde Sebak zusammen zucken, sooft auf der Autobahn ein Wagen vorbeisauste; vier Autos zählte er, während Sebak sich nicht von der Stelle bewegte, hilflos, ausgesetzt, am Rand einer Autobahn; sie fuhren mit hoher Geschwindigkeit Richtung Waldfreiung, und das sah aus, als wollten sie einen gewaltigen Anlauf nehmen, um sich aus dieser verhaßten Bundesrepublik Deutschland hinauszuschleudern. Er hatte die helle Blousonjacke an, die weiß strahlte, wie ein Wäschestück in einer Waschmittelreklame, das mit weiß überstrahlenden Rändern den Beweis dafür erbrachte, daß es noch weißer ging als weiß. Sebak verlor sich in der ihm zu weiten Jacke gegen den weiten Himmel; er, Christian Kirsch, hatte geglaubt, dem Richter Kirsch in Kolbstadt davongefahren zu sein, doch bei dem Anblick Sebaks sprach der Richter in ihm verantwortungsbewußt von einer örtlichen und persönlichen Desorientierung des Freigängers Sebak, von der Notwendigkeit der zwangsweisen Unterbringung des Freundes in dessen wohlverstandenem Interesse. Er hatte Sebak in dem weißen Blouson seit Jahren nicht mehr gesehen. Sah er einmal von dem Blick aus seinem Peugeot ab, den er im Dezember 1971 in München, an einer Ampel stehend, ins »Nest«, einen Treff für kaputte Typen, geworfen hatte, und damals war es auch nur ein Moment gewesen, der Moment, in dem die Lichtzeichenanlage von Rot über Orange auf Grün schaltete, daß er geglaubt hatte, ihn erkannt zu haben, vielleicht auch nur die Jacke, vielleicht ein ähnlicher Blouson, vielleicht nur die latent in ihm schlummernde Vorstellung, die zu dieser Jacke gehörte, die er seit jener Demonstration an einem kalten Frühlingsabend mit der Jacke verband, die Vorstellung von einem zarten, dunklen Mann mit schwarzen Locken und weißen Zähnen, die feucht schimmerten, so wie die schwarzen Augen, die schmalen Hände des Mannes paßten zu einem Mädchen, aber es war mehr Kraft in ihnen, als ein Beobachter, der Sebak nicht kannte, vermutete, er wußte es, auch wenn meistens in Sebaks rechter Hand eine Zigarette im Griff von Zeige- und Mittelfinger zitterte, er hatte es erlebt, wenn der Freund in der Akademie eine Leinwand auf einen Rahmen zog, wenn er Nägel mit sicheren Schlägen in das Holz trieb, wenn der Maler geduldig minutenlang Farbe in großen Töpfen verrührte. Er war sich auch heute noch nicht sicher, ob sein Blick ihn damals im Dezember 1971 tatsächlich erfaßt hatte, zwischen Rot und Grün, sicher war, daß der Beklagte in dem Scheidungsverfahren, das sie mit »R-Sache« statistisch erfaßten, nichts mit dem Mann zu tun hatte, der sich ihm nun näherte; Sebak ging geradewegs auf die Tankstelle zu, der er ohne weiteres aus dem Weg hätte gehen können, was wollte er bei den Zapfsäulen?, zogen die Farben ihn an?, zwei gelbe Leuchtzeichen, die auf der hochpolierten Metallfassung eines Kastens standen, in dem sich der Rechenkopf befand, die Zapfschläuche hingen wie Seile in einer Turnhalle von Ringen herab, Seile, die umkehrten in einer engen Schleife, Sebak sah interessiert hoch zu dem runden Lauf der Gummischläuche, kniff er nicht ein Auge zu? fragte er sich an seinem Resopaltisch; gegen die Endlosigkeit des blauen Juni-Mittag-Horizonts hatte das, was der Maler Sebak sah, wahrscheinlich Objektcharakter, eine Tankstelle zerfiel in leuchtende Hüte, in anmutige Schwünge, »super« und »normal« waren die Überreste einer Geheimschrift, mit der eine Welt beschrieben wurde, die es für Sebak, aber nicht für die Autofahrer, die hier zum Auftanken hielten, gab.

Sie trafen sich außerhalb der Realität, in jedem Fall. War es nicht gleich, ob sie eine Tankstelle, irgendein Café, in dem sich Damen zum Kränzchen trafen, oder die Mensa zu ihrem Treffpunkt bestimmten? Sebak kam durch die Glastür und mußte dann noch eine lange Reihe von Tischen entlanggehen, bevor er den Tisch erreichte, an dem er saß. Meter für Meter, den Sebak zurücklegte, den er sich ihm näherte, gewann er an Identität; die zu langen Ärmel der Jacke waren noch immer umgeschlagen; gleich, als er in die Jacke geschlüpft war, als sie ihren Besitzer gewechselt hatte, noch auf der Straße, hatte er mit zwei, drei kräftigen Handbewegungen jeden der beiden Ärmel nach hinten gekrempelt, seiner zarten Statur hatte er das Kleidungsstück angepaßt, eine energische, unwiderrufliche Angleichung an seine persönlichen Verhältnisse, die klarmachte, hier hatte eine Sache nicht nur den Besitzer, sondern den Eigentümer gewechselt; die Ärmel blieben umgeschlagen, das Blouson wurde nicht der Prozedur einer Reinigung unterzogen; Blutspritzer machte er aus, aus dieser Entfernung, Sebak hatte den Stuhl fast schon erreicht, auf dem er gleich Platz nehmen würde, und er sah die Blutspritzer nur deshalb, weil er wußte, wie die Spuren verliefen, auf der Brustseite der Jacke formten sie, wenn er seine Phantasie, seine Schwäche für Sinnbilder bemühte, ein Kreuz, zwei hingespritzte, perforierte, dünne Balken, ein Webfehler in den Augen Dritter, nur nicht in seinen weitsichtigen, symbolsüchtigen Augen, die einen Sitzungssaal, an dessen Wand ein Kruzifix hing, in einen Boxring verwandelten, auf dessen Boden zwei Lichtstangen aus Scheinwerfern ein Kreuz formten. Schritt für Schritt, den er näher kam, näherte sich Sebak seinem Sebak-Bild. Jetzt schob er den Stuhl zur Seite und setzte sich. Er fingerte die Zigarettenpackung aus der aufgenähten Brusttasche der Jacke und klopfte sich routiniert eine Zigarette aus der Packung. Die Entfernung zwischen dem einfüßigen Tisch, an dem sie nun saßen, am 1. Juni 1972 um 14.10 Uhr, und dem Zigarettenautomaten am anderen Ende des Raums machte die Strecke aus, die sie getrennt hatte, keinen Meter mehr maß die schmerzliche Länge der Jahre, die seit 1968 vergangen waren. Leere Tische und leere Plastikstühle standen auf dieser Strecke übersichtlich in gleichen Abständen gereiht, nichts anderes hatte sich zwischen Sebak und ihn in diesen Jahren geschoben.

So hatte er die Lage eingeschätzt an diesem Fronleichnamsdonnerstag nach einem ersten Überblick; ein objektiver Beobachter konnte er nicht sein. Über dem Einordnen seiner Gesetze versuchte er einige Tage später, den Verlauf dieses Nachmittags zu rekonstruieren. Das Ordnen der Gesetze, das Ordnen seiner Gedanken, seiner Gefühle – ein Vorgang, zu dem er den Justizpalast aufsuchte, die am Abend, zwischen den Sitzungstagen, verlassene Justiz, der beruhigende mechanische Ablauf des Auswechselns von gesetzlichen Bestimmungen, die außer Kraft getreten waren, um neuen Vorschriften Platz zu machen; wer von ihnen hatte den Dialog am 1. Juni begonnen?, hatte sich Sebak als erster geäußert? Draußen, auf der anderen Seite der Scheibe, waren an diesem katholischen Feiertag runde, farbige Körper vorbeigewischt, die mit fortschreitendem Nachmittag nun doch in kürzeren Abständen auf Waldfreiung zusteuerten, um über die Grenze zu entkommen, farbige Wischer, die auftauchten hinter der Glasscheibe der Raststätte, die abgeschossen wurden und verglühten, bei dem Versuch, die BRD zu verlassen, zur Strecke gebrachte Deserteure; wer von ihnen beiden das Gespräch auch begonnen hatte, Sebak hatte erzählt, diese Fakten waren ihm schließlich nicht aus der Scheidungsakte bekannt; daß er bei Siemens Plastikteile im Akkord ineinandersteckte, demonstrierte Sebak mit seinen zartgliedrigen Händen, die in einem einzigen sicheren Zug eine Farbbahn auf die Leinwand zu ziehen vermochten, ohne zu verwackeln, ohne daß die Farbbahn ausfranste an den Rändern; er hatte sich kurz auf geschlossener Abteilung in Haar befunden, vor seinen Depressionen war er in das Max-Planck-Institut geflüchtet, wo er sich zur therapeutischen Behandlung auf »freiwilliger« Basis befand, am Ende aber blieb die Chemie, auf den Wirkstoff Bromazepam war Verlaß, antriebslos saß er vor seinen halbfertigen Bildern, drei Teile abstrakt, ein Teil realistisch, eine Zusammensetzung, die sich bald änderte, die Realität war auf dem Vormarsch in seinen Gemälden, aber sie faßte nicht Tritt in seinen Bildern, sie blieb auf die Oberfläche verbannt, der Hintergrund seltsam leer, unbearbeitet, ausgespart, eben »geschludert«, ja mit diesem Wort hatte Sebak an diesem 1. Juni 1972 seine malerische Annäherung an die »Außenwelt« kritisiert. Er, der Richter, rekonstruierte an einem stillen Sommerabend in der stillen Justiz ein Gespräch, an das er sich inhaltlich nur ungenau, doch atmosphärisch sehr genau erinnerte, mit der Realität der Akkordarbeit bei Siemens, fiel ihm wieder ein, war Sebak überraschend zurechtgekommen, ein dunkelhaariges Mädchen hatte eine Rolle gespielt, die im dunkeln blieb, das Mädchen war eine treibende Kraft in dieser Basisgruppe gewesen, in der Sebak in Kolbstadt zu überleben schien. Um seine Unterstützung hatte ihn in der Raststätte der Freund gebeten.

»Wir haben uns das so vorgestellt …«, begann Sebak einen Satz, den er nicht vergessen hatte, denn dieser Plural, mit dem Sebak seine Bitte zum Anliegen einer Gemeinschaft machte, mit dem er anklingen ließ, daß er nicht allein war in Kolbstadt, überraschte ihn, ja eifersüchtig war er ein wenig, hatte doch Sebak jahrelang auf seine Gesellschaft verzichtet.

»Wir haben uns das so vorgestellt«, nahm Sebak erneut Anlauf, »daß du den Arbeitern das neue Betriebsverfassungsgesetz plausibel machst, du erarbeitest eine Art Kommentierung für sie. Du machst sie mit ihren Rechten vertraut. Parallel dazu entwickeln wir die Strategie. Wie einer sein Recht durchsetzt, wann, mit wem und wozu. In Planspielen arrangieren wir Konfliktsituationen mit verteilten Rollen. Daraus entwickeln sich dann bestimmte Verhaltensmuster, die angelegt sein müssen auf die Solidarität aller vom Konflikt berührten Arbeiter. Die Ergebnisse fassen wir später in einer Broschüre zusammen.« Und, als hätte er den Widerspruch des Richters erwartet, fügte er ergänzend hinzu: »Du interpretierst also lediglich geltendes Recht. Gibst deinen Namen nur für das lautere Gesetz.«

»Das war eine lange, gut vorbereitete Rede«, antwortete er Sebak. »Und die läuft darauf hinaus«, fuhr er fort, »daß ihr mit einem Vertreter der Klassenjustiz kooperieren wollt.«

Zu seiner Überraschung hatte dieser nicht ernstgemeinte Einwand Sebak verunsichert. Er faßte nach der Hand des Freundes, als wollte er seine Worte sogleich widerrufen, in der Krümmung von Sebaks Zeige- und Mittelfinger zitterte, wie es ihm schien, die Zigarette noch lebhafter als vorher. Am Handgelenk hielt er die Hand seines Freundes. Über ihre Hände hinweg sahen sie sich in die Augen. Er nickte, lächelte, stimmte Sebak zu.

Ja, so konnte es gewesen sein, an diesem Fronleichnamsnachmittag, in dieser Raststätte an einer Autobahn, die, an dem Geburtsort seiner Mutter vorbei aus Deutschland hinausführte. Er stand von seinem Schreibtisch auf, der Tisch war bedeckt von Loseblättern; in niedrigen Stößen, die an Baumers Zettel erinnerten, standen außer Kraft getretene Bestimmungen neben neu einzufügenden Gesetzen, die soeben in Kraft getreten waren, eine mechanische, beruhigende Beschäftigung, bei der die linke Hand zwar nicht wußte, was die rechte tat, aber er konnte sich auf beide Hände verlassen, dabei mußte er mit seinen Gedanken nicht einmal bei der Sache sein, die Sache des Gesetzes forderte ihn nicht, abschweifen durfte er von der Grundbuchordnung, der Justizbeitreibungsordnung, ohne Schaden anzurichten, nur nicht abtauchen in die Tiefe, tiefe Gedanken lähmten nur das eingespielte Spiel seiner Hände. Das Fenster zum Park stand offen, ein kräftiger Windstoß genügte, die Ordnung der deutschen Gesetze, die eine verwundbare war, solange die hauchdünnen Blätter neben den beiden Metallbügeln lagen, in die sie eingefädelt wurden, Blatt für Blatt, schon ein einziger Windstoß, der vom Park käme, genügte, diese Rechtsordnung zu verwehen, stellte er sich schadenfroh vor. Nein, die Angst vor einem aufkommenden Sturm sorgte ihn nicht; seine Hand und Sebaks Hand sah er immer wieder, die über der auseinandergenommenen, noch nicht wiederhergestellten Ordnung der deutschen Gesetze ein geheimnisvolles Zeichen formten, ausgerechnet in seinem Büro in der Justiz verwandelten sich jetzt seine Hand, die Sebaks Hand am Handgelenk faßte, und die Hand des Freundes zu seinem Entsetzen in die Signatur der Maschinenpistole, mit dem die RAF ihren Widerstand, ihren Kampf androhte.

Sie hatten einen Nachmittag in der Autobahnraststätte bei Waldfreiung verbracht, die Zeit war vergangen, wie sie immer verging, unmerklich, diskret, wenn Sebak und er beisammen waren. Aber dieser 1. Juni war kein Nachmittag wie ein anderer gewesen, das war ein anderer Nachmittag. Und diesen ganzen anderen Nachmittag hatte keiner von ihnen ein Fernsehgerät in diesem weißen, übersichtlichen Raum wahrgenommen, dabei waren Sebak und er abwechselnd einige Male durch diesen langen, den ganzen Nachmittag nur schwach besetzten Raum gegangen, um in zwei Plastiktassen Kaffee an den Tisch zu transportieren, an dem der eine von ihnen saß, der gerade nicht Kaffeeholer war. Der Fernseher stand hinter der Metalltheke, der Kopf der Bedienung bewegte sich unter dem Bildschirm, wenn die Frau zwischen dem Plastikgeschirr, den Cola-Flaschen und den belegten Brötchen hin und her lief. Er erinnerte sich nicht an die Frau. War sie häßlich gewesen? Hübsch? Der Fernseher war dagewesen, als die Meldung da war, als der Film anlief, das Zufallsprodukt, ein Fernsehredakteur, unterwegs zu den Weltrekordversuchen eines Diesel-Autos, hatte Wind bekommen und hatte per Autotelefon einen Kamerakollegen zum Apartmenthaus Hofeckweg 2–4 in Frankfurt gerufen. Sie hatten sich schon bei der Tür befunden, Sebak und er, als die Meldung kam. »Kommen Sie einzeln heraus, es passiert Ihnen gar nichts. Sie sind umstellt. Denken Sie an Ihr Leben«, gab die Lautsprecherstimme zu bedenken. »Sie sind jung ... Sie sind in einer Situation, daß Sie uns zu nichts zwingen können, was wir nicht wollen ... Kommen Sie heraus«, sagte die Stimme. »Ihre Chance ist Null, es ist nur eine Frage der Zeit.« Es blieb ruhig in dieser Garage, vor der ein Panzerspähwagen stand. »Werfen Sie die Pistolen in den Hof und kommen Sie heraus!« Nach einer kurzen Pause noch einmal, drängender, warnend: »Kommen Sie doch heraus, Ihre Mittel sind begrenzt, unsere dagegen sind unbegrenzt.«

Der Panzerspähwagen rollte an. Schüsse fielen, vereinzelt, Sekunden später eine Salve, aus einer Maschinenpistole, in den Nachhall der Schüsse, die das Garagentor zerfetzten, Schmerzensschreie, Stimmengewirr, deutliche Rufe nach einem Notarztwagen. Ein abgemagerter Mann in Unterhose erschien, Polizisten faßten nach ihm, im Polizeigriff wand er sich, schrie er auf, offensichtlich war er am Oberschenkel von einem Schuß getroffen, ein weiterer Mann mit Sonnenbrille lag am Boden, wurde weggeschleppt auf einer Trage.

Schweigend hatten Sebak und er die Raststätte verlassen und waren in seinen Peugeot gestiegen. Im Autoradio wiederholte der Nachrichtensprecher als erste Meldung die Festnahme von Andreas Baader, Holger Meins und Jan-Carl Raspe. Sebak schaltete nach dieser Meldung das Radio ab. Sie sprachen nicht miteinander. Diese Meldung veränderte etwas zwischen ihnen. Etwas war mit dieser Mitteilung zu Ende gegangen. Auch der Nachmittag, ihr Nachmittag, war mit dieser Nachricht zu Ende gegangen. In der Raststätte hatte ihm Sebaks Lächeln, sein weißschimmerndes offenes Lächeln, sanft die Robe von den Schultern gestreift, sie war zu Boden geglitten und lag unbemerkt neben dem einfüßigen Tischchen, an dem sie saßen, schwarzes, mit Samt eingefaßtes Tuch auf weißem Kunststoffboden, ein schwarzweißes Stilleben am Boden einer Autobahnraststätte, ein Lebewohl den Waffen. Auf der Rückfahrt nach Kolbstadt spürte er sie, zur Erleichterung beim Schreiben ist es freigestellt, am rechten Ärmel einen Knopf und ein Knopfloch anzubringen, um dadurch den weiten Ärmel enger um das Handgelenk zu schließen, er fand sie nicht mehr lustig, die Robenordnung, ihm war das Lachen vergangen, eine Ordnung, die alles bedachte, die den Bewegungsspielraum einschränkte, sogar den der Schreibhand – Schreibhand, Schwurhand, Schußhand ... Er verließ die Autobahn, um über die Dörfer zu fahren, wo die Gläubigen am Vormittag in Anbetung vor den Blumenaltären gekniet hatten, wie die Engel im Himmel vor dem »Gotteslamm«, Kommt und verkostet, wie gut der Herr ist! Die Blumenaltäre, auf denen rote und weiße Pfingstrosen geblüht hatten, waren aufgelöst, weiße Margeriten mit gelbem Kern, blaue Lupinen, die sich am Fuß des Altars zu einem Zeichen gefügt hatten, das für Frieden stand, Pax Christi, sie waren zertreten, verweht, junge Birken lehnten noch an Häuserwänden, ein rotes Tuch bedeckte den grauen Stein der Straße, wie warm waren damals die Straßen, ihre Straßen, mit schönen roten Fahnen bedeckt, was war in Sebak vorgegangen auf dieser Rückfahrt nach Kolbstadt?, war er dabeigewesen, den Freund, den er wiedergewonnen hatte, zu verlieren? Die Dörfer an diesem Fronleichnamsspätnachmittag hatten den verlassenen Fußballplätzen seiner Jugend geglichen, die zarte Farbigkeit der Blumen, die ausgewaschenen Farben ihrer Schülertrikots, die eingerollten Fahnen, Sebak hatte seine Identität angenommen, Schritt für Schritt, den er auf ihn in der Raststätte zugegangen war, bis zu jenem Tisch, an dem er Sebak erwartet hatte, jetzt im Peugeot verblaßte diese Identität, nahm ab, Kilometer für Kilometer, den sie sich Kolbstadt näherten; Sebak hatte den Kragen des Blousons hochgeschlagen, in schwarzen Ringen fielen die Locken des Fremden auf schmale Schultern, Sebak wies ihm den Weg zu einem roten Apartmenthochhaus in Stadtvorhof, in dem in Einzimmerzellen Arbeiter und Umschüler wohnten; sie saßen eine Weile im Auto, Sebak erkundigte sich nach Margot, die er den Nachmittag über nicht erwähnt hatte, und er erzählte Sebak von seinem Sohn, über die rote Sepplhose konnte Sebak lachen; daß ihm, dem Vater, das Lachen vergangen war, erheiterte ihn noch mehr, Sebak ließ sich die rote Hose in allen Einzelheiten schildern, und er malte dem Freund die Hose bis in die Eichenlaubapplikationen aus, Sieh ihn dir an, äffte er Margot nach; Ist er nicht süß? Wie ruhig er hält, wie stolz er ist ... Als er schließlich auf die aufgenähten Pommerln und den Geisenpeterhut kam, ging seine Schilderung in dem Prusten unter, in das Sebak ausbrach und das auch er jetzt nicht mehr zurückhalten konnte. Nach einer Weile beruhigte sich Sebak, und schließlich rauchte er noch eine Zigarette.

Sebak hatte seine Hand schon an dem Riegel zum Öffnen der Tür, als er sich ihm, dem Fahrer, noch einmal zuwandte, ihn ansah, wobei das Lächeln in Sebaks Gesicht abnahm, er blickte nicht ernst und nicht belustigt: »Ich habe das Gefühl«, sagte er, »daß es dich trotz allem noch gibt.«

Wenige Tage nur lag das zurück. Über der noch nicht wiederhergestellten Ordnung der deutschen Gesetze verwandelten sich in seinem Büro in der Justiz Sebaks Hand und die seine zu einer geheimnisvollen Signatur, die Widerstand andeutete, Gegenwehr. Doch von woher drohte Gewalt?

XII.

6. Juni 1972, abends

Am Dienstag, den 6. Juni traf er Sebak wieder. Sie hatten sich in Stadtvorhof verabredet, wo er Sebak in seinem Zimmer abholte. Sebak führte ihn zu einer aufgelassenen Fabrik. »Hofmanns Essig zum Salat nirgends seinesgleichen hat«, ein Spruch in blauer Schrift, der an der bröckligen Wand gerade noch zu entziffern war, ein Spruch, auf den sein Vater ebensowenig verzichtet hatte wie auf den Essig selbst, Weinessig mußte es sein, als seine Familie am Ende der fünfziger Jahre endlich den Aufsprung geschafft hatte auf den Wirtschaftswunderzug, der durch das Wirtschaftswunderland Bundesrepublik fuhr, um die letzten Nachzügler aufzunehmen, Hofmanns Essig schwappte an Sonntagen schwungvoll aus der Flasche über den Kartoffelsalat, ein paar Tropfen zuviel Essig, und der Kartoffelsalat ist Essig, pflegte Vater die Vehemenz, mit der er die Flasche über der Salatiere bewegte, einzuschränken, eine Bemerkung, die er noch mit dem Erfahrungssatz abschmeckte, Essig wie ein Bettler, Öl wie ein König, womit er auf die mengenmäßige Zusammensetzung des Dressings anspielte. Vaters Kartoffelsalat war, fanden Dagmar, Dietmar und er, ohnegleichen; Vater brauchte sein Leben lang nicht auf Hofmanns Essig zum Salat zu verzichten; aber Hofmanns Essig hatte Vater nicht lange überlebt, war verdunstet; nur die mattblaue Schrift trotzte noch der Zeit, die kühnen Schwünge in den runden Buchstaben »Essig« und »Hofmanns« imitierten noch heute den kühnen Schwung der väterlichen Säuredosage.

Mit Margot und Rudi war er im Westen der Stadt am anderen Ufer des Flusses geblieben, mit Sebak aber kam er zurück nach Stadtvorhof, wo er geboren war, wo der Zerfall der runden, blauen Buchstaben, die noch einmal das Versprechen eines mit Hofmanns Weinessig abgerundeten Kartoffelsalates zum sonntäglichen Menü der Familie Kirsch abgaben, zu dem zwar nicht Wein gereicht, aber immerhin Weinessig verspritzt wurde über den noch warmen Erdäpfelscheiben, kein Spritzer daneben, keiner zuviel, kein Sonntagsbraten, zu dem Vater nicht seinen Salat beigesteuert hätte, Kartoffelsalat »excellent«, französisch gesprochen, nach Stadtvorhof kam er mit Sebak zurück, wo der Zerfall haltgemacht hatte vor diesem Werbespruch, gewartet hatte, auf ihn, Christian Kirsch, der endlich heimkehrte, als Richter, der Jurist ging neben Sebak, unterwegs zu einer Fabrik, in der zwar kein Essig mehr produziert wurde, in der Sebak, seine Arbeitskollegen, die Betriebsräte aber anderes zu produzieren gedachten, was schärfer als Hofmanns Essig wäre, und seine Aufgabe bestünde darin, das Rechtsbewußtsein, das Bewußtsein für die Rechte, die ihnen zustanden, zu schärfen – über das Betriebsverfassungsgesetz aufklären sollte er sie.

Vierzig bis fünfzig junge Männer und Frauen hockten auf Stühlen. Neben einer Tafel ein schmaler, länglicher Tisch, an den drei Stühle gerückt waren. Das dunkle Mädchen, das in Sebaks gut vorbereiteter Fronleichnamsrede in einem dunklen Hintergrund eine Rolle gespielt hatte, saß an diesem Tisch, der ihn an die schmale Konferenztafel im Zimmer von Landgerichtspräsident Mobius erinnerte. Plakate und Titelseiten von Zeitungen waren an die Holzwände gepinnt. Der Rote Widerdruck, Der Rote Werker; das dunkle Mädchen, das offensichtlich die Formel »Ware – Geld – Ware = W – G – W = Gebrauchswert«

erklärt hatte, stellte sich an die Tafel und schrieb eine weitere Formel, die die erste ergänzte, »Geld – Ware – Geld = G – W – G = Tauschwert«; sie sagte, daß die Bauern und Handwerker mit ihrem Arbeitsprodukt zum Markt kämen, um es als Ware zu verkaufen, weil sie seinen Gegenwert nicht direkt nutzen könnten. Sie täten dies, um Geld zu erhalten, das heißt Tauschmittel zum Erwerb anderer Waren, deren …, an dieser Stelle wandte sie sich von ihren Zuhörern ab, drehte sich auf den Absätzen und unterstrich das an der Tafel stehende Wort »Gebrauchswert«, schulmäßig nahm sie den Satz nach dem Komma wieder auf, »deren Gebrauchswert«, fuhr sie fort, »ihnen fehlt oder ihnen nützlicher ist als der ihrer eigenen Ware. Diese Gesellschaft kennt schon die Warenproduktion, das heißt die Produktion von Gütern, die nicht zum unmittelbaren Konsum der Produzenten, sondern zum Tausch auf dem Markt bestimmt sind.«

Die Ausführungen des Mädchens stammten aus einem Buch des französischen Sozialisten Ernest Mandel, sie waren nüchtern wie das Formblatt 922 a, das er am 15. Mai im Vorzimmer des Präsidenten Mobius in der Hand gehalten hatte.

Sie legte die Kreide aus der Hand und kündigte eine Zigarettenpause an. Auf dem Flur sprach er sie an: »Wäre der Berliner Schulungstext«, fragte er, »nicht verständlicher?« »Nur ausgesuchte Passagen von Mandel«, meinte sie, »so klar hat das kein anderer gesagt.«

Sie musterte ihn unverhohlen. »Auf dem Foto siehst du etablierter aus«, lächelte sie.

Diese Feststellung überraschte ihn. Wer verfügte über eine Fotografie, die ihn zeigte? Wie kam das Foto in ihre Hände? Durch welche Hände wäre eine Fotografie, die ihn zeigte, zu welchem Zweck gegangen? Was sollte mit einem Bild, das eine Fotografie von ihm vermittelte, bewiesen werden? Er war verwirrt, was auch an ihr liegen konnte; sie war hübsch; aber das war es nicht, ihr entschlossener Ernst, ihr schöner entschlossener Ernst, der schöne entschlossene Ernst einer Verliererin reizte ihn, er appellierte an seine Solidarität, seine Inklination für Verlierer hatte mit seinem Vater zu tun, sie duzte ihn, den Richter, und sie sagte ihm, dem Richter, daß er nicht etabliert aussähe; das war viel, das war viel zuviel, als daß sie es hätte erkennen und überschauen können, eine Fotografie und seine wenige Minuten erst währende Präsenz, das nahm den Mund, den schönen ernsten Mund zu voll, in dem sich die Begriffe »Tauschwert« und »Gebrauchswert« ausnahmen wie erotische, ihn erotisierende Formeln, Sebak und die Genossin, sie paßten zusammen wie Bruder und Schwester, der Bruder mit seinen schwarzen Locken und seinem offenen Lachen, der nasse Glanz seiner Zähne, die Nässe, die ihm in die Augen schoß, wenn er lachte, wenn ein Lachen herausbrach aus ihm, ebensogut hätte er seine Arme hochheben können zum Zeichen, daß er sich ergab, Lassen Sie die Hände oben und kommen Sie herüber auf die andere Seite!, er ergab sich mit diesem Lachen, Sebak, ihr Bruder, den Rudis Geisenpeterhut, die aufgenähten Pommerln und eine knallrote Sepplhose am Fronleichnamstag wieder aufgerichtet hatten, nachdem er zusammengesunken neben ihm auf dem Beifahrersitz gesessen hatte, seit diese Fernsehbilder nachrichtlich bestätigt hatten, daß die Fangjagd beendet war, daß sie in die Kastenfalle einer Garage getappt waren, auf einer Bahre apportierten Polizeibeamte, was sie im Schutz eines anrollenden Spähwagens zur Strecke gebracht hatten, was ihnen nicht durch die Lappen gegangen war, eine Nation im Jagdfieber atmete auf, Bonn war rehabilitiert, die entscheidenden Szenen der Jagd gingen in Wiederholung über die Bildschirme, während sie sich in einer Raststätte ge-

genübersaßen, Abschied auf Zeit genommen hatten von dieser Republik; Sebak und dieses dunkle Mädchen mit seinem schönen entschlossenen Ernst – sie rührten ihn, das Geschwisterpaar, sie gingen ihm nahe, ihre unbeholfene Annäherung an die Realität, an das, was sie dafür hielten, der Weber kam auf den Markt mit Leinen, er verkauft das Leinen gegen Geld, und mit diesem Geld kauft er zum Beispiel Weizen, »Verkaufen um zu kaufen«, schrieb sie groß an die Tafel.

Als er später versuchte, beim Ordnen der Gesetze, der Gedanken, der Gefühle die Rolle auszumachen, die er in dieser Gemeinschaft gespielt hatte, sah er einen Mann in feingerippter Cordjacke, die sich bei ungenauem Hinsehen in die herrschende Kleiderordnung einfügte, eine Ordnung, die es nicht so genau nahm mit Schmierflecken, Blutspuren und Farbspritzern; etwas abgerückt schien dieser Mann in Hofmanns Essigfabrik zu stehen, was sich nicht aus der Entfernung des Referenten zu seinen Zuhörern erklärte, dieser Mann dolmetschte, vereinfachte, verkürzte, denn die Rechte, die ihnen zustanden, hatte man ihnen in einer Sprache gutgeschrieben, die die ihrer Gegner war, die Blicke dieses dunklen Mädchens hingen an seinen Lippen, drängte er sich zwischen die Geschwister?, liebte der Bruder die Schwester?, er sah einen Mann, der sich an dem »Gebrauchswert« dieser schönen ernsten Verliererin erregte, deren schöner Mund so reizlose Begriffe wie »Ware« und »Tausch« aussprach wie intime Vokabeln – die Ware Frau würde getauscht, die Gegenwehr von Sebaks dunkler Schwester würde gebrochen, sie gäbe auf, sie gäbe sich auf, sie gäbe sich hin, ihm ... Der Mann, der referierte, war sich seiner Sache sicher. Er gab den Ton an, so wie nach ihren Münchner Nachtsitzungen, wo er den Autokorso zum »Platz für die Opfer des Nationalsozialismus« angeführt hatte. Ähnelte dieser Referent in Hofmanns Essigfabrik nicht seinem Vater, der 1956 Kriegsopfer in Turnhallen über die Ansprüche, die ihnen aus ihren amputierten Armen und Beinen erwuchsen, aufgeklärt hatte? Ein Mann, der mit selbstloser Begeisterung von Ausfall- und Ersatzzeiten sprach wie von besseren Zeiten, der in Schulen unverdrossen die Aufklärungsarbeit fortsetzte, die er in seiner Behörde im Rentenbüro Nummer elf nicht mehr ausüben durfte, nachdem man ihm fristlos gekündigt hatte. Vater und er, sie waren dazu bestimmt, die Ethik zum Recht zu bringen; Vater, der im Rahmen des Zulässigen in seiner Behörde im Rentenbüro Nummer elf die Kriegsopfer und Hinterbliebenen nicht mit Formblättern abspeiste, sondern ihnen zu ihren rechtmäßigen Renten verhalf; der sein eigenes Formblatt, einen Fragebogen, nach dem Krieg falsch ausgefüllt hatte; ein unbedacht gesetztes Kreuzchen war ihm und der Familie zum Verhängnis geworden, als seine Widersacher im Jahre 1955 in seinem Lebenslauf schnüffelten; Vater, der als Vierundzwanzigjähriger der Partei beigetreten war und einige Male die Veranstaltungen der Partei besucht hatte, Veranstaltungen, deren Monotonie ihn gelangweilt hatte; den die Lautstärke, mit der sie ihre Lieder absangen, die Humorlosigkeit, mit der sie in ihren Uniformen aufzogen, die Militanz, mit der sie, Gefolgsleute des Führers, ihre Parolen verkündeten, abgestoßen hatte; sein Vater, der 1937 aus der Partei ausgetreten war, der er als aktives Mitglied nie angehört hatte, und der in einem Fragebogen guten Gewissens seine vorübergehende passive Mitgliedschaft in der Partei verschwiegen hatte; und er, der Sohn, der als Proberichter sich nicht damit begnügte, von einem höher gelegenen Richtertisch über den Kopf des Volkes hinweg Urteile im Namen dieses Volkes zu verkünden, der sich die Robe abstreifte und hinunterstieg, um den Höhenunterschied auszugleichen; sie nahmen Gefahr auf sich, auch »in diesen Tagen«, sie riskierten, zur Strecke gebracht zu werden wegen eines unbedacht gesetzten Kreuzchens in einem Fragebogen, wegen eines Vortrages in Hofmanns Essigfabrik.

Er machte seine Arbeit gut in Hofmanns Fabrik. Er war ein guter Jurist, auch wenn er es sich nicht eingestehen wollte. Er wußte, worauf es ankam als Jurist. Die Fragen, die man an ihn stellte, hörte er nur mit dem rechtlichen Gehör. Wurde ein Arbeiter zügellos in seinen Attacken gegen den Betrieb, flüchtete er sich unbeholfen in Verbalinjurien, so störten solche peinlichen Entgleisungen seine sachliche Kommentierung des Betriebsverfassungsgesetzes. Natürlich ließ er sich seinen Unmut, seine Distanz zu solch »emotionalen Positionen« nicht anmerken, doch er war gewillt, den großen, nutzlosen Endlosdialog seiner Studentenjahre in München in Kolbstadt nicht wiederaufzunehmen. Sebaks Engagement sah er verständnisvoll in einem anderen Licht: Der Freund, der als Maler unter dem Einfluß chemischer Wirkstoffe, die Amitriptylinoxid heißen mochten oder Bromazepam, seine Kunst verloren hatte, näherte sich der Wirklichkeit, die er bisher gemieden hatte, die ausgespart geblieben war auch in seinem Werk, zumindest an. Ein Therapieversuch war in seinen Augen auch die Ehe mit dieser Tochter einer Amtsratswitwe. Die Tatsache, daß Sebaks Ehe als »R-Sache« bei ihnen, der Ersten Zivilkammer, anhängig war, bezeugte allerdings, daß diese Eigentherapie nicht angeschlagen hatte.

XIII.

7. Juni 1972, abends

Er dachte jetzt oft an die Katze Intercity bei seiner Schwiegermutter. Sie fehlte ihm, die rote Demogefährtin. Erinnerte sich Intercity an ihn, an das, was sie gemeinsam geteilt hatten? Die Katze Intercity mit ihren eingerissenen Ohren, vor einem Holzstoß in einer Baracke in Hauptbahnhofsnähe in München, die keine Anstalten machte, sich zu putzen, obwohl ihr Fell vor Nässe triefte. Es drängte ihn, das Tier wiederzusehen. Er suchte seine Schwiegermutter auf, am Mittwoch, den 7. Juni.

Er läutete vor der Tür, einmal, zweimal, dreimal. Als seine Schwiegermutter endlich öffnete, lächelte sie entschuldigend und zupfte an ihrem Pullover. Rote Katzenhaare lösten sich von der Wolle, sie schwebten, in einem langsamen Tiefflug senkten sie sich auf den Teppich.

»Er liegt auf der Couch«, sagte die Schwiegermutter leise. »Er hat es nicht gern, wenn ich aufstehe.«

Er sah auf die Wanduhr, es war 18.30. Intercity würdigte ihn mit keinem Blick. In Seitenlage ruhte sie auf dem Ledersofa, ihr runder Katzenkopf lag mit einem Ohr auf einem bestickten Kissen. »Guten Morgen! Gute Nacht!«, die weißen Antennen ihrer Schnurrhaare vibrierten bei ihren tiefen Atemzügen, ihr Bauch breitete sich wie ein fetter, behaarter Lappen auf dem schwarzen Leder aus, ungewöhnlich zart schimmerten die rosa Ballen, verwöhnt von Teppichböden und Parkett. Was war mit Intercity geschehen? Er beugte sich über die Katze, die zu schlafen schien, nur das rhythmische Pendeln der Schwanzspitze verriet, daß Intercity wach lag; im Genitalbereich fehlten die zwei prallen Schusser in der Mitte des Höschens. Erschrocken sah er zu seiner Schwiegermutter auf.

»Das haben wir weggemacht«, sagte sie sachlich, »jetzt ist er ruhiger.«

Er ging mit seinem Mund nah an das eine Katzenohr heran, das nicht auf dem Kissen lag. »Intercity«, flüsterte er ihr ins gezackte Ohr.

»Ferdi«, korrigierte ihn die Schwiegermutter. »Ferdi heißt er jetzt.«

»Sie ist fett geworden«, sagte er.

»Er wird gut ernährt«, stellte die Schwiegermutter stolz fest. Sie ernährte die Katze gut, das war nicht zu übersehen. Sie sah ihn verlegen an und zuckte die Schultern. »Ich muß mich wieder zu ihm legen. Er will es.« Sie legte sich auf die Couch. Intercity erhob sich, machte einen Buckel und gähnte. Umständlich stieg sie auf die Schwiegermutter, die auf dem Rücken lag. Auf ihrer Brust stehend, trat sie genüßlich auf der Stelle und schloß die Augen dabei. »Milchtritt«, belehrte ihn die Schwiegermutter, die sich fachkundig gemacht hatte; auf dem Fernsehgerät und auf dem Vertiko lagen Bücher, die über den ›Umgang mit einem Eigenwilligen Hausgenossen‹ belehrten, ›Wie sag ich's meiner Katze‹, ›Die Familienkatze – wie man sie pflegt und erzieht‹.

Dieses träge Kolbstädter Sofatier, das war nicht die Katze, die zusammen mit ihm den Wasserwerfern der Polizei entkommen war, die mit ihm in konspirativer Friedfertigkeit sich das Barackenversteck in München geteilt hatte. Das Fell dieses Tieres glänzte wie das der getigerten Hausmeisterkatze der Justiz; auch die Schwiegermutter kochte deftig; der fette Dunst sonntäglicher Braten schien Intercitys ehemals räudiges Fell zu pomadisieren. Jagen, Fliehen und Gejagtwerden war offensichtlich schon lange nicht mehr das asoziale Los dieses Tieres, das nun auf den Namen Ferdi hörte. Ferdi kroch der Schwiegermutter an den Hals, sein breites Hinterteil senkte sich auf dem Brustbein der Schwiegermutter ab, die RAF-Lunte am Steinhoden des Justizlöwen fiel ihm ein, wie dieser schloß Ferdi die Augen, seine undurchdringlichen Stachelbeeraugen, die seit seinem Erscheinen keinen Blick auf ihn, den Kampfgefährten vergangener Tage, verschwendet hatten.

Was aus Intercity geworden war, war augenscheinlich; was aus Christian Kirsch werden würde, war eine Frage, die sich ihm unweigerlich stellte angesichts Intercitys Verwandlung von einer Straßen- zur Wohnzimmerkatze.

Hing nicht alles mit Rudi zusammen? Sein Sohn, der Verwandlungskünstler, der maßgeschneiderte Matrose »Collection Düsseldorf«, der bayerische Lederhosenseppl im Landhausstil, sein unsensibler Sohn, der sich mit Intercity nicht die Luft eines Zimmers teilte, weil ihn die Katze beim Atmen behinderte. War sein Sohn Rudi nicht die conditio sine qua non für seinen ruhmlosen Ausflug in die Industrie? Ausgerechnet zwischen seinem zweiten juristischen Staatsexamen und seinem Eintritt ins Berufsleben hatte Rudi aus Margot und ihm eine kleine Familie gemacht, deren Ernährung er, der Akademiker, nicht seiner Frau, der Sprechstundenhilfe eines Internisten, überlassen wollte; Rudi hatte ihn irgendwie weggeführt auch von Sebak; wenn er jetzt, in der Eichendorffstraße in Kolbstadt, nachts neben Margot lag und seinen Arm nach ihr ausstreckte, konnte Margot mit einem Wort, das Rudi betraf, das Kindergarten, Vorschule oder Plüschpferd hieß, die Bilder auslöschen, die seine Vorstellung von dem, was er nun gleich mit ihr tun würde, schuf, mit einem Wort, das den Jungen betraf, stellte sie in einer Montag-, einer Dienstagnacht den Familienalltag der Eheleute Kirsch wieder her, den Lichtschalter tippte sie an mit »Kinderhort«, da lag er, ausgeleuchtet, durchschaut, mit schwülstigen, abartigen Wünschen bei Licht besehen, er schämte sich, wenn sie seinen Körper hinuntersah und seine Erregung fremd und diskret registrierte.

Schwer lastete Ferdi mit dem Gewicht, das ihm der Aufstieg zum Haustier beschert hatte, auf dem Brustbein dieser Frau, die ihn domestiziert hatte, mit Leberwurst und Nieren, Futter in Näpfen, in der Küche und bei der Balkontür, frisches Fleisch und Innereien, als Entschädigung für die erlittene Unbill, den Verlust der beiden Kügelchen, die hoch und stolz in seinem roten Höschen gehangen hatten, wenn er, mit aufgestelltem Schwanz, arrogant aus dem Zimmer geschritten war. Er hatte Intercity verloren. Die Persönlichkeitsveränderung war irreversibel. Seine Schwiegermutter erriet seine Gedanken. »Der Tierarzt hat es empfohlen. Ihn anders zu halten, wäre eine einzige Qual. Man soll darauf nur bei einem Rassetier mit einwandfreien Papieren verzichten.«

Ferdis Schnurren schien ihr recht zu geben. Sie kraulte mit dem Knöchel ihres gekrümmten Zeigefingers in Ferdis Ohr. Sie wickelte Ferdi, alias Intercity, um ihre Finger. Von ihm, dem Schwiegersohn, wünschte sie, daß er Bilder machen würde von seiner kleinen Familie. Vorbilder, aus dem Jahre 1972, damit auch in Zukunft alles so bliebe, wie es war auf diesen Bildern. Daß er in Hofmanns Essigfabrik vor Arbeitern sprach, paßte mit Sicherheit nicht in ihr Bild. Das tröstete ihn.

XIV.

8. Juni 1972, vormittags

Donnerstag, 8. Juni. Was kam nach Chanel No. 5? Sex, dachte er, er lächelte, als sie mit dem Jungen an der Hand zur Einfahrt ging. Rudis Gegenwart in diesem Haus veränderte ihre intime eheliche Beziehung. Rudi war noch zu klein, sie konnten ihn nicht aussperren, die Türen mußten offen bleiben, in jeder offenen Tür konnte er plötzlich erscheinen. Liebten sie sich am Tag, so bekamen ihre Umarmungen den Reiz des Spontanen, Obszönen, Verbotenen, nur für das Allernötigste reichte die Zeit, für das, was plötzlich von einer Minute auf die andere unaufschiebbar für ihn wurde, womit er sich nicht auf die Nacht vertrösten ließ, in der Rudi schlief, es konnte passieren, daß er in einer Akte blätterte, die er vom Büro mitgenommen hatte, daß er die Akte beiseite legte und gedankenlos nach einer Illustrierten griff, daß er über eine Mädchenfotografie hinweg auf ihre Beine sah, die ein ziemlich kurzer Rock nicht bis zum Knie bedeckte, ihre langen, schlanken Beine, die sich hin und her bewegten, auf den Rock sah, wie er ihre Oberschenkel hinaufrutschte, wenn sie sich zwischendurch hinsetzte, um ein Plastikspielzeug, das auseinandergefallen war, zusammenzustecken oder um einen Reißverschluß an Rudis Hose wieder gängig zu machen, ein beiläufiger Satz aus der auf der Couch liegenden Illustrierten wurde zu einem schlüpfrigen Bild in seinem Kopf, das sich auflud, verstärkte bei dem ruhelosen Blick auf ihre bewegten Beine zu einer lüsternen Obsession, die er nicht mehr abschütteln konnte, er legte die Illustrierte aus der Hand, fing Margot in der Küche ab ... Aber doch nicht jetzt ... Das geht ganz schnell ... Aber der Junge ... Sie wehrte sich, ein Widerstand, von dem sie beide von vorneherein wußten, daß er ihn brechen würde, er durfte heftig sein, direkt, Rudi fuhr im Wohnzimmer geräuschvoll als ein Auto um die Sitzgarnitur, grob durfte er sein auf dem direkten Weg, auch sie mied in dieser Situation die Umwege, auf denen sich nachts seine Erregung manchmal verlor, mit einem Ruck war ihr enger Rock hochgezogen, eine dicke Wollrolle um ihren Bauch, sie lauschte angestrengt konzentriert auf Rudi, der im Wohnzimmer tief brummend jetzt als ein Rennauto um einen Sessel herum imaginäre, kleine Kurven drehte, mit dem Gewicht ihres Körpers verschloß sie die Küchentür, seine Hand, zwischen ihren Beinen und seinen, suchte und fand, seine Fingerkuppen tasteten den warmen Stoffwulst in ihrem Schritt ab, der nachgab, wenn er dagegendrückte, zur Eile trieb sie ihn an, sie zwängte ihren Zeige- und Mittelfinger unter den strammen Baumwollstreifen, um die Erhöhung freizulegen, sie behielt das Stück Stoff in der Klammer der beiden Finger, damit es freilag für ihn, noch war sie in Gedanken bei Rudi, der zuverlässig und beruhigend brummte, Mach schnell, bitte! flüsterte sie, er stellte sich absichtlich ungeschickt an, um es hinauszuzögern, sie half mit ungeduldiger Hand, sie nahm in Kauf, ja sie forderte, daß er sie ohne Umstände nahm, kühl registrierte er, daß seine ungewohnte Brutalität, die sich aus der Situation, der Rücksichtnahme auf Rudi ergab, sie erregte, sie vergaß Rudi, verlor ihn aus ihrem Sinn, jetzt am Tag sah er in ihren Augen, was er nachts nicht sah, nicht festzustellen glaubte, in kurzen Stößen stieß sie den Atem aus, genagelt an diese Tür, ihr Kopf zur Seite gedreht, abgewandt, konzentriert auf das, was sie am Tag in der Küche jetzt in Sekundenschnelle erreichten. Mit ein paar Handgriffen brachte sie dann wieder Ordnung in ihre Kleidung, lasterhaft routiniert verwischte sie die Spuren, war wieder die Mutter von Rudi, Margot Kirsch.

Sex, lächelte er, kam nach Chanel No. 5. Vom Wohnzimmerfenster aus sah er auf das fromme Bild seiner Frau in flachen Schuhen, die seinen kräftigen Sohn, der aus runden Teilen, Gliedmaßen bestand, an der Hand führte. Beiläufig zog sie die Zeitung aus dem Briefkastenschlitz, sie erreichte mit dem Jungen ihr Auto. Sie drehte sich nicht nach ihm, dem Fenstergucker, um. Die beiden stiegen in den Wagen und fuhren davon. Sie konnte mit ihrem gelben, runden Auto aus seinem Blickfeld hinausfahren. Sie entkäme ihm nicht. Etwas von ihr blieb zurück. Etwas, was er immer wieder besitzen würde, was dem Tag vorbehalten war. Lächelnd ging er hinüber in die Küche. Erregt lehnte er mit dem Gesicht gegen die Tür.

Auch er würde das Haus verlassen, als sei nichts geschehen. Ein junger Richter auf seinem Weg zum Landgericht. Er war dabei, die verborgenen Möglichkeiten ihrer Ehe zu entdecken, was hatte sich in ihr aufgestaut, in den achtzehn Monaten, die er in München gewesen war? Was alles wußte er noch nicht von ihr? Was alles gab es an ihr noch zu erforschen? Er sah in den Garten, die Blütezeit war bald vorbei, was reifte heran? Im Stehen trank er noch eine Tasse Kaffee.

Er hörte einen Schlüssel im Schloß. Margot kam zurück. Sie hatte Rudi in die Kinderkrippe gebracht. Warum war sie nicht in die Praxis gefahren? Sie hatte die ›Mittelbayerischen Nachrichten‹ aufgeschlagen in ihrer Hand.

»Lies das!« sagte sie und reichte ihm die Zeitung.

»Gerichtsassessor Christian Kirsch, Beisitzer der ersten Zivilkammer des hiesigen Landgerichts, traf Genossen im Polittreff der sozialistischen Betriebsgruppen. Der linke

Richter«, las er, »erläuterte seinen Genossen ihre Rechte aus dem neuen Betriebsverfassungsgesetz.«

»Du befindest dich in guter Gesellschaft«, sagte sie.

Er las nicht weiter. Jetzt erst sah er den Aufmacher dieser Donnerstagsausgabe der ›Mittelbayerischen Nachrichten‹. »Gudrun Ensslin in Hamburg gefaßt. Baaders Unterführerin leistete bei der Festnahme Widerstand. Bundeskanzler gratuliert der Polizei zu diesem Erfolg.« Es folgte ein ausführlicher Bericht über die Festnahme der einunddreißigjährigen Studentin, die nach Angaben der Polizei in einer Hamburger Boutique am Mittwoch gefaßt worden war. Wie Bundesanwalt Siegfried Buback mitteilte, hatte die Terroristin zwei schußbereite Pistolen bei sich. Ein Archivbild der hübschen Pfarrerstochter war einspaltig über der Schlagzeile »Linker Richter spricht vor Genossen« abgedruckt; unter dem seine Vortragstätigkeit betreffenden Text schloß eine Fotografie die Seite ab, sie war untertitelt mit »improvisierte Besprechung auf der Regierungsbank über die Festnahme von Gudrun Ensslin zwischen dem Hamburger Innensenator Ruhnau und Innenminister Genscher. Daneben Außenminister Scheel und Bundeskanzler Willy Brandt.« Zwischen dem Foto der Gejagten und dem ihrer Jäger war er eingezwängt, der Bericht über den Richter Christian Kirsch. Der »Tagesblick« unter der Überschrift »Krokodilstränen« stand kursiv gedruckt, umrandet von schraffierten Balken. Mit Genugtuung wurde die Verhaftung von Andreas Baader und Gudrun Ensslin registriert; dann wandte sich der Verfasser der Krokodilstränen dem Heulen und Wehklagen »gewisser Linksintellektueller« zu und deren Tiraden des Mitgefühls mit den »bedauernswerten« Terroristen, die in Unterhosen von der Polizei gehetzt würden. »Wer hinterhältig Bomben legt oder mit solchen Bombenlegern paktiert, ist ein gemeiner Mörder, der gnadenlos gejagt und unschädlich gemacht werden muß.« An dieser Tatsache könnten auch die Krokodilstränen linker Sympathisanten nichts ändern.

Das alles überflog er, das alles flog ihn an, das alles bezog er allein auf sich. Die regionale Meldung über sein arbeitsrechtliches Referat in einer ehemaligen Essigfabrik stand in dem gleißenden, hysterisch flackernden Licht vom Kampf des freiheitlich demokratischen Rechtsstaates gegen gemeingefährliche Verbrecher. Er, ausgerechnet er als Vertreter dieses Rechtsstaates, hätte sich in diesem Kampf auf eine Seite geschlagen, auf welche, war offensichtlich für jeden Leser.

»Das lesen sie heute alle im Gericht«, sagte sie. »Und nicht nur dort.«

»Das kann ich vor jedermann verantworten.«

»Ich habe es geahnt. Die Leute, mit denen du dich zusammentust, das sind doch rücksichtslose Fanatiker! Begreifst du das nicht?«

»Es sind Leute, die von Montag bis Freitag acht Stunden am Tag ihre Arbeit tun. Und ich kläre sie über ihre Rechte am Arbeitsplatz auf.«

»Und dafür bist du bereit, deine Familie aufs Spiel zu setzen. Du hast endlich Sicherheit – und das erträgst du nicht.«

»Der linke Richter … erläuterte Genossen«, las er laut. »Diese Zeitungsschmierer begreifen doch nicht …«

»Auch mir fällt es schwer, dich zu begreifen«, sagte sie.

»Gestern Schindler, dieses Schwein, heute der Landgerichtspräsident, im Grunde genommen ein freundlicher Herr. Aber ich kann nicht so einfach auf die andere Straßenseite hinübergehen und mir ein sonniges Plätzchen suchen. Mir und meiner kleinen Familie.«

»Warum eigentlich nicht?«

»Eine Frau, ein Kind und irgendwann noch ein zweites.

Und alles«, zitierte er spöttisch, »nimmt seinen selbstverständlichen unabdingbaren Verlauf.«

»Er hat etwas mit dir vor«, sagte sie.

»Wer?«

»Sebak«, antwortete sie.

»Ich halte Referate auf dem Gebiet des Arbeitsrechts. Das ist alles«, sagte er.

»Alles oder nichts«, sagte sie.

»Ich verstehe nicht«, sagte er.

»Denk darüber nach.«

Sie drehte sich um und ging aus dem Haus. Er hörte, wie sie den Fiat anließ, er hörte, wie sich der Wagen in der Eichendorffstraße entfernte. Sie säße in ihrem runden, gelben Fiat wie immer, nichts wäre ihr anzusehen. Niemals blickte sie auf, nie sah sie herab. Er war es, der sich duckte und reckte. Das kurze Derangement, hervorgerufen durch eine einspaltige Meldung, hätte bei ihr keine Spuren hinterlassen. Sie schob die Rockrolle die Schenkel hinunter, drückte die gespreizten Finger beider Hände gegen ihren Hintern, drehte sich schnell in den Hüften, und der Rock saß, der Saum stand exakt eine Handbreit über ihren Knien, mit einer einzigen Wellenbewegung der Hand formte sie ihre Frisur, während die andere Hand schon die Klinke der Tür hielt, die Augenblicke vorher von dem Gewicht ihrer beiden Körper beschwert gewesen war. Weit von ihm abgerückt, fremd schon wieder, erschien sie ihm, das, was ihr enger Rock jetzt wieder umschloß, dabei hatte sie die Küche noch nicht verlassen, eine Zeitstrecke breitete sich zwischen ihnen aus, für die es kein Maß gab, dabei waren nur Sekunden verflogen, noch Sekunden vorher hatte sie beide nichts anderes als ein wolliger Rockwulst getrennt, der gegen seinen Bauch drückte, sooft er sich nach vorne, auf sie zu, zur Tür bewegte, in immer kürzeren Intervallen, von Rudi losreißen wollte er sie, denn noch war sie in Gedanken bei Rudi; triumphierend stellte er dann an ihren Augen fest, in denen ihr Blick erstarb, an ihren zitternden Lippen, die sich gegen einen Widerstand einen Spalt öffneten, an der zuckenden Zungenspitze über ihren Zähnen, daß der Junge jetzt tatsächlich allein gelassen im Wohnzimmer als ein Auto brummend seine Kurven fuhr; sie drehte ihren Kopf zur Seite gegen das Türblatt, als wollte sie ihm auch jetzt, wo sie endlich frei war, nicht mehr Rudis Mutter war, nicht gehören, sie gehörte nur sich, nur auf sich war sie konzentriert, noch heftiger wurde er, um ihre Zuwendung zu erzwingen, aufblicken mußte sie zu ihm und nicht zur Seite, zum Zeichen, daß sie sich in diese Vereinigung ergab; er verlor gelegentlich die Kontrolle, kam an, ohne sie besessen zu haben, er schrieb es den Umständen zu, die aus Rudis Allgegenwart am Tag in der Wohnung resultierten.

Sie, die von ihm abrückte, verlangte, daß er von Sebak ließ. Ein Zeitungsschmierer kam ihr zu Hilfe dabei. Die ›Mittelbayerischen Nachrichten‹ lagen auf dem Metallklappstuhl. Es wurde eng hier in Kolbstadt. Im feingeknüpften Netz der Dichterstraßen hatte sich ein seltener Vogel, ein Proberichter, gefangen. Die Tür, gegen die er jetzt starrte, war weißlackiertes Holz, nicht mehr.

Der Oberst von gegenüber und seine Frau schoben ihre Räder übers Trottoir auf die Straße. Der goldene Jaguar rollte, einer Regieanweisung folgend, lautlos in die Eichendorffstraße. Wer spielte hier mit wem zusammen? Welches Spiel sollte hier gespielt werden mit ihm? Der Hölderlinweg führte um eine Kurve herum in die Graf-Spee-Straße, die Tritop-Kirschen hingen noch immer über blaugrauem Asphalt, der rote DKP-Pfeil lockte die Arbeiter noch immer in einen fürstlichen Park. Doch die Idylle täuschte; diese Kolbstädter Niedlichkeit wuchs sich zur Drohung aus.

Baumer war da, der Apfel war da, wie immer; das Messer, an dessen Anblick er gewöhnt war, sah an diesem Donnerstag anders aus. Natürlich hatte Baumer die ›Mittelbayerischen Nachrichten‹ gelesen. Er setzte sich an seinen Schreibtisch, seine Hände blätterten in einer Akte. Schriftsätze zerfielen in Sätze, Sätze bestanden aus Fremdwörtern. Fremde Wörter einer fremden Sprache, die nicht sein Leben betrafen, beruhigten ihn. Wer sie benutzte, sagte nichts über sich. Gib mir die Fakten, ich gebe dir das Recht, dieses Verfahrensprinzip der Zivilgerichtsbarkeit sagte nichts über den Richter, verriet nichts von ihm, es brachte die vornehme Distanz zwischen der Richterbank und der Wirklichkeit auf einen einfachen, unpersönlichen Nenner. Wie gut ihm das tat. Was die Fakten waren, wie sie zustande kamen, bekümmerte Richter nicht. Die Herkunft der Fakten lag neben der Sache, die die der Richter war, sie lag außerhalb dieses Palastes. »Unechte Geschäftsführung«, »negatives Schuldanerkenntnis«, »gesamthänderische Bindung«. Das Telefon läutete, Landgerichtspräsident Mobius ließ über Zettel bitten.

»Nehmen Sie Platz, Herr Kollege.«

Er setzte sich. Mobius blieb in seinem Sicherheitsbereich. »Kennen Sie diesen Zeitungsartikel?« fragte Mobius, auf den Konferenztisch verweisend.

»Ich habe ihn zur Kenntnis genommen«, antwortete er kühl, ohne nach der Zeitung zu sehen.

»Ihre politische Einstellung«, eröffnete Mobius, »geht mich grundsätzlich nichts an, Herr Kollege, aber …«

»Ich bin nicht Mitglied einer verbotenen Partei.«

»Aber Herr Kirsch«, unterbrach ihn der Präsident. »Ich habe Ihnen da etwas mitgebracht, aus einem einschlägigen Kommentar.«

Er reichte ihm ein graues Buch über den Schreibtisch. Laut las er, der Proberichter, die mit einem Bleistift markierte Stelle. »Der Richter als Träger eines öffentlichen Amtes und als Organ der Rechtspflege darf seine politische Betätigung nur in angemessener Form entfalten. Er verletzt diese Pflicht ...« Verärgert legte er den Kommentar zur Seite.

»Lesen Sie bitte weiter«, forderte ihn Mobius auf.

»Er verletzt diese Pflicht, wenn er politische Ideen und Auffassungen in aufhetzender oder in andere Personen verletzender Weise kundtut oder seine politischen Ziele statt durch sachliche Darlegung und Erörterung durch Beschimpfung oder in sonst nicht angemessener Weise durchzusetzen versucht.« Abrupt klappte er das Buch zu.

»Was hat das mit mir zu tun?« fragte er gereizt.

Der Präsident lehnte sich zurück. Er schwieg ein paar Augenblicke, als suchte er einen Zugang, der nicht über »Herr Kollege«, sondern über den Namen »Kirsch« führte.

»Versetzen Sie sich bitte einmal in die Lage Ihrer Mitbürger, Herr Kirsch. In Heidelberg werden Menschen in die Luft gesprengt. Weitere Attentate werden angedroht. Unter der Fotografie einer Terroristin ist von Ihnen die Rede. In einer solchen Hochdruckatmosphäre sind Zusammenhänge schnell hergestellt.«

»Für diese Hochdruckatmosphäre bin ich nicht verantwortlich.«

»Herr Kollege«, sagte Mobius nun doch wieder statt »Kirsch«, »Herr Kollege, ich kläre Sie nicht zu meinem Vergnügen auf.« Er hielt kurz inne, als riefe er sich selbst zur Ordnung, zu einer Ordnung, in der kein Platz war für seine oder irgend jemandes persönliche Gefühle. »Es genügt nicht«, hatte er sich wieder unter Kontrolle, »daß Sie sich selbst für unabhängig halten. Das Vertrauen der Allgemeinheit in Ihre Unabhängigkeit darf nicht erschüttert werden. Ich habe doch erhebliche Zweifel, ob dieses

Vertrauen gewahrt bleibt, wenn Sie sich in ein Boot mit Leuten begeben, die uns die ganze Stadt mit Plakaten voller Ungereimtheiten vollkleben.«

»Meine Tätigkeit beschränkt sich darauf, Referate zu halten.«

»Über Einzelheiten brauchen wir jetzt nicht zu sprechen. Ich wollte Sie nur auf einige Dinge hinweisen, die Sie vielleicht noch nicht so recht bedenken. Sie haben«, fuhr er fort, »als Sie hier anfingen, den verständlichen Wunsch geäußert, nicht versetzt zu werden. Ich verstehe Ihr Verhalten nicht.«

»Läßt meine Arbeit zu wünschen übrig?«

»Nein, Herr Kollege. Aber gegenüber Ihnen zur Ausbildung anvertrauten Referendaren sprechen Sie von Gewinnmaximierung und Profitmacherei; Randalierer und Hausfriedensbrecher, die sich sowieso jedes Recht herausnehmen, erfahren durch Sie zusätzliche Rechtsfortbildung, um sich bei nächster Gelegenheit, beim nächsten Rechtsbruch, auf Sie, den Richter, zu berufen. Sie schaffen Probleme, die nicht nur Sie, sondern uns alle betreffen. Das Bild, das sich die Öffentlichkeit von Ihnen macht, wirft einen Schatten auf die gesamte Justiz.«

»Ich spreche vor Arbeitnehmern und nicht vor Kriminellen«, sagte er und stand auf.

»Es gibt da Erkenntnisse«, sagte der Präsident. Auch er erhob sich. Als er das Zimmer betreten hatte, hatte ihm der Präsident nicht die Hand gereicht. Nun streckte sich Mobius' Hand ihm entgegen.

»Herr Kirsch«, sagte er, »ich hoffe, Sie haben mich verstanden.«

Die Doppeltür schloß sich von innen. Der Präsident hatte seinen Proberichter belehrt und dann die Tür von innen wieder zugemacht. Jetzt stand er bei Zettel im Vorhof der präsidialen Gewalt. Täuschte er sich, oder unterließ es Zettel, sein »Auf Wiedersehen« zu erwidern? Waren die »Kollegen« vor den Sitzungssälen draußen am Gang tatsächlich in Gespräche vertieft, oder wollten sie ihn übersehen?

Baumer war da, nichts war ihm anzusehen, das Messer lag neben dem Apfel. Sein Platz war Baumer gegenüber. Er nahm ihn ein. Er gab erst gar nicht vor, in der Akte zu lesen, die, noch aufgeschlagen, vor ihm auf dem Schreibtisch lag. Baumer griff zu dem Messer, der Apfel fiel auseinander in zwei gleich große Hälften. Baumer kam auf ihn zu. Wortlos reichte er ihm, Christian Kirsch, die ihm auch heute gebührende Hälfte. Und er bedankte sich auch heute nicht, denn auch heute hätte sich Baumer jede Rhetorik verbeten. Donnerstag, der 8. war wie Mittwoch, der 7. Jeden Tag erschienen die ›Mittelbayerischen Nachrichten‹ neu. Jeden Tag suchten sich Journalisten neue Opfer.

Er erhob sich und ging, seiner täglichen Gewohnheit folgend, mit seiner Apfelhälfte zu einem der beiden Fenster. Er wählte an diesem Donnerstag ausnahmsweise das Fenster mit Blick zum Park. Anders als an anderen Tagen blieb Baumer nicht am Schreibtisch sitzen. Baumer nahm den Platz am Fenster mit Blick zum Gefängnis ein. Schweigend aßen sie, jeder für sich und doch miteinander, ihre morgendliche vitaminreiche Kost. Nichts hatte sich zwischen sie gestellt. Nichts blieb ausgespart, nichts wurde verschwiegen. Baumer verspürte kein Bedürfnis, mit ihm über den »Linken Richter spricht vor den Genossen« zu reden. Nichts war zu sagen, zu kommentieren. Also sagte Baumer nichts. Nichts war zu erfragen. Also fragte Baumer nicht. Außergewöhnlich war nur, daß Baumer an diesem Donnerstag am Fenster seine Apfelhälfte aß. War dieser Positionswechsel ein sichtbar gesetztes Zeichen der Solidarität? Was immer geschah, Baumer stellte sich auf seine Seite. Er spürte es, als er aus der Ecke des Auges den massigen Körper am anderen Fenster sah. Er hörte es, mit jedem Bissen Baumers in die Hälfte des Apfels, den sie sich gerecht teilten. Baumer stand einfach auf und stellte sich neben ihn. Margot, seine Frau, wandte sich von ihm ab, nachdem sie ihm vorher schnell noch einen Aufruf in die Hand gedrückt hatte, mit dem nun augenscheinlich auch auf ihn die Jagd eröffnet wurde. Seine Frau ließ ihn im Stich. Allein vor einer weißen Küchentür.

XV.

8. Juni 1972, abends

Die Zeitung lag an diesem Donnerstag zwischen Margot und ihm. Keiner von ihnen rührte sie an. Sie blieb auf dem Metallklappstuhl in der Küche liegen. Wer sie anrührte, eröffnete das Gespräch. Er wünschte kein Gespräch. Er würde nicht sprechen. Schon gar nicht mit ihr. Er wollte aus dem Haus, aus der Eichendorffstraße.

Noch war kein Schuß gefallen, nicht einmal ins Jagdhorn geblasen, da fühlte er sich schon im Kessel, in einem Fadenkreuz bewegte er sich, eine kreisrunde, strichdünne Projektion auf die Flurstücksnummer 235/7 geworfen, noch hielten sie still hinter den Gauben, doch er war schon in ihrem Visier.

An diesem Abend nahm er nicht die Route der Dichter. Er fuhr in seinem Peugeot, als wäre dies selbstverständlich, an einem Donnerstag um 19 Uhr an seinen Arbeitsplatz in die Justiz. Mit einem großen, altmodischen Schlüssel erschloß er sich das menschenleere Innere dieses Gebäudes, das im Volksmund Justizpalast hieß; »Haltestelle Justizpalast« hatte der Straßenbahnschaffner noch am Anfang der sechziger Jahre laut ausgerufen. Heute, 1972, mied die Straßenbahn die Justiz. Obwohl er sein Büro erst vor drei Stunden verlassen hatte, war ihm, als hätte er einen Heimweg eingeschlagen und kehrte nun nach einem nutzlosen, aufgeregten Umherirren in den Frieden eines Zuhauses zurück, die Ordnung des Schachbrettmusters plättete seine Unruhe, der breite Gang wies ihm zuverlässig den Weg, er war eine Symbolfigur nur, die immer in kleinen Schritten ginge, soweit sie auch ausschreiten würde, ob Läufer, Springer, Bauer, Turm, austauschbar in einem königlichen Spiel, niemand hatte an ihr um ihrer selbst willen Interesse, in gespreizten Fingern hielt man sie, ohne sie zu betrachten, man hob sie leicht an und überblickte dabei spekulierend das weite Feld möglicher Kombinationen, wo immer man sie auch hinschob, diese Figur, in welche Stellung man sie auch verrückte, Läufer, Springer, Turm, Bauer, sie wurden nie schuldig, wurden nicht zur Verantwortung gezogen, keine großen Sprünge machten diese Figuren, sondern immer nur Sprünge, die vorgesehen waren im Reglement, keine extremen Positionen nähmen sie ein, sondern immer nur solche dem Spiel, dem System immanente, über einen geglückten Schachzug mochte der Gegner sich ärgern, doch er zeigte es nicht, er lächelte, Sieg, Niederlage, aber auch das Remis gehörten schließlich zum Spiel. Er trug seine Aktentasche bei sich, der nicht diensttuende Richter, eine Zeile aus einem seiner Gedichte kam ihm in den Sinn, in der über einen Mann mit Hut und Aktentasche nachgedacht wurde, der Mann mit Aktentasche hielt sich jetzt in der Mitte des Stroms, nach Dienstschluß, wo all die Prozesse ruhten, wo die Hektik der beschleunigten Verfahren, die Angst der Beklagten und Angeklagten, die Anträge und Forderungen der Kläger und Ankläger verbannt waren aus diesem Haus, wo die lauten papierenen Klagen verstummt waren und das stumme persönliche Leiden, jetzt errichtete sich die statuarische Würde dieses Palastes zu ihrem eigenen unmenschlichen Zweck. Der Mann mit der Aktentasche führte an diesem Donnerstag abend zwei Ergänzungslieferungen ›Schönfelder Deutsche Gesetze‹, Stand Januar 1972, Stand Mai 1972, mit sich; hundertsiebenundachtzig Seiten auf hauchdünnem Papier, Lieferungen, die die Änderungen zu diversen Gesetzen enthielten;

er brächte die Gesetze auf ihren neuen Stand, er, den die ›Mittelbayerischen Nachrichten‹ und auch Landgerichtspräsident Mobius in die Nähe von Rechtsbrechern rückten, wollte sich beruhigen durch die mechanische Wiederherstellung des Rechts; der jeweiligen Ergänzungslieferung war ein »Geleitwort« vorangestellt, ein viel zu großes Wort, das Geleitwort, für das Auswechseln von ein paar kostenrechtlichen Bestimmungen, für das ersatzlose Streichen eines zweiten Halbsatzes in irgendeinem Einführungsgesetz. Er setzte sich in sein Zimmer. Die Tür ließ er offen. Seinen Schreibtisch räumte er ab. Er schuf den Platz, den er brauchte, um durch die Einfügung der 27. Ergänzungslieferung die Sammlung auf den Stand der Gesetzgebung vom 31.12.1971 zu bringen; eine Ordnung, die er sogleich wieder zerstören würde, um die 28. Lieferung einzufügen. Er stellte das Recht mit abgezirkelten Handbewegungen her. Ja, er stellte das Recht her und er verbreitete es, indem er vor den »Genossen« sprach; das Betriebsverfassungsgesetz datierte vom 15.1.1972; es bedurfte seiner Kommentierung, sollte es Sebaks Genossen von Siemens erreichen, in deren Sprache es nicht geschrieben war. Mochten die ›Mittelbayerischen Nachrichten‹ ihn, der er das Recht kommentierte, ruhig heranrücken an Gudrun Ensslin, die es bekämpfte, er sähe keinen Anlaß, öffentlich zu dieser Frau auf Distanz zu gehen. Er stand ihr nicht nahe, er stand ihr aber auch nicht feindlich gegenüber. Was wußten sie denn von dieser Frau, die Rechthaber, die auf ihrem Schönfelder-Recht beharrten. Nur Sebaks Nähe hatte er all die Jahre vergeblich gesucht, und jetzt war Sebak ihm nah, der angeschlagene Freund, der seine Hilfe brauchte, nachdem er sich verletzt hinausgewagt hatte aus der Akademie, aus der totalen Abstraktion waren im Laufe der Zeit drei Teile abstrakt und ein Teil Realität geworden, doch nun schien es für Sebak nur mehr die plane Realität dieser Siemensarbeit zu geben, wo er im Akkord Plastikteile montierte, ein Vorgang, eine Handbewegung, die ihn an Margot erinnerte, deren schmale Hände geschickt an Rudis Spielzeug hantierten, bevor sie sich erhob und ein ziemlich kurzer Rock ihre langen Beine wieder bis eine Handbreit über das Knie bedeckte, Margot und Sebak – Sebak stand auf seiner Seite, stand nahe bei ihm, Margot stand irgendwo; sie drückte ihm einen Zeitungsartikel in die Hand, stieg in ihr Auto und fuhr davon. Er war in den Justizpalast geflüchtet wie in diese Bahnhofsbaracke vor den Wasserwerfern der Polizei, nach Dienstschluß suchte er seinen Frieden nicht in der Eichendorffstraße, sondern in der Justiz, Frieden und Recht, Rechtsfrieden ... Die entscheidende Frage, sagte er sich, war doch nicht, wie er in diese Justiz gekommen war, sondern wer er war, Christian Kirsch, und was er aus Christian Kirsch machen würde in dieser Justiz. Seine Hände hoben die auszusondernden dünnen Blätter aus der Ordnermechanik, die Nachlieferungen fädelten sie an zwei ausgestanzten Löchern in die beiden aufragenden Zinken einer Metallhalterung, blind versahen seine Hände Dienst am Recht; und so, wie er seine Hände beschäftigte, beschäftigte er seine Gedanken, die sich in kleinen, festen, ruhigen Zügen freischwammen, herausschwammen aus dieser vagen Untiefe, in die er abgesunken war, seit er die Schlagzeile »Linker Richter spricht vor Genossen« gelesen hatte, er saß am Schreibtisch vor dieser auseinandergenommenen Rechts-Ordnung, für deren Reparatur er die Verantwortung übernahm, er blickte auf den Pack neu einzufügender Blätter, der unter seinen Händen schmolz, ja, er saß wie hinter dem Steuer seines Peugeot, mit dem er aus Kolbstadt an den Sonntagabenden hinausfuhr, Margot und Rudi blieben zurück, seine kleine Familie in Kolbstadt – Schindler, der große Schinder, in München, dazwischen unwirklich im Dunkel der hereinbrechenden Nacht ein Niemandsland, aufgefüllt mit einer seltsamen, ihn beruhigenden Leere, in der Autobahnnachtunwirklichkeit verlor sich allmählich seine Angst in dem engen Gehäuse, mit dem er durch diese Leere fuhr, wo nichts an Schindler, an Klebstoff, an das plötzliche Läuten eines Telefons in einem Büro erinnerte, die Autobahnnacht riß alle Wände ein, Agipnacht, Aralnacht, aralblaue Nacht, totale Nacht, hellblau aufgerissen an Raststätten, an Tankstellen fuhr er langsam vorbei, auf deren Arealen lautlos markenlose Fabrikate von Automobilen wie Glückssucher in kleinen Bahnen kreisten. Telefonzellen glimmten warm, wenn er sich den Ton wegdachte, das Fahrgeräusch seines Peugeot, schwebte er sanft ausgebreitet über dem Asphalt, aber am anderen Ende der Strecke war dann die Nacht jäh zu Ende, obwohl es erst Mitternacht war, wenn er in München einfuhr; auch jetzt war ihm, als hätte er eine Schlechtwetterzone durchfahren, der Ton war ausgefallen, vom Denken war er erlöst; gereinigt, mit klarem, leerem Kopf, mit fremden Tränen in seinen Augen war er unterwegs mit dem Ziel, niemals anzukommen. Er fuhr auf einer geraden, menschenleeren Straße dahin, dabei saß er in seinem Büro, allein, ohne sich von der Stelle zu bewegen. Die Meldungen dieses Tages waren weit weg, Margot war weit weg, und auch Rudi, sein Sohn.

Seine Hände hielten inne. Sie standen still, zu einer plötzlichen Ruhe gekommen, wie über einer Klaviatur. Sie hielten still, wie zu einem geheimen Zeichen des Einsatzes für etwas, was von draußen kam. Durch die offenstehende Bürotür sah er hinaus. Eine Holzbank, symmetrisch flankiert von zwei flachen schwarzen Metallschüsseln, die auflagen auf drei sich im oberen Drittel kreuzenden dünnen, schwarzen Metallstäben, die Bank wuchs wie ein Chorstuhl mit ihrer Rückenlehne aus der weißgekalkten

Wand, in die hohe Lehne waren zwei Kassetten eingelassen, gerahmt von flachen Friesen, unbequem saß man auf diesem finster glänzenden Kirchenmöbel, die schmale Sitzfläche erzwang ein aufrechtes Sitzen an der Wand, als säße man vor einem Tribunal, Armlehnen fehlten, der Aufsatz eines weißen Spitzbogens, der in die Decke des hohen Raumes zielte, rahmte zusätzlich aus der Höhe diese unwirtliche Sitzgelegenheit, zusammen mit den schwarzen, flachen Opferschalen, die bestimmt waren, Asche aufzunehmen, ergab sich ein Bild starrer Symmetrie; seine Hände senkten sich auf die Schreibtischfläche, gebannt blickte er auf dieses Bühnenbild im Rahmen der offenen Tür, die weißen und schwarzen Felder des Steinbodens begannen vor seiner Tür und liefen bis unter die Bank; er erhob sich und überschaute die Bühne: ein schmales, hohes Wandbild, dessen symmetrisches Gleichmaß ihn bei genauem Hinsehen bedrohte, die zwei Aschenbecher waren nur auf einen ersten Blick dazu bestimmt, Zigarettenasche aufzunehmen, die Bank lud nicht wirklich zum Platznehmen ein, die schmale, weißgekalkte Wand, der spitze Bogen, der in die Decke zielte, waren nicht der Abschluß eines Raumes, in dem Recht gesprochen wurde nach den rationalen Regeln einer Strafprozeßordnung, eine Kultstätte begrenzten sie. Zögernd näherte er sich der Tür. Eine ovale, leere Tafel hing exakt in der Mitte der Bank zwei Kopfhoch über der Rückenlehne; sie war aus schäbigem Span gepreßt und hing an zwei dünnen, in die Wand getriebenen Stiften, sie schien das einzige Requisit dieses Bühnenbildes, das bestimmungsgemäß zu gebrauchen war, sie lebte, diese Preßspanplatte, sie wölbte sich; wie der Aushang vor den Sitzungssälen war ihre Oberfläche zerstochen, porös, genarbt; auf der Fläche, wo Anschläge wochenlang zu Richtertagungen eingeladen hatten, setzte sich der holzige Filz in dem verblassenden Format des Hinweises hell von dem dunkleren Grund der Tafel ab, graubeige wie ein Behördentelefon, unelastisch, gewölbt; doch wie das Telefon auf seinem Schreibtisch in München konnte diese Tafel von einem Augenblick auf den anderen eine lähmende Botschaft verkünden, ein Urteil wurde angeschlagen; die leere Fläche, begriff er, war das Zentrum, das Allerheiligste dieser Kultstätte; nein, dieses Bild im Rahmen seiner Tür bot sich nicht zufällig seinem Blick; das Bühnenbild eines Schauprozesses hatte man vor seiner Bürotür errichtet. Die Tür stand schon offen. Er brauchte nur mehr hinauszutreten. Seine Rolle, sie war geschrieben.

Er mußte zu Sebak. Dieses Gerichtsgebäude bot ihm nicht Schutz. Man trieb ihn aus dem Palast. Man machte ihm den Prozeß. Er fuhr mit hoher Geschwindigkeit nach Stadtvorhof. Halsbrecherisch jagte er über die Brücke. In großen Sätzen nahm er die Treppe in diesem roten Apartmenthaus. Außer Atem stand er vor Sebaks Tür.

Es fiel ihm nicht auf, daß sich ihm die Tür öffnete, ohne daß er geläutet hatte, daß Sebak an diesem warmen achten Juniabend auf seinem Zimmer die weiße Jacke trug. War nicht alles bereits von unsichtbarer Hand geplant, vorherbestimmt? Oder von Sebaks Hand? Der Umweg über die Justiz, wo ihm in einem seit sieben Jahrzehnten beinahe unveränderten Gebäude ein Stilleben aus einer gewöhnlichen Holzbank, zwei Aschenbechern und schwarzen und weißen Steinfliesen Angst einjagte und ihn zu Sebak trieb. Sebak, der ihn in der offenen Tür schon erwartete, um ruhig, gefaßt auf seine Fragen zu antworten.

»Das kommt doch von dir!« herrschte er ihn an.

»Vielleicht«, sagte Sebak, doch er hielt ihn nicht hin. »Daraus machen wir ein Fanal! Jetzt sind wir dran. Genosse Kirsch auf seinem langen Marsch in den Justizapparat.«

»Du bist verrückt«, sagte er atemlos.

»Du hast doch nicht vergessen? ...« erinnerte ihn Sebak. Er hatte eine Fotografie präsent; auch dieser Umstand, daß Sebak aus der Brusttasche der Jeansjacke ein Foto herauszog, das er ansonsten wohl nicht in diesem Kleidungsstück verwahrte, zeigte, daß die Dinge dieses Donnerstags nicht einfach ihren Lauf nahmen, sondern daß jemand, vielleicht Sebak selbst, den Lauf dieser Dinge bestimmte.

»Marx in die Fabrik!« las Sebak von der Fotografie. »Eine Gruppe Demonstranten vor der Pfister GmbH. Ja, und wen erkenne ich da?« übertrug er höhnisch das, was er sah auf dem Bild, »den Genossen Christian Kirsch.«

»Was hast du damit vor?« hauchte er.

»Betriebszeitung oder handlicher Sonderdruck.«

»Du bist wahnsinnig. Damit stellst du die falschen Zusammenhänge her.«

»Aber das bist du doch«, verwies Sebak auf die Person in weißer Jacke, die er war auf der Fotografie, unter einem Transparent, das er trug, auf dem geschrieben stand »Marx in die Fabrik!«

»Du bist wahnsinnig«, wiederholte er.

»Gestern Marx in die Fabrik, heute Marx in die Justiz. Warum nicht?«

Sie standen sich nahe gegenüber, er überragte den Freund um einen halben Kopf, den Freund in derselben Jacke, die er auf dem Foto trug. Die Kringel seiner schwarzen Haare zierten den Kragen des Blousons. Offen, ohne Deckung hielt Sebak die Fotografie, die plötzlich da war, wie der Fragebogen in Vaters Personalakte, die zitterte in seiner erhobenen Hand, warum entriß er ihm nicht einfach das Bild? Warum zerriß er es nicht in »unlesbare« Stücke? Ich habe das Gefühl, daß es dich trotz allem noch gibt; diese Hoffnung hätte er zerrissen, die Papierschnitzel, die zwischen ihnen lägen, würden zum Minenfeld, durch das kein Weg mehr zueinanderführte.

»Die werden das falsch verstehen«, sagte er leise. »Die werden sich auf mich einschießen«, stellte er ruhig fest.

»Dann ist das ein Unrechtsstaat, Christian. Und er praktiziert Unrecht nicht nur an dir. Dann ist es gut, daß du diese Erfahrung machst, weil es dieselbe Erfahrung ist, die auch die vielen anderen machen, die nicht Richter sind.«

»Das sind doch Vereinfachungen«, entgegnete er, »die so nicht stimmen.«

»Wenn das so ist, dann mußt du auch in deinem Interesse den Bruch vollziehen.«

Sebak wirkte erschöpft am Ende dieses Tages. War ihm die Kontrolle über den »Lauf der Dinge«, über ihre wiedergewonnene Freundschaft entglitten? Sebak, der nicht »außengeleitet existieren« wollte, hatte er bereits an diesem Donnerstag, den 8. Juni aufgehört, »innengeleitet als Subjekt« zu leben? War er nicht einfach überfordert? Sebak, der vor ein paar Jahren nicht gewußt hatte, wie man in einer Bank das Geld abhob, das einem gehörte. Sebak, den sie als Ferienarbeiter am Bau unter der Dusche gedemütigt hatten, der Mahner Sebak, vor dem Unibrunnen in München, der wortlos Flugblätter verteilte. Was war mit ihm geschehen? Was geschah mit einem Mann wie Sebak in der Bundesrepublik, wenn er den Schutzraum einer Akademie verließ? Was hatten sie auf geschlossener Abteilung an ihm ausprobiert? War seine Entlassung aus dieser geschlossenen Abteilung in die »Freiheit« ein medizinischer Versuch an ihm? Sebak hatte sich herausbegeben aus seinen geschützten Zonen, in denen er sich abstrakte Bilder malte. Hatte er denn überhaupt ein Bild von der Realität? Er war angeschlagen. Verwundet war er gefährlich. Er hörte den verwundeten Sebak atmen, er hielt einen Sicherheitsabstand zu ihm ein. Sebak schien ausgesetzt, isoliert, wie Intercity am Tag ihrer Überführung nach Kolbstadt, wo er der Katze Auslauf im Garten verschaffen wollte, ein Garten, der fremd war für sie, wo die Freigängerin, die Freiläuferin zur Amokläuferin sich verwandelte, wo das friedfertige Tier zu seiner Verwunderung plötzlich fauchte, das Fell sträubte, den Schwanz zu einem dicken Buschen aufbauschte, sich auf ihn stürzte und sich in seine Hand verbiß, als er das Tier ahnungslos hochnehmen wollte und dabei den Sicherheitsabstand verletzte, eine schmale, unveräußerliche Zone um den kleinen Körper der Katze herum, die ihr Umfeld verloren hatte, das aus Rampen, Rangiergeleisen und Baracken bestand.

»Gib mir das Foto«, bat er den Freigänger Sebak.

Sebak sah in seine Augen, die auf das Papierfoto gerichtet waren. Diese Hand, die jetzt das Foto hielt, schaffte keinen ruhigen Pinselstrich. Aber hatte sie nicht schon früher gezittert? Bestanden Sebaks Bilder nicht aus mißglückten Kreisen? Etwas kam nicht zusammen in seiner Malerei, ging nicht ineinander, dachte er sich, fügte sich nicht, sosehr es sich der Bildbetrachter auch wünschte, offene Kreise, die sich im letzten Augenblick dem Schließen, der Vollendung verweigerten, Linien, die aufeinander zuliefen, um sich dann doch zu verfehlen. War das, was er immer für Sebaks Stil, für seine Meisterschaft gehalten hatte, nur das Versagen einer Hand? Hatte er zuviel in Sebaks Arbeiten gesehen, wenn er annahm, Sebak würde in einem einzigen Bild eine Welt und zugleich den Entwurf einer Gegenwelt schraffieren? War nicht im Grunde genommen selbst das, was aus einiger Entfernung als exakt und präzise erschien, aus nächster Nähe betrachtet, verwackelt? Was für den Maler Sebak galt, der in seinen Bildern lebte, gälte auch für Sebaks Leben außerhalb von Bildern. Er legte sich nicht fest, seine neunundzwanzig

Jahre ergaben keinen nachvollziehbaren Lauf eines Lebens, sondern eine Vielzahl übereinanderlagernder, sich ineinanderverschiebender Lebens-Entwürfe. Aber das war es doch, was er, der Richter, an Sebak liebte: Die nicht »benennbare Form«. »Gesucht wird die Spannung«, hatte Sebak in einem Ausstellungskatalog zu seinen Bildern geschrieben, »die Spannung, die sich aus der minimalen Differenz zwischen Noch-Form und Nicht-mehr-Form ergibt.«

Er, der Proberichter, wäre dazu verurteilt, eine Form anzunehmen. War nicht Sebak nur deshalb nach Kolbstadt zurückgekehrt, um zu verhindern, daß das Leben seines Freundes einer Form angepaßt wurde? Er umfaßte Sebaks Handgelenk. Ihre erhobenen Hände hielten still. Sie schauten sich in die Augen. Sebak sah aus wie ein Kind, das dem älteren Bruder trotzte. Feuchte Augen hatte der kleine Bruder. Er, der große Bruder, brauchte nur seinen Kopf ein wenig zur Seite zu neigen: Sah er nicht in Sebaks Augen, daß Freude und Trauer sich mischten?

XVI.

12. Juni 1972, vormittags

Am Montag, den 12. Juni trafen sich die Mitglieder der Ersten Zivilkammer im Zimmer des Vorsitzenden Dr. Kühn. Dr. Kühn telefonierte mit dem Ausländeramt der Stadt Kolbstadt. Baumer und er hatten an dem runden Beratungstisch Platz genommen. Vor ihnen lag die Scheidungsakte Sebak gegen Sebak. Dr. Kühn stand an seinem Schreibtisch, er stellte gezielt Fragen, gelegentlich fuhr seine Hand, in der er einen Bleistift gezückt hielt, über einen Block, Kühn machte Gesprächsnotizen.

»Und das können Sie definitiv sagen?« fragte Dr. Kühn. Es entstand eine längere Pause, in der Kühn mehrere Male zustimmend nickte, den Hörer fest ans Ohr gepreßt. Er sah zum Fenster, blickte auf die Kammermitglieder, auf Baumer und ihn, er schloß schließlich wie zum Zeichen einer Bestätigung die Augen.

»Aus der Sicht des Ausländeramtes durchaus verständlich ... Ja, das war Hausfriedensbruch ...« Kühn legte auf. »Meine Herren«, sagte er, »also, es ist schon so, wenn wir auch noch scheiden, weisen sie ihn als Österreicher aus. Die Störaktion bei der Hubmann AG, Hausfriedensbruch, Widerstand gegen Vollstreckungsbeamte, Beleidigung ... naja, Sie wissen, zu was sich politische Unvernunft summiert.«

Kühn setzte sich zu ihnen.

»Wir haben die Parteien vernommen, die Mutter der Klägerin gehört. Weitere Beweisanträge sind nicht gestellt und auch nicht zu erwarten.«

Baumer und er schwiegen.

»Relevant ist, war der Beklagte in Hamburg mit einer Frau intim«, sagte nach einer Weile Baumer.

»Wir haben die Aussage seiner Schwiegermutter«, stellte Kühn fest.

»Die hat die Wäsche gewaschen«, meldete er, Richter Kirsch, sich zu Wort.

»Verständlich. Bei der nervlichen Verfassung ihrer Tochter – finden Sie nicht?«

»Nein«, antwortete Baumer.

»Schmutzige Wäsche gehört doch gewaschen. Sie haben es selbst gehört«, wandte Dr. Kühn ein.

»Beweismittel dieser Art zerstört man nicht, wenn man weiß, daß die Ehe wackelt«, sagte Baumer.

»Hat er nicht bereits durch seine politischen Aktivitäten die Ehe zerrüttet?« fragte Dr. Kühn rhetorisch.

»Darauf ist die Klage nicht begründet«, sagte er, der Proberichter. »Wir dürfen die Scheidung nur auf solche Gründe stützen, die die Klägerin selbst vorgetragen hat.«

»Die Klägerin hat sich das Vorbringen ihrer Mutter zu eigen gemacht. Vietnam, Aufforderungen zum Streik, Ausbeutung, Verhetzung ...«

»Jetzt entfernen Sie sich von unserem Fall«, wies er den Vorsitzenden Dr. Kühn zurecht.

»Entschuldigen Sie«, spöttelte Kühn, »ich hatte ganz vergessen, daß derlei Aktivitäten bei Ihnen auf ein gewisses Verständnis stoßen.«

»Schön«, entgegnete er, »daß Sie sich für meine Vergangenheit interessieren.«

»Ihre Vergangenheit, Herr Kollege«, antwortete Dr. Kühn, »ist nicht mein Problem. Und ich hoffe in Ihrem Interesse, daß sie auch für Sie zu keinem Problem wird.«

»Die Generation von Herrn Kirsch«, sagte Baumer zu Dr. Kühn, »hat keine Probleme mit ihrer Vergangenheit.

Ich denke, wir kehren nun zu dem Scheidungsverfahren Sebak zurück.«

Sie stimmten an diesem 12. Juni nicht ab. Termin zur Verkündung einer Entscheidung, die Urteil hieß, wurde bestimmt auf Montag, den 19. Juni. Dr. Kühns und Baumers unterschiedliches Abstimmungsverhalten war vorauszusehen. Die Kammer bestand aus drei Richtern. Es lag auf der Hand, daß seine Stimme über Sebaks Ehe und Sebaks Verbleiben in Deutschland entschied.

War er befangen? Er kannte Sebaks Frau nicht. Er kannte Sebaks Ehe nur aus der Akte. Sebak selbst schien an dem Ausgang des Scheidungsverfahrens nicht interessiert. Er stellte nur als Beklagter leidenschaftslos fest, in Hamburg mit keiner Frau geschlafen zu haben. Nein, er hätte die Ehe nicht gebrochen. Nicht mehr sagte er. Nicht weiter äußerte er sich zur Sache. Die Scheidung der Ehe setzte voraus, daß sie zerrüttet war und daß einer der Ehegatten die Schuld daran trug. Allein auf Ehebruch stützte sich die Scheidungsklage. Über Sebaks politische Aktivitäten und deren Auswirkungen auf die Ehe hatte die Kammer nicht zu befinden. Nein, er hatte sich nicht befangen gefühlt. Bis zu Kühns Telefonat mit dem Ausländeramt der Stadt Kolbstadt, diesem Gespräch, dem er beigewohnt hatte, war ein Zusammenhang zwischen der Scheidung der Ehe und einer Ausweisung des österreichischen Staatsangehörigen Sebak für ihn nicht ersichtlich gewesen. Aber veränderte nicht die Auskunft der Ausländerbehörde, die Ankündigung von Sebaks Ausweisung unter Bedingungen, über die sie, die Erste Zivilkammer, letzten Endes entschieden, seine Stellung als Richter in diesem Scheidungsprozeß? War nicht sein Verhältnis zu Sebak von einer Minute auf die andere zu einem geworden, das seine Ablehnung als Richter rechtfertigen könnte? Die Selbstanzeige des Richters, las er verunsichert im Kommentar, besteht in der Mitteilung von Tatsachen. Was waren die Tatsachen? Tatsache war, daß Sebak die Justiz herausfordern wollte. Der »Repressiv-Apparat« sollte vor den Augen der Öffentlichkeit sein wahres Gesicht zeigen. Daß sie auf ihn, den Proberichter, der vor Genossen in einer aufgelassenen Essigfabrik sprach, schießen würden, öffnete Sebaks »Freunden« die Augen für den Klassencharakter der Justiz. Sebak, der sich in München in ihrer bewußtseinsbildenden Zelle nur zurückhaltend ihrer Sprache bedient hatte, benutzte sie jetzt als Siemensarbeiter in Kolbstadt. Aber in Sebaks Mund war das eine Fremdsprache, und er, der Genosse Richter, das Sprachentalent, wollte nicht überhören, daß Sebak diese Sprache nur gebrochen sprach. Hinter Sebak stand dieses dunkle Mädchen, das dunkel war wie er selbst. »Marx in die Fabrik!«, der Proberichter unter dem Transparent, diese Fotografie einer Fabrikbesetzung aus dem Jahre 1967 in einer Betriebszeitung 1972 publiziert oder als Sonderdruck verteilt – und das große Halali würde geblasen; sie würden ihn jagen, den Fabrikbesetzer, aus dem ein Proberichter geworden war, sie würden ihn zur Strecke bringen, gerade in diesen Tagen. Der Extremistenbeschluß der Ministerpräsidenten der Länder vom Januar diesen Jahres lieferte die Rechtsgrundlage für die Schüsse auf ihn und seine kleine Familie. War er noch unbefangen, da seine Stimme doch über Sebaks Ausweisung entschied? Die Selbstanzeige seiner Befangenheit war eine Dienstpflicht. So stand es lakonisch in einem grauen Kommentar.

XVII.

12. Juni 1972, nachts

In dieser Nacht von Montag, den 12. Juni auf Dienstag, den 13. Juni läutete das Telefon. Der Apparat stand unten im Wohnzimmer. Margot, die bei der Tür schlief, eilte die Treppe hinunter. Er hörte sie nicht sprechen. Zurück im Schlafzimmer legte sie den Bademantel, den sie sich schnell übergestreift hatte, auf einen Stuhl und stieg in ihr Bett. Sie lag auf dem Rücken. Und obwohl er sich ihr nicht zuwandte und es dunkel im Zimmer war, wußte er, daß sie die Augen offen hatte.

»Wer war am Apparat?« wollte er wissen.

»Das Haus werden sie anzünden. Und Rudi ...«

»Was ist mit Rudi?«

Sie antwortete nicht.

»Das ist doch lächerlich«, sagte er nach einer Weile.

»Lächerlich findest du das?«

Wortlos lagen sie nebeneinander. Irgendwo in dieser Nacht, stellte er sich vor, stand ein Telefon. Irgendein schmutziger Fingernagel zwängte sich fünfmal in den Lochkranz der Ziffern 31909. Sie lagen da und warteten; ein schmutziger Finger drehte die Wählscheibe ein fünftes Mal bis zum Anschlag auf: Sekunden später schrillte im Haus in der Eichendorffstraße das Telefon. Er war eingeschlafen. Als das Telefon läutete, schreckte er auf; er hatte tatsächlich geschlafen. Er sprang aus dem Bett. Mit einem Schlafanzug bekleidet lief er die Treppe hinunter. Er nahm sich vor, den Hörer nicht abzunehmen. Entschlußlos stand er im Wohnzimmer vor dem schwarzen lärmenden Gehäuse, das im Licht der Diele glänzte wie ein bedrückendes Möbelstück. Dann hob er ab.

»Kirsch.«

Die Person am anderen Ende der Leitung meldete sich nicht.

»Kirsch«, wiederholte er. »Sie haben wohl nicht den Mut, Ihren Namen zu sagen ... Wie heißen Sie?«

Er, Christian Kirsch, war sichtbar für diese Person, die seinen Namen und seine Rufnummer wußte. Sicher kannte der schäbige Anrufer sein Gesicht. Die Jalousien im Wohnzimmer waren herabgelassen. Und doch fühlte er sich in seinem Schlafanzug entblößt vor fremden Blicken. Auch auf Margot, seine Frau, in einem dünnen, durchsichtigen Nachthemd, waren die fremden Blicke gerichtet.

»Sie haben wohl nicht den Mut ...«, sagte er nochmals. Dann legte er auf. Er machte im Wohnzimmer Licht, halb drei. Seine Augen schmerzten. Ihm war plötzlich heiß. Er knöpfte die Schlafanzugjacke auf. Er ging die Treppe hinauf. Auf der Höhe der Treppe knipste er das Licht in der Diele aus. Er legte sich neben Margot ins Bett. Er durfte die Augen nicht schließen. Wenn er die Augen schloß, war er wehrlos. Schweiß bildete sich in seinem Gesicht, ein dünner kalter Film, ein Tropfen rann und zog eine kitzlige Spur vom Nasenflügel zur Wange. Er durfte sich nicht bewegen. Wenn er sich bewegte, gab er ein Zeichen. Bewegungslos liegen mit offenen Augen. Schweißperlen lösten sich nach und nach aus der Schicht, die Filmschicht zerriß, in immer kürzeren Abständen zog jetzt ein Schweißtropfen nach dem anderen eine Bahn über Wangen und Stirn. Er richtete sich auf, um aus der Schlafanzugjacke zu schlüpfen. Mit dem Ärmel trocknete er sein Gesicht. Er knüllte die Jacke zusammen und warf sie aus dem Bett. Sie schwieg. Und auch er sagte kein Wort. Jedes Wort, das er sagen würde, wäre ein Eingeständnis seiner Schuld.

Und doch gab jede Minute Schweigen, die verging, diesem feigen Schmutzfinger mit seinem Telefonterror recht. In ihrem Schweigen ging die Rechnung dieses anonymen Anrufers auf. Kapierte Margot, seine Frau, das nicht? Paktierte sie, seine Frau, am Ende mit diesem Unbekannten? Sollte der Druck auf seine Familie das noch nicht gefestigte Bündnis, dessen Entwicklung Margot argwöhnisch verfolgte, sein neues Bündnis mit Sebak in den Anfängen zerstören? Diese verletzbare, kritische Freundschaft, die ihn davor schützte, seine Form zu verlieren. Zugegeben, sie war kaum benennbar, die Form, die er sich noch bewahrt hatte, der leitende Angestellte, der Richter, der Ehemann und Familienvater. Aber die Spannung, die sich aus der minimalen Differenz dieser Noch-Form des Widersachers und der Nicht-mehr-Form einer Fügung in die fertig geschriebenen Rollen als Richter und Familienvater ergab, durfte nicht nachlassen, sie, diese Spannung, sicherte das Überleben des Christian Kirsch.

XVIII.

13. Juni 1972, vormittags

Am Dienstag, den 13. Juni erschien Rechtsreferendar Rücker letztmals in seinem Büro. Er hatte auf der Grundlage seines Gutachtens in dem Automatenfall Keller ein Urteil entworfen. Er war seiner Überzeugung, daß es sich bei diesem Geschäft um einen Mietvertrag handeln würde, treu geblieben. Rücker stand neben ihm, während er den Entwurf überflog.

»Sie hatten wohl nicht den Mut ...«, sagte er beiläufig, dabei sah er nicht auf.

Rücker bezog die Äußerung auf ihre unterschiedliche Rechtsauffassung. »Meinen Standpunkt habe ich Ihnen dargelegt«, sagte er.

»Nicht nur mir«, spielte er auf Rückers Vorsprache beim Präsidenten an. Er las weiter. »Sie hatten wohl nicht den Mut«, wiederholte er nach einer Weile, »Ihren Namen zu sagen.«

»Ich verstehe Sie nicht«, antwortete Rücker.

»Haben Sie meine Telefonnummer nicht mehr im Kopf?« fragte er ihn.

»Ich weiß nicht, wovon Sie reden«, setzte sich Rücker zur Wehr.

»Nein?«

»Als Richter sollten Sie eigentlich zwischen bloßen Verdächtigungen und Beweisen unterscheiden«, Rücker hatte begriffen.

»Ich sehe«, sagte er spöttisch, »Sie haben im Rahmen Ihrer kurzen Ausbildung bei mir eine Menge gelernt.«

»Da bin ich nicht unbedingt Ihrer Meinung.«

»Haben Sie nichts bei mir gelernt?«

»Ich habe mir einen Richter anders vorgestellt«, sagte Rücker. Seine Enttäuschung war nicht gespielt.

»Nämlich?« forderte er Rücker auf, sich zu erklären. Er saß an seinem Schreibtisch und blickte an diesem Rechtsreferendar hoch. Rücker war ein Mann mit Aktentasche. Über einen Mann mit Aktentasche, fiel ihm wieder ein, dachte er in Gedichten nach. Auch er war noch vor wenigen Tagen, an jenem Donnerstag, den 8. Juni – Gudrun Ensslin in Hamburg gefaßt –, ein Mann mit Aktentasche gewesen, der in den Justizpalast floh, um durch die Einfügung der 27. und 28. Ergänzungslieferung mit einhundertsiebenundachtzig Loseblatt das Recht wiederherzustellen, in der Mitte des Stroms hatte er, eine Aktentasche in der Hand, versucht, sich zu halten. »Setzen Sie sich«, er bot ihm Baumers Schreibtischstuhl an. Aber Rücker rührte sich nicht von der Stelle. »Herrgott«, herrschte er ihn an, »so setzen Sie sich doch!«

Zögernd nahm Rücker Platz. Seine Aktentasche legte er behutsam vor sich auf die Schreibtischfläche, als enthielte sie Explosives. Aufrecht, mit Respekt vor dem Richteramt, saß er auf dem Stuhl des Richters Baumer.

»Wie also sollte ein Richter sein?« fragte er ihn.

»Viele angehende Juristen beneiden Sie um Ihren Beruf«, sagte Rücker. Rücker saß ihm gegenüber, aber er vermied es, ihm in die Augen zu sehen. »Sie haben es geschafft. Sie beziehen ein gutes Gehalt«, kam er zur Sache. »Und Sie erweisen sich auf so eine Art undankbar. Wissen Sie«, fuhr er aufgebracht fort, »wie viele nach dem Examen auf der Strecke bleiben? Obwohl sie tüchtig sind, fleißig und loyal. Ich habe mir mein Studium selbst verdient. Ich habe manchmal nicht mehr weitergewußt, aber ich habe mich durchgebissen. Ich will Richter werden«, stellte er fest. Es klang wie ein Geständnis. Es erklärte alles. Seine Enttäuschung über ihn, den jungen Richter Kirsch, seine Beschwerde bei Mobius. Das also war es. Er lächelte ihn an, den Rechtsreferendar, der versehentlich seine Karten auf den Tisch gelegt hatte. Die Karten für ein abgekartetes Spiel, das Anpassung und Karriere hieß. Er lächelte ihn an, während sie schwiegen, während dieses krampfhafte Bemühen »Ich will Richter werden!« in dieses Schweigen hineinwirkte. Und es war nicht auszuschließen, daß dieses Anlächeln sich in Rückers Augen so ausnahm, als würde er ihn auslachen, den Rechtsreferendar, den Richter von morgen. Rücker verlor seine Fassung.

»Und dann trifft man auf Leute wie Sie«, sagte er. »Leute, die ihr Amt mißbrauchen. Die das Recht untergraben. Unseren Rechtsstaat aushöhlen. Aber alle Vorteile in Anspruch nehmen. Da soll man nicht ...«

»Herr Rücker«, unterbrach er ihn, »ich habe nichts anderes getan, als Arbeitnehmer über ihre Rechte aus dem geltenden Betriebsverfassungsgesetz aufgeklärt. Eine notwendige Rechtsbelehrung, wenn diese Gesetzgebung ihren Sinn erfüllen soll. Nämlich den Arbeiter im Betrieb und die Kassiererin im Supermarkt vor Übervorteilung und Mißbrauch am Arbeitsplatz zu schützen.«

»Sie haben wohl für alles Verständnis?« näherte sich Rücker der Position, die Dr. Kühn ihm gegenüber eingenommen hatte. »Ich bemühe mich darum«, entgegnete er sachlich.

»Sie finden auch noch ein gutes Wort für diese Baader-Meinhof-Bande?«

»Ein erklärendes«, sagte er kühl. »Wer urteilen soll, sollte verstehen.«

»Verständnis für Mörder!«

»Wir müssen verstehen, wie Gewalt entsteht.«

Rücker hatte sich von Baumers Stuhl erhoben. Es war höchste Zeit, daß er heraustrat aus Baumers Schatten. Nein, dieser gesetzestreue Mann, der jetzt mit unverhohlenem Haß auf ihn blickte, war nicht der Schmutzfinger, der nachts anonym seine Nummer wählte. Die Aktentasche, die zu diesem Mann gehörte, lag auf dem Platz, dem ein Apfel und ein Messer gebührte. Rücker griff nach der Tasche. Seine Hand umschloß den Griff, als suchte sein Körper an diesem abgewetzten Lederbügel Halt.

XIX.

14. Juni 1972, abends

Am nächsten Abend sah er in den Stadtvorhofer Gloria-Lichtspielen den Film »Orphée«. Im Dunkeln folgte er einer blonden jungen Frau auf dickbesohlten Korkschuhen, ihr Schritt seinen Schritten immer einen Schritt voraus. Schon als Junge hatte er auf die Beine der Platzanweiserin gesehen, die nach einem freien Sitz Ausschau hielt. Sie eilte dem kleinen, unruhigen Lichtfleck aus einer Taschenlampe, die sie zu Boden hielt, hinterher. In einer kringelnden Spur lief der Lichtschein schließlich auf einen freien Kinostuhl zu. Er setzte sich.

»Wenn ich komme, verschwindet man«, sagte Orphée.

»Sie haben sich in die Höhle des Löwen gewagt«, sagte ein nachlässig gekleideter Herr zu Orphée.

»Ich wollte wissen, woran ich bin«, antwortete Orphée.

»Was möchten Sie trinken?« fragte der Herr, an dessen Tisch Orphée sich gesetzt hatte. Orphée lehnte ab. »Ich habe gerade etwas getrunken. Ziemlich bitter«, bemerkte er.

»Wissen Sie«, sagte der Herr, »für mich ist der Kampf vorbei. Ich hatte nichts Neues mehr zu sagen. Jetzt respektiert man mein Schweigen.«

Der Film führte in das Innere eines Cafés, das rauchig war und überfüllt. Liebespaare saßen engumschlungen. Junge Leute in Pullovern schrieben oder diskutierten. Der Film zeigte die Wirklichkeit eines Cafés, das ihn an das »Nest« in Schwabing erinnerte. Doch so sehr sich die Menschen in dem Raum auch bewegten, rauchten, schrieben, sprachen, so realistisch dieser Raum Café auch ausgestattet war, es waren keine wirklichen Menschen, und ihm war klar, das Café existierte in Wirklichkeit nicht. Er folgte dem Film in einem Zustand von Entspannung, der außergewöhnlich war, bedachte er den Lauf der Dinge seit seiner Rückkehr nach Kolbstadt. Der Film schuf eine Distanz. Er kam an den Film nicht heran. Etwas fehlte in den Bewegungen der Personen, in ihren Stimmen, etwas fehlte in den Straßen und an all den Orten, die der Film zeigte; sie waren Schaubühnen, auf denen Personen in lässiger, weiter Kleidung posierten. So wie manchmal in Filmen, die er als Junge in den Gloria-Lichtspielen gesehen hatte, der Ton plötzlich ausgefallen war und ein Mann und eine Frau, die sich liebten, sich in einer verlogenen Leidenschaft umarmten, so war die Zeit ausgefallen in diesen schönen ruhigen Kinobildern. Die Zeit existierte nicht. Er flüchtete sich in diese Bilder. Er war auf der Flucht. Er flüchtete an einem Abend in den Justizpalast, in dem die Zeit des 8. Juni ausgesperrt blieb. Er flüchtete in einen zeitlosen Film von Cocteau.

Gegen Ende des Films traten zwei schwarzgekleidete, behelmte Motorradfahrer mit Schutzbrillen aus den Trümmern einer zerstörten Umgebung. Die behandschuhten Hände der Motorradfahrer legten sich langsam auf die Schultern eines Mannes; die Personengruppe entfernte sich, wurde kleiner, glitt als Schatten über weiße Wände, bevor sie schließlich verschwand und das altmodische Wort »ENDE« sich in runden Buchstaben auf die Leinwand schrieb; erst jetzt, am Ende des Films, erkannte er in der Reihe vor sich Sebaks dunkle »Schwester«. Ihr Kopf wandte sich von der Leinwand ab, sie war aufgestanden, gegen das helle Schlußbild sah er von der Seite ihr Gesicht, das sich unter diesen großen runden Buchstaben »ENDE« dem Ausgang des Filmtheaters zubewegte.

Draußen, auf der Straße, löste sie sich aus einer Gruppe von Kinobesuchern. Er verfolgte sie. Sie ging ein paar Schritte vor ihm. Wie sehr sie Sebak ähnelte. Wie schmal sie war. Sie blieb stehen, bevor sie eine Straße überquerte. Der Mund und die Augen gehörten zu einer Frau, während der Körper zu einem Kind gehörte. Wenn er sie liebte, überschritt er eine Grenze. Wenn er sie liebte, verletzte er Sebak. Er liebte sie und verlöre Sebak. Sie stieg in einen Bus, der gerade hielt; sie fuhr ihm davon. Margot hatte er eingeholt, zehn Jahre vorher, 1962, nach einem Film, der ebenfalls in den Gloria-Lichtspielen gelaufen war, ein alberner, »schwarzweißroter« Himmelbett-Streifen mit Doris Day; das war ein anderer Film, der an diesem 14. Juni 1972 in den Gloria-Lichtspielen lief, das war eine andere Frau, sagte er sich, deren Silhouette sich gegen das schwungvolle »ENDE« auf der hell flimmernden Leinwand abgesetzt hatte, eine andere Frau, der er hinterhereilte, zwanghaft und doch ohne eine Vorstellung von dem, wie er sie ansprechen sollte, falls er sie einholen würde, er war ihr hinterhergelaufen wie ein Hündchen seinem Herrn, sie trat von dem Trottoir direkt in den Bus, stand über ihm, ihrem Jäger, die Tür schloß sich zischend und schnell, in einem künstlich beleuchteten Schaufenster war sie ausgestellt, das mit zunehmender Geschwindigkeit an den dunklen Schaufenstern der Lebensmittelläden, Metzgereien und Einzelhandelsgeschäfte vorüberglitt und seinen Blicken entschwand; sie hatte sich nicht nach ihm umgedreht, wußte sie überhaupt, daß er ihr folgte, daß es ihn gab, in dieser Nacht? Der Bus verschwand in der Nacht; wenn ich komme, verschwindet man, hatte Orphée gesagt; wenn ich komme, verschwindet man, sagte er, der Film war gelaufen, er lächelte bitter; er blieb im Dunkeln zurück. Er ging hinunter zum Fluß. Auf der anderen Uferseite war er am Tag seiner Rückkehr mit Margot und

Rudi, seiner kleinen Familie, gegangen. Er durchschritt die schwarze Zone eines Brückenjochs. Der Fluß rauschte. Aber er sah ihn nicht.

Im Bad zog er sich aus. Seine Hände legten die Kleidungsstücke, die er trug, ab. Sein Oberkörper glänzte im Spiegel. Er, Christian Kirsch, hatte blondes Haar wie Orphée. Seine Frau hatte schwarzes Haar. Und doch war sie nicht dunkel. Sie war nicht dunkel wie Sebaks Schwester. Ihr Gesicht und ihr Körper gehörten zusammen. Bis zum Nabel sah er seinen Oberkörper im Spiegel. Sebaks Schwester reichte ihm vielleicht bis zum Kinn. Sie wäre so leicht, daß er sie auf den Rand des Waschbeckens heben würde: Der Mund und die Augen einer Frau waren ihm zugewandt. Seine Arme hielten einen Körper, der nicht zu dem gehörte, was er sah. An dem Gebrauchswert dieses schönen ernsten Mundes war er interessiert, der so unwirkliche Wörter sprach wie Ware und Tausch. Er war erregt. Er versperrte von innen die Tür. Es war eine Erregung, die er nicht teilen wollte mit seiner Frau.

XX.

15. Juni 1972, morgens

Am Donnerstag, den 15. Juni führten rote Farbspritzer von der Einfahrt bis zur Haustür. Ein Verletzter hatte sich bis zum Haus geschleppt, oder das Blut eines Tieres war auf die Porphyrplatten getropft. Die Wohnzimmertür stand offen, er sah Margot auf der Couch sitzen, ihre Arme umfaßten Rudi. Es war Farbe. Rote Farbe, nichts anderes, beruhigte er sich. Aber was sollte diese rote Farbe ersetzen? Was sollte er tun, was unterlassen?

»Es ist Farbe, nichts anderes«, sagte er zu ihr. »Die wollen uns Angst einjagen«, sagte er. »Und der Erfolg«, er blickte auf Margot und Rudi, »gibt ihnen recht.«

Sie hielt den Jungen an sich gepreßt. Und der Junge sah nicht zu ihm auf. Nur Margot, die zu keinem aufsah und auf keinen herabsah, sie blickte jetzt hilfesuchend zu ihm auf. Er erinnerte sich nicht, sie weinen gesehen zu haben. Jetzt weinte sie. Ihre Augen tränten. Tränen flossen aus ihnen heraus. Ihr Körper blieb still; kein Zittern, kein Schluchzen begleitete diesen Vorgang in ihrem Gesicht. Das blonde Stoppelfeld der Haare seines Jungen wuchs auf Margots Schulter. Seine schwarzhaarige Frau, die nicht dunkel war wie Sebaks Schwester, hielt seinen Sohn, der Christian-Kirsch-blond war wie er. Und das sah aus, als würde sie das Kind auch vor dem eigenen Vater schützen. Er hatte sie beide achtzehn Monate allein gelassen in Kolbstadt. Er war zurückgekommen, wohnte mit ihnen in einem Haus, wo sie das Bild einer kleinen Familie abgaben. Aber er gab sich nicht zufrieden mit diesem Bild.

Der Knauf der Haustür, stellte er fest, hatte einen roten Farbabdruck in seinem Handinnern hinterlassen. Der Ärmel seiner Jacke war rot. Wo er auch hinsah, er hatte rote Farbe verschmiert; seine blutende Hand hatte in seine Hosentasche gegriffen. Blut, so nahm sich der rote Farbwischer an seiner Hose aus. Blut, so sollten er und auch Margot das sehen. Eine rote Spur führte ins Haus. Sie hatte einen Weg ins Innere des Hauses gefunden. Ein Pfeil war in einem Bogen gespannt und auf seinen Sohn Rudi gerichtet; der Pfeil hatte eine Spitze, die rot war wie die Lederhose seines Sohnes, die auf den kleinen, festen Leib geschneidert war, auf den nun ein unsichtbarer Bogenschütze zielte; das tiefrote Leuchten der Nappalederhose in der offenen Wohnzimmertür hatte ihn vor wenigen Tagen maßlos aufgeregt; sie hatte ihren Sohn drapiert zu einem leuchtenden Ziel, das nicht zu verfehlen war; ein sträflich teures Motiv auf dem Hintergrund des Freiherrn von Eichendorff, das einen unbekannten Gegner aufmerksam machte und provozierte. Er sah die rote Pfeilspitze und das, worauf sie zielte, in den Armen seiner Frau. Aber er sah nicht die Hand des Schützen.

»Beruhige dich«, sagte er zu Margot.

»Es ist Farbe«, wiederholte er.

»Wie lange noch?« fragte sie.

XXI.

16. Juni 1972, nachmittags

Am frühen Morgen des darauffolgenden Tages hatten auf Margots Betreiben Rudi und Intercity die Wohnung getauscht. Rudi wurde zu Margots Mutter verbracht; mit seinem Peugeot fuhr er die Katze Intercity, auf die Rudi allergisch, mit asthmatischen Anfällen reagierte, in die Eichendorffstraße. Die Idee, Rudis Aufenthaltsort zu verheimlichen, erschien ihm makaber. Sein Sohn war unbekannten Aufenthalts; wer hätte allen Ernstes ein Interesse daran, Rudi Kirsch zur Aufenthaltsermittlung auszuschreiben? Margot übernachtete bei ihrer Mutter. Ihm blieb Intercity. Natürlich wäre es nicht von langer Dauer, dieses aus Margots Angst geborene Provisorium. Aber sie wichen zurück, indem sie Rudi aus dem Haus brachten. Dieses Zurückweichen nervte ihn.

Er fühlte sich fiebrig. Um neun Uhr hatte er bei Zettel im Vorzimmer des Präsidenten angerufen, um sein Fernbleiben für diesen Freitag zu entschuldigen. Er hatte eine Dose Specklinsen in einen Topf mit heißem Wasser gestellt. Für Intercity öffnete er eine Dose Katzenfutter. Sie hielten sich in der Küche auf, die rote Katze und der krank gemeldete Richter, wo er die Linsen aus der Konservendose löffelte, während Intercity die Geleeschicht von den Fleischwürfeln schleckte. Der Geruch des Katzenfutters ähnelte dem seines Fertiggerichts. Er stellte Intercity einen Unterteller mit frischem Wasser vor ihre Katzennase. Er griff sich eine Flasche Bier aus dem Kühlschrank, aus der er im Stehen trank.

Termin zur Verkündung einer Entscheidung war auf Montag, den 19. Juni, bestimmt. Die Selbstanzeige des Richters bestand in der Mitteilung von Tatsachen, stand für eine unbestimmte Zahl von Fällen geschrieben, und doch auf ihn gemünzt, in einem grauen Kommentar; Tatsachen, die die Beziehung des Richters zu einer Partei zu einem Verhältnis machten, das die Ablehnung des Richters als befangen rechtfertigen könnte. Die Entscheidung über seine Befangenheit lag letztlich bei den verbleibenden Mitgliedern der Kammer. Dr. Kühn und Baumer hätten in einem förmlichen Beschluß festzustellen, ob er von der Mitwirkung in dem Scheidungsfall Sebak gegen Sebak ausgeschlossen wäre. Die Anzeige des Richters, der sich für befangen hielt, war zwar eine Dienstpflicht, hieß es weiter im Kommentar, aber er übte sie nach seinem der Revision nicht zugänglichen Ermessen aus.

Er konnte seine Beziehung zu Sebak drehen und wenden, wie er wollte: Das einzig Verläßliche an ihr war, daß sie vom einen Mal auf das andere in einem anderen Licht erschien.

Intercity stand in der Wohnzimmertür und sah erwartungsvoll zu ihm auf. Intercity war eine rote Katze. Doch die rote Spur führte nicht zu ihr. Er nahm ein handgroßes Stofftier von Rudi und deutete Intercity an, er werde den Bären in ihre Richtung werfen. Die Katze trat auf ihren Vorder- und Hinterpfoten, sie glich einem Sprinter, dessen Füße sich nervös in den Stützen des Startblocks bewegten, er warf den Stoffbären, die Katze schnellte in die Höhe, ihre ausgestreckte Pfote faustete den Bären, auf den sie sich stürzte, sobald er zu Boden gefallen war, um ihn mit neugierigen Pfoten anzustupsen, ein Lebewesen, das sich totstellte, in das sie biß; ihr Interesse an der Beute erlahmte schnell. Sie ließ den Bären liegen, um achtlos an ihm, dem Mitspieler, vorbeizuschreiten. Er begriff und spielte mit; er wechselte seinen Standort. Jetzt stand er in der Wohnzimmertür, das Plüschtier in der Hand, während Intercity seine Position eingenommen hatte. Wieder deutete seine Hand den Wurf zunächst an, wieder kauerte sich Intercity zusammen, die Pfoten tippelten auf der Stelle; er warf, Intercity sprang, stürzte sich auf den Bären. Einmal dachte er daran, die Katze hochzunehmen: Mit unveränderter Geschwindigkeit näherte er sich dem Tier, als sie die Positionen wechselten; seine Arme schwangen, nicht anders als vorher, gleichmäßig zur Bewegung seines Körpers, sein Kopf beugte sich nicht zu Intercity hinab, seine Augen waren auf den Bären gerichtet, der am Boden lag und den er aufheben würde, um ihn erneut zu werfen. Er und Intercity schritten aufeinander zu, um die Ausgangsstellung ihres Spiels wieder einzunehmen. Als sie sich auf gleicher Höhe befanden, der Werfer und der Fänger, duckte sich der Fänger; flach, mit breitem Rücken schritt Intercity schneller und weiter aus und legte dabei ängstlich die Ohren an. Die Katze richtete sich erst wieder auf, als er sich außerhalb ihrer Reichweite befand. Sie nahmen ihr Spiel wieder auf, als wäre kein Mißtrauen aufgekommen in den Augenblicken, in denen er durch seine Nähe die Sicherheitszone der Katze beim Passieren verletzt hatte. Das Bücken ermüdete ihn, in Gedanken bei Margot und Rudi, leistete er lustlos seinen Beitrag zu dieser Übung; Intercity ging aufrecht und furchtlos an ihm vorbei; sobald er aber auch nur daran dachte, sich nach der Katze zu bücken, entzog sie sich seinem Wunsch, der in ihm nur für Bruchteile einer Sekunde als ein Gedanke existierte. Diese Stunden, allein mit der Katze, in seinem Haus in der Eichendorffstraße, brachten die langen, einsamen Nachmittage zurück: die bedrückende Magie eines hohen, unförmig wirkenden Korbkinderwagens, in dem sich sein Sohn Rudi schnell beruhigte, nachdem Margot die Wohnung verlassen hatte, um den Unterhalt der kleinen Familie zu verdienen mit einer nachgeordneten Beschäftigung, über die er sich nie Gedanken gemacht hatte, das Aufziehen einer Spritze wäre wohl ihre qualifizierteste Tätigkeit bei diesem Arzt, ja, eine Spritze hatte sie aufgezogen, dabei hatte er sie, als er sie von der Praxis abholte, einmal beobachtet. In das Korbei auf Rädern paßte der Junge schon lange nicht mehr, jetzt versteckte ihn Margot bei ihrer Mutter; damals, an diesen langen Tagen des Frühsommers 1970, hatte er seinen lyrischen Tagesbericht »Frühsommer 70 – der Vormittag« geschrieben, in dem es hieß, er hätte das Radio entdeckt und würde Nachrichten hören, stündliche Jagdberichte. Heute, zwei Jahre später, war die Jagd auf Andreas Baader erfolgreich beendet, Gudrun Ensslin in Hamburg gefaßt.

Er hörte keine Nachrichten mehr in diesen Tagen. Er beteiligte sich nicht an den öffentlichen Spekulationen: War eine Luise Wallenberg mit Ulrike Meinhof identisch? Die in der von Luise Wallenberg fluchtartig verlassenen Wohnung gelagerten Materialien hätten für hundert Sprengsätze ausgereicht, das ergaben die ersten Untersuchungen; welches Ergebnis ergäben die zweiten?

Am Nachmittag dieses 16. Juni ging er dann noch zur Einfahrt, um aus dem Briefkasten die Tageszeitung zu nehmen. Die rote Spur auf den Porphyrplatten hatte seine Familie zwar aus dem Haus getrieben, dennoch würde er die Farbe so schnell nicht entfernen. In der Wohnung setzte er sich auf die Couch, die ›Mittelbayerischen Nachrichten‹ legte er auf den Beistelltisch. Er schloß die Augen, um sich zu entspannen. Die Bilder des Vormittags ließen sich nicht aus seinem Kopf verbannen. Das Telefon stand griffbereit. Vielleicht saß in diesem Augenblick auch Margot neben einem Telefon. Doch er könnte nicht frei mit ihr sprechen. Sicher war ihre Mutter in ihrer Nähe. Als er die Augen aufmachte, fiel sein Blick auf eine Fotografie in den ›Mittelbayerischen Nachrichten‹. Das zweispaltige Lichtbild zeigte einen Frauenkopf. Beim ersten Hinsehen schien der große Kopf mit dem blassen Gesicht von dem Körper abgetrennt, der in der unteren Bildhälfte, in schwarzen Stoff gehüllt, schmal und konturenlos verlief. So wie das Gesicht von Sebaks dunkler Schwester, die großen Augen, der volle Mund, die im krassen Gegensatz zu dem zarten Kinderkörper standen, schienen Kopf und Körper der abgebildeten Frau das Ergebnis einer mißlungenen Montage. Auf der hohen Stirn verlief der schwarze, gezackte Rand einer Bubifrisur. Die Augen waren geschlossen. Die Frau weigerte sich, einer Wirklichkeit ins Auge zu sehen, die schrecklich für sie sein mußte. Ein Teil dieser das Fassungsvermögen der Frau offensichtlich übersteigenden Wirklichkeit waren zwei Hände, die zwei Männern gehörten, die von dem Ausschnitt des Bildes nicht wiedergegeben wurden. Eine Hand hielt den Hals der Frau umfaßt, das Kinn lag in dieser Männerhand auf, ja das gesamte Gewicht des Frauenkopfes schien in dieser Hand zu ruhen. Der breite Mund war in einer Anstrengung verzerrt und offen; er entblößte eine Reihe makellos weißer Zähne. Die Frau saß, denn ihr Kopf reichte nur bis zu dem Jackenrevers eines der beiden Männer, der den abgewinkelten dünnen Arm der Frau hochhielt, als wäre es der leblose Arm einer Stoffpuppe. Ihr Widerstand schien gebrochen. Der hochgehaltene Arm war entblößt, weil der weite Ärmel des schwarzen Kleides nach oben verrutscht war. Dieser nackte Arm war weiß wie das Gesicht. Es handelte sich um eine Polizeifotografie, geblitzt vor einer Vernehmungszelle, behauptete die Bildunterschrift. War die abgebildete Person tatsächlich nicht schon enthauptet? Und doch: Auch wenn dieser Kopf mit den geschlossenen Augen, die einer Wahrheit nicht ins Auge sehen wollten, und dem breiten, verzerrten Mund sich nach vorn gegen eine Männerhand beugte, so beugte sich diese festgenommene Person dennoch nicht ihrem Los: Der Widerstand war zwar gebrochen, der Wille zu widerstehen nicht.

Er war außerstande, den Bericht über die Festnahme zu lesen. Er las nur die fetten Schlagzeilen »In Trauerkleidung gefaßt«, »Der Kanzler dankt« und »Hirnoperierte Journalistin«. Wer sich nicht wehrt, der stirbt. Wer nicht stirbt, wird lebend begraben, hatte diese Frau aus dem Untergrund geschrieben. Der steckbrieflich gesuchte Kopf auf dem Foto enthielt das Hirn der Rote-Armee-Fraktion.

XXII.

17. Juni 1972, nachts

In der Nacht von Freitag auf Samstag, den 17. Juni war sein Fieber gestiegen. Er hatte schlecht geschlafen, wirr geträumt. Am Samstag in der Frühe hatte er einige Male Margot angerufen, unbefriedigende Telefonate, in denen sie sich nichts sagen konnten, weil ihre Mutter im Zimmer war. Aber was hätte er Margot gesagt? Was konnte sie ihm sagen? Intercity rückte in dem verlassenen Haus näher an ihn heran. Die Katze saß aufrecht vor ihm mit graziös gestreckten Vorderpfoten und blickte zu ihm auf. Ihre Augen waren undurchdringlich, doch Intercity brauchte ihn. Sie wiederholten ihr Spiel vom Freitag. Er bewegte sich schwerfällig zwischen den zwei Türen, die die Grenzen ihres Spielfeldes bildeten. Er schwitzte. Wenn er sich nach dem Stoffbären bückte, schwindelte ihm.

Er drehte das Radio nicht an. Die ›Mittelbayerischen Nachrichten‹ vom Samstag blieben im Briefkasten. Draußen war ein schöner heller Sommertag. Er hörte bei geschlossenen Fenstern das aufgeregte Gezwitscher der Vögel. Die weißen und roten Kerzen der Kastanien standen still, sie bewegte kein Wind. Er befand sich in Quarantäne. Radfahrer flossen lautlos an seinem Blick durch das Fensterkreuz vorbei. Wo fuhren sie hin? Er drängte sich in die äußerste Ecke der Couch, seine Hand hielt ein Glas Mineralwasser umfaßt. Er verspürte keinen Durst, und doch trank er regelmäßig in kleinen Schlucken. Er drückte das kalte Glas gegen die Pulsader des linken Unterarms. Er bewegte sich nur, um aus der Flasche, die am Teppich stand, Mineralwasser nachzugießen. Er trank Schluck für Schluck, ein Glas nach dem anderen. In seinem Blickfeld thronte das Radio. Das Radio in seinem Wohnzimmer war eine unbewegliche Größe. Wenn er im Auto Radio hörte, war er in Bewegung, und das Radio fuhr mit. Er hörte eine Nachricht, und zugleich fuhr er ihr davon. Die Nachricht holte ihn nicht ein. Unterwegs in seinem Peugeot gab es ein Draußen und Drinnen. Wenn er in seinem Auto saß und die Wagentür zumachte, sperrte er die Wirklichkeit aus. Nirgendwo fühlte er sich sicherer als in seinem Peugeot. Jetzt saß er in einem viel zu großen Wohnzimmer und drückte sich in die Ecke einer zu großen Couch. Intercity verlor sich in den Räumen der Wohnung. Ruhelos ging er von Zimmer zu Zimmer. Gelegentlich blieb der Kater vor ihm stehen, um ihn mit seinen grünen Augen aufzufordern, den Bären zu werfen.

Er mußte seine Gedanken ordnen. Alle Gedanken waren gleichzeitig da und hoben sich auf. Seine Erklärung, er sei befangen, stand im Kommentar, sei rechtlich unerheblich, andererseits war die Anzeige des Richters, der sich für befangen hielt, eine Dienstpflicht ... Sein Gedächtnis war ein grauer Kommentar, der aus tausend dünn bedruckten Seiten bestand. Er las eine Bestimmung an, die ihn zu einer anderen führte. Die Randziffern einer Norm vertrösteten auf die einer anderen. Seine Gedanken verirrten sich in dem Labyrinth der Verweisungen, suchten einen Ausweg, kamen kurz frei, verfingen sich wieder, diese Anstrengung erschöpfte ihn. Er brach eine weitere Flasche Mineralwasser an. Der Schmerz, den die Kohlensäure in seinem Hals verursachte, war das einzige, was er konkret verspürte. Er saß auf der Couch. In eine Ecke gedrängt. Er kam nicht von der Stelle.

Um 21 Uhr hatte Margot angerufen und ihm eine gute Nacht gewünscht. Er war gleich zu Bett gegangen, als hätte er einer Aufforderung seiner Frau Folge zu leisten gehabt. In seinem Traum regnete es in Strömen. Er flüchtete vor dem Regen in den runden Volkswagen seines Vaters; es war der horizontblaue Wagen, wußte er, mit dem er auf der Strecke Florenz–Kolbstadt verunfallen würde. Von innen schloß er die Tür des Käfers; sobald sie ins Schloß schnappte, setzte das Prasseln der Regentropfen aus; still war es in dem Auto, wie in einem stillen Zimmer, draußen regnete es unvermindert weiter, aus dem Autoradio erklang plötzlich eine Musik, ein Schlager, der ihm Tag und Nacht durch den Kopf gegangen war, damals, als die Florenzreise mit Margot geplant, aber noch nicht angetreten war, sein Vater stand in der kurzen Lederhose, die er bei ihrer Rückkehr von dieser Italienreise tragen würde, draußen im Regen und bedeutete ihm mit einem Stochern des Zeigefingers, er möge dem Autoradio Aufmerksamkeit schenken, Paladin 382 las er ab, zwei weiße breite Blocktasten, die ihn an die Tasten eines Klaviers erinnerten, markiert mit M und L, »die blendfrei ausgeleuchtete Skala«, sprach sein Vater überdeutlich und unkritisch wie der Sprecher eines Werbespots, »wird besonders bei langen Nachtfahrten als angenehm empfunden«, mit dem Wort »empfunden« war es Nacht, das Bild seines Vaters hinter der Windschutzscheibe erlosch; im Innern des Volkswagens leuchteten die Überwachungsorgane zuverlässig grün, die Vollsichtskala des Paladin 382 glimmte, sein Vater war jetzt nah an die Kühlerhaube des VW herangerückt, im warmen Licht der Skala war Vaters Lächeln zu erkennen, auf dem Beifahrersitz sah er Sebaks dunkle Schwester sitzen; er war sich sicher, daß sie nicht vor ihm im Wagen gewesen war, sie war auch nicht zugestiegen, ihre Augen, rund wie der Kreis, der den Geschwindigkeitsmesser und den Kilometerzähler umrandete, waren auf ihn gerichtet, er sah, wie sie langsam ihre natürliche Farbe verloren und die Stachelbeerfarbe von Intercitys Katzenaugen annahmen, diese Augen kamen näher, wie auf ihn zufahrende Lichter in der Nacht, ihre Lippen bildeten tonlos ihn erotisierende Formeln, er wußte, daß draußen sein Vater stand und sie beide beobachtete im Licht der Armaturen, er versuchte vor den Augen seines Vaters, in diesen Körper eines Kindes einzudringen, er tat diesem Körper Gewalt an, aber er wurde nicht aufgenommen, obwohl Sebaks Schwester ruhighielt, benommen stürzte er schließlich aus dem Wagen, aus dem Hintergrund kam mit ausgebreiteten Armen Sebak langsam auf ihn zu. Sebaks Blick war starr auf ihn gerichtet, die weiße Jacke lag in einem strahlenden, schneeweißen, flimmernden Schein in Sebaks Armen, Sebak, begriff er, hatte sie ausgezogen, um damit einen kleinen Körper zu verhüllen, den er eingewickelt trug, endlich standen sie sich gegenüber, Freude und Trauer sah er gleichzeitig in Sebaks Augen, die nicht blinzelten, die nicht herabsahen auf seine Hände, die die Jacke jetzt aufschlugen in einer sakralen Gebärde: Ein lebloser roter Katzenkörper, an den eingerissenen Ohren erkannte er Intercity.

Noch in der Nacht nahm er ein fiebersenkendes Medikament.

XXIII.

18. Juni 1972, vormittags

Am Sonntag, den 18. Juni versuchte er, Bilanz zu ziehen. Das Medikament hatte in der Nacht gewirkt. Jetzt, am Morgen, fühlte er sich schwach. Auf der Couch liegend, sah er das Holzkreuz des Wohnzimmerfensters schräg in einem blauen Sommerhimmel hängen. Die Vormittagsstunden vergingen. Im Zimmer stiegen die Temperaturen. Er wagte es nicht, das Fenster zu öffnen, nicht nur aus Sorge, sich bei dem geringsten Luftzug zu erkälten. Sicher wäre er morgen noch krank. Die Entscheidung wäre vertagt. Der Prozeß wäre angehalten. Sebak gegen Sebak. Oder Sebak gegen wen? Die Zeit stand still. Seine Zeit, die Proberichterzeit, die Privatzeit des Christian Kirsch war angehalten, bevor sie ihren Lauf nahm, in eine Richtung, die er nicht bestimmen konnte; die Dinge, die Dinge seines neuen, seines anderen Lebens in Kolbstadt gerieten danach in Fluß. Jetzt aber, an diesem Sonntag, den 18. Juni 1972, hielt die Zeit noch einmal, ein allerletztes Mal still, diese unwirkliche Sonntagszeit, unwirklich wie die Zeit in dem Film ›Orphée‹. Orphée, flüsterte er, Orphée; Orphée, der blond war wie er. Wenn ich komme, verschwindet man, sagte Orphée. Sie haben sich in die Höhle des Löwen gewagt, sagte der nachlässig gekleidete Herr. Ich wollte wissen, woran ich bin, antwortete Orphée. Die behandschuhten Hände in der Schlußszene des Films legten sich wieder auf die Schultern des Mannes, der er war, wie er jetzt erst erkannte, große, schwarz behandschuhte Hände, die langsam seine Schultern wie etwas soeben Verstorbenes zudeckten, das Schwebende, die Verzögerung in dem Sich-Nähern der schwarzglänzenden Hände hatte damit zu tun, daß auch der Film sich seinem Ende näherte. Der Mann verschmolz mit einer kleinen Personengruppe, die aus ihm und aus diesen beiden behandschuhten Männern bestand, deren Hände er schwer auf seinen Schultern spürte; er spürte, wie seine Füße die Haftung am Boden verloren, die Hände hatten zugefaßt und seinen leichten Körper angehoben, aber er konnte sich von diesem Körper befreien, er konnte aus diesem Körper fliehen, den er dann aus einiger Entfernung neben dem Schatten der Helm tragenden Motorradfahrer über eine weiße Mauer huschen sah; und am Ende dieser weißen Mauer schrieb sich endlich in großen und runden Buchstaben, die ihn an die Sonderangebote auf der Schaufensterscheibe der Lebensmittelhändlerin Zuckriegl in der Simmernstraße erinnerten, das bedeutungsvolle Wort ENDE. Diesem ENDE schwebten sie zu. Und obwohl sich die Schattenpersonen in der Horizontalen bewegten, fiel er plötzlich. Er durchfiel eine endlos währende Strecke. Bevor er aufprallte, wachte er auf.

Erst als dieses altmodische Wort »ENDE« sich am Mittwoch der vergangenen Woche auf die Leinwand der Gloria-Lichtspiele geschrieben hatte, hatte er Sebaks dunkle Schwester erkannt, an deren schönem ernsten Mund er, der Referent in einer Essigfabrik in Stadtvorhof, interessiert war. Lenkte ihn dieser Mund davon ab, daß er sich schon in ihren Händen befand? Fürchtete er sich am Ende vor dieser dunklen Kindfrau? Fürchtet ihr den schwarzen Mann? Frau Meier in der Geierstraße in München hatte sich vor einem Schwarzen, der als Untermieter sein Vorgänger gewesen war, gefürchtet. Sie hatte dem Farbigen unter dem fadenscheinigen Vorwand eines Eigenbedarfs schon nach zwei Wochen gekündigt, nachdem sie von einer Nacht auf die andere Angst vor ihm bekommen hatte. Er schalt damals »die Meiern unter Geiern« ob ihres Rassismus, und dann läutete es eines Nachts, und der schwarze Mann stand vor seiner Tür, ihm, dem aufgeklärten, positivistischen Jurastudenten, verging das Lachen, obwohl er an die Befürchtung der Meier dachte, der Farbige könnte abfärben bei jedem Händedruck. Er konnte diesem dunklen Gesicht nichts ansehen. Dieses Gesicht erschien isoliert wie das Bruchstück einer Erinnerung, das stumm in Träumen das Unglück ankündigte. Umständlich machte ihm der Schwarze klar, daß er zwei für sein Examen wichtige Bücher im Schrank vergessen hatte. Tatsächlich fanden sich die Bücher, der Spuk klärte sich auf.

Es war zwecklos, sich in einem Haus in der Eichendorffstraße in Kolbstadt zu verstecken. Die Fotografie »Marx in die Fabrik!« war nur der Anfang einer Stille, die zunahm, Stunde für Stunde, in der die Anrufe dieses anonymen Feiglings ausblieben, Tag für Tag, an dem die ›Mittelbayerischen Nachrichten‹ es unterließen, die Nachricht vom linken Richter, der vor Genossen spricht, zu wiederholen. Eine mächtige Stille breitete sich aus, wie er sie in der Zeit zwischen seinem ersten und zweiten Staatsexamen schon einmal erlebt hatte. Und auch jetzt klang in ihr etwas nach, etwas, was er nicht lokalisieren konnte: ein Kopfton, nicht abzustellen, wie er es auch versuchte. Kam dieser Ton auf ihn zu? Entfernte er sich? Verblaßte die rote Spur auf den Steinplatten, der erst die verschlossene Haustür Einhalt geboten hatte? Die Herrschaft der kreativen Phase ist gebrochen, hatte er Sebak provoziert. Und tatsächlich hatte Sebak die Akademie verlassen; unberechenbar war er jetzt ohne das gewohnte Umfeld ihn besänftigender Farben, ähnlich Intercity, die fern von Rampen, Rangiergeleisen und dem Schutz von Baracken das Fell plötzlich sträubte, den Schwanz zu einem dicken Buschen aufplusterte und sich fauchend in seine Hand verbiß. Die Fotografie »Marx in die Fabrik!« verwies Leute wie Dr. Kühn, Rücker und den Anrufer auf eine Spur, die zu den »Marxistischen Spuren« führte, für die er in der Zeit zwischen 1965 und 1967 in schöner, unbedachter Regelmäßigkeit geschrieben hatte, irgendwo lagen diese Blätter noch heute herum, irgendwo legte sich schon ein Schmutzfinger auf den Namen Christian Kirsch, der über einem Artikel stand, in dem er leidenschaftlich für die Wiederzulassung der Kommunistischen Partei plädierte. Und ausgerechnet Sebak wies seinen Feinden den Weg. Rächte er sich – unberechenbar geworden, nachdem die »Jahrzehnte der Reproduktion« nun für ihn begonnen hatten – für das Ende eines unhaltbaren Zustands etwa an ihm, dem Propheten? Sebak und dieses dunkle Mädchen, sie wirkten zusammen, bewußt und gewollt, und wenn sie den Ruin des Christian Kirsch schon nicht wollten, so nahmen sie doch billigend in Kauf, dachte er in der Terminologie einer Anklageschrift, daß er und seine Familie vor die Hunde gingen.

Draußen war die zarte Herrschaft des Frühlings gebrochen. Der Sommer etablierte sich mit einem weiten Horizont, der endlos und tief war wie seine Angst. Wenn er im Liegen, den Kopf geneigt, zum Himmel blickte, wurde ihm schwindlig. Keine Wolke verriet, wo das Gewölbe, das sich über der Ebene des Horizonts erhob, an dem nachts die Sterne zu sehen waren, begann – das scheinbare Gewölbe. Scheinbar – wie seine Angst? Nein, seine Angst war wirklich, Margot war wirklich mit dem Jungen aus dem Haus geflüchtet. Seine Familie war auf der Flucht. Er durfte kein Verständnis für Sebak entwickeln. Jedes Verständnis für Sebak schwächte seine Gegenwehr. Er mußte sich wehren. Notwehr hieß die Verteidigung, die erforderlich war, um Sebaks Angriff auf seine Familie abzuwehren. In der Vergangenheit seines Vaters hatten dessen braune Widersacher geschnüffelt, in den Illustrierten eines Friseurs hatte ein junger, forscher Jurist geblättert und hatte flugs ein Flugblatt in der Hand gehabt – kam auch nur ein einziger Beitrag der »Marxistischen Spuren« in die »richtigen« Hände, so verkürzte sich die Probezeit des Proberichters.

An noch hellen Sommerabenden war er auf seinem schweren Rückweg von Kolbstadt nach München durch den Sommer gefahren, allein im Peugeot, Einzeltransport, tiefgestaffelt die hellgrünen Getreidefelder, durchschnitten von exakt gerandeten Bahnen fetten, gelben Rapses, die weißblinkenden Würfel von Bauernhäusern waren in die flache Landschaft hineingeworfen, in deren Tiefe sich die hellen Bänder von Wegen entrollten; von der Autobahn führten sie weg, herunter von dieser Einbahnstraße, die wie ein Pfahl im Fleisch Sonntag für Sonntag in diesem Chemiekonzern endete. Die vergangenen Jahre hatten für ihn keinen Sommer gehabt. Und jetzt verließ er nicht einmal sein Haus, sein Bewegungsspielraum beschränkte sich auf ein Zimmer, fixiert war er auf eine Couch, in eine Ecke dieses Sitzmöbels rückte er ab, als könnte er von seinen Problemen abrücken, die Wände wichen vor ihm zurück, gingen zu ihm auf Distanz, unerreichbar war das Bücherregal, der Plattenspieler, das Radio stand unheilvoll über dem Kassettendeck, er zog seine Beine hoch und brachte seinen schweren Körper in ein Liegen, er schob das Thermometer unter die Achsel; war die Eigentemperatur des Christian Kirsch schon wieder krankhaft gestiegen, oder war er nur geistig überhitzt? Minutenlang lag er bewegungslos, damit das Quecksilber sich nicht ausdehnte, um lautlos hochzusteigen, an dem roten Warndreieck vorbei – danach kamen die Haltestellen der Angst, die

Angst überdehnte ihr Volumen, lief über, überschwemmte das Fassungsvermögen dieses durchsichtigen, zerbrechlichen Körpers, wurde unfaßbar, unfaßbar war, was mit ihm und seiner Familie geschah, vom Erdboden verschwinden sollte Sebak, zumindest aber verschwinden aus Kolbstadt.

XXIV.

19. Juni 1972, morgens

Am Montag, den 19. Juni versorgte er, noch bevor er selbst gefrühstückt hatte, Intercity. Er setzte sich auf den Metallklappstuhl in der Küche und beobachtete, wie Intercity an der glibberigen, sülzigen Masse schnupperte. Der Teller, aus dem Intercity fraß, schepperte auf dem Steinboden. Die Katze schnappte mit schnellem Biß einen der weichen Fleischbrocken, transportierte ihn mit einer Kopfdrehung über den Tellerrand auf den Küchenboden, auf dem sie in kleinen, sorgfältigen Bissen mit geneigtem Kopf das Futter verzehrte. Intercity blickte erst zu ihm auf, nachdem sie mit einem hellen Schmatzen ihr Mahl beendet hatte. Er erneuerte das Wasser in der Plastikschale, aus der Margot Rudi mit gemusten Bananen gefüttert hatte. Er bot Intercity das Wasser an, doch sie drehte ab, mit erhobenem Schwanz, was hieß, daß er ihr folgen sollte. Mit geschlossenen Vorderpfoten saß sie, ihn erwartend, in der Diele. Einmal warf er den Stoffbären. Als er sich bückte, wich ihm beim Sichaufrichten das Blut aus dem Kopf. Er machte ein paar Schritte in die Küche hinein, wo er auf dem Metallstuhl Platz nahm. Unter verminderter Blutzufuhr hatte er schon als Kind gelitten. Sport hatte ihm damals der Arzt verordnet gegen die mangelnde Antriebskraft seines kindlichen Herzens. Sport und »ab und zu durchaus auch einmal eine Tasse Bohnenkaffee«, ein von einem Augenzwinkern begleiteter Hinweis an seinen Vater, der seine Kaffeebohnen hütete, aus feinem, dünnem Porzellan trank er sein würziges Rösterzeugnis, auf ärztliche Verordnung trank von nun an auch er täglich eine Tasse Bohnenkaffee, die sein Vater ihm an Doktors Statt eingoß in ein nicht minder zerbrechliches Porzellan, der Duft der zermahlenen Bohnen, der Duft, der aufstieg aus dem mit brodelnd heißem Wasser übergossenen Filter, verbreitete in allen Zimmern ihrer Wohnung in der Simmernstraße ein Versprechen, das für ihn dann das säurehaltige Getränk nicht einlöste, eine Säure, die sich ihm auf den Magen schlug, mit zur Schau gestelltem Genuß schlürfte er die vom Arzt verschriebene und von Vater verabreichte Medizin, seine Magenprobleme blieben sein Geheimnis, mochte der Bohnenkaffee ihm auf den Magen gehen, er stärkte sein Herz. Mit seinem Vater teilte er ein männliches Begehren.

Wie erklärte sie Rudi, daß er, sein Vater, nicht bei ihm war? Gab es in der Person des Zweieinhalbjährigen schon Ansätze eines Erkennens, die Jahre später in der Erkenntnis aufgingen, daß sein Vater ihn damals im Stich gelassen hatte? Was war jetzt richtig für Rudi, was falsch? War davon zu trennen, was für ihn, den Proberichter, das Richtige war, was das Falsche für Sebaks Freund?

Um 8.45 Uhr trafen sich die Mitglieder der Kammer im Zimmer von Dr. Kühn zu einer letzten Beratung. Termin zur Verkündung des Endurteils war auf neun Uhr fünfzehn bestimmt. Das persönliche Erscheinen der Parteien war nicht angeordnet, die Anwesenheit von Anwälten in Verkündungsterminen unüblich, in einen leeren Sitzungssaal hinein verläse der Vorsitzende Dr. Kühn den Urteilstenor der Scheidungssache Sebak gegen Sebak.

Er trank zwei Tassen Kaffee zum Frühstück, wie an allen Tagen. Er verließ das Haus, das er zuletzt am Freitag um halb acht Uhr verlassen hatte, um die Katze Intercity aus der Wohnung seiner Schwiegermutter abzuholen und sie in die Eichendorffstraße zu bringen. Die warme Luft dieses Junitags versetzte ihn für Augenblicke zurück in die Frühsommer seiner Kindheit: Auf seinem Rad fuhr Christ in kurzer Hose. Der Sommer, von dem er immer befürchtete, daß er ausbleiben könnte, war nicht mehr in Frage zu stellen. Aber er verband jetzt damit nicht die Vorstellung von einer Zeit- und Endlosigkeit, in die man hineinfuhr, ohne anzuhalten. Es war ein Montag, an dem er zur Arbeit fuhr.

XXV.

19. Juni 1972, vormittags

Er nahm den Hintereingang der Justiz und ging die Wendeltreppe hoch. Niemand begegnete ihm. Dr. Kühns Zimmer lag in dem breiten Mittelgang. Obwohl er öffentliche Toiletten mied, suchte er auf dem Weg zu Dr. Kühn die Toilette auf. Er stand im Vorraum, wo man sich die Hände wusch. Eine Spülung ging. Schnell trat er hinaus auf den Gang. Er war hier, um abzustimmen. Ein Anwalt, unterwegs zu einer Verhandlung, begann im Vorbeigehen mit ihm ein belangloses Gespräch. Mit weit ausgreifenden Schritten bestimmte der Advokat das Tempo auch seiner Schritte. Er hielt vor Dr. Kühns Tür. Der Anwalt wünschte ihm im Weitergehen einen schönen Tag. Er trat ein. Dr. Kühn war da und auch Baumer. Er spürte, eine Entscheidung war gefallen. Dabei war es erst acht Uhr fünfundvierzig, er hatte soeben das Beratungszimmer betreten, sie hatten noch nicht beraten, und doch hatte sich etwas entschieden, ohne daß er sich entschieden hätte, er spürte es beim ersten Blick, mit dem er Dr. Kühn und Baumer erfaßte, etwas war bereinigt, aufgeräumt, in Ordnung gebracht. »Mit dem Tod des Beklagten ist unser Scheidungsverfahren Sebak der Hauptsache nach erledigt«, sagte Dr. Kühn, »§ 628, Herr Kollege, ja, wir haben uns ganz umsonst den Kopf zerbrochen ... in seinem Bett ... Schlaftabletten ... unser Arbeiterführer hat sich der drohenden Abschiebung entzogen ... überholende Kausalität nennen wir das.« »So einfach ist das nicht«, sagte Baumer, »der Mann neigte zu Depressionen.« Woher wußte Baumer?

Nacheinander verließen Baumer und er Dr. Kühns Zimmer. Auf dem Gang schloß Baumer auf und ging schweigend neben ihm. Sie nahmen ihre Plätze am Schreibtisch ein. Im Einlauf türmten sich die Akten, die sich seit Freitag angesammelt hatten. Über die gezackt verlaufende Zeile der grauen Kommentare sah er hinüber zu Baumer. Baumer beugte sich über eine Akte. In den Akten gingen die Vorgänge weiter. Was ging in Baumer vor? Was ging in Baumer weiter? Er sah das Messer und den Apfel, Bestandteile eines Stillebens, aus einem Rahmen gebrochen, um auf Baumers Schreibtisch auch heute ein Stilleben zu bilden, das sich täglich wiederholte. Über den Aktenturm in seinem Einlauf sah er zum Ausgang. Er stand auf und setzte sich in Bewegung. Obwohl er sich auf eine braune Tür zubewegte, brannte in ihm das helle wehe Bild einer schneeweißen Tür. An einer schneeweißen Tür hatte er seine Frau gewaltsam geliebt, in Sebaks ausgebreiteten Armen hatte die weiße Jacke in einem strahlenden, schneeweiß flimmernden Schein gelegen; wortlos eilte er aus dem Büro. Er war fieberfrei gewesen diesen Morgen, das wußte er jetzt, obwohl er das Thermometer nicht unter die Achsel geschoben hatte, frei von Fieber, ja kalt, die mangelnde Antriebskraft seines Herzens; er lief die Wendeltreppe hinunter, auf der ihm an seinem ersten Tag, auf seinem schweren Weg in die Justiz, Sebak als Hauchbild begegnet war, er eilte aus dieser Justiz durch den Hinterausgang des Rechts, er fuhr nach Stadtvorhof, die Vorlage seines Richterausweises verbunden mit der Erklärung, es ginge um den zweifelsfreien Ausschluß von Fremdverschulden, veranlaßte den Hausmeister zur widerspruchslosen Aushändigung des Schlüssels für Sebaks Apartment. Wie klar er sich erklärte, auf welch geradem Weg er den Weg zu Sebaks Zimmer fand, stickige Luft in schmalen Korridoren, die er nicht einatmen wollte, der wachsfarbene Lichtfleck eines schmalen Fensters, kurz vor dem Erlöschen wie eine abgebrannte Kerze. Als er die Tür hinter sich geschlossen hatte und das unaufgeräumte Zimmer sah, setzte die Nachwirkung von Dr. Kühns Feststellung, das Scheidungsverfahren sei gemäß § 628 der Zivilprozeßordnung der Hauptsache nach erledigt, plötzlich ein. Das Depot brach auf, um auf einmal den gesamten Wirkstoff auszuschütten; eine leere Zweiliterflasche Rotwein neben einem stiellosen Glas, wie sie es in München benutzt hatten, instinktiv zog er die Schubladen auf; einen mit »Lieber Christian« überschriebenen Brief, der ihn nie erreicht hatte, ließ er in seinem Sakko verschwinden, im Hinauseilen griff er nach dem weißen Blouson, das über der Stuhllehne hing.

Er wußte, es war niemand zu Haus, in seinem Haus in der Eichendorffstraße, und doch, nach Hause konnte er nicht. Er wollte weg von hier, von Stadtvorhof, in das er zurückgekehrt war nach Jahren, wo Hofmanns Essig zu Vaters Salat längst verdunstet war, Stadtvorhof, das Margot und Rudi auf einem ersten Spaziergang nur vom anderen Ufer aus wahrgenommen hatten, Stadtvorhof wollte er schnell verlassen. Er legte die Jacke sorgfältig wie ein Beweismittel in den Fond seines Peugeot. Er hatte den Brief und die Jacke in Sicherheit gebracht, ihm kam es vor, als führe er mit Sebak über die Brücke hinüber ans andere Ufer. Er fuhr durch die Randbezirke von Kolbstadt. Die Rotsignale der Ampeln zerhackten den Fluß seiner Fahrt. Immer wieder mußte er halten, immer wieder fuhr er an. Er fand keinen Rhythmus. Verlassene Tankstellen, maschendrahtumzäunte Areale, auf denen Schäferhunde bunte Autowracks bewachten, vernagelte Imbißbuden, die kein Geschäft mehr machten, Bushaltestellen, die nicht mehr angefahren wurden – und doch war das nicht Change. Er kehrte um und fuhr dieselbe

Straße nach Kolbstadt zurück, wo er seinen Peugeot in der Nähe der alten, steinernen Brücke parkte. Er nahm die Jacke aus dem Wagen. Er setzte seine Flucht zu Fuß fort; er flüchtete in die dunkle Zone des Brückenjochs. Der Strom floß rauschend vorbei. Er kauerte sich nieder, mit dem Rücken lehnte er gegen den warmen Stein. Aus seinem Sakko nahm er den Brief.

Lieber Christian,
da sitze ich also wieder in meinem Zimmer und versuche, mit billigem französischen Landwein gegen meine Einsamkeit anzukämpfen. Ich bin aus dem Max-Planck wieder entlassen worden, nachdem man mich dort »auf das Leben eingestellt hat«. Das Leben, das ist wohl das Leben mit anderen Menschen. Ich denke mit Verwunderung an meinen (unseren?) euphorischen Zustand in unserer »Zelle« in München, wo ich ja (für meine Verhältnisse) in der Gemeinschaft anderer sehr aktiv gewesen war. Aber je mehr ich Abstand bekomme, desto mehr glaube ich zu erkennen, daß dieser Zustand nur ein Ich-Gefangener war. Die Ärzte haben mich mit Lexotanil auf das Leben eingestellt, und sie haben damit zugleich die Malerei in mir abgestellt. Aus »Chartres« ist also nichts geworden. Dabei hatte dieses Bild einen konkret faßbaren thematischen Ausgangspunkt, wie Du das immer gefordert hast (die Kathedrale, die Fenster aus Glas). Ich hatte eine Menge angefangen und wußte nicht, woher soll ich die Kraft nehmen, das alles durchzustehen ... Ein Bild wächst wie eine Pflanze, doch das Gift, das ich einnehme, um zu (über)leben, es tötet die Pflanze in mir. Aber vielleicht muß man töten, um leben zu können – was meinst Du? Ich habe mein Ziel nicht aus den Augen verloren. Es heißt INTENSIVES LEBEN. Und das ist erst erreicht, wenn (soweit sich das überhaupt so theoretisch-systematisch fixie-

ren läßt) in allen drei Bereichen die Intensität realisiert wäre: nämlich 1. ARBEIT (= schöpferische) 2. LIEBE (= sexuell-partnerschaftliche) 3. KOMMUNIKATION (= Freundschaft, bis hin zu mitmenschlichen Beziehungen). Wobei mir noch nicht klar ist, wo die Prioritäten liegen. In diesem Zusammenhang bedaure ich meine Kritik an Dir. Ich glaube heute, Du hast recht. Es muß einen dritten Weg geben, neben der Anpassung und der Verweigerung. Wobei meine Isolation ja nichts anderes als eine Verweigerung ist. Die Weigerung, am Leben teilzunehmen – und das heißt auch, Anteil zu nehmen. Ich will mich »heraussprengen« aus diesem Zustand eines bloßen *Neins*.

Ein erster Schritt bestand darin, daß ich »eine Ehe eingegangen« bin. Diese »Ehe« ist gescheitert ... Ich habe nun ein Mädchen kennengelernt (sie besuchte einen Ex-Freund in der Klinik), man sagt, sie sieht aus wie ich. Bin ich glücklich? Ein eigenartiges, Verantwortung hervorrufendes Gefühl, »geliebt« zu werden! Die dunklen Stunden am Fluß sind vorbei. Stell Dir vor, sie arbeitet in Kolbstadt bei Siemens. Mit ihr werde ich nach Kolbstadt zurückkehren, wo Du in diesem Augenblick bist. Ich werde in diesem Betrieb »fremdarbeiten« und zugleich dafür kämpfen, daß sich der Charakter dieser Fremdarbeit qualitativ zu etwas verändert, was man als »gesellschaftlich notwendig« für sich und die anderen akzeptiert. Ich werde den Weg gehen, auf dem Du mir vorausgegangen bist. Natürlich habe ich Angst, denn er scheint endgültig aus der Akademie (= Malerei) hinauszuführen, doch ich weiß, nur der Weg, der hinausführt, führt auch wieder zurück. Ich werde »unterwegs« schon nicht verlorengehen – keine Angst, mein Freund.

Wir werden uns am Ende wiedersehen – nicht angepaßt, sondern frei. Ich werde wieder frei sein für meine Bilder, und ich werde frei sein, das Bild zu bejahen, das

Du mir immer abgegeben hast: das *Vorbild* Christian Kirsch. Ich habe Dich vermißt; es gab Tage und Nächte, da erschien mir diese »Abstinenz« absurd und unerträglich. Jetzt, wo ich weiß, daß ich mich auf den Weg gemacht habe, den Du eingeschlagen hast, ist zu leben plötzlich ein schöner Zustand: freundlich, fliehend, leicht.

Wir geben nicht auf. Wir fangen erst an!

Dein Sebak

Der Brief war undatiert.

Er fror plötzlich. Er hatte die weiße Jacke in seinen Armen. Er zögerte, dann zog er die weiße Jacke über sein Sommersakko. Die Sakkoärmel schauten aus den Jackenärmeln hervor. Aber er ließ die Ärmel des weißen Blousons hochgekrempelt. Die Angleichung der Jacke an seine, Sebaks, Statur, die Sebak vorgenommen hatte, an einem kalten Februartag in München, an dem sie gemeinsam demonstriert hatten, war unwiderruflich. Die dunklen Stunden am Fluß waren für Sebak vorbei. Er saß unter dem dunklen Brückenbogen, am Ufer, gegenüber Stadtvorhof. Außerhalb der dunklen Zone begann der Sommer des Jahres 1972. Er saß am Boden. In der aufgenähten Jackentasche spürte er etwas wie eine Spielkarte an seiner Brust. Er zog eine Fotografie heraus: »Marx in die Fabrik!« Eine Weile sah er auf sich, in einer weißen Jacke, die er nun wieder trug, unter einem Transparent, unter einem Brückenbogen. Dann zerriß er das Foto sorgfältig in kleine Stücke. Er sammelte die Papierfetzen in einer Hand und trug sie zum Fluß. Sobald sie seine Hand verlassen hatten, verlor er sie aus seinem Blick. Der Strom nahm sie auf. Er ging die wenigen Meter zurück, um seinen Platz unter der Brücke wieder einzunehmen. In der anderen Jackentasche fand er eine weiche, angebrochene Packung mit Zigaretten und Zündhölzer. Er war Nichtraucher. Jetzt zündete er sich eine Zigarette an. Er sog kräftig. Er blies den Rauch durch die Finger seiner Hand, in der er die Zigarette in der Höhe seines Gesichts hielt. Seine Hand zitterte. Wie die Stimme, die von dem Vergnügungsdampfer Marc Aurel herüberwehte, der sich der Brücke langsam näherte, eine Lautsprecherstimme, die die Vorzüge Kolbstadts pries.

Der in Regensburg geborene und dort bis 2006 als Richter tätige Autor hatte während des Verfassens dieses Romans die Regensburger Justizgebäude vor Augen. Wäre er in Augsburg, Hamburg oder in einer anderen Stadt, in der sich Amtsgericht, Landgericht und Staatsanwaltschaft ein Gebäude teilen, Richter gewesen, wäre er von den dortigen Baulichkeiten und Einrichtungen ausgegangen.

Reizvoll erschien dem Autor der Zustand von Abnutzung, ja, stellenweiser Verwahrlosung, in dem sich die hiesige Justiz damals befand. Wobei er davon ausgeht, daß bei genauem Hinsehen sich überall das gleiche Bild geboten hätte.

Nach ihrer Erweiterung und Renovierung ist die Justiz in Regensburg nun unversehrt.

Benno Hurt